Operação PAIXÃO

O Arqueiro

GERALDO JORDÃO PEREIRA (1938-2008) começou sua carreira aos 17 anos, quando foi trabalhar com seu pai, o célebre editor José Olympio, publicando obras marcantes como *O menino do dedo verde*, de Maurice Druon, e *Minha vida*, de Charles Chaplin.

Em 1976, fundou a Editora Salamandra com o propósito de formar uma nova geração de leitores e acabou criando um dos catálogos infantis mais premiados do Brasil. Em 1992, fugindo de sua linha editorial, lançou *Muitas vidas, muitos mestres*, de Brian Weiss, livro que deu origem à Editora Sextante.

Fã de histórias de suspense, Geraldo descobriu *O Código Da Vinci* antes mesmo de ele ser lançado nos Estados Unidos. A aposta em ficção, que não era o foco da Sextante, foi certeira: o título se transformou em um dos maiores fenômenos editoriais de todos os tempos.

Mas não foi só aos livros que se dedicou. Com seu desejo de ajudar o próximo, Geraldo desenvolveu diversos projetos sociais que se tornaram sua grande paixão.

Com a missão de publicar histórias empolgantes, tornar os livros cada vez mais acessíveis e despertar o amor pela leitura, a Editora Arqueiro é uma homenagem a esta figura extraordinária, capaz de enxergar mais além, mirar nas coisas verdadeiramente importantes e não perder o idealismo e a esperança diante dos desafios e contratempos da vida.

Operação PAIXÃO

Carlie Walker

Título original: *The Takedown*

Copyright © 2023 por Carlie Sorosiak
Copyright da tradução © 2024 por Editora Arqueiro Ltda.

Esta edição não pode ser vendida em Portugal, Angola e Moçambique.

Todos os direitos reservados. Nenhuma parte deste livro pode ser utilizada ou reproduzida sob quaisquer meios existentes sem autorização por escrito dos editores.

coordenação editorial: Taís Monteiro
produção editorial: Ana Sarah Maciel
tradução: Cláudia Mello Belhassof
preparo de originais: Sheila Til
revisão: Ana Grillo e Mariana Bard
diagramação: Guilherme Lima e Natali Nabekura
capa: Rachael Lancaster/Orion Books
ilustração de capa: Carla Orozco/Orion Books
adaptação de capa: Ana Paula Daudt Brandão
impressão e acabamento: Lis Gráfica e Editora Ltda.

CIP-BRASIL. CATALOGAÇÃO NA PUBLICAÇÃO
SINDICATO NACIONAL DOS EDITORES DE LIVROS, RJ

W178o

Walker, Carlie
    Operação paixão / Carlie Walker ; tradução Cláudia Mello Belhassof. -
1. ed. -São Paulo : Arqueiro, 2024.
    304 p. ; 23 cm.

    Tradução de: The takedown
    ISBN 978-65-5565-605-3

    1. Ficção americana. I. Belhassof, Cláudia Mello. II. Título.

23-87086

CDD: 813
CDU: 82-3(73)

Meri Gleice Rodrigues de Souza - Bibliotecária - CRB-7/6439

Todos os direitos reservados, no Brasil, por
Editora Arqueiro Ltda.
Rua Artur de Azevedo, 1.767 – Conj. 177 – Pinheiros
05404-014 – São Paulo – SP
Tel.: (11) 2894-4987
E-mail: atendimento@editoraarqueiro.com.br
www.editoraarqueiro.com.br

Para Claire e Pete –
este livro não existiria sem vocês.

Prólogo

VÉSPERA DE NATAL

Dá para saber muita coisa sobre as pessoas de uma mesma família pelas roupas que elas usam na véspera de Natal. Quando eu era mais nova, usávamos calça de moletom. Éramos casuais. Eu me vestia de moletom de algodão cinza da cabeça aos pés e minha irmã se instalava ao meu lado no sofá, comendo queijo de cabra com uma colher. Não havia um jantar grandioso à mesa nem velas sofisticadas. Nós ligávamos a televisão e nos empanturrávamos de petiscos.

Este ano é diferente.

É diferente de tantas maneiras que eu nem sei por onde começar.

Mas vamos começar pelo jantar. Minha irmã pôs os melhores talheres (garfos reluzentes e espátulas com bordas serrilhadas) na mesa, junto com os pratos de cerâmica feitos à mão da vovó Ruby. Daqui a pouco, eles estarão repletos de purê de batatas e peru e muitas outras coisas cheirosas.

Mesmo assim, tenho que lutar contra um nó no estômago.

Não temos o hábito de comer desse jeito, sentadas a uma mesa comprida e enfeitada com pinhas e jarros envoltos em festão. Nem de ouvir o sopro fraco do vento lá fora pontuar nossos silêncios constrangedores.

A maior diferença, no entanto, é ele.

Enquanto beberica champanhe perto da cabeceira da mesa, o noivo da minha irmã percebe o meu olhar e me dá uma piscadela. *Babaca.* Ranjo os dentes com tanta força que chego a sentir meu dentista se encolher, depois tomo um gole de espumante com um movimento exagerado, como se fosse quebrar o pescoço. Minhas joias batem e emitem um tinido. São da vovó Ruby. Ela me falou para pegar umas pulseiras emprestadas, por ser uma ocasião especial. Precisei ficar "arrumada para o Natal". Afinal, temos visitas.

Encaro Johnny por cima do peru. Com firmeza. Percebo que ele seria o melhor jogador de pôquer do mundo. Sua expressão é *excepcional*. Nem uma parte dele entrega o que aconteceu na última noite. Com sua camisa branca de linho engomada, ele parece virtuoso feito um coroinha. Ou um urso-polar fofinho. Só que ursos-polares dão a impressão de que vão beber Coca-Cola e se aninhar em você nas noites frias, mas basta chegar perto que eles rasgam a sua garganta.

Coma a sua comida, digo a mim mesma. *É só comer e não dizer nada.*

Costumo ser boa em ficar de boca fechada. Para alguém como eu, passar despercebida – quando necessário – é algo fácil. Mas esta noite… está difícil me conter. Depois de tudo que aconteceu, sinto que estou desabando.

Empurro a minha cadeira um pouco para trás.

– O que você está fazendo? – sussurra minha irmã, Calla, inclinando-se na minha direção para mais ninguém ouvir.

O pânico fica evidente nas sobrancelhas dela. Sim, nas sobrancelhas. São volumosas como as minhas e magníficas. Antigamente minha irmã não gostava delas, tinha medo de parecerem lagartas.

– Eu falei que não queria discursos. E… você está suando. Por que você está suando?

– Não estou suando.

– Sydney, o suor está escorrendo pelo seu rosto.

Seco a testa com um dos guardanapos de tecido e puxo a gola rulê um pouco para baixo. É a última vez que uso lã de rena! Esse negócio sufoca.

– Só vou dizer algumas palavras…

– Não! Não, *por favor*. Você está…

Ela estende a mão na direção da manga do meu suéter, como se tivéssemos 6 anos, tentando me puxar de volta para a cadeira. Mas sou mais rápida – *rá!* Eu me levanto meio desengonçada, meio puxada pelo cotovelo, e consigo ficar de pé e bater na taça com uma faca de manteiga. Isso provoca um barulho comicamente baixo, como uma fada tossindo.

– Eu gostaria de fazer um brinde – digo.

Meu sorriso é acolhedor e simpático. Minha voz é graciosa. Meu espumante borbulha.

O silêncio vai se espalhando pela sala de jantar até que resta apenas a música "You're a Mean One, Mr. Grinch". Parece adequada. Tem um Grinch à mesa. Só que, no final do filme, ele não vai mudar. O coração dele vai ser um *pouco* pequeno demais para sempre.

– Johnny – digo para o noivo da minha irmã, erguendo a taça na direção dele. – Não preciso dizer quanto você é sortudo por ter o amor de alguém como Calla... mas vou dizer mesmo assim.

Todos à mesa caem na gargalhada.

Até Johnny. Até Calla. Até o outro cara na ponta da mesa, que deve continuar sem nome por enquanto. Não quero pensar nele. Não quero pensar no roçar suave dos lábios dele, nem na aspereza das palmas de suas mãos, nem na imagem dele na cama, com as cobertas abraçando as curvas do quadril.

Neste momento, ele está recostado na cadeira, com a mão na boca e um sorriso apreensivo aparecendo por trás dos dedos. Está prestando atenção a cada palavra minha.

Balanço a cabeça de maneira quase imperceptível e continuo:

– Calla pode ser uma grande fã de suéteres natalinos com fios brilhosos e sinos, e pode ter um medo meio exagerado de hamsters minúsculos...

– Mascotes de escola são *imprevisíveis* – diz Calla, sem conseguir deixar de rir, com o rosto meio coberto pelas mãos.

– Mas não se deixe enganar. No fundo, ela é uma das pessoas mais fortes que eu conheço. E é a melhor de todas. Qualquer pessoa que a conheça vai dizer a mesma coisa.

Calla inclina a cabeça para mim de um jeito educado que diz ao mesmo tempo "eu te amo" e "Sydney, você está bêbada?". E, sim, sim, posso estar um pouco, mas isto é importante. Não acabei o discurso. Ainda.

Meus olhos se dirigem a Johnny.

– E é por isso que eu faria qualquer coisa pela minha irmã. Qualquer coisa. Tenho sorte de poder amá-la, assim como você tem. Então... um brinde.

Ao redor de toda a mesa, sete taças se erguem sob a luz do candelabro. Tudo brilha. Parecemos um cartão de Natal.

– A Calla e Johnny – digo.

– A Calla e Johnny – ecoam todos, incluindo o homem na ponta da mesa.

Nick. (É, este é o nome dele. Nick.) Claro que eu escolho esse momento para capturar o olhar dele. Nick faz um sinal delicado e sincero com a cabeça, como se dissesse "um discurso e tanto, Syd", e eu penso no ramo de visco e nas covinhas que ele tem na lombar e – ah, sim – em como eu o seduzi em prol do governo.

Minha garganta se fecha.

Talvez eu o odeie.

E não tenho a menor ideia de como isso vai acabar para nós dois.

– Sejam bons um para o outro – acrescento com um floreio meio destrambelhado ao final. – Senão, Johnny, talvez eu precise quebrar todos os ossos do seu corpo e todas as partes boas. Beleza? E aí, quem quer peru?

Capítulo 1

UPPSALA, SUÉCIA
CINCO DIAS ANTES

Não posso simplesmente me aproximar dele e pedir para entrar na conversa. Pareceria suspeito. Em vez disso, me posicionei na beira da pista de dança e estou bebendo uma taça de champanhe tão devagar que mal sinto o gosto. O que importa é a minha boca. Ele precisa olhar para ela. Meus lábios têm uma camada generosa de batom carmim. A cor combina com o meu vestido: um tubinho tomara que caia que diz "eu sou o seu presente de Natal".

De vez em quando, Alexei gira sua parceira e inclina a cabeça na minha direção. É sutil, mas eu percebo. Perceber é o meu trabalho. O olhar dele passeia do meu tornozelo até a minha coxa exposta e, por fim, chega à minha boca. Automaticamente, mexo os lábios e meus olhos capturam os dele, brilhando por meticulosos dois segundos antes de se desviarem de um jeito tímido.

Eu não sou tímida.

Só sou esperta. E bem treinada.

E, no momento, cheia de coceiras. Mas continuo segurando a taça de champanhe com a ponta dos dedos e ignoro a comichão por baixo da minha peruca. Talvez seja óbvio, mas prefiro o meu cabelo: louro-escuro e com um corte que quase roça nos ombros. Para o meu azar, Alexei Borovkov – ou "o Búlgaro", meu alvo – gosta de morenas. Está no arquivo. As quatro namoradas dele (quatro namoradas *simultâneas*) têm cabelo comprido e escuro. Então é o que temos para hoje.

Tomo mais um gole ridiculamente lento de champanhe e espero. Metade do trabalho é esperar, manter a calma mesmo sob pressão.

Brinco com o álcool na boca e vasculho o salão de baile pela décima sexta vez. Há pisca-piscas no teto, ramos verdes enfeitando o topo das janelas salpicadas de neve e um lustre enorme de cristal anuncia riqueza. É o tipo de lugar a que eu nunca imaginaria ir quando era criança. À noite do bingo natalino da hospedaria Moose, talvez; a um baile de Natal com ingressos que custam o dobro do preço do meu primeiro carro, nunca.

Existem duas saídas livres. Vários guarda-costas andam de um lado para o outro, tentando ser discretos. E um homem no canto usa um fone de ouvido. O cara não é um dos nossos. É do Alexei. No outro lado do salão, um quarteto de cordas toca "När Det Lider Mot Jul", uma canção natalina sueca que tem muito violino, e eu acompanho o ritmo batendo meus sapatos de salto e bico finos no chão até o fim da música. Todo mundo aplaude o violinista – e chega a hora de atacar.

Eu nem preciso me preparar.

É um hábito, uma memória muscular, minha mente e meu corpo em sincronia.

Alexei dá um passo extra para longe da parceira, faz uma reverência e lança um olhar direto para mim. Por um segundo, é como se fôssemos as únicas pessoas no salão de baile.

Agora, só falta atraí-lo até mim.

Uma lenta mordiscadinha no lábio deve funcionar, como se eu imaginasse qual é o sabor dele – mas então me detenho no meio do gesto. Paro de repente. Sou uma mocinha inocente! Alexei vê isso e, como eu previa, vem na minha direção no mesmo instante, ele e sua gravata branca e seu fraque.

– Você é linda – diz.

Ele fala com um sotaque forte e estende a mão enluvada, confiante, para que eu a pegue. Meus dedos deslizam sobre os dele como se eu fosse um passarinho frágil – e não, digamos, uma agente da CIA surpreendentemente forte que poderia subjugá-lo de maneira rápida e silenciosa. Por baixo do vestido, sou uma mulher poderosa e de músculos fortes. Um treinador uma vez me descreveu como "mais fulminante do que bonita". Com ênfase no *fulminante*.

Alexei me puxa para o centro da pista de dança enquanto o quarteto volta a tocar. Uma música mais lenta agora, com mais violoncelo.

– Você é búlgaro? – pergunto, adotando um sotaque sueco.

O salão de baile fica em Uppsala, a meia hora de trem de Estocolmo, então um disfarce sueco faz mais sentido.

Alexei sorri e me puxa para mais perto do peito. Eu me controlo para não ficar rígida. Mantenho a respiração tranquila e normal. O pescoço dele tem cheiro de toranja, com um toque de couro, e o cabelo louro-claro está preso atrás das orelhas. De salto alto, sou apenas cinco centímetros mais baixa do que ele. Nós combinamos.

– Garota esperta – diz ele, depois de soltar um muxoxo. – Quer dizer que reconheceu o meu sotaque? Você fala búlgaro?

– Falo seis idiomas – respondo com sinceridade. É a primeira e única verdade que conto a ele a noite toda. – Mas o meu búlgaro não é muito bom.

– Meu sueco não é muito bom. – Os lábios de Alexei se curvam. – Aposto que tem muita coisa que podemos ensinar um ao outro...

Ele deixa a afirmação em aberto, à espera do meu nome.

– Annalisa – minto.

Annalisa Andersson. Socialite de Gotemburgo. Ela é do signo de virgem. Anda a cavalo. Gosta de gim e Dubonnet com uma fatia de limão.

É engraçado quanta coisa se pode saber sobre uma pessoa que nem existe. E quanto se pode desconhecer sobre alguém que existe.

Os dedos de Alexei se entrelaçam aos meus de um jeito que, anos atrás, provocaria um calafrio nas minhas costas.

– Está sozinha aqui, Annalisa? Não é bom ficar sozinha no Natal.

Sozinha no Natal.

Na minha linha de ação, as pessoas procuram as vulnerabilidades umas das outras. Sem saber, Alexei acessa, lenta e desconfortavelmente, a minha. Minha família aparece num flash diante dos meus olhos – Calla, vovó Ruby, Docinho, até meu pai –, então pisco e faço todo mundo desaparecer. Eles não podem estar aqui neste momento. Alexei não é o que se pode chamar de "um cara legal". Nos últimos três meses, ele vem financiando transações de armas contra aliados da Otan. Se eu não me concentrar nele, vou voltar para os Estados Unidos num saco para cadáver.

Levanto a mão para traçar as feições acentuadas do maxilar de Alexei e sussurro no ouvido dele:

– Não estou mais sozinha, não é?

Sinto o coração dele acelerar por baixo da camisa. Ele engole em seco de maneira discreta. Eu o fisguei. Sei que sim.

Noventa e cinco por cento do tempo, meu trabalho para a CIA não é assim. Em geral, recebo um conjunto muito específico de instruções: recrute espiões estrangeiros. E só. É isso que eu faço. Eu os identifico, analiso e alinho com o governo dos Estados Unidos. Já trabalhei em todo o norte da Europa e no antigo Bloco do Leste. Meses longos e frios de encontros com contatos em salões e bares discretos. Mas, às vezes, as missões vêm do nada.

Filho de um bilionário búlgaro passeando pela Europa. Vai a um baile de caridade em Uppsala. Alguém o convenceu a usar o dinheiro do pai para comprar componentes de mísseis. A vigilância por áudio e satélite não teve sucesso até agora. Precisamos descobrir quem ele vai encontrar hoje mais tarde.

E, num piscar de olhos, tenho que trocar a calça cargo por uma roupa de festa financiada pelo governo.

Danço uma música atrás da outra antes de enfiar as mãos por baixo do paletó de Alexei e acompanhar as curvas do peito dele. Meus dedos são ágeis, delicados, habilidosos.

Alexei quase ronrona.

– Sabe – murmura –, você parece aquela americana...

Tomo cuidado para evitar qualquer tensão nos meus ombros.

– ... que é atriz – termina ele, o que é bem melhor do que *espiã*. – Qual é o nome dela? Aquela do rosto redondo. Sobrancelhas escuras, cabelo louro.

– Rosto redondo... – Finjo pensar, distraindo-o ainda mais enquanto meus dedos passeiam nas laterais do corpo dele e... *Pronto*. Grudo o gravador em miniatura no forro do paletó dele.

– Ah! – diz Alexei, como se tivesse sido picado por um filhote de vespa, e meus músculos se preparam para bloquear um ataque. Por dentro, relaxo quando ele solta: – Ah, não consigo me lembrar do nome. Você dança tão bem que a minha mente está voando.

Com uma piscada de cílios, agradeço a ele.

Não temos êxitos assim com muita frequência: uma missão que acontece de maneira tão estranhamente tranquila parece até treinamento. Alexei poderia ser o instrutor fazendo papel de bilionário. Eu me irrito: suspeito que a missão tenha dado um pouco certo demais. Mas fui o mais diligente possível – e vou ficar bem atenta no caminho para casa. Quando a equipe de tecnologia finalmente manda um toque para o meu receptor de ouvido a fim de confirmar que já estão ouvindo tudo pelo microfone que escondi, lanço uma desculpa indelicada e comum.

– Preciso fazer xixi! Tchau!

Passo pela porta do banheiro, mergulho sorrateiramente no corredor oposto e entro despercebida no guarda-volumes. Tudo é coreografado, metódico. Verifico duas vezes se estou sozinha – a parte seguinte é acelerada. Tiro a peruca. Visto a parca preta. Tiro o salto alto. Visto uma calça cargo bem surrada por cima do vestido, enfiando o tecido sedoso por dentro da cintura. Calço as botas curtas de borracha. Vinte segundos, só preciso disso, e estou pronta para sair dali. Pego a minha mochila no armário do canto e saio devagar mas determinada do guarda-volumes. Em instantes, estou do lado de fora, no centro de Uppsala.

Um vento frio e flocos de neve atingem as minhas orelhas e me fazem lembrar do Maine: caminhadas com raquetes de neve em dezembro, dedos dos pés congelando antes da fogueira de acampamento, aquele primeiro gostinho do inverno. Puxo o capuz da parca e escondo o cabelo: se alguém começar a me seguir, só vai ver a silhueta de uma pessoa: elegante, possivelmente atlética, relativamente alta.

Por sorte, ninguém me segue até a estação de trem. Ninguém suspeito embarca no meu vagão. Ninguém olha por sobre o meu ombro enquanto finjo ler a revista *Plaza Kvinna*. No banheiro do trem, solto um suspiro de cansaço e ponho o pulso sob a torneira, esfregando até a maquiagem se desintegrar e o contorno da minha tatuagem de lua crescente ficar visível de novo. Às vezes, essa tatuagem minúscula parece a única marca verdadeira de quem eu era.

Salpico um bocado de água morna no rosto, olho no espelho e passo uma toalha de papel sobre os lábios vermelhos pegajosos.

Pareço feliz? Talvez seja a pergunta errada. Este emprego nunca foi para me deixar feliz. Este emprego era para me tornar... o quê? Intocável?

De volta a Estocolmo, paro na primeira loja de conveniência aberta para comprar um pão de canela sueco. Devoro um terço dele na caminhada para casa. Não exatamente a minha *casa*. O hotel Stockholm Riverside é só o lugar onde dormi nos últimos dois dias. Tudo bem. Bem melhor do que a central na Macedônia ou aquele albergue nos Bálcãs. A máquina de venda automática faz um espresso decente (se você só se importar com o nível de cafeína; a dosagem certa para mim é *cafeinado a ponto de eu conseguir prever o futuro*). Os carpetes do hotel são azuis, há quadros de vacas bem peludas nos corredores e ninguém faz perguntas além do ocasional "O que está achando da sua estadia?".

E isso é bom. Obviamente.

No saguão com painéis de madeira, penduro a sacola de compras no braço, aperto o 3 no elevador e entro ao ouvir um *ping*. Minhas botas de cano baixo fazem barulho no corredor e deixam um leve rastro de neve. Quando chego ao meu quarto (306, ao lado da máquina de delivery de cafeína), tiro uma das luvas e procuro a chave na parca.

O que será que a minha família está fazendo agora, seis dias antes do Natal, no Maine, minha terra? Não consigo evitar pensar neles.

Além disso... Ouço algo. *Alguém*. Neste momento, no meu quarto de hotel.

O barulho me atinge como um dardo no pescoço. *Nunca* apareceu ninguém no meu quarto. Nunca, nunca. Com certeza não depois de uma missão.

Eu sabia que tudo tinha sido tranquilo demais! Será que alguém me viu implantar o equipamento de vigilância auditiva no Alexei? Será que fui exposta? *Quem diabos está no meu quarto?* Eu me preparo: deixo o pão no chão, tiro a mochila do ombro e levo a mão até a arma. Do outro lado da porta, ouço uma voz feminina – e o ruído da televisão. A intrusa está assistindo à TV. Um programa de prêmios, talvez? Poderia ser? A intervalos de segundos, um sino toca – tipo *blim, blim, blim, você ganhou!* – e a pessoa dentro do meu quarto solta uma risada alta e estridente, como a Miss Piggy dos Muppets.

Isso tem toda a cara de armadilha. E nem é uma armadilha muito boa. Ela, no mínimo, deveria estar se escondendo num armário, pronta para sair de repente e me esfaquear, não?

Mesmo assim, não posso ficar do lado de fora para sempre. Tem dois meses de informações naquele quarto e eu não tenho como dar as costas para isso. Meu chefe me mataria – se a pessoa que está no quarto não tentar me matar primeiro.

De repente, a televisão para. E a voz chama:

– É você, Sydney? Entra, por favor.

O sotaque é americano. Do Meio-Oeste, ao que parece. Outro truque? Meu treinamento funciona como um reflexo. Respirar fundo duas vezes. Afastar o medo.

Pego a pistola na cintura, contorno o pão de canela e destranco a porta com um bipe. Entreabro e dou uma espiada lá dentro. Carpetes azuis, paredes azuis. Um par de tênis de corrida bem surrados ao lado da porta, bem onde os deixei. Mas sou imediatamente recebida pelo aroma inconfundível de almôndegas. Com... molho cremoso de noz-moscada? Nunca comprei uma comida dessas nem levei para o quarto. Passo pela entrada e...

– Ah, que bom. Você chegou.

A mulher no meu quarto mal olha para mim. Ela vira a cabeça mais ou menos na minha direção, só o suficiente para eu ver o contorno do perfil. O cabelo curto e castanho cai ao redor do rosto como se uma brisa o tivesse esvoaçado, embora a mulher esteja confortavelmente sentada à mesa de jantar perto da TV. Deve ter uns 40 anos... Talvez 42, 43?

O mais importante é que não tenho a menor ideia de quem ela seja.

Nem do motivo para ter pedido tantas almôndegas. A mesa está lotada, com uma bandeja de salmão defumado, uma tigela de espaguete e o que parece ser carne de cervo. Ou de rena?

– Eu estava meio faminta, então pedi tudo.

A mulher dá de ombros, fecha o cardápio do serviço de quarto e olha direto para mim agora. Os olhos são perspicazes, brilhantes e poderiam assustar uma pessoa comum.

– Você come carne, não é? Eu deveria ter pedido o dobro, mas não sabia quando você iria voltar. Suco de laranja? Tem mais comida para chegar. Fique atenta à batida na porta... Você não vai sentar?

Ela aponta para a outra cadeira.

– Desculpa – digo, sem um pingo de sinceridade. O sarcasmo transparece na minha voz. – Quem é você mesmo?

– Você não vai atirar em mim, não é?

Minha arma fica em posição, apontada para a cabeça dela, mas o leve gosto de medo se dissipa na minha boca.

– Não, a menos que você tente atirar em mim primeiro.

– Que bom – diz ela, fazendo um gesto de desdém com a mão. – Isso seria complicado. Muita papelada, e provavelmente chegaria ao noticiário se você não conseguisse encontrar um lugar pra esconder o meu corpo logo. Não tem muitas caçambas nesta cidade. Você teria que me jogar no rio. Mas, claro, o rio está congelado, então você teria que abrir um buraco. Demoraria pra caramba.

Ela pega o controle remoto, muda de canal, assiste por uns dez segundos e depois aponta para a TV.

– O que você acha que está acontecendo ali?

Nada tão esquisito quanto o que está acontecendo aqui, penso. Na tela, uma cena doméstica se desenrola. É um tipo de novela sueca. Sem tirar os olhos da mulher com as almôndegas, fico ouvindo por um tempinho, enquanto Helga – acho que o nome dela é Helga – descobre que seu amado da vida toda, Sven, a traiu. No dia do casamento deles. Com a irmã dela.

– Um drama familiar – respondo sem emoção.

Um músculo no meu maxilar se contrai de leve. A pequenos intervalos, meus olhos viajam até o armário, à espera de que um agressor (Alexei? O contato de Alexei?) saia do meio das minhas roupas de inverno.

– Ah. – A mulher funga e coça o nariz. – Sei tudo sobre dramas familiares. Era para eu estar na Finlândia agora. – Ela inclina a cabeça na direção do quarto ao lado, como se a Finlândia fosse logo ali. – Férias esquiando. Eu odeio esquiar. Neve demais. Meu filho torceu os dois pulsos no primeiro dia. Dá pra acreditar? Os *dois* pulsos.

– Que... horrível – digo com empatia suficiente, moderando as palavras.

Se é que você tem mesmo um filho. Será que está mentindo para mim? A linguagem corporal da mulher é casual, despretensiosa. Ela parece confiável, mas essas coisas podem ser disfarçadas. Aprendidas. Minha mente repassa as vogais dela, analisando se é possível pegar algum furo no sotaque americano. Talvez seja simulação. Será que ela é de alguma agência de contraespionagem? Agente de operações secretas? Ao mesmo tempo, tento me lembrar se meu notebook ainda está trancado na gaveta da cômoda.

– É, bom, assim ele vai ter motivo pra reclamar. Meu filho adora reclamar... Mas, falando sério, solta essa arma. Estou desarmada, está vendo?

Ela apalpa o suéter de lã, que parece tão finlandês que poderia ser um suvenir de loja de presentes do aeroporto. Tem desenhos de frutas silvestres vermelhas.

– Também não tem nada embaixo da mesa, está vendo? Dá uma olhada no armário, se quiser. Veja embaixo da cama. Não tem ninguém lá. Só eu, você e umas almôndegas, está bem? Estamos do mesmo lado.

Bufo e um fio de cabelo louro cai por cima do meu olho.

– Não vou simplesmente confiar que você...

– Sydney Swift – interrompe ela, recostando-se na cadeira.

Ela entrelaça as mãos com capricho no colo, como uma bibliotecária escolar. Então continua:

– Vinte e seis anos. Agente recrutadora da CIA. Excelente com idiomas. Atualmente está transformando um criminologista albanês desertor num colaborador viável... e acaba de voltar de uma festa de Natal. Filho de bilionário, acredito? Alguma coisa referente a mísseis? Você fez o ensino médio em Cape Hathaway, no Maine, onde... deixe eu ver se lembro direitinho... tocava flauta na banda marcial e ganhou o Campeonato Estadual de Debates dois anos seguidos. Posso mostrar uma foto?

Minha boca fica seca. *Como... Como...?*

Devagar, ela tira uma fotografia de baixo do prato de almôndegas, deslizando-a com dois dedos por sobre a mesa. A imagem mostra uma garota de 16 anos com cabelo queimado de sol, sobrancelhas densas e aparelho ortodôntico nos dentes. Os olhos inteligentes encaram a câmera, como um gato.

Ela está segurando um troféu de debate.

Sou *eu*.

– Estudou relações internacionais em Bowdoin – continua a mulher –, depois em Georgetown. Formada com louvor. Sua mãe faleceu de repente quando a sua irmãzinha era bebê, num acidente de carro, então você foi criada pelo seu pai e uma avó. No treinamento da CIA, foi a terceira melhor da turma em recrutamento de colaboradores e a segunda em direção defensiva. Seu telefone pessoal tem mais fotos de uma cachorrinha chamada Docinho do que de seres humanos. Nenhum relacionamento romântico no momento. Na verdade, bem solteira. Como estou indo até agora?

Ela acertou tudo. Absolutamente tudo. Meu último namorado e eu tínhamos terminado às duas da manhã no estacionamento de Langley, depois de ele me dizer que era difícil demais namorar uma espiã. E ele *era* espião.

Trinco os dentes.

– Mais ou menos bem? – pergunta a mulher. – Eu sei. Hora de se sentar.

O nome dela é Gail Jarvis. Supostamente. Supostamente se trata *da* Gail Jarvis, vice-diretora associada do FBI. Ela tira o distintivo do bolso devagar, junto com uma mensagem de vídeo gravada pelo meu chefe, que não *parece* estar sob nenhuma pressão. (Se bem que devo admitir que é difícil identificar; Sandeep é uma pessoa notoriamente animada.) Depois de cinco minutos de conversa, devolvo minha arma para a cintura, mais ou menos confiante de que Gail não vai me estrangular com arame. Pelo menos, não agora.

Do lado de fora, um grupo barulhento grita algo em sueco sobre as bebidas da festa do escritório, em seguida o serviço de quarto bate à porta para entregar duas tigelas de sopa de ervilha. Gail dá uma gorjeta para o garçom e, sem fazer nenhum movimento brusco, volta para a mesa.

– Ah – diz ela, tomando algumas colheradas de sopa. – Está muito boa. Encorpada. Os suecos sabem fazer uma boa sopa, tenho que reconhecer. – Então, ela volta ao trabalho. – Já fiz a introdução. Em essência, preciso que trabalhe pra mim.

– Temporariamente – recapitulo, com a mão sob o queixo.

Meus dedos tamborilam na maçã do meu rosto. Gail e eu estamos numa partida de xadrez. A jogada é dela.

– Temporariamente – repete ela.

– Como uma transferência interagências?

– Correto.

Lanço um olhar para ela do tipo *Gail, você sabe que nada disso faz sentido*, o que envolve semicerrar um olho e inclinar de leve a boca. Como ela não parece entender a expressão, eu a desfaço e digo, direta como sempre:

– Isso não faz sentido.

Gail espeta uma almôndega com o garfo.

– Qual parte especificamente?

Será que devo deixá-la usar um garfo? Não parece muito ameaçador, embora, em teoria, eu conseguisse matar alguém com menos do que isso.

– Digamos que você seja quem diz ser – começo, entrelaçando as mãos e apoiando-as na mesa. Nunca estive nessa posição, então me fio na autoconfiança. – Digamos que você estivesse mesmo por acaso na Finlândia "de férias". – Faço as aspas no ar com os dedos. – O que é uma baita coincidência... Por que invadir o meu quarto de hotel? Por que eu? Você ainda nem me disse qual é a tarefa. Por que não escolher um dos seus agentes?

– Não posso. – Ela envolve a almôndega no molho cremoso, o que reaviva minha fome. – As coisas estão chegando ao FBI e não estão *ficando* lá. E até mesmo o menor detalhe deste caso é importante demais pra vazar. Tenho suspeitas em relação a pessoas do meu departamento.

Segue-se uma pausa longa demais. O FBI não é evasivo.

– E? – pressiono. Gosto de ir direto ao assunto. – Por que precisa de mim?

Gail morde uma almôndega e engole, pensativa.

– Bem, pra começar, você é mulher. Eu confio em mulheres. Não em todas, claro, mas sempre voto em mulheres.

Ela faz um movimento acentuado com a mão, como se fatiasse manteiga.

– Não é um jeito eficaz de votar – digo.

Mesmo assim, um canto da minha boca se curva, formando um sorriso relutante. Existem tão poucas mulheres em cargos superiores nas agências de inteligência que elas devem até ter um aperto de mãos secreto.

Gail dá de ombros.

– Funciona pra mim. E não "invadi" o seu quarto de hotel, como você alega. Não houve nenhum dano. Só uma chave roubada daquele saguão bagunçado. Eu gostaria de dizer que a escolhi pra tarefa porque você é a melhor. Mas isso começaria o nosso relacionamento com base numa mentira. Você sabe que a CIA e o FBI brigam como dois bicudos, então você não é a minha primeira opção. Não tenho a menor ideia se você é a melhor.

Seu arquivo diz que você é competente em campo, mas, sinceramente, eu preciso de você porque você é a única que vai conseguir cumprir a missão com bom senso.

No meu estômago, um medo sutil se mistura à curiosidade, formando um coquetel borbulhante. Isso sempre acontece pouco antes de o meu chefe entregar uma missão. É como ficar parada à porta aberta de um avião, com o paraquedas preso nas costas. O chão ondula numa colcha de retalhos lá embaixo e a sua respiração fica presa na garganta.

– E a missão é…?

– Está vendo estas olheiras? – responde Gail com uma pergunta.

Um dos dedos dela puxa a pele sob os olhos. Está azulada e ressecada.

– Este caso todo. Este *único* caso. Parece que venho seguindo essa família ao longo de metade da minha carreira. Primeiro o avô, depois o pai e agora o filho. Johnny. Johnny Jones. Reconhece o nome?

Reconheço. Crime organizado. Uma família de Boston.

– Eu deveria?

Gail sibila.

– Ai, droga!

– "Ai, droga" o quê?

– Eu esperava que você soubesse.

– Soubesse do quê? – indago, irritada.

– Acho bom você respirar fundo.

– Estou respirando.

– É, mas não está respirando *fundo*.

Ok, minha paciência se esgotou. Sou direta mais uma vez.

– Fala de uma vez.

Devo reconhecer que Gail desembesta a falar.

– A família Jones é mais difícil de decifrar do que a máfia italiana. Eles eram criminosos de amplo espectro. Apostas, roubo de carros, chantagens, corrupção de oficiais públicos, tudo que você imaginar. Começaram administrando tudo por meio de uma rede de cafeterias. O avô era chamado de Rei do Café.

Ela faz uma pausa, aparentemente para dar um efeito dramático.

– Mas no último ano e meio… silêncio. Todo mundo achava que eles tinham se enfiado totalmente no submundo. Até eu começar a juntar as peças. A conectar os crimes em todo o país, nas costas Leste e Oeste e em partes do Canadá. *Assaltos*. A família agora faz assaltos.

– Joalherias? – pergunto, profissional, fazendo-a continuar.

– Joalherias, museus, bancos, residências particulares... milhões e milhões de dólares. Você se lembra do assalto ao museu de arte em St. Louis, três meses atrás? Aquele em que dois civis foram baleados? Foram *eles*. Passei quase oito anos tentando me infiltrar na rede deles. Estava começando a achar que era impossível, pelo menos durante a minha vida. E aí, semana passada, Johnny Jones, o filho, anunciou que estava noivo.

Um calafrio de pânico dispara pelas minhas costas.

– Ok...

– Da sua irmã.

O que ela diz não faz sentido no início. As palavras dela não parecem *palavras*. Desconfio que a televisão está em curto, mas não, é só a minha visão. Com certeza tem um borrão nas bordas.

– Não – digo, no automático.

Gail ergue as sobrancelhas como se dissesse: *Bem, é verdade*.

As pontas dos meus dedos ficam dormentes e as minhas lembranças borbulham como ácido: Calla e eu na escola, com lancheiras de lagosta combinando. Calla me dando língua, depois dizendo: "Vamos apostar corrida até o balanço!" Irmã mais nova. Melhor irmã.

– Isso é... isso é impossível – digo a Gail, sem conseguir conter o tremor na minha voz. E isso nunca acontece comigo. – Você está brincando.

– Eu pareço o tipo de pessoa que tiraria uma galinha de borracha do bolso?

– Não – repito, mais para mim do que para ela.

Vejo Calla e eu de férias com vovó Ruby no parque nacional Acadia. Calla e eu juntando cotões de poeira no sótão e dizendo que eram nossos coelhinhos. Nós duas encolhidas embaixo de uma coberta depois que o meu pai foi embora, eu sussurrando que nunca mais iria deixar que nada de ruim acontecesse com ela. Uma onda de náusea golpeia as minhas costelas.

– Não, Calla *nunca faria...*

– Calla *fez* – interrompe Gail. – Sinto muito por ela não ter contado para você. Mas o fato não muda: a sua irmã vai se casar e fazer parte de uma das famílias criminosas mais evasivas que os Estados Unidos já produziram. E você vai reunir informações sobre eles.

Meu queixo cai e eu encaro Gail.

– Está me pedindo pra espionar minha irmã?

– Viu, é isso. Bem como diz o seu arquivo. Você *é* inteligente.

A condescendência dela é como um empurrão num rio gelado e isso… tudo isso… está me puxando para baixo.

– Não. Não, não vou fazer isso. Não pode pedir que eu faça isso.

Gail franze a testa, formando uma ruga profunda.

– Claro que posso. Acabei de pedir.

– Ela é minha *irmã*…

– Que vai se casar com um suspeito de crime – retruca Gail. – Sim, eu sei bem. E você pode até acreditar que Calla é inocente e ignora as circunstâncias. Tudo bem. Pode acreditar à vontade. Mas aqui estão os fatos, Sydney. No último assalto que a família Jones realizou, um homem de cerca de 80 anos foi jogado com tanta força no chão que teve traumatismo craniano em três pontos. Ele está em coma induzido há mais de um mês, talvez nunca acorde, e o cachorro dele está com saudade. Posso mostrar uma foto do cachorro?

Meu estômago afunda. Eu sei o que ela está fazendo.

– Para.

Gail não para.

– O nome dele é Puffin. É um labrador chocolate com olhos muito tristes. E uma mulher, com cerca de 30 anos, foi atingida por uma bala perdida. Ainda está no hospital. *Pode* sobreviver, mas existe a chance de os dois filhos acordarem na manhã de Natal sem a mãe.

Uma dor intensa sobe pela minha garganta.

– Gail.

– Há um padrão – continua Gail. – Cada assalto é maior, mais perigoso. Cada vez o número de pessoas feridas aumenta. Nós ouvimos duas conversas nas últimas 48 horas. A primeira diz que o próximo assalto é no réveillon. E a segunda, que alguém da organização deles comprou mais de vinte quilos de C4 no mercado ilegal.

Vinte *quilos?* Isso é… suficiente para explodir uma série de bancos. Uma rua inteira. No réveillon, com tanta gente?

– Meu Deus – sussurro.

– Isso é muito mais importante do que a sua família – destaca Gail. – Com essa quantidade de C4, *milhares* de pessoas podem se ferir. Qual é o alvo? Quais são os planos deles? Como podemos interrompê-los antes que façam o pior ataque? Calla vai levar Johnny pra casa pra conhecer a sua avó nas festas de fim de ano, então você vai ter a oportunidade de descobrir. Que delícia, um tempinho com a família! Faça as malas e vá pro Maine.

Capítulo 2

O que se dá de presente de Natal para um mestre do crime?

Franzindo o nariz, pego uma capa para chaleira feita em algodão e a analiso. Renas minúsculas valsam no desenho do tecido. Essa não serve. Minha cesta já está cheia de Toblerones e peguei dois suéteres de tricô, uma lata de chá preto natalino com especiarias e uma camiseta estampada com a família real sueca. Eu planejava enviar alguma coisa da Amazon, mas, já que vou para *casa* no Natal, é melhor chegar com presentes. Presentes muito bons, como...

Meus olhos encontram uma caneca em que se lê COM AMOR, DO AEROPORTO ARLANDA, ESTOCOLMO. Tem um viking nela gritando uma saudação.

Mais uma vez, não é exatamente o que procuro.

Ao meu redor, os clientes do aeroporto vasculham a loja de presentes com leveza e despreocupação e – ao que parece – bem descansados. Não dormi nada na última noite. Por volta das 3h30, meu chefe confirmou que minha missão com Alexei fora um sucesso – e que Gail dissera a verdade. Ela trabalha mesmo para o FBI. Calla vai, de fato, se casar com Johnny Jones.

Como diabos isso *aconteceu*? Como foi que eles se conheceram? Há quanto tempo namoram? Quando é o casamento? Calla sabe que o noivo é procurado por suposta atividade criminosa?

Não deve saber.

Esfrego as pálpebras e digo a mim mesma: *De jeito nenhum*. Calla costuma seguir regras. Ela é o tipo de pessoa que lê os termos e as condições antes de uma atualização de software. Uma vez, no quinto ano, fizemos cartões de Natal para os nossos vizinhos e ela se recusou a abrir a caixa de correio deles para colocar os cartões, por causa de fraude postal. Afinal, e se mexêssemos sem querer nos folhetos indesejados deles? E ela é gentil. Uma vez eu a vi atravessar uma autoestrada de oito pistas para salvar uma tartaruga. Ela desvia de pombos. Ela recicla com o tipo de fervor geralmente reservado para esportes olímpicos.

Eu conheço a minha irmã.

Eu a conheço.

Mas aquela vozinha titubeia na minha cabeça, aquela que sempre aparece quando estou tensa, quando questiono os motivos de alguém: *Você a conhece, Sydney? Você a conhece mesmo?* Qualquer pessoa é capaz de qualquer coisa, não é?

Será que posso confiar no meu julgamento quando se trata das pessoas que mais amo?

– É só isso – digo, largando a cesta ao lado da caixa registradora.

Como é que Calla estava agindo quando nos encontramos da última vez? Normal, certo? Parecia ela mesma? Fazia quatro meses, numa viagem rápida que fiz. Eu ia me encontrar com um contato perto da biblioteca pública de Boston e passei no apartamento dela naquela manhã de sábado – levei pãezinhos, café e uma oferta de paz. *Desculpe por andar tão ocupada. Eu sou péssima.* Ela ofegou ao me ver e me puxou para um abraço apertado, depois conversamos no sofá dela por duas horas. Sobre o emprego dela na escola local de ensino fundamental. Sobre os alunos dela e a hortinha e sobre a ideia dela de adotar um gatinho.

Quase nada sobre mim.

Eu me tornei boa em desviar desse tipo de pergunta.

Em vários níveis, minha irmã e eu somos iguais. Organizadas, meticulosas, determinadas. Olhos cor de mel e cílios grossos da família do meu pai, maçãs do rosto destacadas e um sorriso largo do lado da minha mãe. Mas Calla é muito mais confiável do que eu. Mais aberta. Ela é movida pelo coração, enquanto, atualmente, eu sou mais como aquele gato arredio que ela queria tirar do abrigo: carinhosa de vez em quando, mas também desconfiada. Quando você deixa as emoções tomarem conta, quando permite que as pessoas entrem muito na sua vida, é aí que a merda bate no ventilador.

– Quanto Toblerone – observa o caixa.

27

– Feriado prolongado – digo sem nenhuma emoção, abrindo um chocolate e dando uma mordida.

A meio caminho do meu portão no aeroporto, lembro-me de algo com um choque – vasculho a mochila e pego meu celular pessoal. A última mensagem de Calla na caixa postal é de quase uma semana antes. A voz dela gorjeia pelo alto-falante.

Oi, Syd. Sou eu. Lembra de mim? Sua irmã? Mais ou menos da sua altura, cabelo castanho, uma cicatriz no joelho de quando nós duas pulamos do balanço? Ok, agora que tem a imagem mental correta... Você tem estado muito ausente nos últimos tempos. Me liga, tá? Eu tenho... tenho uma notícia. Ninguém está morrendo nem nada. Não é nada ruim, mas... me liga, tá? Te amo, tchau.

Você nem retornou a ligação dela, penso, com um nó na garganta. Tive a viagem para Oslo, depois Estocolmo, e meu codinome mudou duas vezes – mas, *merda,* isso não é desculpa. Depois de três anos na CIA, achei que já estaria melhor nessas coisas. Equilibrar emprego e família. Manter contato com Calla, com vovó Ruby. Quando mergulhei no trabalho, não era para me afastar *delas*.

Sinto uma fisgada nos olhos e pisco para afastar a dor. É meio da noite em Boston, onde Calla mora, então mando uma mensagem de texto ("Desculpe não ter retornado a sua ligação, prometo que vamos conversar quando você acordar"), enfio o celular na mala e pego dois chicletes de frutas vermelhas, que masco com mais do que uma pitada de violência. Eu deveria me esforçar mais para me moldar à imagem de alegria natalina, mas toda vez que penso *Papai Noel! Flocos de neve! Sidra quente e uma manjedoura!,* também penso *Sua maninha vai se casar com um mestre do crime e você estava ocupada demais para atender à porcaria do celular.*

No primeiro ano depois de entrar para a CIA, eu ainda cuidava de Calla. Não em coisas importantes. Só em coisinhas: dando um pouco de dinheiro para o material de aula, lembrando a ela de colocar mais ar nos pneus antes de uma onda de frio. Apesar de toda a sua organização, Calla às vezes se esquece *de si mesma* – e eu a ajudo a se lembrar. Eu enviava comprimidos de vitamina C e um frasco de zinco durante a temporada de gripe. Mandava entregar sacos de sal grosso no apartamento dela em Boston, porque teve um ano em que ela não pediu o sal, escorregou no gelo da calçada e quebrou o cóccix.

Quando foi que parei de cuidar dela de todas as maneiras que importavam?

Por que eu deixei isso acontecer?

Calla e eu crescemos em Cape Hathaway, no Maine, uma cidade que é tão pitoresca quanto parece. Íamos para a escola de bicicleta, colhíamos mirtilos como crianças de um catálogo de roupas infantis e fazíamos nossa ronda de "gostosuras ou travessuras" sob a aurora boreal. Todo ano, em Cape Hathaway, o clima muda de maneira agressiva depois do Halloween, anunciando o fim da temporada de turistas tardios e o início oficial do inverno. Sei que alguns moradores do Maine gostam de reclamar da neve (é fria demais, molhada demais), mas eu nunca me canso dela. Foi Calla que fez isso comigo. No primeiro floco de neve, ela sempre me acordava de madrugada, me arrastava para a entrada da garagem e me mandava estender as mãos: "Você tem que comer o primeiro floco que pegar. Dá sorte", dizia ela. "Você que inventou isso", eu rebatia, e ela dava de ombros e só falava: "Talvez sim. Talvez não."

E nós ficávamos paradas lá, botas no concreto uma ao lado da outra, sem saber que anos depois – quando Calla tinha 14 anos e eu, 16 – veríamos nosso pai ir embora. Nós vimos a caminhonete dele deixar rastros na entrada da garagem coberta de neve e acenamos com as nossas luvinhas. Ele só estava saindo para acampar, certo? Só iria nos deixar por um tempinho...

Minha respiração falha quando o avião pousa e eu vejo toda a neve pela janela. Um manto de um metro de altura cobre Portland. São 16h36 e o sol já se pôs, mas, com as luzes da cidade, ainda consigo vislumbrar o vapor que sai dos prédios. Uma névoa delicada cai sobre a cidade. O ar do fim da tarde está denso e congelante. Ainda bem que coloquei minhas luvas térmicas na mala.

E a minha arma de choque.

Na locadora de carros do aeroporto, escolho um carro que diz "Não sou uma ameaça para você, Johnny Jones, e definitivamente não sou espiã", depois dirijo o Prius enquanto ele desliza no gelo em direção à minha cidade natal. Infelizmente, eu não poderia parecer mais uma agente recrutadora da CIA nem se tivesse escrito ESPIÃ na testa. No Maine, meu guarda-roupa era cheio de argolas douradas e casacos de moletom coloridos e salpicados de tinta; hoje, estou usando uma blusa preta de gola rulê, botas de neve pretas e uma calça jeans preta que gruda nas curvas dos meus músculos. Além disso, tomei dois espressos triplos para manter o foco. A cafeína está correndo pelas minhas veias como galgos em miniatura e, toda vez que pisco, vejo o rosto de Johnny. Na noite passada, Gail me mandou fotos de rosto, além de dois gigas de arquivos para analisar e, sim, eu meio que entendi por que Calla se apaixonou por ele. Fisicamente, quero dizer. Cachos suaves, cabelo louro-surfista. Ombros de jogador de futebol americano. Olhos lindos de morrer.

Porque ele poderia mesmo matar você, Sydney, penso e seguro o volante com força. Dentro dos dois gigas que recebi estavam a pesquisa pessoal de Gail, além de todas as imagens de câmeras de segurança disponíveis dos últimos três assaltos. Homens de máscara preta empunhando pistolas e dando tiros a esmo em civis antes de fugir com milhões.

Os homens de Johnny. As armas de Johnny.

Enfim, é nisso que Gail acredita. Ela rastreou sua rede de comparsas no país todo e viu que eles estavam a pouco mais de um quilômetro de cada assalto. Johnny nunca está na cena (seus álibis são sólidos; ele obriga outras pessoas a fazerem o trabalho sujo), mas suas digitais estão em todos os planos. O que falta é uma evidência incontestável para ligá-lo aos crimes – e para impedir seu pior ataque, que está por vir.

Inspiro de maneira acentuada e confiante de que vou consertar tudo antes do Ano-Novo, então aumento a temperatura nos bancos. Lá fora faz 27 graus negativos. Pelo menos, com as minhas meias de lã e a parca que comprei na Suécia, não estou congelando. Até me pego cantarolando junto com as músicas natalinas do rádio e piso um pouco mais fundo no acelerador. Estou bem. Posso resolver isso, como sempre resolvo os meus casos. Nada precisa mudar.

Casas passam aceleradas. Luzes piscantes multicoloridas cintilam sob o céu congelante. Quanto mais me afasto de Portland, mais elaboradas ficam as decorações de fim de ano. Alguém fez um trenó completo à mão, com doze renas enormes. Em outro quintal, vejo uma menorá tão alta que se embola nos galhos das árvores. Quando chego a Cape Hathaway, a animação natalina explode.

Minha cidade natal leva a temporada festiva a sério. Talvez até demais. Temos uma competição extraoficial com a cidade ao lado, que sobrevive da pesca de lagostas. Todo ano tentamos superá-los no quesito animação. É questão de vida ou morte… pelo menos é o que vovó Ruby acha. Ela é encarregada de metade das vitrines da rua principal da nossa cidade da purpurina. Purpurina, festão e guirlandas cintilantes. Bengalas doces de mais de meio metro de altura são iluminadas e decoram as calçadas. E toda casa é enfeitada à perfeição, com velas nas janelas e fitas nas portas. Papais Noéis gigantescos e com a barba coberta de neve se movimentam, acenando para todos.

Viro à esquerda na Cook Lane, tamborilando no volante, e recapitulo o plano. É o seguinte: *Pegar o celular de Johnny e implantar um vírus de rastreamento que Gail forneceu, rastreá-lo, determinar qual é o alvo dele no ano-novo e frustrar o assalto. Feliz Natal, eba! Usar todos os meios necessários para impedir o canalha de se casar com a minha irmã.* Só por cima do meu cadáver Calla vai se casar com um criminoso.

Espero que não literalmente.

Quer dizer, isso seria o *contrário* de boas festas.

Bem quando estou entrando no meu antigo bairro, meu celular de trabalho toca.

– Alô – atendo.

É Gail.

– Que bom, você já chegou. O voo da Calla e do Johnny atrasou. Daqui a mais ou menos 45 minutos, eles vão chegar em casa com Marco, um dos guarda-costas do Johnny. Dezesseis minutos atrás, sua avó Ruth…

– Ruby – corrijo. – Vovó Ruby.

– Ruth, Ruby. Tanto faz. Enfim, ela saiu para ir ao supermercado, então saiba que as sementes foram plantadas. Um técnico entrou e saiu mais cedo. Você não precisa plantar nada.

– Espera… – Balanço a cabeça. O FBI instalou escutas na minha casa?

Eu não deveria ficar surpresa, mas… essa suspeita é um tapa na cara. – Isso não estava no plano. Você não combinou isso comigo.

– Ah. – Gail faz uma pausa. – Achei que fosse praxe.

Seguro o celular com mais força e o meu jeito rude assume.

– Eles são cidadãos comuns, Gail. Minha família. Não temos um mandado. Por que eu presumiria que iríamos colocar uma escuta para vigiar a minha *avó Ruby*?

– Vejo que não estamos mais falando em código.

Passo a língua nos dentes.

– Você chamou de "plantar as sementes". Quem vai achar que estamos falando de jardinagem?

– Nós estamos falando de jardinagem. Eu planto tomates no verão. Um hobby muito relaxante. – Gail pigarreia. – Sei que pode ser tentador, mas, por favor, lembre-se do que a gente conversou. Você não pode, sob *nenhuma* circunstância, falar da missão com a sua irmã.

– Nós também não conversamos sobre isso.

– Estava implícito.

E ela está certa: estava mesmo. Mas isso não significa que eu não questione a ideia. Na verdade, foi por isso que passei a noite toda com olhos marejados. Será que eu podia falar dos detalhes da tarefa com Calla? Será que podia contar sobre Johnny? O sol estava nascendo sobre os telhados de Estocolmo quando a realidade me atropelou: *Não, Sydney, você não pode falar.* Tenho certeza absoluta que Calla não faz parte da organização de Johnny, mas… vinte quilos de explosivos no réveillon? Eu não podia arriscar esse tipo de ameaça a vidas humanas.

– Antes que você revele o seu disfarce, precisamos de evidências suficientes para pegar o Johnny – continua Gail. – E não tenho nenhuma garantia de que Calla mantenha a fachada se souber da situação.

Também tem isso. Entregar tantas informações confidenciais a Calla, de um jeito apressado e sob pressão, só a colocaria numa posição mais comprometedora.

– Bem – desvio do assunto, ainda discutindo comigo mesma –, ela pode se juntar a nós se…

– Sydney? *Não.* Você só precisa fazer o noivo confiar em você, entendeu? Boa sorte.

E aí ela desliga.

Fico encarando o celular, entendendo por que – como diz Gail – a CIA e o FBI não se bicam. Além disso, se eles plantaram escutas, isso significa que o FBI também está me observando. Não confiam totalmente em mim. Por que confiariam? A minha irmã vai se casar com alguém da família Jones. O que significa que *eu* poderia fazer parte dessa família...

O Prius sacoleja quando faço a curva na entrada da garagem, com a neve cedendo sob os pneus. A casa da minha avó – a *minha* casa – está exatamente como antes: tem quase cem anos, cheia de janelas grandes e arrojadas e madeira amarela, de modo que se destaca feito um raio de sol na escuridão do inverno. Há luzes no formato de pingentes de gelo no alpendre do térreo e guirlandas de abeto enroscadas nas colunas. Lá está o meu antigo quarto, perto do junípero que continua enfeitado com as antigas casas de passarinho do meu pai. Calla e eu passamos muitas horas naquela árvore, usando binóculos para ficar de olho nos gatos dos vizinhos. Como era mesmo o nome deles?

Milton e *Cat Benetar*, eu me lembro, ainda tensa por causa do telefonema. E tensa por estar em casa também – e por todas as lembranças que voltam com força. Dá para ver a minha pulsação latejando no pescoço. Acabei de olhar pelo espelho retrovisor.

Inspiro, prendo a respiração e solto o ar. *Ok.*

Estaciono, pego a bagagem no porta-malas e procuro a minha cópia da chave, na esperança de que a minha avó não tenha trocado a fechadura. Claro que eu poderia esperar por ela na entrada da garagem. Conheço a minha avó: não se demora nos corredores do mercado; seleciona tudo com determinação. As compras são jogadas no carrinho numa velocidade de esmagar as frutas. Ela vai estar de volta em quinze minutos. Mas a entrada da garagem é a minha parte menos preferida da casa toda – quase consigo ver os rastros dos pneus da caminhonete do meu pai – e está congelante aqui fora, com a neve começando a cair forte...

Por sorte, a chave serve. A maçaneta gira.

E o amor da minha vida está esperando por mim logo atrás da porta.

O nome dela é Docinho. O pelo tem manchas pretas e brancas, como um cavalo Appaloosa, e os olhos são daquele tom chocolate acolhedor que deixa nossas pernas bambas. Existe um ditado sobre almas gêmeas. Todo mundo tem uma – e é bem possível que ela seja um cachorro. Olhando para essa coisa linda, com a papada rosada e gordinha e o rabo balançando só por me ver, eu penso: *É verdade. Ai, meu Deus, é totalmente verdade.*

Ela corre até os meus tornozelos.

É como o reencontro em câmera lenta no fim de um filme, como se estivéssemos num campo, não num vestíbulo. Eu me ajoelho e faço a vozinha fina que reservo apenas para os cães.

– Docinho! Quem é o meu Docinho *mais doce*? É você!

Ela sacode o traseiro e me dá dois beijos demorados que cobrem meu rosto de baba e deixam um lustre espesso. Seu chorinho baixo traz uma pergunta: *Por onde você andou?*

A culpa me deixa arrasada. Meu estômago se contrai.

– Boa pergunta – sussurro em resposta.

Se um dos meus colegas me perguntasse por que entrei para a CIA, eu daria uma resposta superficial: pelo desafio, pelo espírito do dever.

Nada disso seria verdade. A verdade é que o meu disfarce na CIA tem suas vantagens. Ninguém pode magoar uma pessoa se mal sabe quem ela é.

Mas os cachorros? Os cachorros são diferentes. Posso ser inteira e completa com eles, sem me esconder. Cachorros nunca enganam; eles nunca são nada além de sinceros.

– Eu daria a minha vida por você – digo a Docinho, segurando o focinho dela.

Que legal, dizem os olhos da bichinha. Ela dá uma bufada satisfeita, ofegando com uma risada.

Quando já estávamos nos últimos anos do ensino fundamental, Calla e eu não podíamos ter um cachorro. Eles sujavam tudo de lama. Cobriam os sofás de pelo. Esses pelos acabavam chegando à cozinha e, de repente, você estava comendo pelo de cachorro com a sua comida. Tudo isso, claro, era o que a vovó Ruby dizia. Ela, que acabou se tornando a fã número 1 da Docinho. A mulher enfeitou a casa toda com imagens da Docinho. Ela tem luvas térmicas estampadas com fotos da Docinho. Descansos de prato da Docinho. Uma caixa de correio no formato da Docinho que até hoje é assunto na vizinhança. Tem uma nova pintura a óleo dela sobre o console da lareira na sala de estar, com festão ao redor. Claro que nossa cachorrinha desconhece alegremente a sua ascensão à santidade e, ao mesmo tempo, aceita toda a atenção.

– Quer um biscoitinho? – pergunto a ela, abrindo o pote de petiscos perto da escada. – Você quer?

Sim! Sim! Ela quer! As patinhas batem, felizes, na madeira. Um som tão familiar... O cheiro da casa também é familiar: cravo-da-índia moído e gengibre fresco, com um toque de pinho. Desde a faculdade, pus os pés neste vestíbulo em poucas ocasiões. Todas as vezes aconteceu um bombardeio de emoções conflitantes. Felicidade pelas recordações, raiva porque as coisas nunca voltarão a ser como antes. Nostalgia. Sentir, ao mesmo tempo, que sou uma estranha aqui e que nunca fui embora. Eu decidi me juntar à CIA logo depois da faculdade, num momento como este: voltei para casa por uma semana no verão, dormi nos mesmos lençóis, comi os mesmos biscoitos. Mergulhar de novo na vida familiar foi... demais. Uma parte de mim queria achar que as minhas memórias de família, as ruins, pertenciam a outra pessoa.

Agora, o corrimão instável está enfeitado com fitas, como se fosse um presente comprido e tubular, e, quando toco nele, meus dedos ficam purpurinados. Outra lembrança. Manhã de Natal. Pijama xadrez verde. Eu e Calla, com as mãos purpurinadas, e...

Alguém esteve aqui há pouco tempo. Nesta casa. Plantando escutas para espionar *a minha família*. Não só Johnny. Vovó Ruby e Calla também. A estranheza disso me atinge com mais força ainda. De um jeito que faz o ácido do estômago revirar. Calla é inocente. Ela não está envolvida em assaltos com tiros em reféns nem em *nenhum outro* crime. Noventa e nove por cento de mim acredita nisso. Mas não existe a possibilidade mínima, minúscula, de Calla conhecer o verdadeiro Johnny? Ela vê a bondade nas pessoas, seu potencial, e pode ter sido envolvida em algo que... simplesmente saiu do controle. E se as escutas capturarem algo que comprometa *Calla*?

Aquele sininho de alerta toca de novo nos meus ouvidos. E se, depois de tanto tempo sem conviver com minha irmã, uma parte do caráter dela tenha mudado e eu não percebi?

Sou a oficial deste caso.

E se *eu* mandar a minha irmã caçula para uma prisão federal?

Na minha mente, uma Calla de 7 anos me mostra a língua mais uma vez – e o vestíbulo gira. Fico nauseada. Aos meus pés, Docinho inclina a cabeça, com as orelhas para cima.

– Você deveria me julgar neste momento – digo a ela.

Docinho inclina ainda mais a cabeça.

– Eu sei, você nunca faria isso.

Em seguida, estou espreitando enquanto subo a escada. Para quem não sabe o que procurar, é quase impossível encontrar a maioria das escutas. Mas eu sei. Posso verificar alguns pontos, ver onde os microfones *devem* estar escondidos. Desse jeito, quando conversar com Calla – conversar de verdade mesmo –, não seremos gravadas. Se encontrar algumas, posso até... mudá-las de lugar. Mover para áreas diferentes da casa. Lugares onde *Johnny* vá estar e Calla, não.

Enquanto espreito o quarto de hóspedes, com a mistura de mastim e terrier aos meus calcanhares, percebo que isso não faz sentido. Docinho acha que é uma brincadeira. Uma brincadeira muito divertida! *Eu* saio em disparada, feito uma bola quicando, e *ela* me segue com o olhar, o rabo batendo rápido como as asas de uma abelha.

Onde é que o técnico esconderia as escutas? Onde *eu* esconderia?

Meu olhar vasculha as prateleiras. Assim como o resto da casa, o quarto de hóspedes tem uma aconchegante decoração de Natal. Há uma guirlanda de flocos de neve de papel pendurada sobre uma fileira de porta-retratos. Um elfo me encara entre dois livros de capa dura. Ele parece me julgar.

– Eu sei, eu sei – resmungo, com a pulsação acelerando contra a minha vontade.

O que vovó Ruby diria se soubesse que a espionei? Que arranquei livros das prateleiras, vasculhei a casa dela? *Ela nunca vai descobrir*, penso, mas essa ideia já penetrou minha pele e se instalou ali. Ela me dá coceira.

Nunca fico assim em missões. Sou impenetrável. Contenho as minhas emoções. No entanto, Docinho nunca está por perto e, aqui, não estou disfarçada. Sou a menina de 7 anos que ralou o queixo ao tropeçar neste tapete; sou a garota de 12 anos que fazia fortalezas com lençóis recém-lavados tirados *deste* armário. Abro a porta depressa e penso: *Não, não... o chuveiro*. Provavelmente colocaram escutas no chuveiro.

Uma coisa que nunca entendo nos filmes: os criminosos sempre sussurram seus maiores segredos no chuveiro. Eles abrem a torneira para "ninguém ouvir". *Besteira.* Vocês acham que a CIA não tem tecnologias à prova d'água? Acham que uma equipe técnica não consegue filtrar o som de um pouco de água? Certamente tem um microfone em algum lugar do banheiro.

Nessa hora, Docinho decide investigar de novo a lata de biscoitos no andar de baixo, talvez para ver se deixou alguma migalha para trás. Ótimo. É bobeira, mas não quero que Docinho me veja desse jeito, verificando a base do porta-escovas de dentes, vasculhando o armário de parede e, por fim, passando pela cortina para inspecionar acima da banheira.

Eu me lembro dos meus banhos de banheira aqui quando era criança. Desta cortina. Minha avó compra a mesma estampa desde 1997. Tem patinhos nela. Também tem um sabonete cheiroso na saboneteira: cabana de madeira e brisa do mar. Os cantos dos meus olhos se contraem e eu procuro cuidadosamente um pontinho preto. Minhas mãos percorrem a reentrância de azulejos sobre o chuveiro. *Não, não... Não sinto nada... Não.* Mas noto outra coisa.

Algo bem pior.

O som de passos. Vindo na direção do banheiro de hóspedes.

Sinto um nó no estômago ao perceber que é tarde demais. Tarde demais para sair pela janela do banheiro. Tarde demais para sair da banheira. A porta se escancara, o roupão de hóspede se agita no gancho e vejo o contorno borrado de um homem através dos patinhos. Ele tropeça no capacho do banheiro e tira um par de fones de ouvido, que coloca na pia com cuidado.

Ah, que ótimo.

Quem é esse cara?

Com certeza não é um assaltante. Isso ficou óbvio pela maneira casual como entrou no banheiro. Esse homem é hóspede na casa da minha avó. Um hóspede que não tem a menor ideia de que uma agente-da-CIA-temporariamente-emprestada-ao-FBI se esconde agora no chuveiro. Será que ele é da família Jones? Qual é o nível de perigo aqui?

Eu me acalmo com respirações silenciosas e firmes – na esperança de que ele só esteja planejando escovar os dentes. Talvez nem se vire para trás. Ou talvez veja minha silhueta e pense: *Que cortina esquisita. Parece ter patinhos e uma mulher de 26 anos agachada com um aparelho de barbear na mão.* (Só por garantia, peguei o aparelho de barbear ao lado do sabonete. Do sabonete *dele*, talvez? O aparelho de barbear é dele?)

Rápido. Prepare uma história. Invento um motivo para estar vestida na banheira. Enquanto isso, ele estende a mão, afasta a cortina – e simplesmente abre a torneira.

Eu não grito. Sou uma estátua. Uma estátua cada vez mais molhada. A água fria desce do chuveiro, ensopando a minha blusa de gola rulê, e eu penso: *Não tem jeito. Mesmo com todo o meu treinamento, fiz uma merda danada aqui. Ele está tirando a roupa e eu estou na banheira, esperando...*

– Não estou olhando! – grito quando a cortina é aberta.

É óbvio que é mentira. Meus olhos estão comicamente arregalados. Ao mesmo tempo, o homem grita:

– Minha Nossa Senhora!

Como se a Mãe de Deus se escondesse na banheira.

– Não estou olhando! – repito enquanto olho para ele por entre os dedos, tentando descobrir de qual arquivo o conheço.

Ele é... alto. Tem os músculos muito delineados.

Infelizmente, também está muito pelado.

Capítulo 3

Tem uma cicatriz comprida e estreita no abdome dele e uma série de sardas do lado esquerdo do quadril. Ele tem o corpo esguio mas forte, como se fosse muito habilidoso em carregar malas. Ou, talvez, valises de produtos roubados num assalto. O cabelo dele é curto e ondulado, tão escuro que chega quase a ser preto – e, não, eu definitivamente não olho para a parte de baixo. Seria invasão de privacidade. E também não me ajudaria em nada. O FBI não tem a... bem, a... *região inferior* dele nos arquivos. O que no fim das contas me ajuda a reconhecê-lo é a postura dele. Reconheço a maneira como está posicionado: meio de lado, com um ombro levemente em frente ao outro, como se estivesse prestes a bloquear um soco.

Nick! Nicholas Fraser.

Esse é o nome do cara.

Tudo no arquivo dele me vem à memória. Nick Fraser, 28 anos, nascido em Ottawa. Pais américo-canadenses. Dupla cidadania. Ex-guarda-costas de Johnny Jones – o "Príncipe do Café" –, agora chefe da segurança dele. Nenhum registro criminal, mas amigo próximo da família Jones. Remador nas horas vagas. Fez faculdade na Northeastern, onde conheceu Johnny, seu colega de quarto do primeiro ano.

Ele também combina com a descrição parcial de um dos suspeitos no assalto de Buffalo, Nova York.

Ótimo. Agora sei lidar com a situação. Sei quem são os atores principais e onde é o meu lugar. Mesmo que eu esteja de pé numa poça d'água, com gotículas escorrendo lentamente do meu rosto.

Num piscar de olhos (literalmente, acho), Nick pega a toalha de banho azul e a enrola na cintura. A toalha tem umas nuvenzinhas felizes. Do mesmo jeito que a cortina de chuveiro com patinhos, temos as mesmas toalhas desde que eu tinha 12 anos.

– O que...? – pergunta Nick, procurando as palavras.

Afinal, *o que* dizer a uma desconhecida que acabou de lhe dar um susto no chuveiro? Pelo menos não pulei e gritei *buuu*, mas a situação é grave do mesmo jeito. Agora que o identifiquei, o pânico pelo que acabei de fazer pinica a minha coluna. Não tenho o hábito de cometer erros no trabalho. Longe disso.

Mas consigo resolver. É só me esquivar e desviar da suspeita.

Respira fundo e...

– *Mil* desculpas – começo enquanto disfarço e deixo o aparelho de barbear ao lado da saboneteira. Acho que não vou precisar disso, já que ele não me atacou logo de cara. – Eu não sabia que alguém iria...

Nick ergue uma sobrancelha grossa para mim e pergunta, numa voz um pouco áspera:

– Você não sabia que alguém iria tomar banho... no chuveiro?

Tem uma pitada de diversão no canto da boca dele e *quase* parece que ele está prestes a rir. Mas a linguagem corporal é tensa. Como deveria ser. Se alguém se escondesse no *meu* chuveiro, eu provavelmente daria um soco na garganta da pessoa por puro instinto.

– Certo – digo, tirando o cabelo molhado do rosto.

Devo estar parecendo um cachorro que acabou de sair do banho, com o pelo lambido. Na verdade, provavelmente foi por isso que Docinho voltou lá para baixo. Nada de bom acontece na banheira.

– Imagino que esteja hospedado aqui. Deixa só eu...

Com toda a graciosidade possível, saio da banheira e meus sapatos fazem *choc, choc* no capacho. Meu suéter está pingando. Minha calça jeans preta está ensopada. Hora de bancar a inocente.

– A propósito, meu nome é Sydney.

Nick solta uma risada solitária. É acolhedora, nada ameaçadora, e um fragmento de sorriso aparece. Ele tem o tipo de rosto do qual a gente gosta na mesma hora, que pode desarmar outras pessoas. Não compro nem um pingo desse charme.

– É, eu sei quem você é – diz ele. Um leve sotaque canadense aparece nas vogais que pronuncia. – O que não sei é por que estava esperando atrás da cortina do chuveiro.

Meu rosto não entrega nem um pouco da verdade. Em vez disso, contraio os lábios e espremo as pontas do meu cabelo na banheira. A água faz *ping, ping* quando atinge o ralo.

– Estou com muita vergonha, mas ouvi passos e não tinha nenhum carro na entrada da garagem. Achei que alguém tivesse invadido a casa, aí me escondi. Quando você entrou, percebi que ia era *tomar banho* e acho que a maioria dos assaltantes não para pra tirar a roupa e...

Ao ouvir isso, Nick meio que se encolhe. Sulcos profundos se formam nos cantos dos olhos dele. Tem alguma coisa muito acessível neles, uma coisa que tenta atrair e... *Não. De jeito nenhum, caramba.* Já vi esse tipo: homens irritantemente atraentes que acham que a boa aparência lhes dá passe livre pra tudo.

– Meu nome é Nick – diz ele, sem estender a mão. Porque a mão direita dele está segurando a toalha com firmeza. – Amigo do Johnny. Vou passar o feriado aqui. Foi meio de última hora.

– Não é um assaltante, então? – pergunto, forçando ainda mais a personagem inocente.

Na minha cabeça, porém, envio adagas mentais para Gail. *Gail! Ele vai ficar hospedado aqui no Natal? Você não me informou.*

– Por Deus, não! – diz Nick, jogando a cabeça para trás.

Percebo a cicatriz estreita e desbotada sob o queixo dele – e que ele deve ter uns quinze centímetros a mais do que eu. Não tenho dúvida de que a família Jones o trouxe para ser "o músculo" do grupo. A luz reflete nos gomos do abdome dele, e isso, sinceramente, é obsceno.

Ele continua a falar, animado.

– Sua avó me pediu pra pegar um tabuleiro pro peru no sótão enquanto ela ia ao supermercado. Uma pessoa muito simpática, a propósito. Muito incisiva também. Mas tenho certeza que você sabe disso. Por que estou falando isso? Enfim, eu estava com fones de ouvido. Mergulhei um pouco demais no meu audiolivro. E aí eu entro aqui, abro a cortina e...

– Ah.

– É. – Nick coça a têmpora. – Então tá, então...

– Então eu vou sair! – Bato palmas uma vez. É calculado. Preciso parecer aflita de verdade, não apenas determinada a sair de perto dele. – Desculpa! Eu sou terrível.

Abro a porta do banheiro e encontro Docinho do outro lado, me olhando com determinação. *Nunca entre na banheira,* me dizem seus olhos. *Essa é a primeira regra da vida na banheira.*

Nem me fale, quero dizer a ela em resposta, mas só pego a minha mala ao lado da cama.

– Ei, Sydney? – chama Nick, do banheiro.

Meu Deus, *o que foi?*

Eu me viro para trás, ainda ensopada. Minhas pegadas marcam o carpete. De volta à inocente.

– Sim?

– Foi… hum… interessante conhecer você.

– Ah – digo, ciente de que vai estar tudo na filmagem.

Suponho que tenha uma vigilância por vídeo, além do áudio. Alguém provavelmente está avaliando a minha performance. É melhor eu ser boa. Dou um sorriso.

– Igualmente.

Então, com um meneio de cabeça, Nick fecha a porta.

No meu quarto, a sós com Docinho, coloco a mala na escrivaninha e passo a mão devagar no rosto. Podia ter sido pior. Consertei a situação. Mas não localizei nenhuma escuta. Deve ter uma aqui dentro, escondida nos meus troféus de debate. Eles ficam enfileirados, brilhando, na minha cômoda da infância, junto a uma coleção de cachorrinhos de porcelana de diferentes raças e tamanhos. Um deles tem o rabo lascado, que foi colado meia dúzia de vezes. Calla e eu temos guarda compartilhada do dobermann.

– Isso vai ser brutal, né? – pergunto a Docinho.

E ela me olha como se dissesse: *É, é, concordo com você.*

Dá pra entender muita coisa só de saber que a minha maior confidente é uma cachorrinha que solta muito pum. Ela acabou de soltar um.

Provavelmente por causa do biscoito. Eu carinhosamente tapo o nariz e abro o zíper da mala com a outra mão. Não tenho tempo para secar o cabelo, mas pelo menos posso tirar essas roupas molhadas – e recalibrar os planos para a semana. Agora Nick está aqui. O tão charmoso Nick Fraser. Chefe da segurança. No quarto de hóspedes da minha avó.

Franzo o nariz ao pensar nele.

Eu estava preparada apenas para um guarda-costas. Marco, um ex-fuzileiro naval de 36 anos com uma tatuagem na cabeça. Foi *esse* o arquivo que eu decorei na última noite. Onde ele está? Será que ainda vem? Mais pessoas na casa significa mais incerteza, mais olhares dos quais desviar quando eu estiver tentando pegar o celular de Johnny ou dar uma olhadinha na mala dele. Mas consigo me adaptar com facilidade.

Um pequeno erro com Nick não importa.

Não vai acontecer de novo.

No mínimo, posso usá-lo para obter informações. Atraí-lo como ele tentou fazer comigo.

Tiro o suéter e vasculho a gaveta da minha antiga cômoda. Encontro algo amigável para vestir: um casaco de moletom azul-claro com o colarinho puído mas apresentável. As mangas têm manchas de tinta amarela. Minha avó teve uma empresa de pintura de residências durante décadas e, no verão em que eu estava no segundo ano, nós duas repaginamos metade das casas coloniais de Perkins Cove. Visto o casaco de moletom. Viu? Bem jovial. Dá a ilusão de vulnerabilidade.

– Cozinha, Docinho?

Ela sai na ponta dos pés e eu a sigo até o andar de baixo na expectativa de que a porta dos fundos se abra de repente. Esperando vovó Ruby. Vai ser bem estranho vê-la ao vivo de novo. Não tive muito tempo para ligar para ela ultimamente, e, quando ela segura o celular durante a chamada de vídeo, só consigo ver a parte inferior do rosto dela. Parece que a câmera foi feita para só mostrar queixos. No mês passado, passei os dez minutos da nossa conversa falando com uma almofada no formato da Docinho e não tive coragem de avisar a ela.

O tempo passa. Pego um biscoito de gengibre em formato de árvore no Tupperware ao lado da geladeira. Mordo o caule e mastigo. Com certeza foi a vovó Ruby quem fez. Ela sempre coloca mais gengibre na massa. Eu poderia comer uns cem. Na verdade, como dois seguidos, e imagino por que ela está demorando tanto no supermercado.

Em certo momento, Nick desce a escada (dessa vez eu consigo ouvir os passos) e se junta a mim na cozinha. Fazemos contato visual por um instante, então ele desvia o olhar com timidez, e... *Ah, vá se lascar, Nicholas. Eu não caio nessa.* Com base na minha experiência, *timidez* e *amizade com um criminoso* não são palavras-chave compatíveis.

– Desculpa mesmo – digo a ele, dando mais uma mordida no biscoito de gengibre e falando pelo canto da boca. – Aquilo não vai acontecer *nunca mais.*

Nick ri e estremece.

– Meu Deus, espero que não. – O sotaque canadense aparece; talvez seja a única coisa fofa nele. – Quero viver mais que 28 anos.

– Te assustei tanto assim, é?

– Gosto de pensar que sou um cara corajoso, mas talvez eu tenha visto a minha vida passar diante dos meus olhos.

– Você... quer um biscoito? – pergunto e lembro que disse o mesmo para Docinho.

– Claro, obrigado.

Ele pega um biscoito de gengibre, vira a árvore e analisa a cobertura como se estivesse confuso com o padrão. Tem salpicados e zigue-zagues feitos em branco.

– Sabe, não sou muito bom com o silêncio. Quem disse que existe silêncio confortável é... bem, essa pessoa nunca me conheceu. Então, eu estava pensando: que tal a gente recomeçar do zero e não mencionar o que aconteceu no andar de cima pelo resto da vida?

Não é bom com o silêncio? Se ele foi guarda-costas, metade do trabalho é ficar absolutamente calado. Então, ou ele não é adequado para a tarefa ou é um mentiroso e tanto. Eu aposto no mentiroso.

– Será que dá? – pergunto, fazendo de tudo para não parecer que estou falando *Espero que você engasgue com o biscoito de Natal.*

Nick sorri de um jeito que tenta me deixar à vontade. Eu não permito.

– Nick – diz ele, estendendo a mão.

Ele tem palmas ásperas, como o lado grosso de uma esponja.

– Sydney – digo, depois acrescento com seriedade: – Eu não vi nada mesmo. Sabe... Lá em cima.

Nick passa a mão no queixo recém-barbeado, parando ao lado da sarda logo acima do canto da sua boca bonita.

– Achei que tivéssemos *acabado* de concordar em não mencionar isso – provoca ele.

Finjo fechar os lábios com um zíper.

– Pronto.

– Ótimo. Mas Calla disse que você não viria pra casa no feriado.

Com os olhos ávidos, Nick puxa um banquinho de baixo da bancada e se senta, com uma das mãos sob o queixo. O cabelo quase preto está molhado e ele usa um casaco de moletom verde-escuro em que se lê SUÉTER NATALINO em letras brancas bem largas. As mangas estão puxadas para cima, revelando antebraços que são algo entre musculosos e magros, bronzeados como o restante do corpo. Tudo isso parece repugnantemente coreografado, como se ele estivesse acostumado a fingir ser bonzinho. *Praticou muito isso aí, Nicholas?*

– É surpresa, então?

– Uma surpresa *enorme* – digo e arranco um pedaço da árvore de biscoito de gengibre. – Este Natal está cheio de surpresas.

E… eu detesto isso. Não poderia odiar mais. Ficar sentada aqui com ele, na cozinha da minha avó, com os ímãs de viagem em família me encarando na geladeira; tudo me dá uma falsa sensação de segurança. Como é que algo ruim poderia acontecer aqui? Como *foi* que algo ruim aconteceu aqui? Meus trabalhos de arte do ensino fundamental estão em molduras pelas paredes.

– Pra mim também – diz Nick, batendo as juntas dos dedos de leve na bancada. Quando foi a última vez que ele socou alguém com essas mãos?

– Estou falando das surpresas. Eu não planejava passar o Natal aqui. Achei que iria tirar uma semana de folga, ficar de molho no meu apartamento e encarar uns livros que quero ler. Mas *obrigado* – ele se apressa a acrescentar. – Sua avó Ruby é ótima. Acabei de conhecê-la e, cinco minutos depois, ela já estava me convidando pro Natal do ano que vem.

Trate de tirar o nome da minha avó da sua boca, penso. Mesmo assim, forço um sorriso.

– É, isso é a cara dela.

Nick se aproxima de um jeito conspiratório. Seus olhos castanho-escuros são dourados perto das bordas.

– Sinto que posso dizer isso, já que a sua avó não está aqui, mas não gosto muito de Natal.

Outra mentira. Com uma sobrancelha erguida, aponto para o casaco de moletom que tem suéter natalino escrito.

– Isto? – Nick aponta para o tecido de algodão. – Comprei no aeroporto. Achei que deveria tentar me entrosar. Está funcionando?

Faço que sim com a cabeça, mesmo relutante, pra entrar na conversa.

– *Acho* que sim. Você tem um ótimo autocontrole para compras no aeroporto. Comprei Toblerones pra um ano inteiro.

– Ah, Toblerone nunca é demais – diz Nick sem titubear.

– *Obrigada.*

– Nem aqueles travesseiros de pescoço em formato de U. Na verdade… Retire o que eu disse. Com certeza é possível ter travesseiros de pescoço demais.

– Oito? – pergunto, mantendo a irritação. – Doze?

– Seis – responde ele. – Todos comprados por impulso.

Solto uma risada e me obrigo a continuar. Talvez, se eu fizer um bom trabalho de base, consiga algumas informações antes da chegada de Johnny.

– A propósito, você está certo em relação à vovó Ruby. Ela exagera em todas as festas. Dia da Independência, Dia da Árvore. Temos um Coelhinho da Páscoa robótico gigantesco pro quintal da frente.

Nick finge estremecer.

Ele fez isso mesmo? Que tipo de jogo é esse?

– Desculpa, você estremeceu?

– Coelhinho da Páscoa – diz ele. – Você disse *robótico*, mas poderia ter dito *demoníaco*, que eu teria captado o mesmo sentido.

Ele aponta para as próprias coxas musculosas e eu desejo poder desver aquilo.

– O bicho tem pernas compridas! – diz Nick. – E é cor-de-rosa!

– Quer dizer que não somos fãs do Natal nem da Páscoa. O que acha do Dia da Marmota?

– Adoro – brinca Nick de um jeito irritante. – Phil de Punxsutawney é um tesouro nacional.

– Dia da Árvore?

– Sou canadense. Adoro. Vamos todos plantar árvores.

– Pra ser justa – digo, mordendo a isca –, aquela decoração de coelhinho deixa as crianças da vizinhança apavoradas. Jogaram ovos na nossa casa três anos seguidos.

Nick ergue uma das sobrancelhas grossas e escuras.

– Isso é uma metáfora de Páscoa? Ovos de Páscoa?

– Acho que eles não são tão inteligentes assim – admito. – No ano passado, no Halloween, vovó Ruby disse que um deles se vestiu de pão. Ele era simplesmente um pão muito, muito sério e sem graça.

– Hum – diz Nick, contraindo os lábios. – Devia ser de massa azeda.

É uma piada boba e ele parece quase envergonhado de tê-la feito. Fico *fula da vida* porque, por uma fração de segundo, dou uma risadinha sincera. Quero me dar um tapa na cara. Eu recupero o controle enquanto Nick abre um sorriso galhofeiro, como se estivesse surpreso com a nossa conversa. Quem diria que a garota do chuveiro poderia inspirar uma piadinha boa com pão? Ele passa a mão na nuca e então continua a falar:

– Ei, eu queria pedir desculpa desde já por estar tirando a sua liberdade aqui. Tenho certeza que passar o feriado com um cara aleatório não era o que você esperava.

Ele está parecendo tímido de novo, com os lábios carnudos retorcidos para o lado, e *Ah, por favor. Pare de fingir que não está na lista dos malvados.* Eu vi a filmagem da vigilância; aquele suspeito no assalto de Nova York se parece demais com Nick de perfil.

– Não, tudo bem – digo, acalmando-o. – É bom que esteja aqui. Mais gente pra nossa competição de jogos da semana do Natal. Você é bom em jogos de tabuleiro?

– Na verdade – responde Nick, fazendo uma pausa extradramática –, eu sou... péssimo.

– Mímica?

– Não podia ser pior.

– Perfeito – digo animada, cutucando a mão dele.

A cutucada na mão é premeditada. Se bem que, como acontece com o Grinch, eu não iria querer encostar nele nem com uma vara comprida.

– Você pode ficar no time da Calla.

Com isso, ele dá uma risadinha e finalmente tira um pedaço do biscoito. Docinho para por um instante ao lado das tigelas de comida, depois começa a beber água, fazendo um barulho danado. Nick fala um "oiiii, oiiii" bobo para ela enquanto eu brinco com o anel prateado no meu polegar e me preparo para seguir numa direção diferente.

– Então, como ele é? – pergunto.

– Quem? – responde Nick com outra pergunta, mastigando o biscoito.

– Johnny.

O nome sai de um jeito casual e leve. Como se eu estivesse falando de roupas sujas. Ou do clima. Em seguida, entrego uma pitada calculada de sinceridade. A gente aprende a fazer isso na CIA: se abrir um pouco quando necessário. Dar aos nossos alvos a impressão de que eles nos conhecem. Normalmente não dói tanto.

– Eu nem sabia que ele e a Calla estavam juntos, quanto mais que iam se casar.

Nick meio que engasga com o biscoito de gengibre e cospe algumas migalhas ao tossir.

– O quê? Sério?

– Sério. Acabei de descobrir.

Uma longa baforada de ar escapa dos lábios de Nick. Ele se recosta no banco, com as mãos subindo e descendo na calça jeans escura, como se tentasse chamar atenção para os próprios músculos. Ridículo.

– Eu não tinha a menor ideia – fala ele. – Quer dizer que Calla não...

– Nada – completo. – Nem uma palavra. Se bem que não sou a pessoa mais fácil de contatar.

– Certo – comenta ele. – Você viaja muito, né? Com o Departamento de Educação?

– É – respondo, meio surpresa e com raiva por ele saber isso de mim.

Eu me preparo para o roteiro bem ensaiado. A história do meu disfarce é que sou uma pesquisadora educacional com base em Washington. Sempre que tenho que sair do país para "vistoriar uma escola internacional" ou "participar de um congresso", ninguém questiona.

– Viajar é uma péssima desculpa, eu sei.

Nick pensa no que falei com uma expressão perplexa, depois a confiança e a tranquilidade retornam.

– Eu podia jurar que Calla tinha falado que... Bem, enfim, Johnny e eu nos conhecemos há muito tempo. Não tenho irmãos, minha família é pequena, então ele meio que faz esse papel. Nós remamos juntos na Northeastern e também fizemos muito trabalho voluntário juntos.

Isso não deveria fazer os meus dentes rangerem, mas faz. Já vi evidências do trabalho voluntário deles – todas as instituições de caridade que recebem doações da família Jones. Tem fotos de Johnny escavando o solo para preparar a construção de um novo hospital infantil, dele fazendo carinho em cachorrinhos no abrigo de animais. Se eu tivesse que adivinhar, isso é parte do motivo de Calla ter se sentido atraída por ele. E é tudo fachada. Quanto mais trabalho voluntário essa família faz, mais sólidos são seus álibis, mais pessoas no sul de Boston se oferecem para protegê-los.

Inclino a cabeça para o lado.

– Johnny é uma boa pessoa, né?

Nick me encara de um jeito esquisito por um segundo, como se tentasse descobrir algo, depois assente com sinceridade.

– É, sim.

Que mentira.

– Como é a família dele?

Talvez eu tenha dado um passo grande demais, rápido demais, porque Nick se inclina para trás de um jeito que se afasta de mim. Ele não é um homem pequeno. Eu tenho 1,75 metro, então ele deve ter mais ou menos 1,90. Com físico de remador. Meus olhos estão avaliando a estrutura forte dos seus braços, os tendões e os músculos por baixo do casaco de moletom. O tecido fica apertado no peito dele. E acontece naturalmente: o cálculo. Como eu o atacaria se as coisas dessem errado. Punho na garganta. Arremessá-lo contra a parede. Meu corpo prendendo o dele.

– A família dele é complicada – diz Nick por fim –, pra ser sincero.

– Complicada como? – forço, fingindo um interesse genérico de irmã.

Se ele não me pegou na última pergunta, não vai me pegar nessa.

– Do jeito que muitas famílias são complicadas. – Nick dá de ombros com aqueles músculos poderosos. – Eles fariam qualquer coisa uns pelos outros, mesmo que o pai e o avô dele tenham batido de frente por causa do negócio da família.

Ah, aí está. Eu me recosto no banco, espelhando Nick. Às vezes, a melhor maneira de interrogar alguém é encher o ambiente de silêncio. Fechar o bico. Esperar a outra pessoa falar. Se Nick realmente tiver problema com o silêncio, ele é o sonho de um interrogador.

– Já ouviu falar da Morning Kick? – pergunta ele.

Quem não ouviu? Morning Kick é uma rede popular de cafeterias no Nordeste, no Meio-Oeste e no Sul da Califórnia. Não são concorrentes diretos da Dunkin' Donuts, mas, ao longo dos últimos oito anos, aumentaram astronomicamente a participação de mercado e a base de consumidores. Já tomei o espresso deles algumas vezes – e li tudo sobre eles ontem à noite. O que os consumidores não sabem é que os proprietários da Morning Kick muitas vezes servem a cafeína acompanhada de violência.

– Essa é a marca da família do Johnny – diz Nick, e o timing é irônico.

Infelizmente, antes que ele consiga dizer mais uma palavra, a porta da garagem se abre. Ouço o *crec-crec-crec* da corrente motorizada. Minha avó estaciona o carro e está prestes a entrar na lavanderia. A porta dos fundos se abre, os sininhos tilintam e ela adentra, cercada por uma nuvem de aroma de roupa limpa e carregando sacolas plásticas do mercado. Parece que ela comprou metade da seção de vegetais: as cebolinhas-verdes estão aparecendo, roçando nas mangas do casaco.

Parece o… antigo casaco do meu pai. Será que ela o pegou no depósito?

Ela deixa as sacolas na lavanderia, começa a tirar as botas de neve – e, ao me ver, ofega. Eu me levantei do banco da cozinha. Deixei de lado os restos do meu biscoito. Ao vê-la, fico com um nó na garganta: é a minha avó, com um gorro coberto de neve e o cachecol salpicado de tinta, imóvel na porta da lavanderia, abrindo um sorriso que parece a luz do sol.

Eu deveria ter ligado mais para ela. Deveria ter vindo mais para casa.

Deveria ter me esforçado mais.

– AHHHHHHHHHHHHHHHH! – grita ela, rompendo o silêncio.

Ela é rápida: uma lufada de cabelos brancos e um vislumbre de caxemira vermelha. As botas espalham neve no piso enquanto ela esquece as sacolas do mercado e se joga em cima de mim, sem uma faca. Digo "sem uma faca" porque, se eu não conhecesse essa mulher, acharia que tinha sido mandada para me assassinar. Ela talvez seja um pouco falante demais para um assassino comum, mas também é um perigo: 82 anos, ex-marceneira e a primeira pessoa a me mostrar como dar um soco. "É uma habilidade valiosa", disse ela para mim e Calla num inverno na nossa garagem. "Levem a sério. Nunca escondam o polegar embaixo dos outros dedos e usem o movimento do corpo inteiro no golpe."

Eu mal consigo soltar um "surpresa!" sutil antes que ela me abrace bem apertado. O cabelo dela tem cheiro de xampu de alga e jasmim e isso também provoca uma emoção há muito enterrada na minha garganta.

– Surpresa – repito, e vovó Ruby me embala de um lado para o outro.

– Ah, Sydney, meu feijãozinho! Surpresa *mesmo*. Uma surpresa *muito, muito* maravilhosa. É um milagre de Natal! Eu estava decorando a minha cômoda ontem à noite e encontrei aquele enfeitinho de alce que você fez pra mim na escola. E pensei: *E se a Sydney estivesse aqui?* E agora você *está* aqui. Imagine só!

Eu estou. Imaginando tudo. Estou pensando em como eu me sentiria se voltasse para casa no Natal *por minha conta*. Não desse jeito. Não sob o comando de uma desconhecida chamada Gail. Dentro do meu cérebro, uma grande parte de mim grita: *Mentirosa! Mentirosa! Sydney, você é muito mentirosa.*

– Você está magra demais – observa vovó Ruby ao se afastar.

As mãos dela seguram o meu rosto com uma pegada surpreendentemente forte para a idade dela. Na minha infância, era ela que abria os potes de conserva.

– Ganhei uns sete quilos desde a última vez que você me viu – respondo com o rosto contraído.

Ao fundo, vejo Nick pôr os dedos sobre a boca para esconder o sorriso. *Argh.* Parece que está adorando o grande reencontro feliz da família. Ou pelo menos finge adorar. E eu sinto repulsa, porque meus dois mundos estão em conflito: trabalho e família. Quando você é espiã, precisa se abrir e compartilhar estrategicamente pedacinhos da sua vida, mas não pode, em nenhuma circunstância, se abrir em relação a *tudo*.

Nick me ver desse jeito? Com a minha avó? É uma exposição. Perigosa. Minha família conhece a Sydney de antes; eles viram o meu lado emotivo.

Vovó Ruby me solta, sorrindo. Combinando com o próprio nome, ela está usando o broche cor de rubi; nunca sai de casa sem algo vermelho – sua cor do poder. É como se ficasse vestida para o Natal o ano todo.

– Eu sou a avó mais sortuda do mundo – diz ela, com o brilho característico no olhar, bem quando outra pessoa entra pela porta.

Não, não apenas outra pessoa. *Ele.*

Johnny Jones surge da lavanderia com um punhado de balões prateados de parabéns numa das mãos. Será que ele comprou os balões *para si mesmo*? Na outra mão, equilibra um bolo comprado pronto com cobertura de creme de manteiga branco e a frase JUNTOS PARA SEMPRE. É uma cena bem doméstica, isso eu sei. Absurdamente encantadora. Não cerro os punhos; é época de bater o sino, não de bater no noivo da irmã.

Juntos para sempre. Nem ferrando eles vão ficar juntos para sempre.

– Olha só quem eu encontrei no supermercado! – diz vovó Ruby, apontando para Johnny.

Johnny, com aquela cara arrogante, os balões idiotas e o sorriso agradável e animado. Ele é só um pouco mais alto do que eu, mas sua estrutura ocupa toda a entrada. Olhos azul-claros, mechas louras domadas e um suéter branco de tricô, como se tivesse acabado de sair de um catálogo da Ralph Lauren. Na verdade, ele poderia ser *modelo* de um catálogo da Ralph Lauren. Só falta um iate. E um cavalo para jogar polo. Se você procurar "elitista" no dicionário, vai encontrar a foto dele: extremamente elegante, com um cachecol azul felpudo sob um casaco caro de inverno. É de grife. Quanto foi que ele pagou por isso? Oitocentos dólares? Mil?

E onde ele guarda o celular?

Posso pegar o aparelho, instalar o vírus de rastreamento e devolvê-lo em um minuto.

– Essa é a *Sydney*? – pergunta ele para mim.

Parece que está cumprimentando uma criança de 6 anos, como se ele representasse o Papai Noel num espetáculo de Natal e eu fosse a convidada surpresa que alguém puxou para o palco. Johnny não espera a deixa. Simplesmente vem logo na minha direção, joga os braços ao meu redor de um jeito meio doloroso e me tira do chão. Nós giramos. Minha coluna estala. Eu o odeio.

– É *tão bom* conhecer você – diz ele.

De algum jeito, o sotaque de Boston é muito mais pesado ao vivo do que nos arquivos de áudio. Dá para prender uma porta com ele. Nessa realidade alternativa, onde não sou uma agente recrutadora da CIA, só uma irmã que foi curtir o Natal em casa, também não sei quem diabos ele é. Entro no jogo.

– Ok, obrigada, já chega – digo com leveza e me seguro na bancada.

– Uau – diz Johnny de novo quando as minhas botas tocam no chão, recuando para me avaliar.

Os olhos dele se demoram. Ele passa as duas mãos no cachecol muito, muito limpo, que volta a ficar perfeitamente liso. Tem o ar de um rapaz de fraternidade de Connecticut, misturado com uma pitada de máfia. É tudo meio *intenso* nele, desde o volume da voz até o cheiro da colônia.

– Ouvi falar muito de você!

– Coisas boas, espero! – Dou a resposta-padrão no mesmo volume dele.

Por dentro, penso: *Não posso dizer o mesmo de você, seu esnobe.* Meu cérebro insere o "seu esnobe" no final. Acho que nunca chamei ninguém assim.

Por que Calla escolheu esse cara? O que tem de errado, sei lá, com um veterinário simpático e comum? Ou um enfermeiro. Um enfermeiro que lesse para os cegos.

– Claro, claro, só coisas boas.

Johnny me dá um tapinha no ombro com força, enquanto Docinho corre para cumprimentá-lo com uma cheirada na virilha. Ela *enfia* o nariz na calça dele. Também é uma espiã e está juntando todas as informações de cheiro que o focinho consegue guardar.

Morda, penso. *Morda esse cara.*

(Ela nunca faria isso.)

– Olha só como você é mansa! – diz Johnny para Docinho.

– Ah, pode apostar! – diz vovó Ruby e bate a ponta do dedo na própria têmpora, logo abaixo do cabelo branco. – Esperta pra caramba também. Ela vê *CSI: Miami* comigo e sempre late pouco antes de descobrirem as provas. Não é, minha menina?

Johnny dá uma risadinha adequada ao ouvir isso, depois muda sua atenção para Nick e grita para ele do outro lado da cozinha. Alto, muito alto.

– Que bom ver você, cara! Chegou cedo?

Johnny se aproxima fintando e abaixando-se feito um jogador de futebol americano no treino, como se estivesse prestes a derrubar Nick, em vez de abraçá-lo. Eles trocam um abraço fraterno, abrindo bem os braços e dando tapas nas costas um do outro.

– Marco vai só me ajudar com as malas e depois vai embora.

Nick faz uma careta no meio do abraço. A expressão parece quase artificial no rosto dele, mas só de vê-la eu tenho a impressão de que o conheço um pouco melhor. O Nick real. O Nick raivoso, musculoso e sem cérebro que ele está escondendo de mim.

– Ele não vai ficar?

Johnny balança a cabeça de um jeito exagerado. *Todos* os movimentos que ele faz são aumentados, maiores do que se espera na vida real.

– Não, dei a semana de folga pra ele. É Natal. Lembra que ele tem uma filha? Angela. Você conheceu a Angela! Na igreja, alguns domingos atrás. Ela usa aparelho que nem o filho do Vinny. Aliás, o Vinny disse que você está devendo uma rodada de bebidas pra ele quando voltar pra Boston e que você perdeu o pôquer da semana passada. É só um recado! Não mate o mensageiro. Enfim, a gente dá conta sem o Marco. Calla está...

Aqui. Calla está aqui.

Eu a vejo e meu estômago dá um nó.

Minha irmã está se equilibrando, com uma das mãos na máquina de lavar, como se eu fosse o Fantasma do Natal Passado e ela não conseguisse acreditar que estou na cozinha. Ela não parece perceber quando derruba uma sacola de laranjas e algumas caem no meio dos produtos de limpeza. O cabelo dela está um pouco mais curto do que na última vez que a vi, castanho e caindo nos ombros em cachos penteados com cuidado. Ela está usando uma faixa branca na cabeça e brincos de boneco de neve.

No mesmo instante, volto a ter 16 anos, a cabeça da minha irmã está no meu ombro e nós estamos falando do meu pai. *Ele falou sério? Não vai voltar mesmo?* Ele tinha vendido a caminhonete num estacionamento de estrada, levado todos os equipamentos de acampar da casa da vovó Ruby e, até onde a gente sabia, estava em algum ponto da trilha dos Apalaches. Simplesmente andando. Para longe de nós. Ser pai era demais para ele. Duas adolescentes eram demais para ele. Mas isso me deixou mais forte, acho – por Calla. Garanti a ela que, com a ajuda da vovó Ruby, eu iria cuidar de nós. *Não se preocupe. Deixe que eu me preocupo.*

Durante anos, foi assim. Mal deixei qualquer pessoa entrar na minha vida, exceto Calla – minha irmãzinha. Fizemos parte de times de futebol juntas e estudamos na mesma universidade. Mantive a minha promessa. Depois, veio a CIA. Depois, centrais e novos codinomes e cronogramas sem um segundo para respirar. E talvez... talvez eu tenha desaprendido a conversar sobre a minha vida com ela – quais detalhes mencionar, o que deixar escondido. Seria possível que, nos últimos três anos, ela também tivesse aprendido a esconder as coisas de mim?

– Oi – digo, dando de ombros, quase como se pedisse desculpa.

Você me perdoa por não ser a irmã que eu deveria ter sido?

– Ai, meu *Deus* – diz Calla e se joga na minha direção.

É um fim de tarde muito focado em abraços. Só que, desta vez, eu mergulho de cabeça, apertando-a com todas as minhas forças. Os brincos dela se embolam no meu cabelo.

– Estava morrendo de saudade de você – digo, ordenando a mim mesma que não fique com a voz embargada.

E ela responde num sussurro que faz meu sangue congelar:

– Preciso falar com você *imediatamente*.

Capítulo 4

Precisamos sair. Ir para o quintal. Para *bem* longe dos equipamentos de escuta que foram postos na casa.

Calla tenta me arrastar pela mão para o andar de cima. (A coisa da mão é novidade. Agora ela é professora do jardim de infância. Imagino que a função a obrigue a pegar nas mãos das crianças com frequência. Pelo menos as minhas não estão sujas.) No entanto, sou mais rápida e pego a mão *dela* – e a puxo na direção da porta da frente. Que tal dar uma volta de carro comigo pelo bairro? Mal vi as decorações de Natal.

– Vamos, por favor! – imploro. – É só um segundo. Quero saber se os Wilsons ainda têm aquela rena inflável enorme. Qual foi o nome que a gente deu a ela? Pudim?

Calla vai topar. Vai ceder. Minha outra opção era convencê-la com uma visita à loja de sorvete de iogurte. Estranho? Sim. Eficaz? Totalmente.

– Está bem – aceita Calla. – Pudim. Mas temos que ir bem rápido, pra…

O vento abafa o resto das palavras dela e o ar gelado desce pela nossa garganta, mas consigo atraí-la para meu carro alugado, praticamente empurrando-a para o banco do carona e fechando a porta. Depois de me sentar no banco do motorista, ligo o motor e o aquecimento e me viro para ela.

– O que você ia dizer?

O cachecol vermelho de Natal ainda está enrolado no pescoço dela. Calla o solta e estica a mão para mexer no meu cabelo.

– Por que você está tão encharcada? Syd, aqui fora tá um gelo. Seu cabelo vai congelar.

Dispenso o último comentário e ela deixa a mão cair enquanto saio com o carro da vaga para "ver as luzes de Natal".

– O que você ia dizer? E nós vamos simplesmente ignorar o fato de que tem dois estranhos na nossa cozinha?

Calla morde o lábio. Seus brincos de boneco de neve estão balançando por causa da força do aquecedor. A guirlanda da nossa caixa de correio passa pela janela.

– Vou chegar a esse assunto. É só que… Tem ideia de quantas vezes tentei falar com você no último mês? Sei que você nunca atende ao celular e, em geral, eu não te culpo, mas dessa vez era muito, muito importante. Eu fui até o seu apartamento.

Isso me faz parar de repente, apesar de eu agir com naturalidade.

– Você… foi até o meu apartamento.

– Ou ao que eu achava que fosse o seu apartamento – ressalta Calla, com vigor.

Pontinhos vermelhos começam a aparecer no pescoço dela, pouco acima do cachecol.

– Comprei uma passagem de Boston para Washington. Levei uma garrafa de champanhe e um pacotão de balas de goma até o seu prédio, aí o porteiro disse que eu não podia subir porque *você não morava lá*. Onde é que você mora, Sydney? Eu te mandei um cartão de Natal. E ele voltou com a mensagem DEVOLVER AO REMETENTE.

Tem tantos elementos nessa declaração… A bala de goma? É uma coisa nossa. Sempre foi. Uma lembrança de quando éramos pequenas e passávamos horas vendo desenho animado depois da escola e mastigando as balas que encontrássemos na despensa da vovó Ruby. Às vezes nosso pai se juntava a nós, de meias de lã, relaxando e rindo de todos os nossos desenhos animados; às vezes parecia que ele também era criança. Menos um pai e mais um irmão mais velho. Não tenho certeza se algum dia ele soube o que fazer com a gente, quase sozinho, viúvo aos 38 anos. Na única vez que tentou fazer um rabo de cavalo em Calla, ele usou o aspirador de pó: sugou o cabelo dela para dentro do cano e o amarrou com um elástico de escritório.

Ele não cobrava disciplina nem fazia a parte de "ser pai". Só a parte divertida. Vovó Ruby era quem sempre nos disciplinava com delicadeza, era para ela que nós corríamos, foi ela quem ficou.

Engoli em seco sem fazer barulho.

– Eu me mudei umas semanas atrás pra ficar mais perto do trabalho. Eu não...

– *Por favor*, não minta pra mim – interrompe Calla em voz bem alta.

É aí que percebo que ela está falando sério. Calla quase nunca ergue a voz. Ela está iluminada igualmente pelo espírito natalino e pela fúria, com os pisca-piscas brilhando nas casas atrás dela. Seus olhos dão a leve impressão de que ela quer quebrar todos os meus biscoitos de Natal.

– Eu mandei o cartão em novembro.

Claro que ela manda cartões de Natal em novembro. É a cara dela. Calla é esse tipo de pessoa: confiável, atenciosa, a primeira a desejar Feliz Natal. E ela está certa. Estou mentindo. Eu me mudei quatro meses atrás para um apartamento sem ligação com imobiliárias, perto do Lincoln Memorial. Ninguém foi lá além de mim. (E um cara de entrega do Uber Eats, uma vez, quando a pia da minha cozinha estava com problema.)

Odeio mentir para ela. Odeio mentir para qualquer pessoa.

– Pedi pra cancelarem a entrega da minha correspondência antes disso – digo de maneira evasiva, manobrando em uma rua sem saída.

Pudim, a rena, não está por ali.

– Desculpa, eu não...

– Eu vou me casar – diz Calla de súbito, levantando uma das mãos.

O anel de noivado no dedo dela chama a atenção. É como um letreiro luminoso na frente de uma concessionária de carros. Meu estômago se revira quando me lembro da joalheria no arquivo de Jones. Johnny não... Johnny não deu a ela um anel *roubado*, deu? Ele seria tão estúpido assim? Tão arrogante?

Minha irmã está com a prova de um crime na mão?

Os diamantes do assalto em Tampa, na Flórida, nunca apareceram no mercado ilegal...

– Você não parece surpresa – diz Calla, e a raiva parece ter diminuído. O que surge agora está mais para decepção. – Por que você não parece surpresa?

Estaciono diante da caixa de correio seguinte, pego a mão dela com delicadeza e analiso o anel sob a luz fraca do carro, incapaz de impedir qualquer expressão que o meu rosto esteja fazendo. Eu achava que conseguiria manter a atuação, que não sairia do personagem. Trataria esse feriado como qualquer outra missão da minha carreira. Mas estou percebendo que... é mais fácil falar do que fazer.

– Olha o tamanho dessa coisa. As pessoas sempre dizem isso nos filmes, mas só agora estou *entendendo*.

– Sydney!

– Ok, tá bem. – Solto a mão dela, atrapalhada, e volto a atuar. – Acabei de conhecer Nick e estávamos falando disso... Não acredito que a minha irmãzinha vai se casar.

É verdade. Assim como a emoção genuína na minha voz. Eu me lembro de quando Calla casou os nossos G.I. Joes, e a maior paixonite dela era a versão raposa de Robin Hood. Como foi que isso acabou assim?

Os olhos castanhos de Calla se suavizam um pouco e os dedos puxam as mangas do suéter. O contorno preto de uma tatuagem de lua crescente, igual à minha, aparece perto do punho.

– Esse é o momento em que você me dá parabéns.

– Parabéns – digo, com o máximo de sinceridade que consigo.

Estou feliz por ela estar feliz. Mas não estou feliz por ela estar feliz com *ele*.

A neve pesada começa a cair no para-brisa – *pof, pof, pof.* Encaro o tamanho enorme dos flocos enquanto procuro opções. Não posso simplesmente mandar um "Tem certeza que Johnny é o cara certo pra você? Dois mil por cento de certeza?". Antes que eu consiga decidir, Calla acrescenta:

– Deve ter sido chato pra você não saber disso por mim, mas eu tentei muito contar! Não queria que fosse por mensagem de texto nem de voz. Você vai ser minha madrinha e...

Que inferno os meus olhos ficarem meio enevoados!

– Eu?

– Syd. Claro, né? Você é minha irmã, sempre, pra sempre, até o fim do mundo, atendendo ou não às minhas ligações na hora que eu preciso... Eu te *amo*, Jujuba.

Jujuba. Porque eu adorava jujuba quando era criança. O apelido me atinge em cheio. Calla não me chama assim há anos. Talvez desde... desde a última vez que vimos um jogo de beisebol dos Huskies de Cape Hathaway juntas. Era nosso ritual do fim do verão, sempre, até que deixou de acontecer. Calla não gosta de beisebol, então eu achei que podia deixar isso de lado.

Eu inspiro e ponho tudo para fora, ignorando as luzes de Natal.

– Eu também te amo, Calla Lilly.

Calla encosta a cabeça no banco e tenta dar um sorriso.

– Docinho vai ser a daminha. Só precisamos treiná-la para ela não cheirar a virilha do Johnny na frente de todos os convidados.

– Faria sucesso na cerimônia, pra ser sincera – digo, e então começo a buscar informações, com a pulsação recuperada. – Quando é o casamento?

– Ainda não decidimos – diz Calla e morde o lábio de novo. – Provavelmente na primavera. A família do Johnny tem uma casa grande em Boston. A gente pensou em fazer lá. Elegante, mas simples. Voltado pra família. – Ela me cutuca com o dedo. – Você podia ter ligado pra dizer que vinha pra casa.

– Hum – murmuro enquanto calculo como o FBI vai conseguir instalar a vigilância *dentro* do reduto do inimigo.

Espero que a gente não precise disso. Espero que eu consiga juntar informações suficientes no Natal e que o casamento seja cancelado antes mesmo de o bolo ser encomendado.

– Eu queria que fosse surpresa – digo.

– Bem, e foi. Estou muito surpresa.

Bem neste momento, ela se ajeita no assento. Quando olho de novo, há um brilho nas pupilas dela. Alegria e inspiração puras.

– Sydney, você veio para *cá* pro feriado.

– Sim… – confirmo, sem saber aonde ela quer chegar com isso.

– Vai passar o Natal aqui, né?

O brilho aumenta, como bananas de dinamite em miniatura, prontas para explodir. Estilhaços para todo lado. Melhor botar um capacete.

– E Nick está aqui. Vocês dois vão se dar tão bem! Ele é o padrinho do Johnny. E os pais do Johnny acabaram de dizer que vão vir na véspera de Natal.

Giro o meu dedo pedindo para ela voltar um pouco a fala.

– Os pais de Johnny também vão estar aqui? Na nossa casa?

Mas ela não me escuta. Está perdida em pensamentos. As manchas vermelhas no pescoço aumentam com a empolgação e eu fico com a claríssima e terrível impressão de que uma das conversas mais importantes da minha vida está prestes a acontecer num Prius.

– Tudo ainda vai estar decorado – diz Calla, falando cada vez mais rápido –, e como... desculpa... não acredito que você vá voltar pra cá tão cedo, mesmo sabendo com antecedência, e quero *muito* você do meu lado...

Não. Não, ela não vai fazer isso.

Ela não vai falar isso. Calla é meticulosa, organizada demais para qualquer coisa tão espontânea.

– Johnny e eu deveríamos nos casar *neste* Natal, não acha? Podemos fazer um casamento improvisado de Natal.

Ela falou. *Merda, merda, merda.*

– Nããããão – falo, soltando a respiração. Sinto que o carro está encolhendo. Essa não é Calla. Quem é essa pessoa impulsiva e imprudente? – Não, eu venho. Volto *na primavera*. Ou no verão! Verão é melhor ainda. Você mesma falou: está um gelo lá fora. Estamos no Maine. Você não vai querer um casamento no inverno.

– Na verdade, quero, sim – afirma Calla, como se a ideia fosse cada vez mais atraente. – Você sabe que adoro o Natal. E é mais fácil pra você desse jeito. Menos trabalho com as coisas de madrinha. Sem contar que *nunca* sou espontânea e isso seria tão romântico...

– Sabe o que é romântico? Planejar com antecedência. Planilhas de fornecedores. – Meu peito está apertado. Eu conheço a minha irmã. Eu conheço a minha irmã, né? – Calla, isso não... você não é assim. Você não quer programar tudo?

– Não desta vez – diz ela, inflexível. – No último ano, percebi que me agarro com muita força às coisas e também sou *rígida* demais nos relacionamentos. Prometi a mim mesma que, com Johnny, as coisas seriam diferentes de todas as maneiras.

Bom, com certeza serão.

Calla segura a minha mão quando paramos de novo na frente de casa.

– Eu quero isso.

– Você acabou de ter essa ideia.

– Você me deve uma – rebate ela. – Sei que tudo está acontecendo rápido, mas é o que eu quero de verdade. Me casar aqui, em casa, com a minha família.

Ela aponta para fora, para a nossa casa colonial amarela que surge em toda a sua glória natalina. Tem uma rena dançante de feltro numa das janelas, que parece estar fazendo uma dança bêbada e levemente obscena. Em algum lugar da cozinha, vovó Ruby deve estar servindo uma taça de vinho para si mesma, preparando-se para superar a rena.

– Eu não preciso de nada elegante – diz Calla. – Não preciso de arranjos de mesa elaborados nem de um vestido caro. Tudo de que preciso está bem aqui. Vovó Ruby é juíza de paz! Ela pode nos casar.

Não vai se casar droga nenhuma.

– E Johnny? – Estou procurando uma desculpa. Qualquer coisa razoável que eu possa dizer em voz alta. – Ele não vai achar que é cedo? Talvez queira uma cerimônia na casa dos pais. Isso tudo é muita pressão, Cal, e ele pode não...

Calla balança a cabeça.

– Claro que preciso falar com meu noivo antes e vamos ter que conversar, mas acho que ele vai ficar feliz se eu estiver feliz. E ele realmente tenta me fazer feliz. – É como se ela sentisse necessidade de provar isso, pois acrescenta: – Ele até começou a estudar história da arte pra gente poder ir a todos os museus que eu gosto e conversar sobre os quadros. Quer dizer, que outro cara faria isso? Johnny... Johnny é estável, tem uma inteligência emocional maravilhosa e me ama. Eu garanto... *garanto*, Sydney, que você também vai amá-lo.

É a primeira promessa que ela me faz na vida que sei que não vai poder cumprir.

– Venha – chama Calla, dando um último aperto na própria mão. – Vamos contar a boa notícia pra todo mundo.

Quando Calla e Johnny dão a "boa notícia", há um alvoroço imediato de alegria. Principalmente do próprio Johnny. Ele uiva e soca o ar duas vezes, como se a nossa cozinha fosse uma boate de Nova Jersey. Nick serve cinco taças de sidra das fazendas de Cape Hathaway, que vovó Ruby buscou no porão fazendo uma dancinha. Lágrimas escorrem do rosto da vovó enquanto ela oferece o próprio vestido de noiva (que, até onde sabemos, foi meio destruído pelos guaxinins do sótão) a Calla e Docinho dança aos pés de todo mundo, empolgada por fazer parte do que quer que esteja acontecendo. E eu? Observo Johnny embalar Calla de maneira ousada nos braços dele, com os balões de autofelicitação embolados ao redor dos dois, e tento ignorar o nó no meu estômago.

Se eu não soubesse quem ele é – quem é o verdadeiro Johnny –, *até* poderia achar que eles formam um belo casal. Muito apaixonados. Ele bate com o dedo na ponta do nariz dela, todo fofo, e há um ar de tranquilidade entre os dois, como se eles se conhecessem há muito mais tempo do que uns míseros meses. Será que Johnny a ama mesmo? Provavelmente. É impossível não amar Calla. Mas será que Calla tem alguma dúvida em relação a *ele*?

Ou aos amigos dele? Tipo Nick?

– Meu Deus, como eu amo casamentos – diz Nick.

Enquanto fala, ele se instala ao meu lado e passa a mão no cabelo. Ele acabou de abrir outra sidra com um estouro, de um jeito levemente sensual, e me oferece uma taça alta e fina.

Ora, ora, como somos educados!

– Obrigada.

Meio entorpecida, pego a taça e acrescento o *celular do Nick* ao plano. Vou instalar o vírus de rastreamento no aparelho dele também. Esta noite. Depois que todo mundo tiver bebido um pouco mais do que deveria. Enquanto seguia Calla para dentro de casa, já instalei um rastreador do tamanho de uma moeda embaixo do para-choque do carro alugado de Johnny.

Desse jeito, aonde quer que o carro vá, posso segui-lo.

– Você foi a algum recentemente? – pergunta Nick e toma um gole de sidra.

A bebida desce pela garganta dele.

– Desculpe… – Balanço a cabeça, preocupada com Calla e Johnny. – A algum o quê?

Outro gole lento de Nick, o pomo de adão se mexe.

– Casamento.

– Ah – falo. – Não.

– Não sabe o que está perdendo – diz Nick, ainda brincalhão. – Bolo,

coreografias de décadas passadas, conversas com parentes distantes...
Como não amar?

Não estou escutando por completo. Não consigo tirar os olhos da minha
irmã. Vejo como se apoia no noivo, tão à vontade.

Quando fui recrutada para a CIA, sabia que iria aprender tudo que
existia sobre como interpretar os sinais que as pessoas emitem: linguagem
corporal, motivações, assuntos que tentam esconder. Tinha consciência de
que a CIA iria montar um disfarce para me proteger. Eu não teria que ser
a verdadeira Sydney, a Sydney inteira; ninguém iria me conhecer se eu não
permitisse. E eu não precisava permitir.

O problema é que, quando você deixa a antiga vida para trás, é difícil
ficar de olho nela.

Eu queria distância de tudo. Não de Calla. Só de... todo o resto. Agora,
estou me martirizando por isso.

– Sydney, meu feijãozinho?

Vovó Ruby se dirige a onde estou com Nick e aponta para o aparelho de
som da sala de estar.

– Que tal você colocar alguma coisa animada? – pede ela.

– Claro. – Faço que sim com a cabeça de maneira um pouco vigorosa
demais. – Claro.

Vovó Ruby passa o polegar na borda da taça como se quisesse fazê-la
cantar.

– Está pensando em algo, minha flor? Vejo esse mesmo olhar desde que
você era bebê e queria descobrir como fazer carinho num cachorro.

Isso – é por *isso* que ela é tão boa em vinte e um, por isso ninguém apos-
ta mais contra ela nos encontros de idosos. Ela é muito perspicaz. Atenta.
Consegue interpretar as pessoas melhor do que a maioria dos agentes da
CIA em campo.

Por fora, eu me animo e meus olhos brilham. Preciso parecer tão alegre
quanto os outros. Nick está me superando com o casaco de moletom idiota
que diz SUÉTER NATALINO.

– Estou feliz pela Calla, só isso.

Eu escapo de vovó Ruby e de Nick do jeito mais indiferente possível.

– Vou escolher algo bem legal. Vão comemorar! Vão!

Às minhas costas, Nick inclina a cabeça de maneira observadora, com o cabelo preto ondulado reluzindo sob as luzes da cozinha. Apesar da felicidade no rosto dele, sua mente de profissional de segurança pode estar percebendo a minha atuação. Faço uma curva acentuada para entrar na sala de estar, pensando: *Uau! É assim que a gente se sente numa experiência extracorpórea. Minha irmã à bancada de café com um criminoso. E vai se casar com ele. Neste Natal.* Quando chego ao aparelho de som, recorro às minhas técnicas testadas e aprovadas para aliviar a ansiedade. Todo mundo na CIA sofre de ansiedade. Nós só sabemos como esconder melhor e como administrá-la em momentos de crise.

Em silêncio, começo uma técnica chamada respiração em caixa. Inspiro por quatro segundos, seguro por quatro, expiro por mais quatro. Repito mais uma vez, enquanto os meus dedos vasculham discos antigos, até que param numa banda chamada The Squirrel Nut Zippers. Meu pai... meu pai costumava tocar o álbum de Natal deles todo ano. Ele aumentava muito o volume e fazia a dança de *Pulp Fiction*, com os pulsos moles, só para a gente rir. Ele *sabia* curtir o Natal, com a galhada de rena e os falsos passos no telhado; ele subia lá e nos enganava. Quase escorregou no gelo uma vez. Vovó Ruby teve que nos dizer que o Papai Noel era meio desajeitado.

Essa lembrança de mim e de Calla com o pescoço inclinado na direção do barulho quase me faz rir – mas, dez Natais depois de ele partir, não dá mais. Silêncio. Muitas pessoas brincam dizendo que um dia vão largar tudo e desaparecer, mas nosso pai... Bem, ele levou a sério. Até onde sei, ele continua bem desaparecido.

Passo o dedo de leve no disco. Ele gostava de dizer o nome da banda. Zippers. Zippy. Zip-Zip. Zzzzzz...

Meu celular vibra no bolso traseiro.

Uma mensagem codificada de Gail: **Me ligue assim que puder.**

Acho que recebo notícias do meu chefe na CIA uma vez por semana. Gail é estranhamente comunicativa.

Coloco o disco para tocar e saio de vista, subindo a escada de madeira barulhenta até o sótão, sem me preocupar em acender as luzes. Aqui em cima é um lugar reservado – e frio como uma geladeira. O frio começa a entorpecer a ponta dos meus dedos, as minhas pálpebras... Minhas pálpebras estão ficando pesadas. Quando foi a última vez que dormi? Trinta horas atrás?

Tanto faz. Não importa. Fico ao lado da caldeira para me aquecer e para obter uma barreira sonora.

– Sydney – diz Gail quando atende à minha ligação. A voz está animada. – Não tenho certeza se devo dar parabéns à madrinha ou oferecer um lenço de papel. Metaforicamente falando.

Eu me recosto e bato a cabeça – uma, duas vezes – numa das vigas do sótão. Conhece aquela música natalina que diz que "ele te vê quando você está dormindo, ele sabe quando você está acordado"? Não é o Papai Noel. É o FBI. Isso não me surpreende: tem escutas na cozinha.

Gail continua, apressada:

– Não preciso dizer que o cenário mudou um pouco. Especialmente do seu lado. Eu achava que tínhamos mais tempo, pelo menos até o réveillon, mas, depois que eles se casarem, a negação plausível de Calla diminui de maneira significativa. Claro que não é responsabilidade da esposa saber tudo que o marido faz, mas…

– Eu já *disse* – destaco, ainda conseguindo sussurrar. O som se propaga nesta casa e não quero que Johnny me escute, apesar do barulho da caldeira. Nem Nick. Nem os guaxinins do sótão. – Acredito que Calla não saiba dos assaltos. Pela linguagem corporal, ela não estava escondendo nada. – Não que eu tenha percebido, na verdade. *Mas você nem sempre percebe o que está bem na sua frente, não é, Sydney?* – Não acha que deveríamos incluir Calla nos planos? – sugiro. – Contar quem o noivo dela é e o que vai acontecer no réveillon?

– De jeito nenhum. Já falamos sobre isso. Seria colocar a investigação toda em risco. Se por algum milagre a sua irmã for inocente, de jeito nenhum ela conseguiria manter a farsa depois que a gente contasse tudo. E aí?

– Talvez a gente pudesse colocar uma escuta nela. – Forço um pouco, ainda lutando contra a ideia. O casamento espontâneo e a leve mudança na personalidade me fizeram questionar os meus instintos, mas ela… ela é Calla. – Quem sabe o que Johnny poderia contar se ela desse uma estimulada nele quando os dois estiverem sozinhos? – prossigo. – A gente poderia dar um roteiro a ela, trabalhar numa pergunta específica sobre o próximo assalto, algo que pareça natural. Talvez pedir pra ela perguntar sobre o anel de noivado. Você viu o anel?

– Eu vi o anel.

– Então…

– Então vou repetir: *não podemos* arriscar sermos descobertos. Precisamos de muito mais informações antes de pensar em dar esse tipo de salto.

Ela está certa. Está, sim. Impedir que Calla saiba disso também é a minha escolha.

– Então vou conseguir as informações. Vou implantar o rastreador no celular de Johnny esta noite e continuar trabalhando na minha irmã.

Parece que Gail sibila.

– Não.

A simplicidade da resposta me abala.

– Não?

– A abordagem direcionada é sempre melhor do que a dispersa – diz Gail depois de uma pausa rápida. – Não precisa sair atirando para todos os lados. Observe Johnny de perto. Me mande informações do celular dele e uma imagem do anel em close e eu vejo se é igual a algum dos nossos registros dos itens roubados. Mantenha uma linha de comunicação aberta com Calla, óbvio, mas está claro que vocês duas não são mais tão próximas e o meu instinto diz que tem um jeito mais inteligente de resolver tudo isso.

O comentário dela desce rasgando. E faz o meu estômago revirar. É verdade que Calla e eu não somos mais tão próximas, mas ouvir isso dito em voz alta – de alguém que conheci faz pouco mais de 24 horas – é especialmente brutal.

– Como assim?

– Nick – diz Gail, do mesmo jeito que alguém poderia dizer "dãããã". – Vocês dois claramente têm um tipo de… química.

O comentário é um tapa na cara.

– Eu e o *canadense*?

– Qual é o problema de ele ser canadense? Minha avó tinha sangue canadense.

Balanço a cabeça com força.

– Nada. Não foi um comentário sobre a nacionalidade dele. Só sobre ele.

Gail espera uma fração de segundo antes de prosseguir:

– Já que você não refutou de cara meu comentário, acho que concorda que existe uma química.

– Na verdade, discordo totalmente.

– Tarde demais – diz Gail. – A pausa foi percebida.

Meu maxilar fica tenso. Estou vendo aonde ela quer chegar com isso.

– Então você quer que eu...

– Faça ele gostar de você – sintetiza Gail, dando a resposta que eu já previa. – Escute: Nick é mais próximo de Johnny que qualquer outra pessoa. Quem sabe mais do que o ex-guarda-costas? Além disso, tem o novo papel de Nick como chefe da segurança pessoal e o histórico de amizade com Johnny. Essa pode ser a nossa oportunidade, Sydney. Nick já namorou outras mulheres, e *você* é mulher...

"Seduza o cara", é o que ela quer dizer. Seduza Nick Fraser.

Massageio a minha testa, que começa a parecer um cubo de gelo. Um cubo de gelo latejante e doloroso.

Tenho confiança nas minhas habilidades, mas tinha que ser *ele*? Além do fato de que confio no cara mais ou menos como confiaria num carcaju raivoso, o objetivo de Nick é proteger Johnny e a família Jones a todo custo. Meu objetivo é derrubar Johnny e a família Jones a todo custo. Não seria exatamente um casal perfeito. Sem contar que não seria uma tática justa. Aqui eu sou *eu*. Estou apenas meio disfarçada, na minha casa, na minha cidade natal. Tantas coisas relacionadas a mim já estão às claras; não posso entregá-las por estratégia.

Não há nenhuma barreira. Nenhuma proteção.

Eu preciso disso.

Além do mais, quem sabe se Nick vai morder a isca? Quem sabe se ele sequer sente atração por mim? E se ele me achar tão antipática quanto eu o acho?

Aparentemente, Gail interpreta o meu silêncio como insubordinação.

– Sua organização faz coisas grotescas, inconvenientes e antiéticas quase todo dia. A CIA faz prisioneiros políticos desaparecerem. Eles facilitam golpes sem sentido em terreno estrangeiro. Eu só estou pedindo, Sydney, pra você paquerar o cara enquanto come frango.

Contraio a testa na palma da mão e disparo:

– Sinceramente, você me perdeu na parte do frango.

Ouço uma papelada ao fundo, como se Gail estivesse fazendo várias coisas ao mesmo tempo.

– Frango de Natal! Ou peru. Eu estava falando de peru. Peru, pernil, pão de pimenta, qualquer coisa que a sua família sirva nos jantares de Natal. É só você ser quem ele quiser que seja. Faça o cara se abrir e confiar em você. Sei que ele trabalha com segurança e sabe identificar sinais de alerta, tome cuidado, mas ele *já estava* começando a se abrir na cozinha, mesmo depois daquela proeza desastrosa no chuveiro. Acho que temos uma chance decente.

Ela não está errada. Espio por sobre o ombro para garantir mais uma vez que ninguém me seguiu até o sótão, depois sussurro, mais baixo que o barulho da caldeira:

– E a família do Johnny? Se eles vierem cedo pro casamento, você pode reunir uma força-tarefa pra...

– Sim, sim, vou cuidar disso. Não se preocupe. Volte pra cozinha. Sua avó vai fazer uma torta com... pimenta-caiena?

– Torta de pecã com pimenta-caiena – comento, distraída. – Ela é obcecada por temperos.

– Hum. Agora... Sydney?

– Sim?

– Não se apaixone pelo alvo.

Sério? Ela acha que vou me *apaixonar* por Nick? Enrugo as sobrancelhas com força. Estou acostumada a desconfianças. A CIA nunca confia totalmente em ninguém – é para isso que servem todos os testes de polígrafo –, mas não costumo ouvir uma merda dessas pouco antes de uma missão.

– Zero por cento de chance de isso acontecer.

– Já aconteceu ao longo da história. Com outros agentes. Às vezes, as linhas ficam um pouco borradas. É difícil identificar o que é real e o que é falso.

– Bem, não sou um desses outros agentes. Se consigo recrutar espiões estrangeiros, acho que posso lidar com um cara que usa casaco de moletom de aeroporto. Você está esquecendo que já fiz isso.

– Não desse jeito. Eram circunstâncias bem diferentes.

– Gail – falo, firme. – Tudo vai estar sob controle.

Capítulo 5

No acampamento de treinamento perto de Williamsburg, na Virgínia, aprendi a seguir um alvo de longe. A controlar uma moto off-road numa perseguição em alta velocidade, a me posicionar num salto de paraquedas e a como agir se for encurralada por um grupo hostil e não tiver nada além das roupas do corpo. Sou boa em recrutar colaboradores. Sou boa com mapas, becos escondidos e conversas ardilosas. Na teoria, não é para eu ter o menor problema em manter uma paquera falsa por uma semana para conseguir informações vitais.

Mesmo que seja alguém repulsivamente criminoso como Nick.

Entretanto, estou preocupada, só um pouco, em fazer tudo isso *de cara lavada*. Na minha cidade, cercada pela minha família. Apesar do que disse para Gail, estou achando meio difícil ser a minha versão anterior e a minha versão agente da CIA ao mesmo tempo – e não é uma missão que eu possa só executar e pronto, como a de Alexei. Não posso usar meu *sex appeal* e fugir uma hora depois, desaparecendo num trem noturno sueco.

O melhor que eu poderia fazer aqui é dirigir um Prius muito lento e instável.

– Ok – digo a mim mesma no sótão, batendo palmas uma vez. – Ok.

Já que seduzir o comparsa Nick é a melhor estratégia que temos, eu estou dentro.

Menos de uma hora depois, Johnny, Nick, Calla e eu estamos de saída.

Não há muitos bares na cidade. No inverno, a população de Cape Hathaway diminui para menos de setecentas pessoas. Os barcos de lagostas ficam atracados e os quiosques de sorvete fecham. Tudo que resta é o vento frio para empurrar a água que bate na rocha escura e cheia de limo – e uma pequena pousada perto do mar, com luz fraca e uma formidável lista de uísques. Nesta época do ano, a Casa Hathaway fica restrita aos habitantes locais; funciona para comemorações de aniversário e encontros românticos, para casais que se aninham em reservados aconchegantes. As paredes têm pinturas a óleo de navios e mares agitados, e o ambiente é refinado *apenas* o suficiente para os meus objetivos.

Nossa outra opção era a hospedaria Moose.

Com os guaxinins empalhados.

Então a pousada vai ter que servir.

– Este lugar tem muito movimento? – pergunta Nick.

Enquanto fala, ele tira o casaco marrom da Barbour e o pendura no encosto da cadeira. A máscara está caindo. Ele não está tão controlado nem tão tranquilo quanto estava na cozinha; na verdade, está meio tenso, com as sobrancelhas formando um sulco irritante. No caminho para cá, Johnny ficou batendo no ombro dele e dizendo: "Relaxa, Nick, é Natal. Marco está de folga, você também."

Ainda assim, mesmo agora, quando estamos todos em uma mesa alta e bamba perto do bar, dá para ver que Nick luta contra o seu instinto protetor. O olhar dele fica indo até Johnny, cujo braço está frouxamente repousado no ombro de Calla. Johnny ri como se quisesse que o bar inteiro o ouvisse e conversa de modo casual com o barman para pedir um drinque com tema natalino – que tem o nome muito suspeito de "surpresa do Papai Noel" – para Calla.

Sinceramente, confio menos nesse drinque do que confio em Nick. E isso diz muita coisa.

– "Movimento" e "Cape Hathaway" não combinam muito – digo, olhando para Nick. – Se você perguntasse "Este lugar recebe muitos encontros de tricô?", a resposta seria bem diferente.

Nick massageia o sulco entre as sobrancelhas. Não é a primeira vez que o meu olhar se desvia para aquela cicatriz desbotada no queixo dele. Como foi que ele a conseguiu? Numa briga? *Aposto que sim.*

– Quem viria tricotar num bar?

– Mais gente do que você imagina.

Ele passa a mão no rosto de cima para baixo, depois sacode a cabeça como um cachorro. Não, não como um cachorro. Eu *respeito* os cachorros.

– Desculpa. Me desculpa. Costumo ser bem mais divertido do que isso, eu juro. Só estou preocupado com o trabalho. Johnny acabou de dizer que não quer um guarda-costas durante as festas de fim de ano. Quer que seja só a família. Estamos numa cidade tão pequena que ninguém iria se preocupar com ele aqui. Provavelmente está certo, mas…

– Ah, ele está certo, sim. O que temos de mais próximo de uma celebridade é o cara que liberta todas as lagostas do mercado.

Nick bufa e dá um sorriso.

– Até eu já ouvi histórias sobre ele, a lenda.

– O homem, o mito.

Tiro a minha parca e aliso o suéter que está por baixo. Peguei a blusa de gola rulê mais estilosa e convidativa da minha mala: uma preta com botões dourados brilhantes. Alguém poderia dizer que eu deveria ter escolhido uma roupa sexy, mas a sedução, na minha opinião, não envolve necessariamente mostrar a maior parte da pele. Às vezes envolve deixar a curiosidade agir no que está *por baixo* da lã.

Eu aposto que Nick é superficial. Ele vai morder a isca.

– Me diga: o que você costuma fazer nas festas de fim de ano? – pergunto.

Eu me inclino sobre a mesa segurando um copo de uísque que acabei de pedir, cujo aroma de carvalho flutua no espaço entre nós, fazendo cócegas no meu nariz. Nick escolheu um old-fashioned e trocou o suéter natalino por um casaco de verdade: uma peça toda preta que envolve os ombros dele com esforço. O cabelo escuro ondulado está um pouco úmido por causa da neve derretida e ele emana o cheiro daquele sabonete madeira-com-brisa-do-mar com o qual eu deveria ter batido nele no chuveiro.

Ele caprichou para esta noite. Ótimo.

– Depende – responde Nick, depois de olhar por cima do meu ombro para vigiar Johnny boa-vida, que está aproveitando uma dose de sambuca pré-drinque, a qual vira de uma vez só com um *ahhhhh*. – De que ano a gente está falando?

Finjo pensar muito na pergunta, inclinando a cabeça de um lado para o outro.

– Mil novecentos e… noventa e nove.

– Então estou indo dormir todas as noites desejando que o Papai Noel me dê um triciclo – responde Nick sem nenhuma emoção.

– Ele deu?

– Ainda estou esperando.

– Droga. – Solto um muxoxo. – Que azar.

– E você? – retruca ele, ainda sem tocar na bebida.

Uma das sobrancelhas dele se ergue de um jeito paquerador e, dando uma olhada discreta, eu interpreto o resto da linguagem corporal. Aberto. Tranquilo. Exatamente o que preciso para a missão.

– Na verdade, minha pergunta é: por que fui instruído a – ele faz aspas no ar – "não deixar você sair da propriedade" neste Natal?

Um rubor ameaça subir pelo meu rosto. Entro na brincadeira.

– Ah, é? Quem instruiu isso?

– Calla – admite Nick, aumentando um pouco a voz porque "A Holly Jolly Christmas" explode nos alto-falantes ao fundo. – Depois, a sua avó. Tenho que ficar de olho em você. Acho que elas têm medo de você desaparecer antes do casamento, virar uma madrinha em fuga.

– Esse tema já rendeu ótimos filmes – digo, leve e graciosa.

A ideia de a minha família estar aflita comigo provoca uma fisgada no meu estômago, mas "fugir" não foi exatamente o que eu fiz. Tranco bem essas emoções, apoio o queixo na palma da mão e tamborilo na lateral do rosto.

– E como é que você vai ficar de olho em mim, hein?

Ergo o olhar, encontrando o de Nick com um leve traço de provocação, o que o pega desprevenido. Percebo isso porque Nick *tem* sinais reveladores. Estou aprendendo todos eles rapidamente. Quando ele está surpreso, um canto da boca se curva para cima. As pupilas aumentam um tiquinho. A cabeça se inclina quase imperceptivelmente para trás.

– Alguém já disse que você é meio intensa? – pergunta ele, semicerrando os olhos, depois de uma pausa momentânea.

Ele imita a minha pose e se inclina para a frente. Devagar, abre um sorriso quase sexy. *Isso funciona mesmo com as mulheres, Nicholas?*

– Talvez eu já tenha ouvido isso – admito, diminuindo o ritmo da minha voz de maneira intencional.

O olhar de Nick desliza até Johnny, depois volta para mim, e o pé dele começa a balançar embaixo da mesa.

– É estranho, toda hora me esqueço de que ainda não conheço você. Calla vem contando histórias suas há meses.

É mesmo? O uísque se agita no meu copo quando bebo um gole. É tão forte que, se eu tossir, é capaz de sair fogo.

– Tipo o quê?

– Tipo o Campeonato Estadual de Debates do Maine.

Isso é tão inesperado que solto uma risada curta e aguda – e me odeio por isso.

– Não. Ai, meu Deus!

Os olhos castanhos de Nick brilham. Não aguento o brilho.

– Eu tenho *perguntas*.

– Se Calla contou a história – rebato, ainda sorrindo –, você já sabe tudo. Não tem perguntas.

– *Tenho* – insiste ele. – Quanto mais penso nisso, mais perguntas eu tenho. Então, você subiu lá no palco, na frente de todas aquelas pessoas…

É como se um microfone pousasse no meu colo. A agente em mim quer jogá-lo longe. Essa história é o oposto de sexy. Não é isso que eu quero. Mas Nick está exibindo ridículos olhos de cachorrinho, tipo *Por favor, Sydney, por favor, me conte* e… Que maldição, Nick! Está bem! Ok. Vou dar o que ele quer, pela missão.

Meu nariz se franze.

– Eu subo lá e estou calma – digo, na intenção de sair logo dessa história desastrosa e voltar aos negócios. – Já ganhei o campeonato três anos seguidos e sei tudo que é possível saber sobre a legalização das apostas pela internet. A propósito, esse era o assunto. Apostas. Minha equipe tinha que defender os argumentos a favor, e a de Jimmy Buchanan, ou o "Enciclopédia", se apresentaria primeiro. Aí Jimmy segue todo pomposo para o palco, com aquele cabelo partido de lado, olha para o treinador dele e pisca. De repente, o moderador está perguntando a ele sobre a ética da clonagem.

Percebo que Nick ouve com atenção, os dedos pressionando os lábios estupidamente carnudos.

– Adoro essa parte.

– Ética da clonagem! E é um assunto sobre o qual Jimmy, aparentemente, sabe tudo. Ele tem estatísticas. Tem evidências divertidas. Decorou citações de filósofos obscuros que defendem o argumento dele: no futuro, os clones serão necessários para a sociedade. E eu estou sentada ali, percebendo que a minha equipe foi sabotada. Talvez o treinador de Jimmy tenha dado dinheiro pro moderador, não sei, mas eu tenho 17 anos, passei os últimos seis meses lendo sobre *apostas na internet* e pra quê? Pra subir num palco e me envergonhar na frente de duzentas pessoas?

– De jeito nenhum! – diz Nick, entrando no jogo.

Ele finge bater o punho na mesa, como se pudesse socar um civil inocente.

Ombro a ombro, Calla e Johnny se viram para nos avaliar, provavelmente tentando descobrir o motivo da comoção, mas eu continuo:

– De jeito nenhum! – repito com o mesmo entusiasmo calculado. – Então, quando chega a minha vez, eu ando com cautela em direção ao pódio e digo a primeira coisa que me vem à cabeça. E conto uma história sobre o que aconteceria se eu me clonasse 18 mil vezes.

– Por que 18 mil? – Nick parece genuinamente curioso. Ele passa o polegar na cicatriz desbotada enquanto pensa. – De onde veio esse número?

– Da população de Augusta – explico. – A capital do estado do Maine. O debate estava acontecendo lá. Achei que isso daria peso à minha argumentação. Guarde a informação de que eu também estava muito envolvida com a banda marcial na época. Não existe nada mais dramático do que a banda marcial. Então, bem, entrei em detalhes bastante excruciantes sobre algumas... escolhas dos clones.

– Escolhas – ecoa Nick. – Foram escolhas bem ousadas.

– Existem clones bons e clones maus. – Ajeito o cabelo atrás da orelha. – Será que um desses clones teria uma vingança pessoal contra Jimmy? *Talvez.*

Decido comentar outra parte do meu passado. Só uma coisinha. Uma que vai dar a impressão de que estou compartilhando algo, mas não vou entregar quase nada.

– O engraçado é que a gente namorou depois daquilo.

– É? – pergunta Nick, dando uma risadinha.

Não parece que ele esteja forçando. *Ótimo.* Funcionou.

Faço que sim com a cabeça, séria.

– Bem no fim do ensino médio. Ele me deu um tapinha no ombro quando eu estava fazendo compras de Natal, disse que a gente deveria esquecer "o lance do debate" e depois falou: "Você também fica feliz quando abre um presente? Porque você é um belo pacote."

– Ele não fez isso.

– Fez, sim. Pra ser justa, eu adoro uma boa cantada.

– Diga a sua melhor das piores – pede Nick, relaxadamente.

– Tem certeza?

– Estou pronto.

Levo um segundo para pensar, então com a voz rouca, falo:

– Se beleza fosse flor, você seria um jardim botânico.

Nick quase cospe o primeiro gole da sua bebida.

– Está vendo, não é tão ruim. Funcionaria comigo.

– Qual é a sua?

– A pior de todas? – Nick põe o copo na mesa e o gira lentamente. Ele pigarreia. – Numa escala de um até Estados Unidos, quanto você está livre esta noite?

– Quatro – respondo sem nenhuma emoção.

– Sabe, não é pra dizer um número *de verdade*.

– Hum – digo. – Eu me recuso a desviar o olhar dele, assim como ele se recusa a desviar o olhar de mim. Também conheço esse jogo. E vou jogar melhor. – Talvez seja aí que estou errando... Você usa essa cantada muitas vezes? Lá em... Boston? Você é de lá?

– Boston via Ottawa – confirma ele. – E nunca uso. Além de ser uma cantada horrível de quase todas as maneiras concebíveis, mal saio do meu apartamento, a menos que tenha que acompanhar Johnny. Atualmente, faço o meu trabalho, escuto audiolivros e tenho oito horas de sono glorioso.

– Nem sei o que é isso – digo, um pouco sincera demais. – Mal me lembro quando foi a última vez que tive oito horas de sono. – Antes que Nick aproveite a oportunidade, uso um gancho dele para puxar outro assunto: – Qual foi o último livro bom que você escutou? Quer dizer, livro *muito* bom.

Ele pensa na pergunta enquanto passa o polegar pela boca.

– Isso vai parecer arrogante, mas deve ter sido *A grande divergência: A China, a Europa e a construção da economia mundial moderna*. Me fez repensar a velocidade do desenvolvimento econômico no Ocidente.

Faço o possível para não piscar. Isso... contradiz a imagem de musculo-so e burro que eu tinha dele, me tira um pouco do eixo.

– Então você gosta de não ficção.

– Não diria isso. Gosto de tudo um pouco.

Nick faz uma pausa, curtindo o bate-bola. Fico feliz. Ele está um passo mais perto de comer na minha mão.

– E você? Não necessariamente livros, mas... do que você gosta?

É uma pergunta tão ampla que, por meio segundo, a única coisa que surge na minha cabeça é *tacos*. E fazer carinho na Docinho. Minha existên-cia fora do trabalho é bastante limitada: nem me lembro de quando foi a última vez que maratonei algo na TV.

Nos últimos três anos, minha vida – quase exclusivamente – tem sido proteger as pessoas de homens perigosos. Às vezes olho para os caras e só consigo pensar: *De quantas maneiras você consegue machucar alguém?*

De quantas maneiras você consegue machucar alguém, Nick?

– Ei! – grita Johnny, aparecendo de repente atrás de nós.

Ele traz dois copos de cerveja verde com colarinho e a colônia picante se instala no meu pescoço. Evito contrair os ombros como um gato que acabou de ser pego pela nuca.

– A propósito, Nick está falando a verdade. Esse cara parece um padre.

Nada disso, penso, dando uma olhada em Nick: desde as botas de couro até os olhos escuros e travessos. *Ele definitivamente não é um padre.* Me mostre um padre que tenha esse maxilar.

– Saúde! – brinda Calla.

Ao dizer isso, ela ergue bem alto o próprio drinque espumante com aro-ma de biscoito de gengibre. Ah, quer dizer que as *duas* cervejas eram para Johnny.

– Este lugar não é maravilhoso? Sydney e eu sempre viemos aqui, desde crianças. Não ao bar, claro, mas tem um restaurante no andar de cima. Eles fazem um belo jantar de domingo. Peru, purê de batatas, tudo completo.

– Eu *amo* purê de batatas – acrescenta Johnny, tomando um gole no-jento da primeira cerveja. – O refeitório da nossa antiga faculdade tinha o melhor de todos. Você podia comer uns cinco quilos de purê numa refeição só. Eu saía rolando de lá.

– Sydney passou um ano inteiro comendo só cereais – diz Calla, me puxando de volta para o assunto.

Tinha esquecido que contei isso a ela.

– No primeiro ano da faculdade – acrescento, assentindo. – Acho que, em certo ponto, eu devia ser sessenta por cento aveia e mel.

Johnny bate o copo dele no meu, as bordas tinindo, a cerveja transbordando um pouco.

– Eu era o cara do cereal sabor frutas, então entendo.

Johnny fica… quase calmo. Meio de coadjuvante. Por um lado, dá a impressão de alguém que realmente ouve as outras pessoas. Por outro, tem uma energia caótica; ele se expande até encher todos os cômodos onde entra, é quase sufocante. E tudo volta à minha mente. Bem nesse momento, quando a música muda para "Winter Wonderland". *Casamento.* Calla vai se *casar* com esse rapaz de fraternidade enganosamente simpático de camisa limpa e cara. Ele vai arrastá-la tanto para dentro do mundo dele, que um dia ela vai acordar e pensar: *Como foi que vim parar aqui? E por que tem 2 milhões de dólares em dinheiro vivo no meu porão?*

Vou continuar trabalhando no comparsa. Mas no momento…

– Então – digo, pondo um sorriso no rosto e jogando uma pergunta para Johnny. Imagino uma daquelas luzes superbrilhantes refletindo nas pupilas dele. – Como foi que vocês dois se conheceram?

Calla põe a mão delicada sobre a boca e só responde depois de engolir.

– Quer contar a história? – pergunta ela, virando-se para o noivo.

– Você conta melhor – diz ele de um jeito irritantemente autodepreciativo, cutucando-a com o ombro. – Eu completo, se você esquecer alguma coisa. Nick também. Ele já ouviu várias vezes.

Johnny estende a mão e bagunça o cabelo de Nick, como um irmão mais velho irritante.

– Acho que todo o sul de Boston já ouviu – brinca Nick, afastando a mão dele. – *Vinny* estava contando outro dia.

– É? – Johnny ri de maneira explosiva, mas não de um jeito que faça os olhos brilharem. – Pra quem?

– Pro açougueiro. A gente tinha ido buscar carne pra fazer sanduíche.

Johnny empurra Nick de brincadeira.

– Por que eu não soube desses sanduíches? Enfim, Calla. Desculpa. A história.

Os brincos em forma de gota de Calla balançam quando ela olha para mim, que continuo presa em *açougueiro*. Os olhos dela brilham.

– Tudo bem. Lembra que contei que ia fazer aula de cerâmica? Eu estava muito estressada no trabalho depois da temporada de gripe, e todas as minhas crianças ficaram doentes. Metade da equipe de apoio também tirou licença e a gente não conseguia professores substitutos. Eu simplesmente precisava de algo pra repor as energias. Alguma coisa criativa, só pra mim. Tem um estúdio de arte na esquina do meu apartamento, Pete Descolado...

– Esse Pete não é nem um pouco descolado – acrescenta Johnny em volume quase máximo. Um dos cachos dele cai sobre os olhos, como um minúsculo anjo de painel de carro. – Ele tem 87 anos. Se refere a si mesmo como Peter. Um cara bacana, protestante de verdade.

– Católico – murmura Nick.

– E por que não frequenta a nossa igreja, então? – pergunta Johnny, meio de brincadeira, mas sua máscara cai um pouco, assim como a de Nick já caiu. Tem algo meio podre por baixo do charme escandaloso de Johnny. – Eu falei pro cara que podia se sentar no nosso banco e o que ele faz? Nunca aparece.

– Então, eu vou e me matriculo num curso de cerâmica de seis semanas – continua Calla com a história. – No primeiro dia, adivinha quem está lá?

Ela aponta com o polegar para Johnny, que deixa o queixo cair de maneira quase imperceptível.

– Sinceramente, pensei: "Esse cara só quer dar em cima de um monte de mulheres solteiras." Mas aí nós começamos a fazer potes e ele tem uma *concentração*...

– O sujeito precisa se concentrar – diz Johnny com seu sorriso largo e branco, a máscara no lugar de novo. – Aqueles discos podem arrancar o polegar de alguém.

Por dentro, eu me encolho. Ter "arrancar o polegar" numa história de "como vocês se conheceram?" faz o meu estômago revirar, já que uma das pessoas envolvidas pode ou não de fato já ter arrancado o dedo de alguém. Estranhamente, pelo canto do olho, vejo Nick cruzar os braços e esconder os polegares nas axilas.

– Mas era mais do que isso – diz Calla, ainda entusiasmada. – Nunca vi um homem como ele, tão... tão... – As mãos dela apertam o peito, como se ela tentasse arrancar as palavras da própria alma. – Tão *interessado* em fazer uma caneca. Sabia que ele chorou quando a cerâmica dele quebrou no forno?

Ele fez o quê? Apoio que os homens expressem suas emoções (sério, acho que é uma parte vital de uma sociedade que funcione bem), mas como é que isso combina com *Johnny*, o arrancador de polegares?

– Não – diz Johnny, sentando-se um pouco mais ereto. Ele estufa o peito de maneira quase cômica, com os botões a ponto de estourar. – Não foi bem assim. Não fiquei soluçando nem nada. Meus olhos ficaram marejados, só isso.

Enquanto eu o observo, tudo vai fazendo sentido: por que Calla se apaixonou por Johnny. Ele tem todas as armadilhas da gentileza, os sinais visíveis. Está em contato com as próprias emoções. Faz cerâmica quando não está trabalhando como voluntário em restaurantes populares ou administrando o império de café da família, que (já pesquisei) se concentra em práticas ecologicamente sustentáveis. Se ele encontrar um bebê para pegar no colo em algum lugar nas próximas 24 horas, vai parecer o cara perfeito. E não – dando um exemplo totalmente excêntrico e aleatório – o tipo de cara que contrataria capangas mascarados para roubar uma galeria de arte dando um tiro no pé de um segurança idoso.

A mão de Calla vai de novo até o ombro dele.

– Bem, a sua emoção foi contagiante. Naquela noite, depois da aula, fomos tomar umas margaritas num restaurante mexicano bem pequeno e conversamos horas seguidas sobre a família dele...

Sinto a coluna formigar ao ouvir *a família dele*. Continue falando da família dele!

– Sua nana – continua Calla – e como ela teve que ser forte depois que o seu avô morreu. E, naturalmente, comecei a falar da vovó Ruby...

– "Ela dança como se os pés estivessem pegando fogo" – contribui Johnny, acenando com a mão como se delineasse o próprio nome com luzes. – Foi isso que ela me disse. Acho que me apaixonei bem ali.

Calla fica ruborizada sob o calor do olhar dele.

– Depois disso, ficamos meio que unidos pelo quadril.

Algumas margaritas e uma história sobre a avó. Só precisou disso? Devia ser uma tequila bem forte.

Minha irmã me olha com expectativa do outro lado da mesa, pedindo em silêncio: *Fale alguma coisa, Sydney*. Sei que é nessa parte que eu deveria fazer os meus votos de felicidade – minha confirmação de que *É mesmo, vocês são tão fofos juntos, que história perfeita*. Mas a mentira fica presa na minha garganta. É difícil manter a encenação quando não é uma encenação, quando sou eu, quando estou em casa, quando se trata *dela*.

O silêncio dura um pouco mais do que deveria. Nick me socorre.

– A gente deveria fazer um brinde.

Ele ergue o próprio copo, o bíceps flexionando sob o algodão do suéter, e é a primeira e única vez que serei grata a esse homem. A ele e aos bíceps irritantemente tonificados.

– A que devemos brindar? – acrescento, retomando a minha voz. Ela sai neutra, com uma imperceptível pitada de pânico.

– À nossa saúde – diz Nick sem nenhuma emoção. – Na esperança de que esses drinques coloridos não matem ninguém.

Johnny ri *(porque rá-rá, matar!)* e eu bato com falsidade no copo dele, o uísque formando ondas.

– À "surpresa do Papai Noel". Lá vai…

– Ahhh – diz Nick e passa a mão no queixo. – Sabem de uma coisa? A gente deveria fazer isso direito.

Ele pigarreia, como se não conseguisse decidir se é sério ou não. Decide ser sério e começa devagar.

– Um brinde a… ter pessoas por perto no Natal. Pessoas boas. E um brinde a você, Sydney, por nos trazer a este bar e por fazer a gente se sentir em casa.

As palavras dele me fazem parar e congelar.

Ou, melhor, parar e ficar quente. Que diabos foi aquilo? Foi tão dolorosamente sincero que eu quero me contorcer de vergonha. Nick está me encarando agora, os lábios carnudos contraídos, tão *inocente* – como se ele nunca tivesse saído nem um pouco da linha na vida toda. E eu penso de novo: *Como o atacaria? Exatamente. Cotovelo na jugular.*

Faço um "obrigada" com os lábios para ele, sem emitir nenhum som, e fico feliz por a parte do plano com Nick estar funcionando, pelo menos.

Cada um de nós toma um gole das próprias bebidas e a conversa muda de um jeito natural para o casamento. Escuto com atenção, registrando quais membros da família Jones devem aparecer, além dos pais do Johnny. Primo Andre, primo Thomas e outro parente de quem já ouvi falar: Vinny...

Vinny manda pelo menos três mensagens durante a conversa e Andre também. Tenho a sensação de que eles são uma unidade e não conseguem funcionar um sem os outros – e estremeço só de pensar em como são quando estão juntos, no mesmo cômodo. Espero que nunca tenha que descobrir.

Pouco antes das onze da noite, surge um grupo inesperado: um bando de cantores natalinos indo em direção ao bar com passos pesados e flocos de neve frescos nos mantos de veludo. Quando um grupo de bebedores mais agressivos aparece atrás deles, um músculo do maxilar de Nick se contrai levemente. Ele recomenda levarmos a comemoração para outro lugar. Ou, melhor ainda, fechar a conta e ir para casa. Por mim, tudo bem. Mais do que bem, na verdade. Faz 33 horas desde que fechei os olhos pela última vez.

Mas Johnny, o Senhor do Crime, não quer ir para casa.

O nível de energia dele é alto demais, droga. Ele fez amizade com o barman – parece que consegue conquistar qualquer pessoa com sua conversinha –, que foi buscar a máquina de karaokê num depósito. Penso: *Alguém, me mata! Me mata com um tiro no baço.* Se algo pode deixar o feriado mais desconfortável, é um karaokê de Natal.

– Baby – implora Johnny, apoiando o queixo de um jeito dramático no ombro de Calla. – Baby.

Calla balança a cabeça, inflexível, com os olhos fechados e os cachos castanhos sacudindo.

– Nã-na-ni-na-não. Você sabe que odeio karaokê. Se quiser muito fazer um dueto, faça com o Nick.

– Ou com a Sydney – sugere Nick e inclina a cabeça de maneira sugestiva na minha direção.

– Ou com o *Nick* – digo, lançando o olhar de maneira incisiva para ele.

Um sorriso quase sedutor brinca no canto da boca dele. Na minha mente, eu o prendi contra a parede; ele tenta me empurrar, mas pressiono o joelho na coxa dele, segurando-o ali.

O impasse continua até Johnny arrastar Nick – literalmente arrastar, com o punho no ombro do amigo, como se eles estivessem numa luta de boxe. Sinto inveja disso e, quando os dois tomam "o palco" – que é, em essência, um trecho de carpete perto da ponta do bar, onde os garçons colocam a estação de sanduíches de lagosta no verão –, fico feliz.

Eu me recosto na cadeira com as pernas cruzadas e observo Johnny passar pelas músicas para escolher (tantos clássicos, como "Santa Baby" e "I Want a Hippopotamus for Christmas"). Juro que, se ele cantar a do hipopótamo, vou ter *certeza* de que estou numa experiência extracorpórea. Estou sonhando. Nada disso é real.

Nick decide seguir o fluxo. Balança os ombros como se estivesse se aquecendo para uma corrida. Para fazer Johnny rir, Nick até alonga os tendões, esticando os tornozelos até o bumbum. *Argh. Como ele consegue ser tão flexível usando uma calça jeans tão apertada?*

Eles vão mesmo fazer isso. Os microfones já estão na mão de cada um. A música está quase escolhida. E Johnny tirou o casaco e deixou pendurado nos bancos altos ao lado do casaco de Nick, o leve volume de dois celulares nos bolsos. Vai ser difícil colocar o rastreador nos aparelhos na frente deles, mas os dois parecem bem distraídos – e, desde que *eu* também pareça bem distraída, eles não vão suspeitar de nada.

– O que você quer fazer na sua despedida de solteira? – pergunto alto por sobre a mesa para Calla, enfiando a mão primeiro no casaco de Nick.

Escondido na minha palma, tem um dispositivo USB do tamanho da unha do meu polegar. Basta inseri-lo no lugar certo e ele instala em qualquer celular – criptografado ou não – o vírus impossível de rastrear. A partir daí, Gail pode monitorar todas as chamadas recebidas e feitas, rastrear qualquer busca, invadir calendários…

Calla dispensa a despedida de solteira com um aceno educado da mão com o anel de noivado.

– Ah, não precisa fazer festa pra mim.

– Claro que preciso.

Dentro do casaco da Barbour, que tem o cheiro opressivo da colônia de Nick, procuro as bordas do celular. Encaixo o USB. Espero.

– As madrinhas organizam a despedida de solteira. É assim que funciona.

– É… – Calla está meio evasiva, puxa as mangas do suéter. – Mas é tudo muito de última hora e eu não sei quem vai poder vir além da vovó Ruby, então vai ser só a…

– Família – termino, de maneira casual. – A família já basta.

Ela hesita. Retorce os lábios para o lado, depois diz, com a voz nítida:

– Nesse caso, nada de pênis. Sem balões de pênis. Sem macarrão de pênis. Sem colar de pênis que brilha no escuro.

Eu me encolho, disfarçando as minhas mãos, que estão tirando o USB e logo deslizando sorrateiramente para dentro do casaco de Johnny.

– Que sinais você vê em mim de que eu estaria disposta a comprar macarrão de pênis?

– Pra ser sincera, nenhum. Mas sei que as pessoas fazem isso.

– Que pessoas?

– Você sabe, as pessoas! As *pessoas* por aí. – Ela faz um gesto diante de si mesma, e ironicamente na direção de Johnny, que também não me parece do tipo macarrão de pênis. – Desculpe, é que achei que teria mais tempo pra pensar nisso tudo, mas estou me acostumando com a coisa espontânea. Ainda mais quando eu *realmente* acreditei que me casaria com...

– O Robin Hood – completo.

Calla cai na gargalhada.

– É aqui que a gente começa a finalizar...

– Os burritos uma da outra – digo, recuperando meu ritmo com ela.

Calla sorri. Eu sorrio. E isso me mata um pouco: o fato de que, enquanto tudo isso acontece, estou caçando informações. Mais alguns segundos e o vírus vai estar instalado, mas por dentro penso: *Mentirosa. Mentirosa. Sydney, você é uma mentirosa dos infernos.*

Sinceramente? Quanto mais eu me enfio na CIA, mais me convenço de que o meu trabalho não é o melhor jeito de fazer o bem. Como é que alguém pode fazer "o bem" quando está, na verdade, fazendo *o mal*? Sei que não é tão simples assim, mas não passo nem um dia sem pensar em pedir demissão. Só que ninguém pede demissão. Essa é a impressão que eles dão. Você morre antes de sair da CIA.

– Juro – digo a ela – que vou pensar numa coisa legal.

– Manda mensagem pro Nick se precisar de ajuda pra ter ideias – diz Calla, cruzando as pernas, com as mãos nos joelhos. – Ele não conhece nada de Cape Hathaway, mas quer muito participar. Essas coisas de padrinho. Passei seu número pra ele. Você não se importa, né?

– Não – respondo, tirando o USB, grata a Calla de várias maneiras. Ela acabou de facilitar um pouco o meu trabalho. E, ao mesmo tempo, hum, me deu uma tarefa escancaradamente difícil. – Não, tudo bem...

Neste segundo, um dos microfones apita e todo mundo no bar (umas vinte pessoas, a esta altura) resmunga e cobre os ouvidos.

– Atenção!

Johnny bate no microfone uma, duas vezes, e o som parece uma batida do coração. Em seguida, ele irrompe com o entusiasmo de um evangelista de televisão, apontando para Calla.

– Estão vendo aquela MULHER LINDA ali? Bem, estou louco de felicidade por anunciar que teremos um CASAMENTO NATALINO! Ela vai ser a minha ESPOSA!

Aplausos animados explodem pelo salão todo e Calla parece tão feliz e em êxtase que eu quase desejo ter um dardo tranquilizante. Neste momento, quero bater a cabeça numa parede de concreto.

– Essa canção – diz Johnny numa voz falsamente grave, como um cover de Elvis – é dedicada a ela.

Quando a música "All I Want for Christmas Is You", de Mariah Carey, explode nos alto-falantes, uma risada áspera e quase histérica sobe pela minha garganta. Nada nesta imagem combina. Um dos homens mais perigosos dos Estados Unidos está segurando o microfone com as duas mãos, derramando sua alma vocal num hino natalino de uma diva, enquanto seu ex-guarda-costas faz o backing vocal. Ele realmente canta ao fundo. Para nosso azar, a habilidade de Johnny como cantor se aproxima a daqueles bodes do YouTube que gritam. A palavra *melodia* não parece fazer parte do vocabulário dele. Mas Nick...

Caramba, Nick canta como um anjo.

Por cima dos gritos de bode de Johnny, a voz dele ocupa todo o salão. Um barítono puro cuja voz sai do fundo, o tipo de talento que faria alguém parar à porta de uma igreja só para ouvir um pouco mais. Meu Deus. Como é que Nick canta *tão* bem?

No bar todo, as pessoas estão cantando junto. Essa poderia ser a realização do sonho de um cantor natalino. O ponto alto da temporada. Um homem bem-vestido e seu amigo alto e musculoso estão dando um belo show e todos entram no clima.

– Você gostou do Johnny? – Calla se aproxima e me pergunta isso enquanto a canção está quase no fim. – Ele é *tão* divertido! E você sabe que eu não tinha uma vida social intensa antes. Ele me fez sair, me apresentou muita gente nova e... por favor, me diga que gostou dele.

– Ele é... – a palavra se arrasta pela minha garganta – ...ótimo! Ele é ótimo.

Capítulo 6

Como está o seu sono? Os psicólogos da CIA sempre perguntam isso. *Você tem descansado? Sim? Não?*

A mesma coisa nos testes de polígrafo. Ele tremula com um *tic, tic, tic*, riscando linhas finas e pretas na tela, e às vezes eu digo que sim. Depende. Era pior quando eu era mais jovem. Desde que entrei para a CIA e aprendi coisas que me ajudam a lidar com isso – ou, no mínimo, me ajudam a mergulhar no trabalho –, durmo melhor. Na central, em algumas noites, eu apago junto com o interruptor da luz. Mas, em outras, acordo às três e meia da manhã e fico zapeando pelos canais da TV a cabo, perguntando a mim mesma se em algum momento as minhas jujubas de melatonina vão entrar em ação. São ursos. Ursinhos minúsculos e sonolentos de jujuba. Acabei de tomar duas. Calla, Johnny, Nick e eu voltamos do bar vinte minutos atrás, depois de uma viagem de carro repleta de histórias sobre os primeiros encontros de Calla e Johnny (um cruzeiro no rio, um jantar no Ritz em Nova York), e estou tentando – sem sucesso – desacelerar. Toda vez que penso em fechar os olhos, a voz de Nick aparece.

Cantando Mariah Carey.

Irritantemente bem.

Onde foi que ele aprendeu a cantar daquele jeito? Objetivamente, ele canta bem. Assim como, objetivamente, ele é bonito. Isso não me impressiona. Se tem algum efeito, é que agora confio menos ainda nele. Não gosto de pessoas que me surpreendem. Balanço a cabeça – para *jogar* Nick para longe dela –, removo o rímel com um lenço umedecido, depois esfrego as bochechas até elas ficarem rosadas como as do Papai Noel. No carro, tirei escondido uma foto em close do anel de Calla e mandei para Gail, junto com uma mensagem em código sobre a instalação dos vírus. Agora, tudo que posso fazer pelo resto da noite é esperar, ver o que os rastreadores revelam e me preparar pra cama.

Só faço uma pausa quando ouço um *toc-toc* sacudir a porta. Estou no banheiro do fim do corredor, onde – quando eu tinha 12 anos – Calla cortou minha franja com uma tesoura sem ponta. Fui eu que pedi para ela fazer isso. Mamãe usava franja numa das fotos antigas com o nosso pai que encontramos escondida na estante de livros do andar de baixo. Fiquei dizendo para Calla "continue, continue", até que só sobrou uma ponta desfiada de cabelo, espetada para cima como uma cauda de pavão. Talvez seja porque estou exausta, mas, por algum motivo, prendo a escova de dentes na boca e abro a porta, na expectativa de que Calla esteja do outro lado.

Ela não está. Nick é que está.

Nick Comparsa, usando uma camiseta cinza surrada e uma calça de moletom preta, com um *nécessaire* de plástico debaixo do braço.

– Oi – diz ele, voltando a parecer tímido.

Argh, você de novo? Imaginei que ele estivesse dormindo. Ele não deveria estar no quarto de hóspedes? No banheiro *dele*, com as cortinas de patinhos e o aparelho de barbear? Fazendo... sei lá... flexão ou algo assim? Em vez disso, está me encarando enquanto uso um pijama que não combina (calça xadrez e uma camiseta grande demais da biblioteca do Congresso com os dizeres QUEM AMA LIVROS NUNCA VAI PRA CAMA SOZINHO).

– Olá – falo.

Vou dizer uma coisa: é impossível parecer sedutora com uma escova de dentes socada na boca. Melhor ser despretensiosa.

– Acabei de ceder o quarto de hóspedes pra Calla e pro Johnny – explica Nick. Ele ocupa quase toda a altura da porta; a luzinha noturna do banheiro faz o possível, mas mal destaca a extensão da silhueta dele. Nick passa a mão devagar no cabelo escuro. – O antigo quarto da Calla tem uma cama muito menor, então fiquei lá. Ia usar o banheiro do andar de baixo, mas a sua avó está dormindo no sofá...

Ah, sim. Ela diz que é melhor para as costas, como dormir numa tábua dura ao ar livre. Além do mais, ela gosta de adormecer ao ritmo alegre da árvore de Natal, as luzes piscando a fazem relaxar. Mas isso significa que...

Nick agora está no quarto ao lado do meu. Compartilhamos uma parede. *Talvez do mesmo jeito que ele fará com Johnny na prisão!*, acrescenta minha voz interior.

– Não queria acordar a sua avó – continua Nick num sussurro educado, dando a impressão de que se preocupa mesmo com o bem-estar dela. *Ah, claro.* Ele morde a parte carnuda do lábio inferior. – Vi a sua luz acesa. Você se importa se eu usar seu banheiro quando você acabar?

Ajeito o corpo e digo a mim mesma para não olhar os dentes do cavalo dado. Ou do Nick dado, me parece. Quanto mais analiso os arquivos do caso dele, mais perguntas tenho. Ele participou de todos os assaltos? Só de um? Com base no que o FBI reuniu, cada assalto tem pelo menos cinco homens em ação. O grupo sempre muda? Onde é que a família Jones vende os produtos roubados?

E – o mais importante – onde é que eles vão atacar a seguir, com vinte quilos de C4?

Tiro a escova de dentes da boca, empurro a pasta mentolada para uma das bochechas e falo do jeito mais normal que consigo.

– Claaaro. Quer escovar os dentes? Pode entrar.

Quando Nick inclina a cabeça, eu percebo – com irritação – que já o memorizei. Eu não teria o menor problema em descrever cada ângulo do rosto dele para um desenhista de retratos falados do FBI. A sarda acima do lábio e a cicatriz no queixo. A espessura exata das sobrancelhas.

Por que isso me incomoda tanto?

– Tem certeza? – pergunta Nick.

– Tenho.

Eu me preparo e dou um passo para o lado, abrindo espaço para ele passar. Um aroma de pinho defumado me atinge quando ele passa, roçando no meu ombro. Aquele sabonete de novo. Isso irrita o meu nariz. Na penumbra, ofereço a ele o tubo de pasta de dentes, embora Nick provavelmente tenha um.

– Obrigado, mas eu... – Nick aponta para o *nécessaire* e pega a escova de dentes e um tubo de Crest. Para dentes sensíveis. Com branqueamento delicado. Igual à minha pasta. – Ora, veja só.

– Se usar o mesmo fio dental que eu, acho que viramos amigos.

Nick ri.

– Nunca ouvi essa regra, mas acredito em você.

Ele enfia os dedos no *nécessaire* e procura o fio dental.

– Está preparada? – pergunta ele, como se estivesse prestes a fazer um truque de mágica.

Com um floreio teatral, ele exibe o fio dental da rede de supermercados Wegmans.

– Isso é pra uma clientela muito *restrita* – argumento, exagerando.

– A marca do Wegmans? Com deslizamento suave? Está brincando? É a *única* marca aceitável.

– Concordamos em discordar.

Escovamos os dentes num silêncio odioso durante os dezesseis segundos seguintes, mas aí, para confirmar a declaração que ele deu mais cedo, Nick não suporta ficar calado. Fala com a escova de dentes na boca:

– Ei, você estava bem mais cedo? Na cozinha, quando Calla contou pra todo mundo do casamento. E depois no bar, quando eles falaram de como se conheceram. Você parecia meio… enjoada.

– É mesmo? – comento, de maneira reservada, tateando o terreno.

Por dentro, xingo Nick. Vovó Ruby quase identificou a expressão no meu rosto, mas ela me conhece a vida inteira. Como foi que *esse* cara fez isso? A parte paranoica do meu cérebro se pergunta: *Será que Nick também tem um arquivo sobre mim?* Sendo chefe da segurança de Johnny, pode ser que ele tenha. O que esse arquivo diria? Minha vida on-line é falsa. Meu trabalho no Departamento de Educação é uma história da carochinha.

– Deve ter sido uma surpresa – diz Nick, ainda escovando os dentes, e me lançando um olhar irritantemente simpático pelo espelho. – Eu não te culpo. Esse feriado está uma loucura.

Cuspo na pia com elegância e grudo meu olhar no dele, decidindo transformar isso numa piada.

– E se eu disser que parecia enjoada porque… comi camarão estragado no avião?

– Camarão estragado – repete Nick com a escova de dentes na boca, meio desconfiado.

– Isso.

Agora ele fala de um jeito direto:

– Eu teria que questionar que tipo de pessoa confia num camarão de avião.

– É justo.

– Sabia que camarão cru pode ter mais de setenta tipos de bactérias?

– Eu… não sabia. – Pausa. – Nick, você é germofóbico?

– Se está perguntando se sou uma pessoa totalmente sensata que reconhece a existência dos germes que estão por toda parte, sim.

– Como diabos você foi guarda-costas, então? – pergunto, meio feliz por ter mudado de assunto. – Precisa tocar em tudo.

– Minha arma secreta – responde ele, muito sério – era o higienizador para mãos.

– Respeito isso – digo –, apesar de ser uma pessoa que pega comida do chão. Regra dos três segundos.

Nick parece horrorizado.

– Por favor, diga que está brincando.

– Estou brincando – digo, sem brincar.

Seco a boca na toalha e me empoleiro na bancada ao lado da luzinha noturna de concha do mar. Hora de aumentar o flerte pelo menos dez pontos acima do camarão estragado.

– Então – começo, hesitante. – Fale de você, estranho no meu banheiro.

Com um sorriso lento, Nick me avalia enquanto guarda a escova de dentes e enxágua a pia.

– O que você quer saber?

Dou de ombros e a camiseta desliza de propósito pelo meu ombro. O ar frio pinica a minha pele e eu o vejo avaliar a pele exposta só por um segundo.

– Qualquer coisa. – Ergo uma sobrancelha tímida. – Segredos, de preferência.

Nick passa a mão na boca, com uma risada presa na garganta.

– Segredos, é? Não tenho muitos.

Mentiroso, penso.

– Mentiroso – provoco, cruzando os tornozelos.

Ele se aproxima alguns centímetros, de modo que estamos cara a cara, e pressiona os lábios num suspiro.

– Pode ser que eu tenha um ou dois – comenta ele, ponderando.

Uma das mãos dele vai até a lateral do pescoço e a barra da camiseta sobe meio centímetro, expondo uma faixa bronzeada da barriga.

– Ano passado, fui parado na Rota 1 por andar em alta velocidade.

Ele começou com um crime de verdade? *Idiota*. Eu me sento mais reta e faço a pergunta natural nesse caso.

– A que velocidade você estava?

– A 124 num trecho de 120. A polícia de Massachusetts te pega por qualquer coisa. Mas esse não é o segredo. O segredo é o *motivo* pra eu estar em alta velocidade. Eu não estava prestando atenção porque...

– Porque...?

Nick se reclina de braços cruzados, como se o segredo estivesse prestes a derrubá-lo.

– Estava ocupado demais ouvindo Taylor Swift num volume absurdo.

Não consigo evitar. Solto uma bufada, numa explosão de alegria abrupta. Será que isso é verdade? Ou uma tentativa calculada de se mostrar vulnerável? Para fazê-lo parecer mais acessível, mais acolhedor, menos ameaçador? Não vai funcionar comigo.

– Não imaginei você como um fã de Taylor Swift.

– Sou mais o tipo George Strait, Leonard Cohen, Bob Dylan, mas, de vez em quando, entro nesse clima.

– É por isso que você canta tão bem? Porque fica cruzando a Rota 1 enquanto canta "Bad Blood"?

Ele dispensa o comentário com um aceno, agindo com modéstia. A modéstia pode parecer sincera para qualquer outra pessoa, mas eu fico desconfiada e a analiso. O canto da boca dele se ergue de novo e... *Deus do Céu! Para de fazer isso com a boca.*

– Não sou tão bom – diz ele.

– Nick, pera lá. – Franzo a testa. – Michael Bublé pediu pra você devolver a voz dele.

Nick passa os dentes no lábio inferior, como se relutasse em admitir algo.

– Coro da igreja – conta ele por fim. – Oito anos.

"Esse cara parece um padre", Johnny tinha dito. Talvez isso se encaixe de um jeitinho bem simples. Inclino a cabeça para Nick e me lembro das fotos no arquivo – ele e os capangas de Johnny no mesmo banco da igreja. Hipócritas de merda.

– Oito anos. Uau. É muito tempo.

– É mesmo – diz ele, fazendo que sim com a cabeça, o cabelo escuro iluminado pela meia-luz. – Mas nunca foi pra mim. Sempre foi pra minha avó. Eu queria tocar violão acústico ou, talvez, tipo, um ukulele. Não ria! Não vá me dizer que "Somewhere Over the Rainbow" não te dá um nó na garganta. Mas cantar deixava a minha avó feliz, então... Agora vou ouvir um segredo seu?

Minha mente destaca a coisa da avó. Põe um marcador para que eu analise mais tarde.

– Meu? – Bato de leve no armário com os calcanhares. – Achei que você soubesse de todas as minhas histórias.

– Ainda tenho perguntas – diz Nick e bate no próprio pulso no ponto em que tenho a lua crescente. – O que significa essa tatuagem?

Por que ele foi direto nisso? Meu polegar contorna o desenho enquanto proíbo que a irritação apareça no meu rosto. Nick percebe minha pausa e dispensa a pergunta com um aceno.

– Quer saber? Não responda. Não precisa responder.

Então por que perguntou? Balanço a cabeça e me recupero com facilidade, ajeitando duas mechas de cabelo atrás das orelhas. Se tem uma coisa em que sou boa, é em desviar de perguntas pessoais.

– Não, tudo bem. Calla e eu fazíamos muitas trilhas quando pequenas. A gente acampava sob a lua e tal. A tatuagem me lembra da minha infância.

Metade verdade, metade mentira.

Quase termino com "você tem alguma tatuagem?", embora eu saiba que não. E *ele* sabe que já vi o corpo dele nuzinho, meio enrolado numa toalha: a curva bronzeada da cintura, a maneira como o tecido envolvia o quadril, as sardas, um rastro de pelos escuros.

Em vez disso, olho para os olhos dele.

– Você ganhou mais uma pergunta. Pode mandar.

Nick não perde tempo. É como se já tivesse a pergunta pronta. Os lábios dele se separam.

– Por que não contou pra ninguém que vinha pra casa no Natal?

As palavras afundam, contorcendo-se e machucando um pouco. Como é que ele sabia como me atingir?

Meus ombros se encolhem enquanto nos encaramos: eu ainda na

bancada, ele bem na minha frente, o ar pesado entre nós. Este banheiro é minúsculo. Está começando a parecer o purgatório. Um passo grande à frente na luz fraca e vamos nos encostar. A proximidade amplifica a pergunta, faz a minha pele pinicar.

Meu rosto está neutro. A voz está neutra.

– Como eu disse, queria que fosse surpresa.

– É, mas essa é a questão. – Nick me avalia com os olhos escuros, aproximando-se devagar. *Grudando* em mim. Invadindo o meu espaço como se fosse um desafio. Talvez esse cara seja mais esperto do que eu achava. As sobrancelhas dele se unem, como se ele estivesse confuso. – Pareceu mais uma surpresa *pra você*.

Estamos tão próximos que consigo sentir o calor da pele dele. E aqueles pensamentos voltam: *E se…? E se ele me atacasse pela frente? E se eu o jogasse naquele porta-toalha?* E aí volto para as meias verdades. Fui treinada para fazer isso quando estou encurralada. Ceder um centímetro, mas manter um quilômetro.

No entanto, mesmo a meia verdade… é mais pessoal do que deveria. Dói.

– Talvez tenha me ocorrido que passar o Natal sozinha era uma péssima ideia e eu só quisesse ver como todo mundo estava. Docinho, vovó Ruby… Calla. Não tenho sido uma irmã muito presente nos últimos tempos.

A luzinha noturna joga um brilho amarelo no maxilar rígido de Nick.

– Não se cobre tanto – diz ele, dando um tapinha no meu joelho com as costas da mão. Meu joelho poderia atingir a virilha dele *com facilidade*. – Ninguém fala da irmã como Calla fala de você. Você deve ter feito alguma coisa certa.

Faço que sim com a cabeça, guardando de novo a minha irritação. O que diabos Nick sabe?

– Obrigada.

– Por nada.

Nick está com o olhar grudado no meu, recusando-se a desviá-lo, como fiz com ele no bar. Ele se aproxima infinitesimamente e, de repente, isso também parece fácil. Fácil de um jeito suspeito. O súbito calor que cresce entre nós. A maneira como ele me observa. Sim, Docinho está peidando alto no andar de baixo e, sim, estamos banhados no brilho de uma luzinha noturna brega de concha do mar – mas o calor está *aqui*. Está no olhar delicado dele, que parece categorizar as curvas da minha boca.

– Sydney, você acha que posso te levar pra jantar? – pergunta Nick, de repente, de um jeito tranquilo e sensual que me faz pensar em quem está seduzindo quem. A escuridão se enrosca ao redor dele. – Mas não quero atrapalhar o seu tempo com a sua família. Então, quando você puder, se estiver interessada.

– É – respondo com a mesma intensidade, puxando as rédeas com toda a força. – Talvez eu esteja interessada.

Nick sorri de um jeito que provavelmente funciona com outras mulheres.

– Amanhã, talvez? Vamos combinar pra amanhã e ver se dá?

– Amanhã – concordo.

Fico feliz por estar tudo acontecendo de acordo com o plano e, antes que eu perca o ímpeto, corro um risco calculado: desço da bancada e diminuo o espaço entre nós. As pontas dos meus dedos encontram o braço dele. Fico bem na ponta dos pés e dou um beijo suave na bochecha dele, os lábios roçando na leve barba rala. Isso o surpreende. O corpo dele se enrijece por um segundo, os músculos firmes ficando mais tensos antes de ele relaxar.

Saio caminhando saltitante.

– Boa noite, Nick.

Ele me encara, com o peito subindo e descendo devagar.

– Boa noite, Sydney.

De volta à minha cama de solteira, apago quase de imediato e deslizo para aquele vazio onde a melatonina faz efeito, onde costumo ter sonhos estranhos e incoerentes.

Este é diferente.

O banheiro está cheio de vapor e tem alguém atrás da cortina, assoviando. Meu subconsciente percebe: *É Taylor Swift*.

Quer dizer, não é a Taylor Swift *atrás* da cortina. É Nick. Ele está dançando ao ritmo da música e seu corpo alto balança atrás dos patinhos.

– Entra – diz ele, despreocupado, como se eu tivesse batido à porta.

Irritada, estendo a mão para a cortina, abrindo-a centímetro a centímetro para revelar Nick, totalmente vestido, parado embaixo da água corrente. No mundo dos sonhos, isso não é nada extraordinário. Não é nem um pouco esquisito ele estar com o SUÉTER NATALINO, cobrindo as mangas com a espuma do sabonete com aroma de pinho. Bolhas estouram e se espalham no tecido.

Que diabos estou fazendo aqui?

Parece que eu deveria estar... me mexendo. Saindo dali. Fugindo dele.

Bem nessa hora, Nick dá um tapa dramático na testa. *Dããã!* Era para ele tomar banho *sem* roupa! Idiota. Eu sei disso. Ele sabe disso. Um instante passa – devagar, Nick mantém contato visual comigo o tempo todo – antes de ele tirar o casaco de moletom e exibir o peitoral úmido e reluzente. Minha respiração fica presa na garganta e isso me irrita. Ele é cheio de curvas e ângulos, em boa forma física e rígido. Quando eu estava acordada, percebi a cicatriz comprida no abdome dele, no local exato das sardas no quadril, mas foi uma avaliação clínica. Eu estava tentando colocá-lo numa pilha alta de arquivos.

A Sydney dos sonhos não faz avaliações clínicas. Ela percebe o rastro de pelos abaixo da cintura e a maneira esculpida como os músculos dele se flexionam. Ele tem duas covinhas perfeitas na lombar.

– Vai se juntar a mim? – convida Nick, com a voz rouca, desabotoando a calça onde o pelo escuro mergulha, e eu...

Acordo como se uma bomba tivesse explodido e me sento depressa na cama, com os lençóis enrolados nas pernas. Meu coração martela como um tambor de banda marcial e eu estou *fervendo*. Muito, muito quente para o inverno do Maine. Uma camada fina de suor cobre o meu corpo, a blusa do pijama está grudada na minha pele e eu a tiro com um movimento rápido, com o peito oscilando sob a fraca luz da manhã.

Merda.

Capítulo 7

O sonho não me deixa de bom humor. Vou colocar isso na conta das jujubas de melatonina. Sendo objetiva, Nick é atraente, mas não para *mim*. Prometi a Gail que seria profissional, prometi a mim mesma que não cairia no charme dele – e ainda estou imune.

Na verdade, pensar nele – no Nick da vida real – me dá coceira.

Tomo um banho para eliminar todos os rastros do sonho e visto outra calça jeans escura. Passo a toalha no cabelo e ando de um lado para o outro no quarto, vasculhando cada pedacinho de informação sobre Nick que consigo absorver. Nada surgiu do vírus implantado, por enquanto – Nick e Johnny foram direto dormir ontem à noite e mal pegaram os celulares desde então –, mas, às 5h22 da madrugada, Gail confirmou que o anel de noivado de Calla não aparecia em nenhum banco de dados do FBI sobre produtos roubados.

Estou tão frustrada quanto aliviada. Teria sido uma vitória fácil. Johnny pode ser muito barulhento, muito direto, mas não é burro.

Nem Nick. Estou aprendendo isso. Um dos arquivos diz que ele foi o segundo melhor da escola no ensino médio. Praticamente gabaritou a parte de matemática do vestibular.

Ainda vasculhando tudo que posso pelo celular, clico em outro arquivo sobre Nick. Mostra que ele paga os impostos em dia. Não tem nenhuma multa de estacionamento. Nunca foi casado. Os avós morreram e os pais são divorciados. Não há muitas informações sobre a mãe, americana, e menos ainda sobre o pai, canadense. Nick tem um diploma em economia, que – por algum motivo – deixou de lado para ser guarda-costas de Johnny

Jones. Corre de manhã nos fins de semana. Rema no rio Charles pelo menos quinze vezes por mês, neve ou faça sol. Vejo uma foto dele na canoa, de boné de beisebol virado para trás e amassando o cabelo, com gotas de suor escorrendo pelo pescoço.

Ai, que nojo.

Passo direto por isso e me arrisco a ver coisas além do conteúdo da pasta dele. Redes sociais não são meu lugar preferido para fazer reconhecimento (os colaboradores estrangeiros que recruto quase nunca têm perfis na internet), mas, em casos raros, servem para estabelecer um parâmetro. Elas dizem como se aproximar de um alvo com base em como ele vê a si mesmo.

Nick vê a si mesmo como… faminto.

O perfil dele tem um monte de fotos de sorvete. Casquinhas, sundaes e o que mais você imaginar. Em Boston, ele mora em frente a uma loja chamada Pique da Sorte, administrada por um casal de irlandeses octogenários que fazem sabores especiais. Nick já provou todos. Tem uma foto dele abraçando Owen e Catriona (os proprietários) em frente ao cartaz de um sabor novo: "Nick da sorte". Leva pistache.

Infelizmente, é o meu tipo de sorvete preferido.

A foto com Owen e Catriona contrasta com as imagens seguintes, nas quais o verdadeiro Nick explode na tela. Fotos tumultuadas de Nick, Johnny e alguns dos garotos: reconheço Andre, Conrad, Marco, Sal. A maioria não está marcada. Bebendo em pubs e bares em Boston, um bando de babacas com suas cervejas e seus sorrisos ao estilo "nós escapamos de tudo". Aquele é Vinny? Ele está abraçando Nick. Usa um corte militar e o rosto dá a impressão de que ele vai morder você e comemorar.

Você também vai ser preso, penso, ainda vasculhando. Bem mais abaixo no perfil de Nick tem umas fotos de jantar com pessoas que não são magnatas octogenários do sorvete nem bandidos variados. Numa delas, Nick beija o rosto de uma mulher de 20 e poucos anos e cachos bem rentes. *Fuja, mulher, fuja.* Em outra, ele compartilha um cachorro-quente vegano com um profissional do tênis chamado Bobbie. Só uma outra pessoa aparece com frequência no perfil de Nick: a avó dele – ou "nana", como a chama. Numa delas, eles estão num jogo de beisebol do Red Sox, com um balde de pipoca entre os dois, e… Não. *Não.* A foto é um gatilho para alguma coisa, lembranças com Calla e meu pai, uma tradição de família, que empurro para longe. Foco na *nana* de Nick. Ela é baixinha, adorável. Minha opinião? Ela não sabia que o neto protegia um criminoso.

Por falar no diabo...

O barulho de metal surge do lado de fora da minha janela e eu afasto um pouco a cortina para espiar. Nick está no quintal dos fundos, cortando lenha para a lareira. Manuseia o machado como um especialista, o pescoço reluzindo de suor como na foto do remo. Se está me vendo, não deixa transparecer – só pausa para abrir a parca de inverno, revelando apenas uma camiseta branca lisa. Ele levanta a barra da camiseta, deixando o vento bater na barriga musculosa, e seca o suor da testa.

Ah, por favor.

Isso é ridículo. Ele vai acabar congelando.

Faço uma careta, fecho a cortina e escuto com atenção para ver se mais alguém já acordou. No andar de baixo, percebo o aroma dos famosos bolinhos de bengala doce de menta da vovó Ruby (amanteigados, doces, como se fosse o Natal em formato de glúten) e o som de vozes: Johnny provocando Calla por causa das fotos de escola dela no quinto ano. Estou sozinha aqui em cima.

Ótimo.

Em quinze segundos, já peguei um par de luvas de látex na minha mochila. Conheço esta casa. Os estalos e gemidos de cada trecho do chão estão gravados na minha memória, então piso bem de leve em todos os lugares certos. Saio do meu quarto, abro devagar a porta do quarto de hóspedes e entro. Mais uma vez, o elfo na prateleira me lança um olhar crítico. Minúsculos dispositivos de gravação ainda devem estar escondidos neste quarto.

Não dá tempo de fazer uma busca por escutas...

Meu olhar passeia de um lado para o outro. Apesar de sua impulsividade recém-descoberta – que estou convencida de que não é dela –, Calla ainda é meticulosamente organizada. A mala dela está no canto e as roupas, provavelmente passadas e penduradas no armário. Os presentes de Natal já estão embrulhados e arrumados na escrivaninha. Johnny, por sua vez, é mais bagunceiro. Duas malas de grife estão abertas no chão, com suéteres de 800 dólares saindo delas como línguas. Tenho certeza de que ele teve empregada desde pequeno. Nunca deve ter limpado a própria sujeira na vida.

Empurro um dos suéteres para o lado com o pé e torço para que todas as coisas de Johnny acabem ensacadas e rotuladas num armário de provas.

É isso que eu quero de Natal.

Calço as luvas em silêncio e mergulho na primeira mala. Suéteres de caxemira. Uma revista *Men's Health* do aeroporto. Uma etiqueta de bagagem do aeroporto internacional Boston Logan. Loção pós-barba, cuecas sujas, um pacote de lenços de papel (talvez para quando ele quebrar outra caneca no forno de cerâmica e tiver que fingir que está chorando) e... *Ah, o que é isto?* Abro o zíper de um dos bolsos escondidos da mala e tiro um canivete preto. O sussurro metálico da lâmina quando a liberto parece frio demais no calor do quarto. Vou me arriscar a dizer que isto *não é* para cortar o peru.

O que procuro, porém, não é uma faca – estou atrás de um notebook ou um tablet, qualquer dispositivo de comunicação maior que eu possa vasculhar em busca de informações sobre o próximo assalto –, ela é apenas um lembrete afiado de como esse homem pode ser perigoso. As fotos do FBI da cena do crime do último assalto aparecem no meu cérebro. Uma poça de sangue no piso de uma galeria de arte.

Pegue a arma, diz uma voz dentro de mim. *Jogue pela janela.*

Mas aí... passos.

Merda. Alguém está indo em direção à escada.

Desta vez, deixei espaço de manobra suficiente para cobrir os meus rastros. Ninguém vai me encontrar encolhida no chuveiro nem (pior ainda) nesta mala enorme. Parece apertado ali dentro. E não sou tão flexível. Coloco o canivete de volta na mala às pressas, tiro as luvas, guardo no meu bolso e saio calmamente pela porta. A maçaneta faz o clique de fechar bem no momento em que Johnny pisa no degrau inferior da escada.

Do alto da escada, aceno de maneira inocente e verdadeira e paro um instante, olhando para baixo e pensando se preciso fazer um exame de vista. São os meus olhos ou ele está... usando o meu *roupão?* Do ensino médio. É o meu roupão felpudo do ensino médio, o que tem bolinhas azuis e brancas.

Johnny aponta para o roupão, depois o acaricia como se domasse um tigre.

– Desculpa, tem problema? Calla disse que não tinha. Esqueci o meu roupão.

– Claro, não tem problema nenhum – consigo dizer, embora o que eu realmente queira falar é: "Você não podia ter usado um dos seus suéteres, porra? Ou o roupão de hóspedes?"

Johnny sobe a escada animado, de dois em dois degraus. Parece ter comido uma caixa de ovos antes do amanhecer. Tão *animadinho*.

– Eu estava subindo pra conversar com você. Tudo bem se eu te pegar emprestada por um segundo? – De perto, o hálito dele está com cheiro de bengalas doces. O cabelo foi endurecido com gel, seu rosto parece mais durão do que ontem à noite, quando ele gritava uma música da Mariah Carey no karaokê. – Quero ver uma coisa com você.

Dou outro sorriso verossímil.

– Claro, vamos lá.

Johnny abre a porta que acabei de fechar e entra a passos largos, então dá um tapinha no colchão, gesticulando para que eu me sente na ponta da cama de hóspedes. Eu me sento desconfortavelmente. Ele se senta bem ao meu lado, de maneira mais desconfortável ainda. Estamos ombro a ombro e a loção pós-barba dele atinge as minhas narinas com ferrões afiados.

– Quero comprar um presente de casamento pra Calla. – As mãos de Johnny se abrem no ar, como se quisessem demonstrar a enormidade do presente. Ele fala muito com as mãos. Com base nas minhas observações, ele nunca encontrou um gesto do qual não gostasse. – Alguma coisa deslumbrante que eu possa dar a ela no altar. Uma pulseira de diamantes, passagens aéreas pra Aruba, um cavalo... – Ele quer dar um cavalo para ela no altar. Tipo... fisicamente? Na nossa sala de estar? – Agora que o cronograma ficou apertado, preciso de algo rapidinho, mas todas as minhas opções parecem genéricas. Tenho uma coisa a caminho, mas pensei que podíamos planejar algo juntos esta semana. Achar uma segunda opção. Sair para fazer compras.

Compras de Natal com um criminoso parece um filme para assistir com a família, um que eu não veria.

– O que está a caminho? – instigo e o celular zumbe no meu bolso traseiro.

– Ah, isso é surpresa – diz ele, piscando para mim de um jeito nada irônico. Exceto pelo roupão de banho, ele dá a impressão de que poderia estar num folheto de campanha política. *Que maravilha.* Mais uma surpresa.

Tudo de que este feriado precisa. – Mas tenho certeza que ela vai gostar. Não quero me gabar, mas tenho bom gosto. Eu mesmo escolhi.

– Como o anel – acrescento, tentando elogiá-lo. – É lindo.

Ele curte o elogio.

– Obrigado. – Ele desliza para perto de mim e nossos ombros se encostam, provocando uma faísca estática. – Não está com ciúme da sua irmã mais nova se casar antes de você, né?

E aí *isso*. O primeiro traço de maldade, como se ele não conseguisse evitar. A maneira como ele fala é como se fosse uma brincadeira. Só está me provocando. Mas é uma alfinetada sutil. Homens como ele veem competição em tudo.

Sou sincera.

– Sabe, quanto mais velha eu fico e quanto mais coisas vejo, mais a ideia de casar me desanima.

Johnny faz uma careta.

– Mas por quê?

– Bem – digo com leveza enquanto meu celular treme de novo –, como é que alguém pode conhecer de verdade a pessoa com quem vai se casar? – Dou de ombros bem de leve, como se isso também fosse uma brincadeira. Nós dois somos muito engraçados. – Mas, sim, podemos fazer compras... Parece que preciso comprar um presente de casamento.

– Porque eu vou me *casar* – diz Johnny com um sorriso dissimulado, me dando um tapinha nas costas. Meu Deus, será que ele não vai parar de fazer isso? *Você não pode sair tocando em todo mundo.* – Ei – continua ele –, só queria que você soubesse que a sua irmã é... bem, ela realmente é a garota mais especial que já conheci. Nunca acreditei nesse negócio de "amor à primeira vista", mas ela me pegou com aquele jeito de franzir o nariz. – Ele coça a ponta do próprio nariz e dá uma risada. – Ela... ela me transformou numa pessoa melhor. E mais inteligente. Eu não achava que pudesse gostar de uma garota inteligente como Calla, mas, no fundo, temos mais assuntos pra conversar.

Faço que sim com a cabeça, analisando-o. Ele não está mentindo. Não preciso de um teste de polígrafo para perceber isso. Mas a pergunta não é "será que ele ama mesmo a minha irmã?". É "será que ama a minha irmã o suficiente para não envolvê-la em encrencas?". Será que uma parte dele está usando a bondade de Calla, a luz dela, como disfarce? Alguns homens acham que podem amar uma mulher e controlá-la ao mesmo tempo.

– Muito bem – diz Johnny, batendo nas próprias coxas. – É melhor a gente descer. Está na hora do café da manhã. – Quando ele se levanta da cama e o roupão de banho azul fofinho se abre um pouco demais no peito, ele olha de novo para mim. – Não vai ver quem mandou mensagem?

– Ah, é a minha senhoria – digo no automático, tirando a mentira do nada. – Ela fica perguntando se vou sublocar o meu apartamento.

Johnny balança a cabeça, exagerado como sempre.

– Eu não recomendo. Já ouvi histórias pavorosas. – Ele espera que eu o siga até o corredor, depois fecha a porta com um clique alto. – Não dá pra receber um desconhecido em casa, né?

No café da manhã, pego leve na cafeína. O café com avelã da vovó Ruby é bem forte, então três xícaras bastam. Estou bebericando ao lado da estação de café, conferindo as mensagens de Gail como se lesse as notícias. Aparentemente, pouco antes de subir, Johnny foi até a entrada da garagem e fez várias ligações para um código de área da costa central do Maine. Costa central do Maine? Quem é que ele conhece na costa central do Maine?

Até agora, nenhuma menção ao réveillon em nenhuma mensagem, só umas conversas sobre o Natal. Gail me manda capturas de tela de algumas mensagens de Johnny para o primo Andre perguntando se ele vai levar presentes de Natal para o casamento. Será que isso é código para alguma coisa? Ou estou exagerando na interpretação?

– Sydney, saia do celular – diz vovó Ruby.

Ela quer que eu me sente ao lado da montanha de bolinhos de bengala doce. Também tem rabanada com xarope de bordo, ovos mexidos, fatias crocantes de bacon de peru e nada menos do que sete frascos de molho apimentado, incluindo a receita "caseira" da vovó Ruby, que faz spray de pimenta parecer uma névoa calmante. Ela o joga generosamente sobre os ovos e pergunta se quero um pouco.

Dou uma risada. Eu não poderia amá-la mais.

– Vou ter que recusar.

Ela acena a mão na minha direção como se dissesse "Ora, Sydney!".

– Vocês duas não receberam o gene "temperado". Sobra mais pra mim!

Nick – que voltou da aventura de cortar lenha – senta-se ao meu lado. Fica opressivamente perto. O cabelo está bagunçado e ele está com um cheiro forte de cedro, tipo o armário de um idoso.

– Bom dia – diz ele, servindo-se de uma xícara de café.

Espero que queime a língua. Ele toma o café puro, acompanhado de um charme que joga para a minha avó. Durante a refeição, pergunta a ela sobre o negócio de pintura de casas e sobre crescer no Maine e vovó Ruby conta que, no casamento dela, um dos padrinhos do noivo levou um coice de cavalo.

– Simplesmente *tum*! – conta ela, batendo as mãos. – Bem no traseiro.

Lanço um olhar expressivo para Johnny. *Viu? Nada de cavalos em casamentos em ambientes fechados.*

Johnny não interpreta o olhar corretamente.

– Lá vai! – Ele empurra a manteiga com força na minha direção. Eu aceito como se a quisesse. – Por falar em ferimentos – acrescenta ele, lambendo um pouco de geleia do polegar. – Calla contou da Darlene?

Diga que Darlene não é outra criminosa.

– Não contou, não – respondo.

– Darlene é um hamster – explica Calla, pondo xarope de bordo na torrada e formando piscinas reluzentes. – Acho que ser bichinho de estimação de sala de aula talvez não seja a vocação dela. Ela fugiu da gaiola como num passe de mágica pouco antes do fim do último dia antes das férias de inverno e ficou presa numa casinha de Lego. Quando a encontrei, ela estava *irritada*. – Ela estende a mão por cima da torrada, mostrando duas marquinhas minúsculas de mordida no nó do dedo. – Darlene vai passar o Natal com o professor de educação física, depois vai pra turma do terceiro ano. Lá não tem nenhuma casinha de Lego. O problema é que agora tenho medo de hamsters. O *outro* problema é que agora não temos um animalzinho na nossa sala e precisamos adotar um antes que haja um motim geral no próximo ano.

– Lagarto? – sugere Nick, dando uma garfada na torrada.

– Guaxinim? – sugiro, erguendo uma sobrancelha.

Calla solta uma risada bufada, depois faz que sim com a cabeça, séria.

– Boa ideia. O jardim de infância não é caótico o suficiente sem a ameaça de raiva.

– *Isso* eu sei por experiência – diz vovó Ruby, o que não faz sentido.

Calla e eu nos entreolhamos – tipo: *hein?* – e, por um segundo, as coisas parecem um pouquinho normais. Como se fôssemos só Calla, vovó Ruby e eu de novo, comendo rabanada e fazendo piada com a nossa vida. Como se o meu pai pudesse estar sentado na outra ponta da mesa.

Eu me obrigo a não pensar nisso.

Em seguida, os planos para o casamento aparecem e atropelam tudo. Vovó Ruby concorda, com um grito (e um choro prolongado), em ser a juíza de paz. Ela tem até o que calçar: sapatos de couro preto envernizado com fivelas douradas, como uma peregrina antiga.

– Vou ter que tirar a poeira deles. – Ela funga, radiante. – Mas são os meus sapatos da sorte! Já celebrei outros casamentos com eles. Fiz *muitos* casamentos desde que vocês duas saíram de casa. Pescadores de lagostas, turistas, até um ex-membro dos Hells Angels, com tatuagens e... Ah!

Ela bate de um jeito dramático na cabeça, fazendo o cabelo branco esvoaçar, então corre escada acima com passos muitos animados. Rápida como um raio, ela pega o próprio vestido de noiva no sótão. Para sorte de Calla (ou, talvez, azar), o tecido não foi tocado pelas patinhas de guaxinim e as mangas estão tão bufantes quanto eram em 1962.

– Acho que ele ainda tem um encanto – diz vovó Ruby, estendendo-o no sofá. – A ideia de você usá-lo e ter um casamento longo e feliz como eu tive... Bem, isso me dá muita alegria.

Ela começa a sugerir alterações no design do vestido e pega sua enorme máquina de costura. Calla beija a testa dela... pouco antes de perguntar se *eu* tenho um vestido para o casamento.

Resmungo alguma coisa sobre um terninho elegante no meu armário, ciente de que ele não existe. Não vamos chegar ao momento em que eu precise de uma roupa. Tudo vai estar resolvido até o dia do casamento.

Satisfeita, Calla então pergunta a Nick se ele não se importaria de procurar acessórios de casamento na cidade (luzes adicionais para o altar, papel branco feito à mão para os cartões com os nomes dos convidados, etc.).

Quinze minutos depois, meu celular treme com uma mensagem de texto. **Sabia que a sua cidade tem uma loja que é, ao mesmo tempo, depósito de lagostas E salão de manicure?** Depois: **Aqui é o Nick, a propósito.**

Franzo o nariz. Mas tudo bem. Ele falou comigo primeiro.

Depois do café da manhã, tento fugir apressada escada acima para pesquisar as possíveis ligações de Johnny com a costa central do Maine, mas vovó Ruby me pega pelo cotovelo. Ela me encarrega de telefonar para parentes distantes e espalhar a boa notícia. Mando uma mensagem para Nick entre uma ligação e outra. **Isso não existe em Boston?**

Estou confuso, responde imediatamente Nick Comparsa. **As lagostas podem fazer as unhas se quiserem?** Ele também envia uma foto de um cartaz na vitrine da loja. O cartaz mostra um desenho de um homem com uma truta saindo da calça. **Explica?**

Ah, se eu pudesse.

Não, responde Nick, **você realmente precisa explicar isso.**

Com mais nove parentes na lista de ligações, digito o mais rápido possível. **Isso é um cartaz antigo do verão. Mais ou menos uns cem anos atrás, as pessoas de Cape Hathaway queriam honrar o setor de pesca de verão, aí inventaram o Piquenique do Pescador, que é tipo um festival de comidas com jogos. O jogo principal é o arremesso de trutas, no qual humanos adultos cortam dois buracos no fundo de um saco de lixo, vestem o saco de lixo como se fosse roupa de baixo e seguram nas laterais pra tentar pegar um peixe na sacola. Quem pegar a truta arremessada do local mais distante ganha. E a verdade é que eles não ganham nada de fato além do peixe que ficou preso na calça deles.**

Diga que eles não comem o peixe, pede Nick.

Respondo de um jeito brincalhão com um emoji de peixe, um emoji de calça e um emoji de prato. Nick digita um emoji de germe seguido de um emoji de camarão. E é só isso. Chega de Nick, por enquanto. Volto para as ligações.

– Oi, tia Meryl. *Oi*, tia Meryl. É a Sydney. *Syd-ney...* Sua sobrinha-neta? Eu sei, faz muito tempo. É, Calla vai se casar... Como foi que a senhora soube? Ah, sim... Não, não sei se Calla tem um jogo de tigelas. Acho que Johnny também não tem nenhuma tigela... Não sei quais são as cores do casamento deles. Verde e vermelho, talvez? Não, o vestido não é vermelho.

É branco? Marfim? Eles vão se casar no Natal... Eu sei que está em cima da hora. Hum-hum, *neste* Natal.

Tio Wilfred promete mandar um cheque, depois pergunta qual é o parentesco dele conosco. O lado Bartlett da família está de férias no México e não atende o telefone. Ao todo, ligo para dezessete pessoas para convidá-las para o casamento a pedido da vovó Ruby. Algumas dizem que vão procurar voos de última hora, o que é simpático.

Contudo, estou rezando para que ninguém gaste dinheiro com um casamento que – com certeza – está prestes a ser cancelado.

Eu até tento persuadir alguns deles – não com essas palavras – a não virem.

Mas não tem nada que eu possa fazer em relação à despedida de solteira. Essa parte já está a todo vapor. Vai ser num barco. Algumas amigas de Calla vão vir de carro de Boston no dia 21 e Johnny também vai estar lá com o seu grupo de solteiros. Calla não queria uma festa compartilhada, mas, quando Johnny ouve falar dos passeios de barco ao redor do ancoradouro Oak-Bar no inverno, fica empolgado. Houve um cancelamento. Uma vaga disponível. Eu explico para Calla, de um jeito tortuoso, que *talvez* não seja uma ideia muito boa juntar um monte de homens bêbados (e, não vamos esquecer, criminosos) num barco num ancoradouro pequeno e gelado, onde um corpo pode ser facilmente jogado ao mar e a Guarda Costeira vai levar semanas para encontrá-lo, mas Johnny já fez a reserva por telefone.

Vovó Ruby diz que não vai, só para que eu, a madrinha, fique à vontade para contratar um stripper masculino.

– Eu olharia nas *Páginas amarelas* – diz ela, encantadoramente ainda em 1992.

Ao meio-dia, Johnny e Nick mal pegaram seus celulares para fazer nada além de jogar *Wordle* rapidinho (Nick) e pesquisar gel de cabelo no Google (Johnny). Não são exatamente ações dignas de nota. Odeio esperar. Eu poderia me trancar no quarto e pesquisar possíveis alvos de assalto, mas neste momento seria como jogar um dardo, vendada, num alvo em movimento. Em vez disso, então, saio para correr, a fim de me manter centrada enquanto as informações vêm em gotas.

Quando desço apressada para o andar de baixo com roupas de corrida – calça térmica preta e um casaco impermeável que permite um bom movimento para os cotovelos –, lá está Nick, de volta dos seus afazeres na rua, amarrando o tênis. Metade de mim está irritada de vê-lo bloqueando o caminho, mas...

Posso usar isso.

– Vai correr? – pergunta ele, esperançoso, olhando para mim após a última laçada.

Eu me agacho no piso ao lado dele.

– Estava pensando nisso – digo, dissimulada, enquanto calço o tênis e o amarro com força.

Nick se levanta.

– Posso ir junto? Não corro há séculos e estou começando a ficar meio inquieto.

Ele está usando uma calça de moletom macia e um casaco preto, com um gorro de inverno sobre as orelhas. Quando olho para ele, vejo-o no meu sonho, tirando o suéter no chuveiro, e acho que não existe ninguém no mundo com quem eu queira menos correr. Mas pela missão...

– Claro. – Eu me levanto com um pulinho, pego um par de protetores de ouvidos numa tigela perto da porta da frente e dou um tapa na barriga dele com o dorso da mão. O abdome parece um bloco de madeira. Eu queria muito não saber disso. – Se conseguir me acompanhar.

Capítulo 8

Eu nunca corro com outra pessoa. Não mais. Correr é uma atividade solitária. Não quero conversar e correr. Afinal, sobre o que as pessoas falam enquanto correm? Elas não se preocupam que isso possa diminuir o ritmo?

A única pessoa com quem corri foi o meu pai – ao redor do beco sem saída, descendo em direção à praia. Ele me forçava porque sabia que eu era rápida, tinha muita garra, até mesmo depois de alguns quilômetros. *Garotona*, ele me chamava. *Acompanhe o ritmo*. Ele era um bom pai quando queria ser: meio caótico, descabelado, nunca conseguia manter um emprego, mas ainda o vejo correndo de costas, gargalhando na praia, me chamando de *garotona, garotona, garotona*. Às vezes, quando corro às cinco da manhã perto do rio em Washington, quase escuto as pegadas dele, quase vejo o rosto barbado.

Calla não corria conosco. Na verdade, acho que nunca vi Calla correr, a menos que fosse numa aula de educação física obrigatória ou atrás da van de sorvete. Ela é mais o tipo de pessoa de Pilates e bordado em ponto de cruz.

Quando Nick abre a porta, porém, Johnny está logo atrás, dizendo que *ele* queria correr – e que *Calla, baby, você deveria vir junto*. Ele não convida, ele insiste. Percebo um leve indício de tremor em Calla, que tinha acabado de calçar as meias fofinhas de andar em casa, mas ela rapidamente o transforma num sorriso animado e conciliador.

Partimos como duas duplas constrangidas, Johnny e Calla atrás, Nick e eu à frente.

Nick é meio tagarela, né? Eu me preparo para que ele acabe com o silêncio, estrague a solidão. Mas a respiração dele apenas sai numa longa bufada de ar. Ele acompanha o meu ritmo enquanto seguimos o caminho sem neve, passando pela piscina esvaziada há muito tempo e pelo gazebo. Nosso tênis esmaga o sal grosso, nosso rosto mergulha no vento frio e me pergunto se alguém como ele vê o meu bairro do jeito que eu vejo. Do jeito que vejo neste momento. Com a neve, perto das festas de fim de ano, é impossível superá-lo. A classificação é: beira-mar do Maine encontra um filme de Natal da Netflix. Bonecos de neve com nariz de cenoura acenam nos gramados. Guirlandas se enrolam, entremeadas de neve, nas cercas de madeira. Há uma manjedoura ao lado das quadras de tênis e ela tem até burros de plástico abaixando-se para lamber o rosto do Menino Jesus.

– Aonde é que Nick vai levar você hoje à noite? – cantarola Calla atrás de nós quando entramos na rua principal, em direção à praia, rompendo a minha regra de não falar durante a corrida.

– Desculpa, eu contei pra ela do jantar. – Nick dá de ombros, voltando a ficar tímido, e seus pés socam a calçada. Quando nossos ombros se esbarram, eu me lembro das imagens do assalto em Buffalo, manchas de sangue no chão do banco, e quero dar uma bundada nele para tirá-lo da calçada. – Achei que ela poderia me dar umas recomendações.

– E? – digo.

Fico pensando que, numa cidade como Estocolmo, eu saberia exatamente o que sugerir. Nick e eu nos sentaríamos num canto num bar escuro o suficiente, com bancos de couro macio e taças de cristal que tilintariam com o nosso brinde. Tudo seria preciso, vigoroso, sexy. Em Cape Hathaway, no Maine, Nick poderia... me levar à Barraca de Lagostas Fora de Temporada do Al. Ou à quitanda.

– Você sabia que o restaurante italiano daqui levou uma advertência da vigilância sanitária? – pergunta Nick.

– Dishies! – gritamos Calla e eu ao mesmo tempo, então olho para ela e sussurro: – Verde, sorte minha.

– Era esse mesmo – diz Nick, rindo, como se tivesse o direito de insultar uma relíquia da cidade. – Dishies. Onde não servem pizza de massa grossa. Nem nenhuma outra pizza.

– Um restaurante italiano sem pizza? – pergunta Johnny, horrorizado.

Ele tem um estilo de corrida que beira o psicopata: mal balança os braços, duro como a lenha que Nick cortou de manhã. Nick, em contrapartida, tem boa forma. Odeio admitir isso. Ele mantém o rosto relaxado e os braços soltos e dobrados.

Um ótimo estilo para fugir de uma cena do crime.

– Me surpreenda – digo, aumentando o ritmo quando chegamos aos pequenos hotéis perto da praia. Prédios em tons pastel com longas varandas de verão passam rapidamente por nós. – Contanto que não me leve à hospedaria Moose.

Nick solta outra risada.

– O que é a hospedaria Moose?

– Uma lenda! – exclama Calla, acompanhando o ritmo.

Johnny está devagar.

Uma lufada de vento passa pelos meus protetores de orelha.

– Cem garrafas de uísque forte – detalho. – Bingo da hospedaria Moose. Muitos animais empalhados.

– Por mais que pareça divertido, acho que vamos pular essa. – Nick puxa o gorro sem perder o ritmo, depois me lança um olhar que percebo pelo canto do olho. – Estou tentando impressionar você. – Fico feliz por isso. Mas também queria que ele não tentasse. – Já contei que recebi uma visita ontem à noite? – pergunta Nick, mudando de assunto. – Docinho se apossou da cama.

– O quê? – pergunto com os olhos semicerrados.

– Ela subiu na cama com você? – pergunta Calla, radiante.

Estou confusa. Normalmente, confio no julgamento de Docinho.

– Ela nunca faz isso com desconhecidos.

– Não fez comigo – resmunga Johnny, como um garotinho mal-humorado fazendo biquinho na minivan da mãe porque nos esquecemos da presença dele.

– Me sinto honrado, então. – Um sorriso acolhedor se espalha pelo rosto de Nick, formando aqueles sulcos fundos nos olhos de novo, e, caramba, estou ficando cansada dessa coisa de bonzinho, merda. – Cresci com pastores-alemães. Muita gente tinha medo, mas eles eram só uns bobões... Sabia que Docinho abana o rabo dormindo?

– *Sabia* – digo, nos conduzindo para perto da praia, com cuidado para não pisarmos em gelo escorregadio na calçada. Nick descobriu uma das minhas únicas fraquezas, então me permito ficar um tiquinho vulnerável. De maneira calculada. – Isso me mata.

– Quando acordei – diz ele –, as quatro patas dela estavam nas minhas costas e eu estava... – Ainda correndo, ele encolhe os braços no peito, demonstrando a posição. Talvez ela estivesse tentando empurrá-lo para fora da cama. Vou mudar a minha declaração anterior sobre o julgamento de Docinho. – Na beira da cama – completa ele.

– Só pra deixar Docinho confortável – diz Calla, assentindo.

Nick dá uma risadinha. A barba por fazer está começando a despontar no maxilar.

– É. Não mexi nem um músculo durante uns quinze minutos, porque ela ainda estava abanando o rabo e eu não queria acordar a bichinha. Aí fiquei com cãibra. Tive que me mexer um pouquinho. Há quanto tempo ela está com vocês?

– Desde que ela era bebê – respondo, e depois, relutante, conto a história toda enquanto corremos.

Docinho era uma bolinha roliça e cheia de manchinhas. Calla e eu a escolhemos no abrigo. Docinho tinha se enfiado num monte de jornais rasgados e saído de lá com uns pedacinhos grudados entre as orelhas. Foi amor à primeira latida.

– Nós fizemos um daqueles testes de DNA de cachorro nela – termino –, só por diversão. Ela é uma mistura de mastim com terrier. Seis por cento braco alemão de pelo curto. Dois por cento *chihuahua* – termino com a parte chocante.

Devo dizer que Nick me responde com a incredulidade adequada.

– *Não.*

Aparentemente, Johnny não dá a menor bola para o DNA de Docinho. Está preocupado em tentar me ultrapassar na calçada. Chega da minha liderança! *Ele* quer estar na frente.

Dou uma cortada nele a cada esquina e sinto a rivalidade crescer entre nós.

– Tentei correr com ela uma vez – acrescento, de maneira agressiva (mas inocente!), bloqueando Johnny e apontando para a calçada, como se Docinho estivesse ao nosso lado. – Sei que os bracos são ótimos corredores. Docinho chegou até as quadras de tênis, tipo uns 400 metros, depois se recusou a se mexer. Os vizinhos acharam que ela tivesse morrido. Ela enrijeceu as patas no ar e tudo. Foi muito convincente.

Nick dá um sorriso largo ao ouvir isso, como se ele tivesse conseguido fazer um assalto especialmente difícil sem deixar impressões digitais, e, mais uma vez, estou confiante de que ele está nas minhas mãos. Hora de inserir umas perguntas sobre o réveillon.

Aumentando ainda mais o ritmo, corremos até a água, com uma mistura de areia e pedrinhas escuras sob os pés. A praia Long Sands não é apenas deserta no inverno – é como o set de um filme pós-apocalíptico no qual a natureza tomou conta de tudo e não sobrou ninguém. Tem algo violentamente lindo na arrebentação batendo nas pedras. O céu está cinza-chumbo, com a neve se aproximando. Bolinhos brancos já descem das nuvens, mas a tempestade mesmo ainda vai chegar.

– Vamos apostar corrida? – pergunto a Nick, já acelerando, porque acho que ele vai gostar dessa competição de brincadeira. E eu preciso ficar um pouco à frente de Johnny, para poder fazer umas perguntas a Nick em particular.

Nick é menos competitivo do que Johnny, mas aceita o desafio.

– Se eu conseguir acompanhar você – provoca ele, devolvendo as minhas palavras. A largura das passadas dele aumenta. O suor escorre pelo meu peito, sob as camadas de roupas de inverno, e estamos empatados até a primeira cabine de banho, onde Nick dispara na frente. Ele para quase na beira da água, apoia as mãos nos joelhos e respira com dificuldade pela boca. – Caramba, Sydney, você é rápida!

– Você é mais rápido – digo, tão sem fôlego quanto ele, com as mãos no quadril. Eu caminho um pouco. Vou em direção a ele. Nós disparamos por uns 400 metros e Calla e Johnny estão... Na verdade, nem consigo mais ver os dois, por causa da névoa. – Você costuma correr? – pergunto.

– Só nos fins de semana. Sou mais de remar. – Ele faz uma pausa, massageando a palma das mãos, onde há calos. – Tento levantar cedo e sair pro rio antes que as pessoas acordem. Parece idiotice, mas é como se tudo simplesmente... flutuasse pra longe. É o mais próximo que conheço de paz. – Ele pigarreia. – Enfim, também costumava andar de mountain bike. Muito tempo atrás.

Minha mente se demora no comentário sobre *paz*, mas continuo a conversa.

– Você sofreu um acidente ou alguma coisa assim?

Nick me avalia com o olhar semicerrado, ainda dobrado por causa da corrida. Tem algo *muito* satisfatório no fato de eu me recuperar antes dele, de vê-lo ofegando muito tempo depois de eu me erguer.

– Como é que você sabe?

Aponto para o meu queixo.

– A cicatriz.

– Ah. É. Caí direto em cima do guidom. – Ele aponta com a cabeça para a água, onde as ondas geladas quebram. – Foi nessa época que comecei a nadar. A água meio que me curou e… bem, a natação levou ao remo.

Meu cérebro faz uma conexão. Já sei como posso fazê-lo falar sobre o réveillon.

– Ninguém conseguia me tirar da água quando eu era criança. Nem Calla. Mas todo mundo nada bem por aqui. A gente até dá aqueles mergulhos polares no réveillon.

Nick também se ergue, mas está apenas semirrecuperado da corrida.

– Você já fez isso? – pergunta ele.

– Na verdade, não. *Você* quer fazer? Está pensando em ficar pro ano-novo?

Nick ri.

– Se existe algo pra me motivar, Sydney, não é a oportunidade de congelar a minha bunda.

– Ah, vamos lá. Você é canadense. Os canadenses são imunes à hipotermia.

– Isso já foi cientificamente comprovado?

Faço que sim com a cabeça, procurando Johnny e Calla. Eles ainda estão atrás da cortina de névoa.

– Não dá pra argumentar com a ciência – concluo.

Meus pés se mexem na areia em direção a Nick Comparsa. Preciso de um apelido melhor. Algo que demonstre o fato de ele ser escorregadio. Nick Ardiloso?

– Mas… falando sério. Tem planos pro ano-novo? – insisto um pouco mais.

114

Nick me olha de um jeito paquerador, com a ponta da língua no canto da boca.

– Está me convidando pra um encontro?

– Talvez – digo, cutucando-o. Minha pele se eriça com o contato, mas estou focada, com os olhos no prêmio. Qualquer informação que ele queira deixar escapar. – Vai estar trabalhando?

– Estou sempre trabalhando – responde ele, olhando para a água. – Também nunca dei um mergulho polar.

Meu olhar passeia ao lado do dele por sobre as ondas geladas, e as peças então se encaixam. Uma ideia de como aprofundar esse relacionamento *depressa*. Sim, isso significa abandonar a conversa sobre o réveillon por enquanto, mas, no geral, vai valer a pena.

Eu falei que ia mergulhar na missão. Isso aqui me parece mergulhar na missão.

Reunindo a minha determinação, inspiro e encaro Nick.

– Tenho uma ideia...

– Oh-oh – brinca ele.

Em seguida, sem hesitar, abro meu casaco e o jogo na areia dura. Um ar de indagação surge nos olhos de Nick, mas estou longe de acabar. Cruzo os braços para tirar o moletom, depois a camiseta, revelando minha barriga e um sutiã esportivo fino de algodão que mal cobre alguma coisa no frio.

Sedução nem sempre é mostrar toda a pele.

Mas às vezes é.

Nick lança um olhar rápido e elegante pelo meu corpo antes de voltar a fitar meus olhos.

– O que você está...? – diz ele, deixando a pergunta congelada no ar.

O pomo de adão dele sobe e desce. A maneira como ele me olha mudou. Isso acabou de deixar de ser uma corrida amigável e competitiva para se tornar outra coisa. Não calculei errado, ele gosta do meu lado intenso. Será que eu deveria brincar um pouco mais? Ser espontânea. Surpreendê-lo.

E rezar para não termos hipotermia.

Ou, pelo menos, rezar para *eu* não ter hipotermia.

– E aí?

Ergo uma sobrancelha, pensando: *Vamos lá, morda a isca.*

Nick retorce os lábios, mas aceita o desafio. Começa a tirar as próprias roupas. Faz isso de maneira cuidadosa e lenta.

– Acho que não tem nada aqui que você não tenha visto antes – diz ele.

As partes nuas dele ficam expostas sob o sol fraco de inverno e os braços se arrepiam. Nossos dentes batem de leve enquanto tiramos as calças até ficarmos só com a roupa de baixo na praia deserta.

Ele usa cueca Calvin Klein de algodão preta.

Olha só. Que básico.

– No três? – pergunta Nick, com o vento fustigando a pele.

Ele tem sardas clarinhas, que se destacam ao sol. Aquela cicatriz na barriga também brilha e eu me pergunto quem estava do outro lado dessa cicatriz. Quem Nick pode ter machucado em resposta.

– Vamos entrar até os ombros e voltar correndo – incito, mais alto que o barulho da arrebentação. – Um, dois…

– Três!

Nick não hesita. Nem eu. Corremos até a arrebentação, com a água gelada borrifando nos tornozelos – e, sim, está completamente congelante. Uma sensação de pinicar atinge as minhas panturrilhas, as minhas coxas, as ondas batem na minha barriga, nos meus ombros, e Nick está a meio metro de distância, murmurando algo que soa muito como uma oração.

– Ah, como eu odeio isso – diz ele, engasgado, com uma risada.

– Acho que é a pior coisa que já fiz na vida! – grito, imitando-o de propósito.

Ondas fortes batem no meu pescoço e saímos correndo daquele inferno, chegando como águas-vivas na areia: tremendo, os joelhos batendo, sem fôlego. Finjo que o frio extremo me deixou confusa.

– Quem… De quem foi essa ideia mesmo? Sua? – pergunto.

– Acho que foi… sua. – Nick respira fundo, controlando-se, por trás de um sorriso preguiçoso. Os lábios dele estão um pouco rachados por causa do frio. – Aqui… a… – gagueja ele.

Nick se abaixa para juntar as minhas roupas e eu as pego com um agradecimento igualmente trêmulo, depois espero que ele pegue as dele e o levo até a cabine de banho. O prédio fica fechado no inverno, mas ainda tem um cantinho coberto perto dos chuveiros. Um bom quebra-vento.

Calla e Johnny desapareceram.

– Você... está... bem? – pergunta Nick, vestindo a calça.

Sinceramente, é difícil fazer as palavras saírem quando os seus lábios estão quase dormentes. Resmungo algo sem nexo enquanto me esforço para calçar as meias úmidas e, sem querer, estremeço todinha. Já estive em situações mais congelantes – numa missão na Romênia no ano passado –, mas é claro que Nick não sabe da Romênia. Linhas tolas de preocupação surgem na testa dele.

– Ei – chama ele. Nick vem na minha direção e esfrega as mãos nos meus braços. De que isso vai adiantar? Estou seminua. A fricção, a pele dele na minha, não é suficiente. Aquelas palmas ásperas de remador descem pelos meus braços. – Vamos colocar o seu casaco – diz ele, avaliando o meu rosto.

E pronto. *Aí está.* Uma abertura minúscula.

Sinto o calor irradiar dele.

E a confiança. E o desejo.

Tudo que eu não sinto. Tudo que ele deveria sentir.

Com um movimento lento e deliberado, fico na ponta dos pés e meus lábios encostam nos dele num encontro de gelo e falso desejo. Ele ficou surpreso com o beijo? *Ótimo.* Vou mantê-lo sob controle. O momento é meio errado para uma progressão natural desse "relacionamento" – não parece muito certo –, mas o meu trabalho usa muito a probabilidade. Avaliar os resultados. Temos apenas dias, não semanas nem meses.

Estou aproveitando a primeira chance.

Agarro a parte da frente do casaco dele e puxo Nick para mais perto ainda.

Ele respira e o sinto tremer – *excelente sinal* –, e as pontas dos dedos dele traçam o meu maxilar. É um contato delicado, leve como açúcar de confeiteiro. O beijo também começa suave. Um toque lento da minha boca na dele, capturando os lábios carnudos – e, sim, devo declarar que ele beija bem. A energia muda entre nós. Não é mais um beijo inocente embaixo do visco. Não estamos numa festa de Natal, cercados de amigos e parentes. Ninguém olharia para nós neste momento e diria "Que fofos!". Quando Nick morde meu lábio inferior, é de um jeito sensual e vigoroso. Quase como se estivéssemos lutando.

Quero mordê-lo com mais força. Com muita, muita força.

No entanto, avalio o que *esta* versão de Sydney iria querer. Ela pode ter uma vontade súbita de puxar o quadril dele em direção ao dela. Então, é como se Nick conseguisse ler a mente dessa Sydney. Os dedos dele descem até a minha lombar e me puxam para perto, enquanto a língua entra na minha boca. Ele tem gosto de bolinhos de bengala doce e água do mar.

– Sydney... – diz Nick com a voz áspera, dentro da minha boca.

Respondo com um som ininteligível, enroscando uma perna ao redor do corpo dele enquanto ele força as minhas costas contra a parede de concreto frio. Estou pensando de maneira clínica e metódica, apesar de a língua dele tentar me fazer esquecer que estou numa missão. Esquecer que estou fazendo isso por outro motivo, não por um desejo ardente. O quadril dele se aproxima de mim e eu faço o mesmo movimento, sem fôlego, e o calor na minha barriga só faz descer, descer...

Ok, chega de atuar.

Eu abaixo a minha perna, tiro as mãos da nuca dele e, num gesto louvável, Nick para imediatamente. Ele segue o movimento do meu corpo, dá um passo para trás.

Isso é surpresa para mim. Não achava que houvesse algum cavalheirismo nele.

– Desculpa – digo, pigarreando.

– Não, não precisa pedir desculpa – fala Nick, um pouco rouco.

Ele passa a mão na parte de trás do cabelo, que os meus dedos acabaram de bagunçar.

– Isso foi...

– Inesperado – completa ele. – E bom. – A garganta dele desce e sobe de novo. – Sabe, eu levaria mesmo você pra sair no réveillon, se você quisesse. Vai ficar por aqui ou...?

Agora estamos chegando a algum lugar.

– Achei que você já tivesse planos – digo, recatada, desviando da pergunta para continuar no caminho certo.

Nick suspira.

– Tenho. Quer dizer, mais ou menos. Sabe o Vinny, primo do Johnny? Ele ia fazer uma grande reunião no ano-novo, mas as coisas parecem estar meio no ar agora. Com o casamento surpresa e tal. Está todo mundo pensando em... mudar tudo.

Ele diz isso de maneira esquisita. Devagar. Como se contemplasse algo maior do que o casamento.

Um arrepio percorre a minha nuca e não tem nada a ver com o mergulho polar. Penso numa coisa: o casamento seria um álibi perfeito para o assalto.

Os presentes de Natal. As mensagens de texto de Johnny para Andre. Talvez *fossem* um código.

– Cadê Johnny? – pergunta Nick de repente, inquieto.

Ele põe a cabeça para fora da cabine de banho e eu visto o meu casaco. Digo que deveríamos ligar para eles. Procurar por eles.

Ao mesmo tempo, me pergunto até que ponto posso forçar a barra com Nick na caminhada para casa.

Três minutos depois, estou prendendo ele no chão.

– Argh – resmunga Nick.

Com as mãos espalmadas nos ombros dele, imobilizo-o com a força de um médico de combate.

– Sério, você precisa parar de se mexer.

Nick rosna um xingamento, deitado de barriga para cima na calçada congelada. Ao que tudo indica, ele é um ótimo detector de gelo escorregadio: acabou de detectar um pouco com os próprios pés. E com as costas. E com a bunda. Parece que Johnny teve uma cãibra forte perto do calçadão e fez Calla voltar para casa; Nick e eu estávamos fazendo o mesmo. Mal tínhamos passado dos hotéis da praia quando o gelo o fez voar.

– Caramba – diz ele. – *Caramba*, a minha bunda tá doendo muito.

A julgar pelo tremor no corpo todo, a dor deve estar num nível seis numa escala de dez. Entro um pouco mais no modo de triagem, solto-o por um segundo, pego o celular e ligo para vovó Ruby.

– Vou pedir pra alguém trazer o carro e levar a gente pra casa, tá? Ou pro hospital?

– Não, nada de hospital.

Ele vira a cabeça de um lado para o outro.

– *Para* de se mexer. – Ele não consegue seguir ordens simples? Ponho o dedo na cara dele quando o celular chama. – Acompanha o meu dedo com os olhos. Isso. Assim mesmo. Não sei se você está com uma concussão, porque as suas pupilas estão reagindo, mas ainda vamos ver se você precisa de um médico. Prometo que a gente vai dar um jeito na sua bunda.

Nick dá uma risadinha seca.

– Não me faz rir, Syd.

Syd? Desde quando eu sou "Syd"? Provavelmente isso é bom. Um sinal de que ele confia em mim. Ou de que teve uma concussão e esqueceu o resto do meu nome. De qualquer maneira, o apelido rasga um caminho raivoso nas minhas entranhas; esse cara *não pode* me conhecer.

– Olhando pelo lado positivo – digo –, todo mundo adora uma boa história de lesão natalina.

Nick estremece e os pés de galinha aparecem nos cantos dos olhos castanhos.

– É mesmo?

– Não. Isso foi horrível. Desculpa.

– Se eu tiver que usar uma daquelas almofadas de cóccix – diz Nick –, acho que o Natal vai se tornar meu pior feriado…

Natal. Feriado. É o momento perfeito para um assalto, não é? Melhor ainda do que o ano-novo. Muito menos agentes da lei trabalhando…

Será que Johnny mudou mesmo o assalto para usar o *próprio casamento* como álibi?

Que canalha.

Na segunda tentativa, vovó Ruby atende o telefone. Ela acelera pelas ruas no Oldsmobile, me ajuda a carregar um Nick muito rígido até o banco traseiro e, em pouco tempo, ele está esticado no sofá da sala de estar com as luzes da árvore de Natal dançando no rosto dele.

– Sério, tá tudo bem – diz Nick ao ver os olhares preocupados de todo mundo, embora ele esteja uns dois tons mais pálido do que de manhã. – Eu estou bem.

– Ah, mas você não *parece* bem – diz vovó Ruby. Acho que herdei dela o jeito rude. Ela é um doce, mas ninguém no conselho municipal jamais a acusou de ficar calada. – Você perdeu um pouco do seu tchan – continua ela.

Para Nick, já é ruim o suficiente estar contundido (desconfio de que tenha uma área arroxeando rapidamente do cóccix para cima). O pior é estarmos todos ao redor dele como se ele fosse um moribundo num quadro do século XIX. Docinho se aproxima na ponta dos pés e lambe uma das narinas de Nick, e suspeito que ela esteja falando em cachorrês: "Fique bom logo." Ou: "Tem um negócio aqui no seu nariz."

– Tem certeza que não é melhor a gente levar você pra uma clínica? – pergunto.

Enquanto falo, olho para ele e penso: *Bom, Nicholas, isso pode ser o carma por todas as coisas que você aprontou.* Irritantemente, também tenho um flash dos lábios dele nos meus. A lembrança dos dentes dele roçando em mim e eu correspondendo.

– Ou pro hospital? – pergunta Calla, mordendo a unha do polegar ao lado de Johnny. Ela ainda está com as roupas de corrida. – Você pode ter quebrado alguma coisa.

– Ou ter tido uma concussão – acrescenta Johnny, batendo na própria têmpora.

Ele deve entender de concussões, de tanto ter provocado em outras pessoas.

Um músculo no meu pescoço se mexe discretamente.

Nick balança a cabeça, com o contorno do cabelo preto numa almofada de rena. Tem um pacote de milho congelado embaixo do cóccix dele e cenouras e ervilhas apoiam a coluna. Não vamos comer nada disso depois.

– Não é tão ruim, sério. Pensei que fosse, mas já estou me sentindo melhor. Não se preocupem comigo.

Aparentemente por instinto, vovó Ruby leva as costas da mão até a testa de Nick, como se quisesse verificar se ele está com febre.

– Mandei mensagem pra todo mundo – diz Johnny, pegando o celular como evidência. – Vinny quer saber se deve vir pra cá.

– Não – responde Nick com firmeza. – Não, ele não precisa fazer isso.

– Ele não *precisa* fazer nada. – Johnny solta um muxoxo, atraindo a atenção para si mesmo. – Mas estamos preocupados. Você sabe que a gente se preocupa. Sal perguntou a mesma coisa.

– Ah, quanto mais gente, melhor – comenta vovó Ruby, tirando a mão da testa de Nick e batendo delicadamente no ombro dele. – Você é um rapaz corajoso. Agora, vamos dar um pouco de espaço pro menino.

Eu não dou espaço nenhum para o menino.

Quando todo mundo se dispersa para outros cômodos da casa, me sento num apoio de pé perto da árvore de Natal, pensando se a minha rota congelada na volta para casa prejudicou a missão junto com o cóccix de Nick. Além disso, não sou *tão* fria; não quero ver ninguém machucado, mesmo que seja alguém muito repreensível.

– Eu te devo um pedido de desculpa.

– Ah, por tentar me matar? – retruca Nick, com doses iguais de tensão e humor na voz.

Uma risada espontânea escapa da minha boca.

– Como é que eu tentei matar você?

Nick ajeita o pacote de milho no traseiro e conta nos dedos.

– Tentativa de me apavorar no chuveiro, mergulho na água gelada, caminhada na rua com gelo...

– É, colocando desse jeito...

Eu realmente escolhi um caminho diferente para casa com o objetivo de esticar o passeio. Um caminho mais sinuoso daria mais tempo para Nick se abrir. Eu sabia que era mais sombreado, com mais árvores, e o gelo escorregadio era uma possibilidade.

– Mas acho que devo ressaltar que, se estou tentando matar você, sou péssima nisso.

Nick solta uma risada, depois seu rosto se suaviza ainda mais.

– Sabe que estou só brincando, né? Isso não é culpa sua, de jeito nenhum. Mas, se achar que deveria me compensar...

Ah, voltamos à paquera, é? Um alívio parcial.

– Me fala o seu preço.

Ele aponta para o controle remoto da TV com um esforço visível, todo travado, mas os olhos estão mais alegres do que o corpo sugere.

– Veja alguma coisa comigo. O que você quiser.

– É? – Pego o controle remoto. – Tenho quase certeza que vovó Ruby ainda não tem TV a cabo, então as nossas opções provavelmente vão se limitar aos noticiários e aos filmes de Natal.

– Nunca vi nenhum desses filmes – diz ele.

Pisco para ele, voltando desconfortavelmente para o meu papel.

– Nick, *não.*

– São tão bons assim? O que é que estou perdendo?

– Ah, é tipo: uma viúva de 28 anos, autora famosa de livros infantis, compra uma pousada numa estação de esqui na parte rural de Vermont pouco antes do Natal, mas a pousada *pertencia* ao neto mais rabugento de um cara da cidade e o neto está revoltado com a perda da propriedade ancestral, mas, no fundo, tudo que ele quer é *amor*. Ele e a autora se juntam pelos caprichos do destino, pela reforma de um prédio e pelo espírito natalino.

– Que filme você está descrevendo? – pergunta Calla, enfiando a cabeça na sala de estar.

– Filme hipotético – respondo.

– *Droga* – diz ela e sai.

Ligo a TV e começo a zapear pelos canais.

– Qual é o seu filme preferido? – pergunto a Nick.

Ele dá um sorriso presunçoso.

– É assim que você vai me julgar, né?

– Sem julgamento. A menos que você diga algo tipo... sei lá... *Grease: Nos tempos da brilhantina 2*.

– Tá vendo, eu ia falar *Gênio indomável*, mas agradeço por me lembrar que, na verdade, *Grease: Nos tempos da brilhantina 2* é o meu filme preferido. – Nick aponta para o porta-retratos na mesa de centro entre nós. – A propósito, essa foto é ótima.

Meu estômago dá um nó ao olhar para a nossa foto do cartão de Natal de doze anos atrás. Vovó Ruby não tem um olho bom para fotografia. Se você der três opções de fotos excelentes e uma horrível, ela, sem dúvida, vai escolher aquela em que Calla está espirrando, os meus olhos estão fechados e o meu pai parece recém-saído de uma endoscopia...

Meu pai. Passo direto pelo rosto dele. Pelo cabelo grisalho e pela barba branca. Eu me recuso a focar nisso. Ele estava usando a mesma camisa – aquela vermelha de flanela – no dia em que entrou na caminhonete.

– Não é? – comento, como se essa lembrança não tivesse me afetado nem um pouco. – Somos uma galera fotogênica.

– É legal – fala Nick.

– Quem tá dizendo isso é a sua concussão.

– Eu não tenho uma concussão. E, sinceramente, mesmo que tivesse, não gosto muito de hospitais.

Faço uma careta.

– Germes?

– Germes – concorda ele. – Além disso, passei muito tempo em hospitais. Enfim, a foto tem personalidade. Aquele é o seu pai?

Caramba, Nick. Deixa quieto.

– Aham – resmungo enquanto passo pelos canais.

Demonstro um pouco de estresse na voz para que pare de falar no assunto, mas ele continua forçando a barra.

– Sempre quis ter uma família grande.

Família grande? Eu não descreveria a minha como grande, ainda mais depois que o meu pai foi embora, mas talvez seja, para Nick. Alguma coisa arde no meu peito. O que eu digo em seguida é metade estratégia, metade... simplesmente humano.

– Sinto muito pela sua avó.

Uma ruga se forma na testa de Nick e fica muito claro o que ele está pensando: *Eu falei que a minha avó morreu?*

– Você deu a impressão de que eram próximos, mas você não vai passar o Natal com ela e agora falou do hospital. Eu não deveria ter tocado no assunto?

– Não, não, tudo bem. – Nick pigarreia. – Obrigado.

Faço que sim com a cabeça.

– Por nada.

Zapeamos por alguns canais, até que paramos num filme sobre uma mulher da Califórnia que herda uma cabana canadense do tio-bisavô e se apaixona pelo jovem caseiro mal-humorado que (surpresa!) no fundo tem um coração de ouro. Além disso, há uns ursos. Eles atacam na metade do filme e, por um segundo, eu penso que a história vai seguir por um caminho *completamente* diferente.

Nick não percebe. Está com os olhos fechados. A respiração desacelerou.

Eu o deixo enquanto ele cai num sono tranquilo.

Capítulo 9

Uma hora e meia depois, na cozinha, um homem alto e tatuado está comendo os nossos cereais. Na mão esquerda tem um crânio vermelho; na direita, as Meninas Superpoderosas. Os temas se alternam, subindo pelos braços e pescoço: símbolo da morte, desenhos animados, símbolo da morte, desenhos animados.

– Oi – cumprimenta ele, casual, mal saindo do transe.

Ele separa meticulosamente – com os dedos – os marshmallows que vêm com os cereais. Há uma pequena pilha deles num canto da tigela.

– Você ia comer isso? – pergunta ele, erguendo o olhar por fim ao pegar a caixa de cereais e sacudi-la.

– Ah, não, é todo seu. – Eu o encaro por cima da mesa da cozinha. – Desculpa, quem é você mesmo?

Eu sei quem ele é. Sal, um dos homens de Johnny. Sal, que veio ver como Nick está. Chegou quase sem fazer barulho pela nossa garagem e está se ocupando enquanto Nick tira um cochilo. No pulso dele, o Pernalonga segura uma granada.

– Sal – responde ele, laconicamente.

– Legal – digo, enquanto fecho a parca e saio. Gail acabou de me mandar uma mensagem de texto cifrada. Diz apenas: **Me ligue.**

Sozinha no Prius, massageio o espaço entre os olhos com o polegar.

– Sal está na minha cozinha – digo quando Gail atende.

A voz dela falha do outro lado da linha.

– Entendi… Bem, vou direto ao ponto. Localizei o proprietário do número de celular da costa central do Maine. O nome dele é Boyd Winters.

– Ok, mas quem é esse?

– Não tenho a menor ideia.

– O que você quer dizer com "não tenho a menor ideia"?

Gail solta um muxoxo.

– Exatamente o que eu disse, Sydney. O cara não é ninguém. Administra uma lojinha de presentes que vende velas e bugigangas. Ímãs de geleira em formato de lagosta, coisas dessa natureza. Não tem nenhum perfil no FBI. Cidadão cumpridor da lei. A menos que Johnny esteja planejando roubar a coleção de estrelas-do-mar do cara, não sei como ele se encaixa nisso tudo. Tinha esperança de que fosse algum primo distante seu, alguém que Johnny vai convidar pro casamento.

Olho pela janela do Prius. Desse ângulo, dá para ver a parte de trás da cabeça de Sal na minha cozinha.

– Não é o caso.

– Que droga. – Gail faz uma pausa. – Fica de ouvido alerta pra esse nome. Vou mandar um dos meus homens de confiança pra investigar o lugar, ver se o nosso amigo Boyd está escondendo algo. Recebi sua mensagem sobre a teoria do dia do Natal. Isso força um pouco o nosso cronograma.

Passo a língua nos dentes.

– Acho que a gente deveria ir mais fundo na perspectiva de Calla. Se o cronograma mudou, isso pode ajudar a acelerar as coisas...

– Sydney. – A dicção de Gail está perfeita. – Quantas vezes preciso dizer? A investigação é importante demais pra arriscá-la.

– É, eu sei – digo com a dicção tão perfeita quanto a dela. Não me esqueci dos vinte quilos de C4 prontos para serem usados. – Mas, se ela é inocente, não deveríamos tentar descobrir isso também? Isso não nos daria um horizonte mais amplo? Não estou dizendo que a gente tem que contar pra ela. Só acho que...

– Você não está raciocinando. Foco no Nick. Está fazendo progressos com ele. Leve o cara pro show hoje à noite.

No meio do caos, tinha me esquecido do espetáculo de Natal de Cape Hathaway. É uma mistura de teatro e festa à fantasia, feito pela escola de ensino fundamental local. Acho que vovó Ruby não perdeu essa diversão um ano sequer. Ela toca piano para as crianças e dá tudo de si – às vezes chega a se levantar e dançar enquanto toca.

– Não é uma das tradições da sua família? – pergunta Gail, preenchendo as lacunas. – Fiz a minha pesquisa. Além do mais, ouvi a sua avó se vangloriar pra Calla por ter conseguido ótimos assentos pra vocês duas este ano.

– Espere aí. – Faço uma careta. – Pensei que o espetáculo fosse na véspera de Natal. Sempre foi.

– As coisas mudam – retruca Gail, o eufemismo da temporada.

– Mesmo assim, acho que Nick não vai conseguir sair do sofá por um tempo. Ele foi nocauteado.

– Dá um analgésico pra ele – diz Gail. – Ele vai se recuperar.

– Ele caiu bem feio... – começo a argumentar, mas a ligação já caiu.

De volta em casa, Sal migrou para o sofá e está vendo um filme com Nick. Eles parecem irmãos. Mais ou menos a mesma altura, mais ou menos a mesma estrutura. Talvez Sal se encaixe melhor do que Nick no perfil do assalto em Nova York. De qualquer maneira, coloco um frasco de analgésico extraforte na mesa de centro, depois me junto à minha irmã na pia da cozinha, onde ela está lavando a louça.

Não posso *contar* a Calla sobre Johnny, mas pelo menos posso *conversar* com ela.

Eu me ofereço para secar os tabuleiros de biscoitos.

– Seria ótimo, obrigada – diz ela com um grande sorriso.

O suéter dela tem bolinhas, igual ao meu roupão do ensino médio, e juro que vou interrompê-la se ela começar a falar qualquer coisa remotamente incriminadora nesta cozinha. Imagino Gail numa van sem janelas, em algum lugar da cidade, escutando tudo.

– Desculpa por termos nos espalhado tanto pela casa – diz Calla. – Parece que o casamento meio que comeu o meu cérebro.

– Ah, não tem problema – comento e pego um pano de prato limpo. – Ei, queria perguntar uma coisa: o jantar antes do casamento vai ser a primeira vez que você vai encontrar a família do Johnny ou...?

Calla cutuca um pedaço de açúcar queimado com a unha do polegar.

– Não, já conheci todos. São legais. A mãe é um pouco rígida. Nick a chama de "Águia".

– Águia. Por quê?

– Hum... – Calla para a limpeza e pensa na pergunta. – Ela parece uma águia. Talvez sejam os olhos. Pensa na Meryl Streep em *O diabo veste Prada*.

– E o pai dele? – pergunto.

Uma notificação de mensagem apita no meu bolso traseiro. Provavelmente de Gail, mandando parar com isso.

Calla vacila, inclinando a cabeça de um lado para o outro.

– O pai dele é... parecido com Johnny, acho. Ele às vezes é meio bronco, mas, no fundo, é um molenga.

Ah, é mesmo? Só para esclarecer, o pai dele também é conhecido como Botina. Ele gosta de quebrar as costelas das pessoas com as próprias botas.

– Quantas vezes já se encontrou com eles?

– Poucas – responde Calla, dando de ombros. – Mas não se preocupa. Eles vão me receber muito bem na família.

Meu estômago azeda como maionese no calor. Essa resposta não combina nem um pouco com Calla. É como se ela estivesse repetindo palavras que saíram direto da boca de Johnny.

Outra mensagem apita no meu bolso.

– E você quer isso, né? – questiono, na esperança de que ela leia as entrelinhas. – Esse negócio de "você recebe este homem e sua família".

– Claro que quero.

Meu celular começa a gritar raivosamente com uma ligação. Eu o silencio.

– Porque você vai recebê-lo mesmo. Vai levá-lo pra todo lado. Ele vai estar grudado em você.

Calla faz uma careta.

– Obrigada por me explicar o conceito de casamento, Sydney.

– Ele simplesmente... não é o cara que eu imaginava pra você.

– Eu sei – diz Calla com firmeza. – E é por isso que ele é ideal. Johnny é diferente de todo mundo que namorei. Fiz isso de propósito. Sabe aquele ditado que diz que insanidade é tentar a mesma coisa várias vezes seguidas e esperar resultados diferentes? Cansei de esperar resultados diferentes, então escolhi uma pessoa diferente... Johnny não é um cara tranquilo e caseiro. A gente sai e se diverte e ele é a alegria das festas... É bom estar perto disso, sabe? Ele também faz com que eu me esforce. Admito que às vezes não gosto disso, mas, no geral, acho que é bom pra mim. Eu saí pra *correr* hoje de manhã.

Ela diz a última parte sussurrando, como se fosse um segredo.

– Eu sei – digo. – Sei que foi correr.

– E ele é confiável. Sempre aparece quando diz que vai aparecer e, não importa o que faça ou não faça, tenho a sensação de que… de que ele não vai me abandonar, entende? – Antes que eu consiga processar isso, ela me atinge com: – Ele também quer conhecer você melhor. Johnny *gosta* de você, então, por favor… se esforça um pouco mais.

Ela não faz ideia de quanto estou me esforçando.

– Eu só acho que…

Agora o *telefone fixo* começa a tocar. Eu nem sabia que a gente ainda tinha um telefone fixo. Em que ano estamos? Mil novecentos e oitenta e dois? Giro para trás, estendo a mão para perto da geladeira, tiro o fone do gancho e o coloco de volta.

Calla me lança um olhar crítico.

– Você desligou na cara da pessoa?

– Ela ligou mais cedo. Telemarketing. Oferecendo serviços para telhados.

– Ah, melhor retornar a ligação – diz Calla, apontando para o telefone. – Vovó Ruby precisa de calhas novas. – As costas dela estão tensas por causa da nossa conversa. – Enfim – continua ela –, sei o que estou fazendo, tá? Não foi por acaso que fui pra aula de cerâmica. Estava *me forçando* a fazer algo diferente. Fiquei entre essa aula, um curso de culinária e uma oficina de autodefesa, mas as outras turmas já estavam lotadas quando decidi. Então, foi o destino.

Coloco a última panela na bancada com um estrondo e me viro para Calla.

– Posso ensinar você.

Ela olha para mim desconfiada.

– Quer me ensinar a cozinhar? Sydney, você não sabe nem fritar um ovo.

– Não, autodefesa. Fiz uma aula no ano passado… – *Meia verdade*. Nessa hora, tenho um impulso. – Aqui, venha pra perto da mesa. Vou fingir que estou enforcando você.

– Ai, meu Deus, Sydney!

Talvez a abordagem tenha sido meio brusca.

– Vai valer a pena, juro. Por favor?

Com o olhar firme, Calla deixa a esponja de lado e vai até o espaço vazio ao lado da mesa.

– Isso não é o que famílias normais fazem, preciso dizer.

Não somos uma família normal, penso. *Não mais.* Meus dedos seguram o pescoço dela com delicadeza.

– Ok, agora segura as minhas mãos e tenta me fazer soltar. Se não funcionar, tenta me empurrar.

Calla faz isso: os dedos nos meus, as palmas me empurrando com violência.

– Mais forte – digo.

Ela tenta de novo, desta vez com os pés deslizando e os dentes trincados. Eu mal me mexo.

– Viu? – falo. – É isso que a maioria das pessoas faz, só que nenhuma das duas coisas funciona. Você tem que levantar os dois braços acima da cabeça. Ótimo, isso aí. Gira pro lado e golpeia os meus braços com os seus cotovelos. Ótimo! Muito bem.

Parada na frente dela, bato palmas, com os pés posicionados na direção dos ombros.

– Agora tenta me dar um soco bem forte na garganta.

Calla bufa e quase cai na gargalhada.

– Não vou socar sua garganta! É *Natal*. – Ela junta as sobrancelhas. – Além disso, eu *nunca* te daria um soco na garganta. Mesmo que não fosse fim de ano. Meu Deus, o que deu em você?

Eu me esquivo.

– Só estou tentando garantir que você fique… segura.

– Bem, eu sei me cuidar. Faço isso há anos.

Pela maneira como ela cospe as últimas palavras, percebo que vem algo mais. Algo que talvez eu não queira escutar. Ela me encara, com os ombros erguidos, e me dá um soco na garganta. Só que… bem… um soco emocional.

– Acho que vou convidar o papai pro casamento.

Eu pisco, sem assimilar, e uma cena do meu pai me vem à mente: ele comprando donuts sábado de manhã no posto de gasolina. Neva. Ele aponta para a vitrine e pergunta qual eu quero. Comemos juntos nas mesas de piquenique congeladas no limite do nosso bairro. E, depois, no verão, no jogo dos Huskies de Cape Hathaway, o rosto dele radiante nas arquibancadas.

– É o quê? – consigo pronunciar.

Calla fala rápido:

– Contratei um detetive particular pra encontrar o papai. Ele está morando num camping perto de Burlington, em Vermont, e é... é a tradição. Os pais levam as filhas até o altar, e ele...

Minha cabeça está confusa.

– Espera, vai devagar. Você falou com ele?

– Não – responde ela, baixinho. – Não, ainda não. Só o *encontrei*. Então ele está lá. E Burlington não é tão longe daqui. Sei que é um tiro no escuro, mas talvez, se eu disser que vou me casar, ele pode querer vir.

O que Calla acabou de dizer... Não sei se consigo lidar com isso, depois de todo o resto. É impossível de lidar. E é uma ideia muito, muito ruim. Ligar para o nosso pai? Nosso pai que não liga para *nós* há uma década? O que a faz pensar que ele sequer atenderia o telefone, quanto mais que a levaria até o altar? Ele só vai decepcioná-la, magoá-la *ainda mais*. Sinto uma explosão de dor e a cutuco, a arranho, então digo para minha irmã:

– Porra... Não dá para simplesmente... sair da vida de uma pessoa, sem dizer nem uma palavra pra ela, abandoná-la e... Não. Não. – Nosso pai é apenas mais uma pessoa que não vai estar à altura do otimismo de Calla. Estou balançando a cabeça, com o coração na garganta, tentando evitar que a minha voz chegue até a sala de estar. – Não vale a pena, Calla. Não faz isso com você.

Calla morde o lábio inferior.

– Sei que você odeia o papai desde...

– Eu não *odeio* ele – argumento.

– Odeia, se ressente, sei lá. Mas faz muito tempo, e o que ele fez foi terrível, mas tenho pensado muito nisso e talvez a gente não devesse ter presumido o pior sobre ele. Talvez seja hora de esquecer o que aconteceu, Syd. Nós duas. Parece que você ainda tem dificuldade em confiar nas pessoas...

– Bom, talvez você devesse confiar um pouco menos nas pessoas! – solto bem na hora em que o telefone fixo toca mais uma vez. Atendo e digo a Gail: – Nós não queremos o que você tá vendendo!

– Ah – diz um homem do outro lado da linha. – Ah, me desculpe.

Estremeço.

– Não, espera... Pensei que...

Mas ele já desligou.

Calla pendura os panos de prato numa fileira, com capricho, e ameaça procurar refúgio no andar de cima.

– Não vou ligar pra ele, ok? Já vi que você vai ficar muito estressada. Caso encerrado.

– Espera, Calla...

Ela levanta a mão.

– Tudo bem. Não se preocupa. Eu... vejo você no espetáculo hoje à noite.

Algumas horas depois, aquilo ainda está me consumindo. A possibilidade de o meu pai entrar na nossa casa de novo, com uma década de sujeira nos sapatos, para levar a minha irmã até o altar. No casamento dela. Com um criminoso.

Isso não vai acontecer.

– Você parece mergulhada em pensamentos – diz Nick, dando uma ombradinha em mim.

– Tem certeza que não deveria estar deitado? – retruco.

Ele não deveria nem ter saído do sofá. Não deveria se dispor a ficar sentado durante um espetáculo muito, muito longo num assento duro de auditório, mas foi *Nick* quem insistiu que tinha que vir.

O maxilar dele fica tenso e depois relaxa, provavelmente enquanto ele tenta controlar a dor.

– E perder o espetáculo de Natal de Cape Hathaway? Nunca.

Com Calla, vovó Ruby, Johnny e Sal – o da tatuagem das Meninas Superpoderosas – ao lado, estamos esperando em frente ao auditório da escola enquanto as pessoas se enfileiram na entrada. Johnny está irrequieto. Estresse pré-nupcial? Ou estresse pré-assalto? Atrás de mim, com os dentes trincados, ele dispara mensagens de texto que sei que Gail está monitorando. Eu o observo no canto do meu campo de visão quando, lá dentro, nos abaixamos para passar por árvores de Natal de cartolina e correntes feitas com pipoca. Em algum lugar daquele corredor – ah, bem ali – estão as marcas das minhas mãos feitas no terceiro ano. Tem uma medalha minha no armário de troféus perto do escritório do diretor: primeiro lugar no concurso regional de soletração. Meu pai ganhou o mesmo prêmio quando era criança, aqui na cidade, e eu...

Quieta, Sydney. Não vou pensar nele. Acabou.

– A gente deveria ter se arrumado? – pergunta Nick, embora esteja muito bem-vestido.

Blazer preto. Gravata de "abacaxi natalino" que vovó Ruby encontrou nas profundezas do armário dela e insistiu que Nick levasse para dar uma volta. Odeio dizer isso, de verdade, mas, se Nick consegue usar essa estampa, consegue qualquer coisa.

– Não se preocupa – garanto a ele, voltando ao meu papel. Algumas crianças passam correndo. – Se um dia voltar a Cape Hathaway, você pode ser uma... caçarola de feijão verde ou algo do tipo.

A melhor coisa desse espetáculo é que todas as crianças, estejam na peça ou não, são incentivadas a se fantasiar. Parabéns para a criança que se vestiu de presunto de Natal envolto em rodelas de abacaxi. (Será que perdi o memorando sobre os abacaxis natalinos?) Uma menina com fantasia de ganso passa por mim batendo as asas e grasnando enquanto persegue uma rena de nariz vermelho piscante.

– Com cebolas crocantes? – pergunta Nick, captando o meu olhar.

Tem muita ternura no olhar dele. Isso é bom para a missão, mas... não estou gostando.

– Tudo que você quiser. – Bato com os ingressos na minha mão. – Vamos procurar os nossos assentos?

O que nunca vou contar a Nick é que tenho uma longa história com essa peça. Fui o burro durante sete anos seguidos. Melhor dizendo, Burro. Só acrescentei o artigo "o" para dar seriedade e ênfase. Burro não tem falas, em geral, só uns *i-ós* cuidadosamente cronometrados e em momentos certos, em termos teatrais.

À minha esquerda, escuto um zumbido no bolso de Johnny e ele xinga baixinho.

– Desculpa – diz ele, balançando a cabeça e tirando o celular do casaco. – Preciso atender. Que horas começa?

– Daqui a onze minutos – responde vovó Ruby, mexendo os dedos. – Hora de aquecer as velhas mãos de piano!

– Quebre a perna, vovó – digo sem pensar.

Vigio Johnny pelo corredor. Sal vai atrás dele como um fantasma e já sei que preciso seguir os dois.

Vovó Ruby me lança um olhar penetrante.

– Nunca diga isso pra uma pessoa com mais de 80 anos, minha querida.

Em seguida, ela sai saltitando com a jovialidade de uma rolinha, a saia de veludo vermelho ondulando atrás dela.

O auditório está lotado. Crianças, pais e os outros 79 por cento da população de Cape Hathaway se acomodam nos assentos.

– Vamos? – chama Nick.

Ele gesticula para Calla e eu descermos na frente até o corredor 11B. Já tem pipoca caramelizada espalhada pelo chão. Este ano, o espetáculo está servindo guloseimas. E gemada. Gemada batizada, acho, para os adultos. Pelo cheiro, é o que parece. De vez em quando, percebo um aromazinho de álcool.

– Sabe de uma coisa? – digo, consciente de que estou desperdiçando um tempo precioso. – Vou dar um pulinho no banheiro antes do início da peça. Não quero perder nem um minuto da ação.

– Volta rápido – diz Calla, meio contida depois do nosso bate-boca na cozinha. – A melhor parte é o começo.

Faço que sim com a cabeça e sinto os olhos de Nick no meu rosto, depois sigo no sentido oposto da multidão, com os ouvidos atentos à voz de Johnny. Ele não está no corredor principal. Dou uma olhada em algumas salas de aula no lado leste do prédio. Também não está lá. Por fim, por uma das janelas redondas do corredor – pintadas no formato de sol –, vejo Johnny no estacionamento, andando de um lado para o outro como um lince, o celular colado no ouvido. Flocos de neve robustos atingem o rosto dele. Que tipo de ligação telefônica é tão confidencial que você tem que sair numa tempestade de neve iminente?

Sei bem que tipo de ligação. Foi uma pergunta retórica.

A cada dez segundos, mais ou menos, uma das mãos de Johnny soca o ar. Sal está parado com os braços cruzados e os ombros erguidos, de vigia.

Se eu conseguir passar sorrateiramente pelo mastro da bandeira e chegar àquele mar de minivans, acho que consigo me aproximar bem devagar deles... e ouvir o que Johnny está dizendo. O vírus que implantei descobre com quem ele está falando, mas não o que está sendo dito.

Com o capuz da parca na cabeça para ocultar meu cabelo louro, me esgueiro pelas portas do saguão, os passos silenciados pela neve. Exceto pela voz de Johnny, há um silêncio mortal. Mas consigo não fazer barulho. O truque é manter alguma distância, me aproximar apenas o suficiente para captar as palavras e – de preferência – pisar nos mesmos lugares que o alvo. Piso bem em cima dos rastros de Johnny. As botas dele são pelo menos três números maiores que as minhas.

– Achei que você tivesse dito que estava… – diz ele, obviamente se esforçando para manter a voz baixa.

O vento fustiga, engolindo o resto da frase. Uso a súbita barreira de ruídos para acelerar o passo, mas continuo abaixada. Quando estou a menos de 10 metros de distância, com as costas apoiadas na janela fumê de uma minivan, estico o pescoço e minha pulsação acelera conforme escuto por trás do veículo.

Johnny está cuspindo palavras.

– A van… É, a van… – Algumas frases entrecortadas se seguem. – Dá um jeito de preparar tudo… Bom, o tempo está acabando, né, merda? Apenas *faça*… Alguns dias…

E aí ele para de repente.

Ouço Sal se aproximar, talvez colocando a mão no ombro de Johnny.

– Chefe – diz ele. – Ouviu isso?

Meu sangue congela. Devagar e sem fazer barulho, coloco a mão enluvada sobre a minha boca. Para impedir que a respiração forme uma névoa.

– Ouvi o quê? – pergunta Johnny, irritado, depois de encerrar a ligação.

Fazendo o mínimo de barulho possível, eu me ajoelho, preparada para rolar para baixo da minivan, se for necessário. A adrenalina corre com tanta força pelas minhas veias que a minha têmpora direita lateja.

Sal para e muda de posição.

– Talvez não seja nada. Talvez…

Johnny está indiferente.

– Vamos voltar lá pra dentro. Calla vai me matar se eu perder esse negócio. Não aguento ver essa garota chateada.

Ainda agachada e com a luva cobrindo a boca, observo os pés deles por baixo das minivans enquanto voltam para dentro. Mais rápido que o trenó do Papai Noel, pego meu celular e mando uma mensagem para

Gail: **Telefonema de Johnny às 19h06, quem era? Falou de uma van. Próximo assalto... roubo em estrada? Algum banco está planejando um grande transporte de dinheiro no Natal?** Com um pouco de sorte, Gail vai ver imediatamente.

Estou me sentindo com sorte. Sorte por Sal não ter seguido os instintos dele. Sorte por eu ter esbarrado numa informação relevante. Esta missão está indo na direção certa, até com Nick.

Não posso segui-los até o saguão – seria suspeito demais –, então contorno os fundos da escola, abro a janela de uma sala de aula com a minha chave mestra e entro por ali. Sem ser detectada. Tiro as luvas e o casaco. E, por fim, chego *de fato* ao saguão, onde...

– Ai, graças aos céus! – diz vovó Ruby, correndo na minha direção. Ela é bem rápida para alguém com 82 anos. O rosto dela está ruborizado. – Sydney, você apareceu. Temos uma emergência!

Sinto um nó na garganta e penso em Calla.

– Que tipo de emergência? Tem alguém machucado?

– Não, não, que bobagem. Não tem ninguém machucado. – Vovó Ruby para na minha frente e segura as minhas mãos, levando-as ao peito. – Não temos burro.

Semicerro os olhos.

– A fantasia?

– Não, a pessoa. A criança.

– Tem uma criança desaparecida? – *Merda,* isso é uma emergência de verdade. – Quando foi a última vez que alguém a viu? Já chamaram a polícia?

Vovó Ruby contrai os lábios.

– Talvez eu não esteja explicando direito. Delilah Hannigan foi pra Calgary de férias com os pais e eles esqueceram de nos avisar. Ela veio aos ensaios, então ninguém sabia! Ninguém pensou duas vezes! – Vovó Ruby me lança um olhar estranho e aperta as minhas mãos ao mesmo tempo. – O teatro precisa de você, Sydney.

As peças se encaixam com um ruído assombroso.

– Ah, vovó, não...

– Não tem nenhuma fala, minha querida! Você sabe disso! E a fantasia sempre foi larga. Só duas horas e meia do seu tempo. É só isso. Você era tão *boa* nisso.

– Mas...

– Sydney, você nasceu pra fazer esse papel. Tive certeza disso no instante em que pôs os pés no palco, quando você tinha 11 anos, assim como tive certeza de que você iria roubar o meu coração no instante em que nasceu. No hospital de Cape Hathaway. Você tinha exatamente 3,175 kg e era bem cabeluda. A enfermeira colocou você, minha primeira netinha, nos meus braços, eu olhei nos seus olhos e disse: "Oi, meu feijãozinho." Foi como se você olhasse direto pra minha alma.

Amor com um toque de manipulação não muito sutil. Vovó Ruby pega pesado. Ela aperta as minhas mãos de novo, e é um toque tão familiar... As mãos de que me lembro, a ternura familiar de que me lembro. Essa é a pessoa que lia livros de aventura para mim quando eu não conseguia dormir, que criou a mim e a Calla quando não havia *ninguém* e...

Solto um suspiro pelo nariz.

– Cadê a fantasia?

Eu tinha me esquecido. Tinha bloqueado. A fantasia é tão tenebrosa que alguém poderia me chantagear com uma foto minha usando isso. Na coxia, em frente ao espelho de corpo inteiro, estico uma das pernas do burro para o lado e passo a mão (ou, melhor dizendo, o casco da frente) no tecido. *Ah, é. Sucesso garantido.* Uma olhada para mim e Nick Comparsa vai me contar todos os segredos que sabe. Quem resistiria a uma mulher usando um macacão cinza surrado, com orelhas caídas e rabo de feltro? A fantasia quase não cabe. Ironicamente, fica apertada na bunda. Tudo que preciso fazer é ficar quieta em todas as minhas cenas e o tecido não vai rasgar.

– Em suas marcas! – grita o diretor atrás dos cenários. – Em suas marcas, pessoal!

Meus lábios vibram com um suspiro e digo a mim mesma que é só um tempinho – depois eu volto ao trabalho. *Para quem Johnny telefonou? De que van ele estava falando? Uma que ele alugou ou uma que vai atacar?* Minha mente repassa a conversa dele enquanto faço fila ao lado de um menino louro com mais ou menos metade da minha altura. O garoto está me encarando com um misto de admiração e perplexidade, como se eu realmente pudesse ser um burro.

– Você é adulta. – Ele tem uma voz surpreendentemente segura e amarga para a idade. Os pezinhos dão passos pesados. Está vestido de caranguejo. – Esta peça é pra crianças!

Eu me abaixo com as mãos nos joelhos de Burro.

– Você tem avó?

– Tenho.

– É *por isso* que eu estou aqui.

Ele parece confuso (o que é que a avó dele tem a ver com isso?), mas a música já começou a tocar com urgência. Do outro lado das cortinas de veludo, vovó Ruby soca as teclas do piano meia-cauda. A melodia de Natal dela é mais para show de rock do que para hino de escola. É o tipo de música que dá vontade de soltar a franga.

Bom, lá vamos nós.

Quando a cortina sobe, está tudo preto, mas o auditório logo explode em cores. Daria até para pensar que vamos encenar "José, o Sonhador, e Seu Fantástico Casaco Colorido". Sob o atordoamento de luzes multicoloridas que piscam, faço um zigue-zague para desviar das caixas gigantescas de papelão – embrulhadas como presentes em papel prateado – e fico atrás do meu amigo caranguejo. Sério, essa peça não faz o menor sentido. Quando eu era criança, aceitava as diversas inconsistências do roteiro e o convívio de espécies discrepantes. Agora que sou adulta, questiono a trama. Ou a falta de trama.

A peça é – em linhas gerais – sobre uma ovelha que viaja por uma terra mágica na época do Natal. Ela encontra uma variedade de animais que lhe ensinam a alegria natalina. Não sei quem escreveu. Alguém chapado. Não tem nem um fim de verdade. Mas tem umas máquinas de neve. Para delírio do público, elas entram logo em ação e nos salpicam de poeira branca encaroçada. Cuspo um pedacinho que caiu na minha boca.

Será que Calla me notou no palco? E Nick? Será que Sal e Johnny voltaram para os assentos? As luzes escureceram o público. Não consigo ver nada e... *Ai, meu Deus,* nós vamos dançar. Desde quando tem uma dança coreografada? Vovó!

Pelo que percebo, é uma dancinha simples de dois passos, então sigo o ritmo do menino caranguejo, semicerrando os olhos para o auditório. Tem um movimento na fila do meio. Alguém está trocando de assento. Ou se levantando? Quando as luzes douradas piscam sobre o público, vejo com mais clareza: um homem de meia-idade, com chapéu de Papai Noel, saindo para o corredor. *Pai de alguma das crianças*, penso. Mas ele está agindo de um jeito meio… estranho.

Na CIA, fui treinada para reagir ao inesperado. Mesmo assim, quando o tal Papai Noel começa a vir pisando firme na direção do palco, com uma expressão determinada nos olhos felizes, uma vozinha dentro de mim ainda diz: *Que porra é essa?* Ele parece convicto, totalmente seguro de que vai sair ileso do que está prestes a acontecer. Já está passando pela vovó Ruby ao piano.

Começo a sentir um enjoo que vai subindo até a minha garganta. Esse homem é uma ameaça real? Ou está só agitado por beber gemada demais e resolveu reviver os seus dias de glória na escola? Não tenho certeza, não tenho mesmo. Murmúrios irrompem de algumas pessoas no público, superando a música. Isso é parte do espetáculo? Papai Noel tem que correr até o palco?

E as crianças… *Meu Deus, as crianças.* Todas as vinte estão tão felizes e tão dedicadas ao papel que fingem não ter percebido o intruso. Elas são como eu era. Inocentes. Alheias a tudo que pode dar errado no mundo.

– Me deixa subir! – grita o homem.

Enquanto fala, ele joga uma perna para cima do palco, tentando se erguer para a plataforma. Ele tem a graciosidade de, bem, um bêbado de 40 anos usando metade de uma fantasia de Papai Noal – mas isso não o torna menos perigoso. Menos louco. Será que está armado?

– Ei! – grito para ele e avanço para além da árvore de Natal de papelão. Minhas botas golpeiam o piso de madeira e o medo borbulha sob a minha pele. – Desce!

Se ele sair do palco e voltar para a plateia, talvez fique tudo bem. Talvez eu não precise fazer nada drástico…

Mas agora ele está se levantando, cambaleando na beira da plataforma. Ele resmunga algo que parece "batatas" e depois, muito mais alto:

– VOCÊ NÃO PODE ME IMPEDIR, BURRO!

E tem um segundo em que penso com os meus botões: *Não. Não, isso não pode estar acontecendo, droga.* Gail e eu agora temos uma nova pista no caso, as coisas estão evoluindo com Nick, tivemos alguns contratempos, sim, mas nada sério. Nada que colocasse a mim ou ao caso em sério risco. E agora...

Estou a um metro e meio do homem, e o hálito dele fede a álcool. Então ele ataca. Me ataca? Ataca as crianças? *As crianças.*

Sinto um nó na garganta porque quero chorar. Grito e eu... *não posso* estragar o meu disfarce desse jeito.

Só que também não tenho escolha.

O sangue sobe até o meu rosto, o modo protetor assume e eu me lanço para a frente e dou uma cabeçada direto no nariz do homem. O público ofega e gritos de crianças vêm logo depois de um não muito sutil barulho de algo sendo esmagado.

– Filho da... – diz o cara, cambaleando para trás, estupefato. A estupefação se transforma em raiva, que se transforma em – ... *puta.*

O braço direito dele golpeia, com a intenção de agarrar o meu pescoço, mas ele é lento demais para os meus reflexos. Desvio dele, seguro o braço no meio do caminho e, num movimento tranquilo, jogo o homem por cima do meu ombro. Ele cai com um baque enorme no palco, resmunga algo sobre a conta do quiroprata e...

A música acabou. Todos estão de pé, boquiabertos e com o olhar fixo.

Nunca me senti tão exposta na vida.

Capítulo 10

– Então, explica tudo desde o começo – diz a policial ao me entregar uma bolsa de gelo.

Eu a pego, educada, e levo o gelo à testa; dói. Estou sentada num pufe, praticamente no chão, numa das salas de aula do terceiro ano, com os joelhos quase encostados no queixo.

– Não precisa se apressar – diz ela. – No seu ritmo.

Faço que sim com a cabeça, desempenhando o papel esperado: confusa, perturbada. Eu *estou* perturbada. O Papai Noel ganhou uma carona para passar a noite na cadeia. Acontece que ele é pai do menino caranguejo e está numa batalha pela custódia. Queria levar o filho para casa no Natal. Eu me sinto muito mal pelo menino – mas o que está revirando o meu estômago de verdade, o que me faz suar nesta roupa de burro, é me lembrar do rosto de Nick.

Quando as luzes se acenderam no auditório, ele estava me encarando. Tinha mancado até o palco, pronto para golpear o meu agressor, mas... não foi o que aconteceu. Percebi o instante em que o assombro passou pelos olhos dele e um músculo se tensionou no seu rosto. Logo depois, ele me lançou um *olhar* como se eu fosse uma pessoa totalmente diferente do que ele imaginava.

Uma gota de suor escorre pelo meu rosto. Eu a seco com o casco de burro e explico os detalhes do evento – não como uma oficial da CIA faria, mas como uma civil faria, com pausas espaçadas, falando basicamente com os meus joelhos. Se essa policial fizer alguma pergunta profunda sobre o meu histórico com artes marciais mistas, vou ficar aqui a noite toda, e preciso voltar para a minha família.

Voltar à questão do Nick. Explicar algumas coisas. Explicar para fazer tudo sumir.

Ainda posso consertar as coisas, penso, com um nó na garganta.

– Terminamos aqui – anuncia a policial, por fim. Ela tem a minha idade, mais ou menos a minha constituição física. – Foi corajoso o que você fez. Acho que as coisas não teriam terminado muito mal, mas nunca se sabe. Você protegeu aquelas crianças. Fez o que era necessário.

– Obrigada – digo e logo me levanto do pufe, feliz porque o interrogatório acabou, pelo menos.

Do lado de fora da sala de aula não há ninguém. Todos foram obrigados a ir para o saguão, imagino. Ou para o estacionamento? As costuras da fantasia de burro começam a roçar na pele das axilas e tudo que eu quero é abrir o zíper, pegar a minha parca nos bastidores e começar a contenção de danos. Metodicamente. Dar início ao protocolo de disfarce potencialmente revelado – porque Johnny e Sal devem estar desconfiados. Nick deve estar desconfiado. Se eu conseguir que Calla me defenda, conte a eles sobre a nossa sessão de autodefesa na cozinha...

Mas não posso fazer isso.

Não posso fazer isso porque Nick – de algum jeito – conseguiu mandar Johnny, Sal e a minha família para casa. Quando viro a esquina, só Nick está no saguão, parado ao lado de um trio de árvores de Natal reluzentes. A luz azul pulsa no rosto dele. Meu estômago revira. Ele está parado numa pose esquisita, a perna direita um pouco à frente, com as chaves do carro de Johnny na mão.

– Você está bem? – pergunta ele, com a voz rouca e arranhada. – Não se machucou, né?

Embora diga as coisas certas, alguns elementos na atitude dele parecem *destoar*. O maxilar está tenso demais. Os olhos estão firmes demais. Há uma rigidez no corpo dele que não tem nada a ver com o ferimento.

– Eu estou bem – digo, preocupada.

Vou até ele. É *possível* que a tensão seja de preocupação. Talvez ele tenha sentido medo por mim. Talvez se culpe por não ter chegado antes ao palco.

Não é isso, Sydney, diz uma voz dentro de mim. O instinto provoca arrepios nos meus braços.

– Sem escoriações – acrescento e engulo em seco e devagar, apontando para a pele sem manchas na minha testa. Ainda sinto um frio grudento por causa da bolsa de gelo. – Viu? Eles me liberaram pra ir pra casa, mas... – fico me remexendo, inquieta – ... não precisava me esperar.

– Claro que precisava – diz Nick, a voz áspera.

Ele diminui o espaço entre nós. Passa a ponta dos dedos na minha testa, provocando um tremor nítido pela minha coluna e, por três segundos, eu mal respiro. Isso foi um carinho? Um gesto ameaçador? Difícil definir. O toque dele não combina com a expressão no rosto, que é... *O quê? Em que ele está pensando?*

Será que as coisas vão piorar?

Testo até onde posso ir, roçando de leve no ombro *dele*, e faço uma piadinha.

– Desculpa por ter sido burra.

Nick balança a cabeça, as íris escurecem e as pupilas parecem pedacinhos de carvão. Ele ignora a piada. Nada de brincadeira. Nada daquele sorriso lento e ridículo.

– Você não foi burra – diz ele e contrai os lábios carnudos. – Temos que ir.

Não "vamos para casa". Apenas "temos que ir".

O gelo na voz dele, a dureza.

Isso não deveria me abalar. Mas nunca cheguei tão perto assim. Nunca estive no limite de revelar um disfarce, muito menos saí atropelando esse fato. Inspiro e minhas orelhas começam a parecer fogueiras em miniatura. É uma jogada que depende de sorte. Posso partir do princípio de que o disfarce foi revelado e me recusar a ir com ele ou posso seguir a estratégia inicial até o fim. Manter a missão até que tenha certeza de que ela afundou.

– Você vem? – pergunta Nick, abrindo a porta para o estacionamento com brutalidade.

– Aham. – Faço que sim com a cabeça e me preparo. O ácido revira no meu estômago. – Vou.

Nick não contou por que a minha família foi embora primeiro. Nem explicou por que mal está olhando para mim, por que houve uma mudança súbita e impenetrável entre nós. Discretamente, ligo a função de gravação no meu celular – se eu cair, vou cair com informações.

Devo isso à missão.

Nick está ao volante, no Escalade, e eu estou fazendo uma respiração em caixa em silêncio no banco do carona. Rezando. Nunca rezo. O aquecedor acabou de ligar, com um rugido. Ar quente sopra o meu rosto enquanto flocos de neve respingam no para-brisa em blocos inclementes.

Tem um exercício no treinamento da CIA que realmente me marcou.

Você fica sozinha num sedã sucateado. Sentada lá, imóvel e tranquila. E, de repente – cinco, seis minutos depois –, várias pessoas rodeiam o carro. Pessoas com máscaras e tacos de beisebol. Suas janelas estão fechadas e você tem que permanecer quieta, controlando a respiração, enquanto as pessoas esmurram o vidro. Enquanto as rachaduras em formato de teia de aranha se formam no para-brisa e os gritos e berros aumentam e você se pergunta quanto tempo vai levar para tudo vir abaixo. Até que você fica coberta de vidro e arranhões e...

Eu precisei usar todas as minhas reservas emocionais, embora não houvesse perigo nenhum. Ninguém queria *de fato* me machucar. Era tudo fingimento.

Isto aqui não é.

Este era o momento em que eu deveria ter chamado um Uber.

– Talvez eu devesse ter chamado um Uber – digo, destacando o silêncio de Nick. Minha voz não falha, apesar da caixa torácica parecer vazia. – Os motoristas conversam mais.

Estou mudando de estratégias em tempo real.

Meu plano atual? Agitá-lo. Irritá-lo absurdamente, como ele vem me irritando. Fazê-lo falar do jeito que for. Se Nick planeja me confrontar, que seja *logo*, antes que tenha a oportunidade de bolar uma estratégia com Johnny. Antes que tenha a chance de me levar para algum buraco ou – Deus me livre – de volta para a minha casa, onde Calla e vovó Ruby estariam em perigo.

– Um Uber? – Nick passa a mão no rosto de cima para baixo, quase rindo. Ele dá ré no carro para sair da vaga. Meu estômago revira mais uma vez. – Sinceramente? Eu ficaria preocupado com o motorista do Uber. Seria bom que ele tivesse um belo seguro de vida.

Eu me faço de inocente, tentando desconcertá-lo ainda mais, e fico boquiaberta.

– Poxa, isso não é justo.

A voz de Nick está repleta de assombro e confusão.

– Sydney, você deu *uma cabeçada* num cara.

– Que estava correndo pra cima de crianças!

– Eu sei! Eu sei. Não estou falando do *motivo* – diz Nick, mudando a marcha. – Estou falando da maneira como você agiu.

Saímos do estacionamento quase vazio ouvindo o som da neve esmagada sob os pneus. Florestas escuras passam rapidamente – cheias de lugares escondidos onde ele poderia parar, me arrancar do veículo e me colocar de joelhos. Cada olhada de Nick em direção ao banco do carona parece um golpe inicial que causa pequenos buracos em mim.

– Não quero montar o seu perfil, mas a primeira reação da maioria das pessoas não é dar uma cabeçada. Você não é um jogador de futebol inglês num pub. Por acaso já jogou futebol?

Ótimo. Não preciso mentir.

– Já.

– Sério?

– Sério. – O sangue lateja no meu pescoço e o espaço no carro parece cada vez menor. – Não era eu que deveria estar dirigindo? Você não está machucado?

No primeiro sinal, Nick se vira e me encara, com a cabeça inclinada, como se eu fosse um quebra-cabeça que alguém montou errado. Com peças tortas. Gelo até os pés. Quando ele fala de novo, a voz sai rouca e os dedos apertam o volante com força.

– Quer me contar alguma coisa, Sydney?

O gosto metálico do medo avança para a minha língua. Engulo em seco, luto para manter a pulsação normal e respondo:

– Tipo o quê?

A voz de Nick está perigosamente baixa. *Agora* apareceu o homem que as pessoas temem. Sempre soube que ele espreitava sob a superfície.

– Tipo por que num segundo você era um burro e, no seguinte, era o James Bond, merda.

A palavra "catástrofe" vem à mente, mas me controlo.

– Nunca pensei que iria *usar* essas coisas – digo rapidamente. – Você não me ouviu na cozinha com Calla? Fiz uma aula...

– De uma tarde e virou especialista em artes marciais mistas? – interrompe Nick, fazendo uma careta. – Por favor, Sydney. Se alguém fosse atacado daquele jeito, a pessoa hesitaria. Você nem piscou. Foi como se tivesse se tornado outra pessoa. E o movimento que você fez depois da cabeçada? A sua técnica? Aquilo saiu de um manual militar. E você nunca foi das Forças Armadas...

Ele diz a última parte quase para si mesmo, refletindo, e é aí que entendo tudo. Percebo com uma fisgada aguda dentro dos meus pulmões: Nick Fraser me pesquisou. Muito mais do que uma pesquisa básica no Google.

– Eu sabia que havia algo sobre você, mas *nunca*...

– Nick – digo de um jeito áspero e ajeito o celular no bolso para virar o microfone para cima.

– Quem é você? – pergunta ele, passando a mão mais uma vez no rosto.

Minha garganta arde. Minha pele não consegue decidir se está congelando ou fervendo e as lufadas quentes de ar secam os meus olhos. O bíceps de Nick fica rígido quando ele gira o volante e...

Ainda dá para consertar isso.

Sério, que evidências ele tem?

– Acho que você entendeu mal – digo, balançando a cabeça. Peguei brincos emprestados com Calla. Eles balançam enquanto eu *nego, nego, nego.* – Não sou...

– Não pode ser da CIA – reflete Nick de novo. A voz dele assumiu uma qualidade grave, como se ele não estivesse apenas surpreso, mas também triste e... ele disse. Disse mesmo. *CIA.* – Eles não trabalham domesticamente. Também não é da polícia. A família Jones controla a polícia. Então só restam... Interpol? FBI?

Nick move o tronco e faz uma pausa, e as janelas enevoadas do carro se fecham ao meu redor. A respiração dele fica pesada e densa.

– É isso, não é? Você é do FBI.

Se ele me desse um soco no nariz, o golpe seria menor. Tudo em mim fica tenso, minhas mãos apertam as coxas e eu quero *gritar.* Nunca falhei. Nunca falhei no meu trabalho. Não falhei na Suécia nem na Lituânia. Agora, na minha cidade, na missão mais importante da minha vida, *essa porra?* Acontece isso?

– Não sei de onde você tirou essas ideias – digo às pressas, segurando a onda. – Mas juro que nunca estive nem *perto* de ser…

– *Por favor*, não me venha com essa, Sydney – corta Nick, irritado, cansado. – Eu sei, tá? Eu sei. Você saiu pra ir atrás do Johnny quando ele fez uma ligação lá no espetáculo. E hoje à tarde, quando caí no gelo? Você tem *muito* mais conhecimento médico do que diz. Também colocou um rastreador neste veículo, que eu tirei, a propósito. Você é sutil e é claramente boa no seu trabalho… Só que eu sei o que procurar. – Nick bufa enquanto solto o meu cinto de segurança, petrificada. – E a mala. Você revirou a mala dele.

É isso.

É isso que me entrega. Como *diabos* ele sabe disso?

Isso me atinge, me deixa completamente exposta. E apavorada. *Nick sabe.* Sabe mesmo. Meu peito começa a vibrar, a adrenalina está bombeando e… Gail *nunca* pode saber disso. Ela me tiraria do caso. Sem dúvida. E, se eu sair do caso, a família Jones pode realizar o pior ataque dela até agora e…

Merda.

Nunca mais vou poder trabalhar disfarçada. Será que consigo voltar para a minha casa?

– *Quanto* você sabe sobre mim, Sydney? – Nick força a barra enquanto aquela veia na minha testa começa a latejar. – Nome do meu primeiro cachorro? Senha do computador? Meu tipo sanguíneo? *Sydney*!

– Ok! – grito, formulando o plano B. Um plano muito mais fraco. – É A positivo, tá bem?

Nick me encara, boquiaberto.

Mas eu não paro. Não sei que outra escolha tenho.

– Meu chefe sabe exatamente onde estou. – *Mentira.* – Se tentar alguma coisa, vai ser cercado em três minutos ou até menos. – *Mentira.* – Mas, se estiver disposto a negociar, acho que podemos conversar. É isso que faço. Eu dou às pessoas o que elas querem em troca de informações. Então, tudo que tem que fazer é me dizer o que quer.

Em seguida, com um murro rápido, abro o porta-luvas. Está vazio.

– O que esperava encontrar aí dentro? – murmura Nick, parecendo desanimado.

Sou sincera, mas meu estômago ainda está revirado.

– No mínimo, spray de pimenta.

– Você ia jogar *spray de pimenta* em mim? – grasna Nick.

– Na verdade, ia impedir que *você* jogasse spray de pimenta *em mim*.

– Acha mesmo que eu te machucaria? – pergunta Nick, com uma tensão profunda na voz. Sombras disparam no para-brisa. – Você realmente pensa tão mal assim de mim?

Absolutamente. Totalmente. Cem por cento.

Quando olho de novo, há um brilho de dor nos olhos dele.

– Não – minto, mantendo a voz baixa. Estou fazendo mais uma respiração em caixa. – Não, não acho que vá me machucar.

– Que bom – diz ele sem nenhuma emoção e pigarreia. – Porque acho que poderia ser o contrário. A esta altura, sou só um garoto dirigindo ao lado de uma garota e pedindo que ela não quebre o nariz dele.

Dou uma risada seca.

– Diz o cara que quebra narizes pra se sustentar.

– De novo, é *isso* que pensa de mim?

De você e *de Johnny.* Johnny, que está a uma ligação telefônica de distância. Uma mensagem de texto. Um "Sydney não é quem ela diz ser".

– Não vamos fingir que você é totalmente inocente – digo, provocando de propósito de novo. A última coisa que devo deixar Nick pensar é "Eu estou no controle". – Posso saber coisas sobre você, mas você também fez o dever de casa.

Nick solta uma bufada e acelera. A estrada coberta de neve se curva na nossa frente.

– Olhar o seu Instagram não é a mesma coisa. Sei que você gosta de gambás. Não sei o número do seu seguro social.

– Não *memorizei* o seu – resmungo baixinho, alto o suficiente para ele ouvir. O medo subjacente ainda está lá, pulsando. – Só está disponível caso eu precise dele.

– E o que é aquele seu Instagram, hein? Alguma coisa ali é você de verdade?

– O que você acha?

– Acho que você segue seis perfis e um deles é uma empresa de maionese.

Mais uma vez, nada de risadinha nem do sorriso maroto de Nick. No período de uma hora, tudo isso desapareceu. Agora, saímos da floresta e entramos na rua principal da cidade, lotada de luzes natalinas e de bengalas decorativas como as que vovó Ruby enfileirou no meio-fio. Guirlandas douradas nos postes de luz. Tudo é repulsivamente animado em comparação com o que está acontecendo aqui dentro.

– Quando você vai contar pro Johnny? – pergunto, com a garganta apertada.

Nick não perde nem um segundo.

– O que faz você pensar que vou contar pro Johnny?

Não voltamos para casa. Nick faz uma curva fechada à esquerda depois da loja de conveniência Long Sands e segue na direção oposta de Cook Lane.

– Pra onde está indo? – Meu tom está firme enquanto a água escura passa depressa pela janela. O som do mar revolto.

Na placa de PARE seguinte, Nick pega o celular e verifica se tem alguma mensagem ou ligação perdida. Aparentemente, está esperando alguém entrar em contato. *Johnny.* Deve ser Johnny.

– A gente tem um encontro, lembra?

– Ah, sim – digo, uma risada surgindo de um lugar dolorido no peito. – Legal. Claro que vamos. Esse encontro envolve me prender com fita adesiva numa cadeira?

– Só se você quiser – responde Nick sem nenhuma emoção e para num estacionamento sem neve já no outro lado da cidade. – Estou esperando a confirmação de uma coisa.

– Misterioso – murmuro.

– O mistério é mais o seu forte, né? – Ele capta o meu olhar e me imita, batendo os cílios escuros compridos. – *Me conta um segredo?*

As emoções me atingem como uma onda e meu rosto queima. Estupefação. Raiva. Quer dizer que Nick sabia que eu estava tentando seduzi-lo – e está jogando isso na minha cara. Compreensível. No lugar dele, eu faria o mesmo. Mas a frieza consegue se esgueirar para baixo da minha pele. Neste momento, ele está numa posição de poder. Eu me inclino em direção a ele, preparada para usar fogo contra fogo – ou, melhor dizendo, gelo contra gelo.

– Está criticando os meus métodos de sedução? – pergunto, provocando um pouco. – Eu poderia ter feito de um jeito melhor? Tem alguma coisa específica que te deixa excitado?

Nick solta um grunhido.

– Não começa.

– Porque, se era pra eu ter usado uma fantasia de pinguim ou algo do tipo, por favor, me fala agora.

Os lábios dele se abrem num sorrisinho bem fraco antes de ele obviamente se lembrar: sorrir perto de Sydney agora é *proibido*. Ele coloca o veículo em ponto-morto e desliga o motor. Ergo o olhar. Um letreiro com néon laranja numa fonte retrô pisca: HOSPEDARIA MOOSE. Dou um sorriso forçado. *Ai, ai, o cara sabe fazer piada.* Ou o cara planeja me desovar na hospedaria Moose.

Nick abre um sorriso com os lábios tensos.

– Vamos?

O gelo do carro ricocheteia em mim quando bato a porta.

Nove minutos depois, estamos com as nossas bebidas. Verifico três vezes as saídas, depois arranco a cereja da minha bebida do caule e a mastigo com agressividade.

– E aí, como está a sua bunda?

Nick me olha furioso do outro lado da mesa.

– Ainda doendo. Muito obrigado por perguntar. – Ele toma um gole da cerveja e mexe no celular. Nenhuma mensagem. – Pensando melhor agora, talvez você *estivesse* tentando me matar.

Bufo e me recosto na cadeira com os braços cruzados.

– Se estivesse, você estaria morto.

Por sorte – e também por azar –, ninguém ouve essa conversa, porque não tem ninguém no bar. A hospedaria Moose só fica lotada nas noites de bingo. Pelo menos lotada de seres humanos. De animais empalhados? Sempre, como uma festa. Ao redor de todo o bar com painéis de madeira, animais empalhados nos encaram. Um alce com cachimbo pisca sobre a jukebox. Dois guaxinins anunciam o cardápio. Uma manada de cervos em miniatura dá a impressão de que eles estão conversando, boquiabertos. Alguém pendurou festão prateado entre as galhadas deles.

– O que você tá esperando? – pergunto a Nick, apontando para o celular dele.

A música "Run Rudolph Run" toca ao fundo. É isso que estão tocando. Meu Deus, espero que ninguém pegue o Rudolph.

Nick não me responde.

Irritada, tiro a minha parca, e uma onda de ar quente encontra as minhas costas. A adrenalina ainda corre por todas as veias do meu corpo, mas espero que o meu comportamento de canhão descontrolado deixe Nick em alerta. Que eu consiga nivelar o campo de algum jeito. Digo exatamente o que estou pensando – além de *Não ouse tentar me matar*.

– Já pensou o que aconteceria se todos os animais empalhados do mundo de repente voltassem à vida?

Ele responde sem deixar de olhar para o telefone.

– Não.

– Nem eu – digo, sibilando. Penduro a parca no banco ao meu lado. – Até aqui, este é o pior encontro que você já teve?

Isso faz Nick erguer o olhar. Algo passa por seus olhos escuros, como se ele avaliasse quanto pode revelar.

– Surpreendentemente, não.

– Mais alguma informação que queira me dar?

– Surpreendentemente, não – repete ele, cheio de sarcasmo. – Mas não estou dizendo que seja um bom encontro. A esta altura, Sydney, você e eu provavelmente combinamos mais ou menos como pasta de amendoim e hepatite.

Solto uma risada amarga.

– Nessa situação, eu sou a pasta de amendoim ou a hepatite?

– Nenhuma das duas – responde Nick.

Por fim, o celular dele apita. Ele o pega depressa da mesa e o tira do meu campo de visão para ler o que parece ser uma mensagem longa e detalhada. Se Johnny está dizendo a Nick como me desovar, é bem minucioso. Tudo destrinchado. (Piadinha besta.)

As sobrancelhas de Nick se juntam. Os lábios se movem de forma muito sutil enquanto ele lê.

– O que houve? – Tento bisbilhotar.

Ele não diz nada. Está na cara que está pensando. Um músculo no maxilar dele se contrai um tiquinho.

– Sabe aquele cara que não suporta silêncio? – provoco um pouco mais e meu estômago começa a revirar de novo. – Aquele cara pode voltar?

Nick encontra o meu olhar e coloca o aparelho na mesa com um baque.

– Não tem nenhum registro sobre você trabalhar pro FBI. Nenhum trabalho de campo. Nenhum trabalho de escritório. Nada.

Uma fração de segundo se passa enquanto a minha mente processa essas frases. Essa missão não é registrada e eu não sou do FBI de verdade. Esse é o motivo. *Mas também...*

– Como você sabe disso?

Nick me encara por um longo instante antes de virar tudo – o feriado inteiro – de pernas para o ar.

– Também trabalho pro governo.

Capítulo 11

Está acontecendo de novo, aquela sensação de visão distorcida, como no dia em que Gail me deu a notícia, em Estocolmo. Meus dedos formigam nas pontas e sinto o sangue correr para a cabeça. Os guaxinins, o alce e os cervos estão me cercando. *O que foi que Nick acabou de dizer?*

Ele me observa como se eu fosse um urso na floresta, vigiando a reação, avaliando se o bicho vai ou não atacar. Uma covinha aparece na bochecha dele. Se o que está dizendo é verdade, esse homem… esse homem me enganou. Ele me enganou ainda melhor do que tentei enganá-lo. *Também trabalho pro governo.*

As palavras entram em mim como um tiro em câmera lenta.

– Sydney? – chama Nick, com um tom firme, mas já o conheço bem. Os sinais reveladores dele pulam em cima de mim como pontos num mapa. *Nada* nele está firme. Ele lambe os lábios porque a boca está ficando seca. Tamborila o polegar na mesa porque não consegue ficar parado. – Acho que seria muito bom se você falasse algo agora.

Respiro fundo. *Ah, eu vou falar um monte de coisas.* E a primeira é:

– Você tá *brincando*? – Agora entendo por que Nick me arrastou para este bar horrível. Nenhuma testemunha. Um diálogo aberto. Nada que remeta a Johnny nem à minha família. – Juro por Deus que, se me perguntar "Eu pareço o tipo de pessoa que tiraria uma galinha de borracha do bolso?"…

Nick semicerra os olhos, as sobrancelhas muito unidas.

– Galinha de borracha? Por que *diabos* eu diria isso?

– Acredite em mim. – Levanto a minha bebida e tomo um gole enorme.

Deixo o gelo cair na minha boca e começo a mordê-lo. – Já vi isso acontecer. Não *exatamente* isso, mas as chances de *nós dois* trabalharmos pro governo são...

– Ínfimas – completa Nick.

– Pois é.

Mastigo com mais força, falando com a boca meio cheia. A música muda de "Run Rudolph Run" para "Chestnuts Roasting on an Open Fire" e, caramba, não combina com a energia dessa conversa.

– Como sei que você tá falando a verdade? Aliás, esquece isso. Uma pergunta mais específica antes: pra quem você trabalha? Qual agência?

– CSIS – responde Nick, sem hesitar, mas o nó na garganta dele sobe e desce.

O Serviço Canadense de Inteligência de Segurança. O FBI do Canadá. Então ele está do outro lado da fronteira. Supostamente.

– Qual é o número do seu distintivo?

Nick se inclina mais sobre a mesa e o calor pulsa entre nós.

– Qual é o número do *seu* distintivo, Sydney?

Como não me mexo, Nick toma um gole de sua bebida. A cerveja sacoleja dentro da garrafa.

– Pera lá, você não pode estar irritada. Sou eu quem deveria estar. Você cai de paraquedas na *minha* investigação, me faz perder um tempo precioso seguindo um possível caminho que... – ele faz um gesto na minha direção – ... não vai me dar nenhuma pista.

É aí que percebo. Percebo tudo.

Meu queixo cai um centímetro.

– Você também estava tentando me seduzir.

Não é uma pergunta. Nick me responde mesmo assim, piscando os olhos escuros.

– Eu não diria exatamente isso...

– Ai, meu Deus.

– Sydney...

– Preciso de um minuto pra processar isso, ok? Estou me recuperando. Eu achava que tinha pelo menos quinze por cento de chance de você tentar me matar.

Engulo o último pedaço de gelo. Ele esfria a boca do meu estômago enquanto repenso cada mínima interação com Nick. Naquela noite em que escovamos os dentes, *ele* bateu à porta. *Ele* estava esperando ao pé da escada antes de eu sair para correr. *Ele* me perguntou sobre o mergulho polar, plantando a ideia na minha cabeça. O ferimento nas *costas*! Será que ele se machucou de verdade? Ou foi só um truque para conquistar a simpatia alheia?

Meu Deus. Nick não é só um agente excepcional. Talvez ele seja melhor do que eu.

E eu começo… a olhar para ele de um jeito um pouco diferente. Esse desconhecido sentado do outro lado da mesa. Quando o vi pela primeira vez, com a água do chuveiro caindo na minha cabeça, achei que fosse só um musculoso burro. Alguém que eu poderia manipular com facilidade. A parte musculosa ainda vale. Mas essa nova imagem dele me golpeia do mesmo jeito que fiz com o Papai Noel.

Se Nick for mesmo do CSIS, se eu também estava sendo seduzida, ele nunca foi um seguidor de Johnny. Sempre fingiu – só que de um jeito completamente diferente do que imaginei.

Não tem como saber o que se passa na cabeça das pessoas, né?

– Quais partes são mentiras, então? – pergunto, ordenando tudo no cérebro. Tentando organizar as informações de um modo que pareça seguro e administrável. Minhas palmas começam a suar. – Nick é seu nome verdadeiro?

Ele faz uma careta e deixa de lado o jeito tranquilo.

– Claro que é.

– Há quanto tempo você está disfarçado?

– Três anos – responde Nick. – E desculpa se te assustei, mas estava tentando entender você, e isso surgiu do nada. Pode pelo menos me dizer pra quem você trabalha? Sabe que corri um grande risco ao expor o meu disfarce pra você, né?

Eu sei. Isso também não faz muito sentido.

– Por quê?

– Por que o quê?

– Por que fez isso? – Grudo meus olhos nos dele para não me concentrar no maxilar. Nem na curva dos lábios. – Eu podia ser qualquer pessoa.

Nick expira, frustrado.

– Não, não podia. Um: porque tenho a minha intuição. Dois: está na cara que você é profissional. E três: se estava tentando obter informações de mim, é porque acreditava que isso te levaria até Johnny. O CSIS e o FBI investigam a família dele há anos, então não me surpreenderia se outras organizações também estivessem investigando. Portanto, alguém do governo. Olha, não costumo carregar isto, mas... – Ele pega o distintivo e o desliza lentamente sobre a mesa na minha direção. – Não tenho o menor motivo pra fingir meu envolvimento com o CSIS.

Examino o distintivo dourado do CSIS, mas algumas coisas ainda não fazem sentido – tipo, por que ele se arriscaria a carregar o distintivo numa missão secreta perto de um monte de criminosos que colocariam uma arma na cabeça dele se descobrissem a verdade? Será que estava com o distintivo esta noite para me mostrar? Ele planejava revelar o próprio disfarce?

– Como é possível – pergunto, me recostando na cadeira – nós dois termos acabado no mesmo caso sem saber nada um do outro? Eu achei que tinha lido sobre uma força-tarefa conjunta. Colaboração internacional entre agências.

Nick faz que sim com a cabeça.

– Deve ter lido mesmo. Isso ainda vale, mas houve uma tonelada de vazamentos no FBI. O CSIS não confiava mais neles pra este caso. Estamos mantendo tudo internamente.

Semicerro os olhos.

– Mas você confia em mim?

– Sinceramente? – pergunta ele, soltando uma risada rouca. – Não por completo, mas *gostaria* de confiar. No momento, você não está facilitando as coisas.

– Bem, basicamente acabei de ouvir que perdi um tempo precioso apostando as minhas fichas na pessoa errada, então você tem que entender... – Seguro a minha bebida com as duas mãos. – Se está trabalhando no caso há três anos, isto aqui é só um pingo pra você. Mas, pra mim, é quase cem por cento da missão.

– Da missão pra quem? – insiste Nick.

O que tenho a perder a esta altura? Quase todas as minhas fichas já estão na mesa.

– FBI – respondo. Minhas sobrancelhas se unem. – Você gosta mesmo da Taylor Swift?

Nick me encara fixamente.

– É sério que você tá me perguntando isso agora?

– Só tô tentando descobrir que partes de você são reais – digo secamente, mas é sincero.

Muitas vezes, o que as pessoas dizem e fazem não reflete o que *pensam*. Dá para observar alguém durante anos, acreditar que conhece até a alma do sujeito e ele ainda ter a incrível capacidade de surpreender você.

Bem neste momento, o velho barman rabugento se aproxima cambaleando e nos oferece duas bebidas por conta da casa. São espumantes, azuis e têm um cheiro salgado como o mar. Confio no sabor mais ou menos como confiava em Nick meia hora atrás. Ele também deve ser mais corajoso do que eu, porque toma um gole enquanto o barman espera.

– Gostoso – diz ele, com o rosto sério, e engole. – Obrigado. – Quando o cara se afasta, Nick se encolhe. – Ele deve achar que estamos num encontro que não está dando certo.

– Bem, eu acho que poderia estar *melhor* – falo com sinceridade. – Então, repassa o histórico pra mim. Se tem três anos, isso significa que você fez amizade com Johnny antes?

Nick solta um suspiro que reverbera no corpo todo.

– Essa é complicada. Olha, não escolhi Johnny como colega de quarto. Foi aleatório. Mas, sim, no início, nós éramos próximos. Não menti pra você quando contei isso. Antes de eu saber a verdade, ele era um cara agradável. Sempre pronto pra sair. Ele me apresentou pra metade dos meus amigos no campus e também entendia que às vezes eu precisava ficar quieto. Na água, quando a gente remava. Parece pouca coisa, mas não é. – Ele passa a mão no maxilar e trinca os dentes. – Mas nunca falávamos de coisas importantes. Tudo que fazíamos na faculdade era remar, estudar pras provas, sair e jogar videogame. A menos que fosse possível multá-lo por direção imprudente no *Mario Kart*, não havia nada contra ele.

– Tem certeza? – forço a barra, semicerrando os olhos como Nick. – Você foi colega de quarto dele durante anos e nunca viu nada suspeito?

– O quê? Acha que não quero simplesmente jogar o cara embaixo de um ônibus?

– Não seria embaixo de um ônibus. Seria dentro de um aviãozinho a caminho da prisão federal.

Nick solta uma gargalhada e corre a mão pelo cabelo.

– Sabe, você é irritante, mas é engraçada... Tudo bem, o histórico.

Ele pousa as mãos na mesa, a uns 30 centímetros de distância uma da outra, como se sinalizasse o início e o fim.

– Eu me formei na faculdade com Johnny. Ainda não sabia qual era a da família Jones. Voltei pro Canadá, fiquei um ano parado e treinei pro CSIS em Ottawa. Quando fiz 24 anos, surgiu uma vaga de emprego de guarda-costas.

– De Johnny – completo.

– Isso – confirma ele. – Meus superiores acharam que eu deveria aceitar. Eles me instruíram sobre a família Jones, que não tinha um perfil muito completo no Canadá na época, mas claro que isso foi antes dos assaltos. Eu fiquei... – Nick trinca os dentes. – Não consegui acreditar. Não aceitei bem. É muito difícil digerir que alguém não é quem você pensa.

– É, eu entendo.

O resto fica na ponta da minha língua: os rastros de pneus na neve; ver meu pai com a camisa de flanela pela última vez; as botas de couro preferidas, que ele deixou na sala de estar. Nunca percebi o que iria acontecer. Mas não conheço Nick. Isso está muito evidente. Mesmo que ele saiba como é avaliar catastroficamente mal uma pessoa, não precisa ouvir nada disso. Outro pedacinho de gelo é esmagado pelos meus dentes.

– Então você foi sendo promovido até chegar a chefe de segurança dele e o resto é história, mas acho que não entendo...

– Não entende por que está demorando tanto? – sugere Nick.

– Exatamente. E por que concordou em investigá-lo, se era tão seu amigo. Vocês dois ainda parecem muito próximos.

Nick passa a língua nos dentes enquanto pensa na pergunta.

– Johnny tem duas operações separadas. Tem a legal e a ilegal. Infelizmente, fui parar na parte legal, então não é tão fácil conseguir informações. Além do mais, Johnny é *absurdamente* sortudo. – Ele faz uma pausa, indecifrável, e toma o último gole da cerveja. – A segunda pergunta, vou pular... Mas também tem uma coisa que você precisa saber.

A maneira como ele diz a última parte me dá certeza absoluta de que não quero saber.

Não tenho dúvida de que o que ele está prestes a contar vai me derrubar de novo.

Prendo a respiração.

– Ok...

O celular ainda está em cima da mesa. Nick o pega, digita a senha escondido e rola a tela por um segundo antes de virá-la para mim. É uma foto. De Calla. Em preto e branco. Uma foto de câmera de vigilância. Tem um horário marcado no canto.

– O que você tá me mostrando, exatamente? – pergunto, sabendo que é uma pergunta boba, mas é a única coisa que consigo fazer sair da minha boca.

Nick respira fundo, como se isso também o fizesse sofrer.

– Calla, numa filmagem de segurança do posto de gasolina, a pouco mais de um quilômetro da cena do último assalto.

Você tá andando de um lado pro outro, recebo uma mensagem de texto de Nick à uma e meia da manhã. Claro que estou. Na minha situação, ele também não estaria? Pela parede, escuto o colchão dele ranger quando ele rola para o lado. Ou sai da cama. Não tenho certeza. Ele digita de novo antes de eu responder: **Você tá bem?**

Eu encaro a tela e digito: **Ótima.**

Obviamente, não estou ótima. É o pior cenário possível. Sabe aqueles 99 por cento de certeza da inocência de Calla? As margens estão diminuindo e começo a sentir pontadas de dor atrás dos olhos. Pisco para afastá-las. Porque, sério... não pode ser. Eu saberia. Eu a conheço muito bem. De verdade, mesmo depois de anos de separação parcial.

Certo?

Certo. Certo.

Eu a conheço, repito como um mantra e volto a andar de um lado para o outro. *Eu a conheço, eu a conheço, eu...*

Precisamos terminar aquela conversa, manda Nick.

Logo depois de Nick lançar aquela bomba na hospedaria Moose, algumas pessoas entraram e o bar deixou de ser um espaço seguro para compartilhar informações. Quando voltamos ao carro, eu ainda estava processando tudo e com medo de dar qualquer informação que pudesse comprometer ainda mais a minha irmã. Calla... não pode estar envolvida nisso. Não por vontade própria. Quando éramos mais novas, ela me contava o que tinha comprado para mim de Natal pelo menos quatro dias antes da data. Ela explodiria se guardasse um segredo. Não é uma pessoa que conseguiria esconder a participação numa quadrilha. Apesar disso... por que estava tão perto da cena? O que fazia em Buffalo, Nova York? Mesmo que seja inocente, o quadro não é favorável. Os honorários judiciais que ela teria que pagar para tentar sair dessa...

Fico enjoada só de pensar no assunto.

É a minha *irmã*. Minha irmã naquela foto.

Ao chegarmos em casa, Nick e eu nos esgueiramos pela garagem, na esperança de que ninguém estivesse acordado para fazer perguntas, mas eu mesma ainda tenho perguntas. Mais ou menos um milhão e duas. Por sorte, Sal foi passar a noite numa pousada, então só preciso me preocupar com a possibilidade de Johnny escutar. E Gail, que não sabe que o meu disfarce foi revelado. Gail, que escuta pelas paredes. Calço as minhas pantufas de coelhinho do ensino médio – o modo sedução morreu – e saio em silêncio do meu quarto, sem bater antes de virar a maçaneta e entrar sorrateiramente no quarto de Nick.

Nick está estendido na antiga cama de solteiro de Calla, os pés com meias brancas para fora do colchão. Ele está usando o mesmo pijama de quando tivemos a conversa sobre pasta de dentes: calça de moletom preta e camiseta preta, mas agora percebo muito mais. O tecido grudado no corpo. As ondulações por baixo da camiseta. Ele dá um pulo como se estivesse meio adormecido – ou como se eu o tivesse surpreendido de novo no chuveiro.

– Meu Deus! Você pode parar de fazer isso? – pergunta ele num sussurro.

Eu mal o escuto por causa do barulho. O barulho alto de... rãs? Rãs de florestas tropicais. No canto, um aparelho de som espalha coaxos melodiosos pelo quarto.

– Desculpa – sussurro em resposta. – Não queria me arriscar batendo na porta.

Ele joga as pernas para fora da cama, levanta-se e se aproxima de mim.

– Vamos terminar a conversa? – pergunta ele.

Eu o pego delicadamente pelo cotovelo e o conduzo até as rãs no canto – onde aumento o volume até o máximo. Barreira eletrônica de som. Muito mais eficiente do que água de chuveiro.

– Me fala onde você acha que é o próximo assalto. Alguma pista?

– Algumas – responde Nick, perto de mim. Muito perto. Inclino o pescoço para olhar para ele. – Sei *quando* vai acontecer. No dia de Natal. Vinny cancelou a festa do réveillon. Ele disse que não precisamos dela agora que temos o casamento, e essa foi uma pista importante. Eles gostam de usar eventos como álibis. Cerimônias de caridade. Clubes de leitura.

Faço uma careta.

– Quem deles faz parte de um clube de leitura?

– Ah, todos – responde Nick. – Mistérios sobre assassinatos.

– Tá de brincadeira – digo.

– Não, Johnny é cheio de surpresas. Tipo, ele realmente amou aquele curso de cerâmica. Até esqueceu que estava lá pra ter um álibi.

Balanço a cabeça.

– Tá, tá, continua – volto a sussurrar.

Agora é a vez de Nick fazer uma careta.

– Vinny falou alguma coisa na semana passada. Ele estava bêbado e não parava de falar em explosivos. Tudo que dá e não dá pra comprar no mercado ilegal. E ele estava falando de como Johnny é inteligente e tem "planos importantes" pro fim do ano.

Meu rosto se tensiona.

– Você sabe que eles têm 20 quilos de C4, né?

Nick fica pálido.

– *Além* das granadas?

– Quê? Do que você tá falando?

– Foi isso que ouvimos nas conversas deles – diz Nick, passando a mão no rosto. – Mas acho que deixamos passar alguma coisa. Parece que o próximo assalto deles vai fazer os anteriores parecerem fichinha. Eu pressionei muito, mas no fim Vinny só estava enrolando as palavras e desmaiou no sofá.

Engulo em seco e faço que sim com a cabeça.

– Mas Vinny faz parte dos negócios?

– Acho que ele é o terceiro no comando. Não sabe tudo, mas sabe o suficiente. Ainda não tive chance de conversar com ele, porque ele anda viajando, mas achei que nós dois poderíamos fazer uma pressão amanhã, na despedida de solteiro. Ou despedida de solteira. Despedida de solteira e solteiro. – O olhar de Nick se move pelo meu rosto. – Se quiser trabalhar em conjunto.

Estremeço e ajeito os pés na pantufa.

– Posso trabalhar com você se deixar Calla de fora. Sei o que me mostrou, mas ainda não quero acreditar que ela...

Creck.

Um estalo bem leve. No corredor. Uma porta se abrindo com cuidado. Passos, no ritmo de um homem – provavelmente, mais altos do que ele esperava. E algo que eu mais sinto do que escuto: uma reverberação no piso. Conheço a casa. E Nick também sente que, nos próximos três segundos, alguém pode abrir de repente a porta do quarto e nós estaríamos aqui, depois que eu derrubei o cara no palco, discutindo algo. Nick e eu, nós dois, sozinhos quase às duas da manhã.

Péssima impressão.

Novo plano.

Acontece num instante, sem que a gente combine, antes de nós termos tempo de sussurrar algo ou de fazer contato visual. Nick simplesmente sabe exatamente o que estou pensando, exatamente o que devemos fazer. O disfarce perfeito exige muito menos roupas. Ainda não confio em Nick. Como poderia depois de todo aquele fingimento? Mas confio na nossa ideia conjunta. Por instinto, tiro a minha camiseta enquanto Nick tira a dele e, em seguida, estamos nos agarrando. As mãos dele encontram o meu cabelo. As minhas vão para o maxilar dele. A renda do meu sutiã encosta na firmeza do peito dele e ele me puxa para mais perto, com os lábios reivindicando os meus. Quando abro a boca, a língua dele entra – tão diferente da praia, mais fervorosa, mais faminta...

E algo dentro de mim geme alto ao se rebelar. Por baixo da minha confiança, por baixo do disfarce, tem alguma coisa que não consigo controlar. Às vezes as pessoas nos surpreendem de maneira ruim, mas sinto uma agitação perigosa na barriga, o calor subindo e...

Nick é... bem gostoso, pra falar a verdade, né?

A maçaneta faz um clique ao abrir.

Johnny. Ali está Johnny.

– Ah, *desculpa* – diz ele, parando no tapete do quarto.

O pedido de desculpa não parece nem um pouco genuíno, mas Nick e eu nos afastamos, pegos em flagrante, envergonhados, estarrecidos. Pelo que Johnny testemunha, estamos superexcitados ao som de três rãs. Meu rosto ruboriza. Meu peito está cheio de pontinhos vermelhos. Estou numa encenação, numa encenação, numa *encenação*, lembra?

Procuro a minha camiseta no chão, pego e cubro o peito.

Nick pigarreia, também um pouco quente demais.

– Sim?

– Ouvi que você estava acordado – diz Johnny. – Só queria repassar alguns planos de última hora pra festa no barco, mas tô vendo que você tá... ocupado. – Ele me dá uma olhada de cima a baixo e esse olhar cai em mim como uma ducha de água gelada. – Podemos conversar de manhã, né, garanhão?

– Boa noite, então – diz Nick, falsamente envergonhado, acenando para Johnny.

A porta se fecha de novo com um clique.

E aí eu fico parada, com o peito subindo e descendo, observando o peito *de Nick* subir e descer...

– Também vou embora – digo mais alto que os sons da floresta. – Vejo você amanhã.

Minhas outras perguntas vão ter que esperar até a próxima vez que estivermos sozinhos. No caminho até a despedida de solteira e solteiro amanhã? Pode ser.

– É – diz Nick com um pigarro e ajeita a cintura da calça de moletom. – É, amanhã.

– Nick – cumprimento-o no andar de baixo na manhã seguinte, ao lado da cafeteira.

– Sydney – responde ele, com o mesmo tom baixo de não-vamos-tocar--no-assunto.

Fazer o trabalho de espionagem estando em casa já é difícil o suficiente sem... isso. O que quer que seja isso.

Nick toma um gole de café. Faço o mesmo, no automático, e queimo a ponta da língua. Um nível desconfortável de tensão pulsa entre nós e me pergunto se ele está pensando nos meus lábios encostados nos dele...

– Ainda não consegui superar, Sydney – diz Calla.

Ela beberica seu café à mesa de café da manhã e balança a cabeça. Parece ter se recuperado da nossa leve discussão de ontem, guardado a conversa sobre o nosso pai numa gaveta escura, onde deve ficar.

– Você *derrubou* aquele cara. Enquanto usava uma fantasia de burro. – Ela mergulha uma colher de chá com açúcar na caneca. – Aposto que já deve estar no YouTube.

Meu nariz se franze. Quanto tempo até o FBI sumir com o vídeo da internet?

– Que café gostoso – diz Nick, levantando a xícara e mudando de assunto.

Depois do café da manhã, vovó Ruby paira pela cozinha como uma mariposa, espalhando planos. Se vai haver um casamento na casa, nós *precisamos* de mais árvores de Natal frescas.

– Pra ter muita folhagem – diz ela, pegando uma fita num dos armários. – Talvez a gente possa colocar as árvores no altar. Ahhhh, ia ficar lindo nas fotos, não acham?

Tomo outro gole de café para não dizer nada idiota, tipo: "A ideia desse casamento é tão boa quanto encher um monte de sacos de lixo com gasolina, jogar no Prius e acender um fósforo a caminho de casa."

Saímos em dois carros.

Eu vou com Nick, Johnny e Calla no Escalade alugado. Quando me sento no banco traseiro, me lembro da noite anterior – o porta-luvas sem nenhuma arma, a ruga na testa de Nick ao me acusar da verdade, os lábios dele nos meus – e em pouco tempo estamos saindo com uma cantada de pneu na neve. Assim como em todo o resto, Johnny é competitivo atrás do volante – e é um péssimo motorista. Pisca-alerta? O que é isso? Sinais de trânsito? Só uma sugestão. Pedestres? Nunca ouvi falar! "Mesmo com os vidros fumê", quero falar, "as pessoas conseguem ver você agindo como um babaca".

– Ei, aprende a dirigir, pô! – grita ele... para um ciclista.

Calla se encolhe. Isso é promissor. Ela deve notar que, em algum nível, Johnny não é o cara mais legal do mundo.

Quando chegamos à Fazenda de Árvores de Natal de Cape Hathaway, na margem oposta do rio que fica do outro lado da cidade, o estacionamento está lotado e o céu, cinza e sem nuvens. Vovó Ruby nos trouxe aqui no primeiro inverno depois que o meu pai foi embora. Disse que a gente podia escolher qualquer árvore que quisesse. Sem tristeza, sem distrações, apenas quilômetros de árvores de Natal. O aroma é incrível.

Quase igual ao do sabonete de Nick.

Sydney, puta merda. Não pensa no sabonete dele.

Para derrubar a árvore, Calla aluga uma serra manual de um homem num galpão minúsculo de madeira, depois caminha ao meu lado.

– Lembra da última vez que a gente veio aqui? – pergunta ela, com o metal reluzente pendurado na mão. – A gente escolheu aquela árvore do Charlie Brown e, quando chegou o Natal, já não tinha mais nenhuma folha.

– Ah, eu me lembro – digo, tentando me concentrar no momento. – Docinho ficou apavorada. E vovó Ruby jogou a árvore no lixo assim que os presentes foram entregues. Pobre árvore-esqueleto...

Ao lado da barraca de produtos da fazenda, Nick ri de algo que Johnny acabou de dizer.

Calla me pega encarando os dois. Com os olhos brilhando, ela me cutuca com o ombro.

– Como foi o encontro?

Ela diz isso de um jeito alegre que dá a entender que já ouviu falar do meu encontro com Nick na madrugada. Mantenho a voz leve.

– Foi bom. A gente bebeu.

– Que bom saber disso. Eu tinha certeza que você queria esse encontro mesmo depois do que aconteceu no espetáculo... que vovó Ruby e eu achamos... um pouco estranho, na verdade, mas... – Calla faz uma careta. – Você tem alguém em Washington?

– Não, por quê?

Calla dá de ombros.

– Nenhum motivo, é só que... desde o ensino médio, nunca mais conheci ninguém que você namorou, sabe? Eu não poderia nem apontar o seu tipo numa identificação de suspeitos.

Numa identificação de suspeitos. Espero que o meu tipo não esteja atrás das grades numa delegacia. No entanto, meu tipo característico também não é tão saudável: caras que mal querem me conhecer. Na faculdade e depois, sempre que o relacionamento ficava sério, eu fugia. Uma coisa é o cara terminar sem saber quem você é. Você pode se consolar, dizer "Ele não sabe o que está perdendo". Outra coisa é ele entender as suas manias, suas peculiaridades e terminar mesmo assim.

O tipo mais seguro de paquera é o falso. Talvez por isso eu esteja... um pouco atraída por Nick. Não é pra valer, nunca foi e nunca será.

– Não, não é isso – digo.

– Você usa aqueles aplicativos? – pergunta Calla.

Balanço a cabeça.

– Não.

– Posso fazer um perfil pra você?

Bem neste momento, as botas de Johnny esmagam a neve quando ele se aproxima de nós com a mão estendida.

– Deixa isso comigo, baby – diz ele e pega a serra da mão de Calla.

Por dentro, estou me roendo, pensando no jeito como o olhar dele passou pelo meu corpo na noite passada – e que, agora, ele está tratando Calla, uma mulher de 25 anos, de modo *condescendente*. Ela é capaz de usar uma serra. Usaria até um lança-chamas, se quisesse.

– Sabe de uma coisa? – resmungo. – Vou ali pegar outra serra.

Em termos técnicos, a regra é uma serra por família, mas pago 20 pratas para o cara e prometo devolver a segunda ferramenta em uma hora. Quando tento passar a serra para Calla, ela se esquiva.

– Não, tudo bem. Pode levar. Você é melhor nisso, de qualquer maneira.

– Não, você deveria...

– Tudo *bem* – enfatiza ela, embora não esteja. – Sei o que está pensando e você não deveria pensar nisso. Sei cortar uma árvore e *gosto* de cortar a minha árvore de Natal, mas, se Johnny quer fazer isso... tudo bem. Às vezes a gente precisa sacrificar algumas coisas num relacionamento.

– É – retruco. – Tipo quantos cachorros de cerâmica vocês têm na cômoda que compartilham. Não coisas como a sua capacidade de demonstrar competência.

Ela cutuca a bochecha com a língua.

– Por favor, ok?

– Ou quantos gatos você tem – acrescento. – Se o seu parceiro for alérgico a gatos.

– Só estou dizendo que é uma questão de equilíbrio – acrescenta Calla. Eu sibilo.

– E o que mais ele está pedindo pra você equilibrar? Quando se der conta, ele vai estar... – *Pedindo para você mentir por ele. Roubar por ele. Cometer um assalto à mão armada por ele.* – Pedindo pra você largar o emprego.

Os olhos de Calla se arregalam de maneira quase imperceptível. Há um lampejo no centro das pupilas dela.

– Calla... – digo, respirando devagar pelo nariz. – Ele pediu pra você sair do seu emprego?

– Não é o que parece.

– Parece que ele pediu pra você sair do seu emprego.

– É que ele sabe quanto o meu emprego me estressa às vezes – protesta Calla, com a voz tornando-se um sussurro. – E não vou precisar do meu salário depois que nos casarmos, não em termos financeiros, e... Talvez eu não esteja me explicando bem. Não sei se essa conversa é produtiva.

– Acho que o problema não é *você*, Calla.

– Seja legal – diz ela, já saindo de perto de mim.

Ah, eu vou ser. Vou ser muito, muito legal.

Encontramos duas árvores perfeitas no canto do terreno, uma ao lado da outra. Vovó Ruby as encurralou como um falcão a uma presa, enxotando outros clientes em potencial. Johnny anuncia que vai ficar com o abeto norueguês à esquerda. Com a serra na mão, ele faz o primeiro corte...

E eu imediatamente começo a derrubar a árvore de Natal à direita, cortando o tronco com um ataque irregular. Eu me arqueio. Eu me dobro. Lembro que ele tentou me derrubar na corrida, que tentou me irritar falando que Calla se casaria primeiro. A competitividade quase exala dos poros de Johnny.

Ainda não posso derrubá-lo. Não totalmente. Mas posso bater um pouquinho nele.

Pelo canto do olho, Johnny me vê acelerar.

Acho que uma parte dele sabe que estamos competindo.

Uma música muito animada toca ao fundo. Grupos de crianças saltam por entre as fileiras de árvores imaculadamente verdes. Mas não se engane. Isso se tornou uma batalha. Minha serra corta de um lado para o outro e a superfície dentada mastiga a base – a de Johnny faz o mesmo. Gotas de suor se formam sob o meu gorro preto. O cabelo cacheado dele está quicando sob a luz do sol.

Para lá, para cá, para lá, para cá, para lá. É uma sinfonia de serras. Uma orquestra de agressão. Quero fazer Johnny *ofegar* com o esforço.

Ouço vovó Ruby dizer para Nick:

— Isso está muito mais intenso do que eu previa. Não vejo tanta tensão assim desde o bingo na hospedaria Moose.

Johnny me dá uma olhada, que percebo pela minha visão periférica. Estou à frente dele por uns dois golpes. *Não está aguentando?* Parte de mim gargalha. *Que peninha.*

Minhas botas afundam cada vez mais na neve. Minhas luvas apertam o cabo.

Com um estalo gratificante, a minha árvore cai primeiro.

Flocos de neve frescos cobrem os nossos ombros enquanto voltamos para dentro de casa arrastando duas árvores de Natal até a sala de estar. Ao ouvir o som das árvores batendo no sofá, Docinho esconde o rabo entre as pernas. Antes que eu consiga me aproximar para acalmá-la, Nick vai até ela.

— Shhh, tá tudo bem, fica tranquila.

Enquanto diz isso, massageia as orelhas dela, e reconheço que ele sabe lidar com Docinho. Pois é.

Só queria parar de perceber coisas boas nele.

Ainda mais porque a festa no barco é esta noite. Precisamos manter o foco e sondar Vinny em busca de informações.

Num piscar de olhos, Calla desaparece no sótão e volta com uma caixa de enfeites antigos. Abre o plástico e desembala alguns.

— Ahhhh, Syd, olha esse.

Ela está mostrando a marca da pata de Docinho, de quando ela era um filhotinho ainda. Com o coração aquecido de verdade, me aproximo e dou uma olhada melhor na caixa. Encontro meu trabalho de marcenaria do sexto ano: um minúsculo soldadinho de chumbo de Natal coberto com penas verdes. Tem a rena do primeiro ano de Calla, feita com uma lâmpada vermelha e uma galhada de papelão, além dos flocos de neve de renda feitos à mão pela nossa bisavó Pearl. A mulher pescou no gelo até os 97 anos e morava sozinha numa cabana de um cômodo – que ela mesma construiu –, era durona mesmo.

– Nãããão – diz Calla ao pegar um enfeite com foto. – Lembra quando você tinha um mullet?

Dou uma risada alta e analiso a miniatura de foto emoldurada da pequena Sydney, que não tinha os dois dentes da frente.

– O pior de tudo é que fui eu que pedi esse corte de cabelo. – Para o meu pai. Também me lembro dessa parte. No quintal, num dia de setembro, com folhas caindo nos nossos ombros. – Quer dizer, eu não disse "Faz um mullet em mim", mas *descrevi* um mullet sem querer.

Calla se vira para Nick.

– Quer ver?

– Ele não quer, não – digo.

– Ele quer, sim – rebate Nick e começa a sorrir de um jeito preguiçoso e amplo. – Você se sentiria melhor se eu dissesse que o Nick do ensino fundamental queria descolorir as pontas do cabelo?

Faço uma pausa, arqueando a sobrancelha.

– Sim.

Depois que as árvores são postas na frente da janela da sala de estar, bem onde a cerimônia será (ou *não*) realizada, vovó Ruby joga um pouco de lenha na lareira, junto com o jornal que chia e desaparece sob as chamas. Em seguida, ela sugere – já que estamos todos reunidos – que façamos a nossa noite de jogos de Natal. Ou, melhor, tarde de jogos de Natal. Nosso cronograma está que nem este feriado: completamente destruído.

Vovó Ruby se apresenta como mestre de cerimônias.

Johnny puxa Calla, prendendo-a numa gravata gentil mas incisiva.

Eu fico com Nick Comparsa. Preciso parar de chamá-lo assim.

– Sabe, vi um post sobre as renas do sexo masculino – diz Calla, com as pernas cruzadas, no carpete da sala de estar.

Ela escapou da gravata, um pouco irritada, e trocou a parca por um suéter grosso e felpudo e meias mais grossas ainda. Isso me lembra dos velhos tempos, quando éramos pessoas que usavam suéter no Natal. Quando passávamos tardes inteiras deitadas no sofá, fazendo correntes com pipocas e vendo todos os filmes da série *Esqueceram de Mim*.

– Eles perdem a galhada no inverno, enquanto as fêmeas não só ganham galhadas, como também mantêm as galhadas o ano todo. O que significa que, se as ilustrações estiverem corretas, são as *fêmeas* que puxam o trenó do Papai Noel.

– Quem diria, né? – ironiza vovó Ruby com um muxoxo. – Os homens não conseguem nem encontrar potes de picles na geladeira. Como é que iriam achar todas as casas? – Ela se vira e alimenta Johnny à força. – Mais biscoitos?

– Ah, obrigado – diz ele –, mas estou cheio. Acho que quatro biscoitos doces são o meu limite.

– Que bobagem! – exclamo.

Coloco mais um biscoito no prato dele e, depois, outro no meu. Dou uma mordida e rezo para que o jogo seja palavras cruzadas. Uma competição calma e tranquila na qual eu E-S-T-R-I-P-O Johnny com palavras que valem pontuação tripla. Além de tudo, ele quer que Calla largue o *emprego*?

Johnny faz as honras e coloca a mão, remexendo-a, dentro de um chapéu de inverno cheio até a borda com opções de jogos de tabuleiro. Vovó Ruby escreveu todos os nomes em pedacinhos de papel branco.

A esta altura, parece uma roleta-russa.

– Vamos ver... – diz Johnny, explorando a situação.

Com um floreio, ele escolhe um papel que estava bem no fundo, no qual está escrito Imagem & Ação.

Esse é seguro. Nada é mais seguro que *Imagem & Ação*.

Vovó Ruby traz da garagem um cavalete com folhas de papel gigantescas e Calla pega um recipiente cheio de marcadores. Nick e eu começamos.

– Boa sorte – diz Johnny sem emitir nenhum som.

Eu não deixo que isso me abale. Até me estimula. Minha equipe vai deixá-lo no chinelo.

Vovó Ruby põe as mãos em concha em volta do meu ouvido e sussurra a minha carta. É fácil. *Bob Esponja*. Vamos vencer com essa. Calla inicia o cronômetro, Nick se inclina para a frente no sofá e eu corro para o cavalete. O marcador guincha enquanto desenho um retângulo rápido e preencho com círculos minúsculos, olhos de desenho animado, dentes tortos e calças.

– Queijo – palpita Nick.

Calla olha de esguelha para ele. Não sou nenhum Michelangelo, mas o meu desenho *claramente* não é de um queijo. Que tipo de queijo tem calças quadradas? Pra dar o benefício da dúvida a Nick, acrescento as pernas, os pés redondos e setas apontando para os buracos na esponja.

– Vinte segundos – alerta vovó Ruby.

– Sanduíche – arrisca Nick.

Rabisco furiosamente com o marcador preto pra indicar os arredores do Bob Esponja: um abacaxi cheio de espinhos, Patrick Estrela, bolhas no mar. Eu até *desenho* o mar, uma onda sobre a cabeça esponjosa do Bob Esponja. Ou Nick está chutando errado para me irritar (por que faria isso?) ou ele viveu em isolamento total no início dos anos 2000. Ele diz "oceano", diz "estrela-do-mar". Mas ele não diz *Bob Esponja*, pelo amor de Deus.

– Cinco segundos – avisa vovó Ruby.

De um jeito passivo-agressivo, faço vários círculos ao redor da imagem, até dar a impressão de que estou representando um buraco negro. Quando o cronômetro toca com um zumbidinho maligno, viro para o outro lado.

– *Ele mora num abacaxi no fundo do mar, Nick!* Ele mora num abacaxi. No fundo do mar.

Capítulo 12

– O que foi aquilo? – indaga Gail por telefone, menos de uma hora depois. Ela está séria, como uma mãe dando bronca. – Aquilo foi estranhamente agressivo pra um jogo infantil. Sem falar de hoje de manhã e de ontem à noite. Meu Deus, Sydney, ontem à noite. Aquela cena no espetáculo.

Minha voz se torna um sibilo sussurrado, para que ninguém além de Gail possa ouvir – embora eu esteja sozinha no Prius.

– Você tem olhos na *fazenda de árvores de Natal*?

– Estou em toda parte – responde Gail. – Sou igual a Moisés.

O estresse dos últimos dias está me atingindo de um jeito muito, muito forte.

– O que isso *significa*?

– Significa que deveria se esforçar um pouco mais para manter uma impressão positiva em Nick e não estrelar vídeos que ameacem viralizar na internet.

Como não ofereço um contra-argumento no mesmo instante, Gail fica muda do outro lado do telefone. Quase consigo ouvir o sangue dela parando de correr.

– Aconteceu alguma coisa, né, Sydney?

Sei o que ela quer dizer. Meu coração deveria palpitar. Eu deveria vacilar. Mas leva apenas um segundo para eu dizer um *não* enfático e claro. (Não revelei o meu disfarce. Não exatamente, não é?) Tem uma preocupação no fundo da minha mente: se o CSIS não confia no FBI, será que posso confiar em Gail? Mesmo que *ela* não confie nas pessoas do departamento dela?

Além disso, se contasse que Nick sabe que estou disfarçada, eu estaria no próximo voo para a capital. Gail daria um jeito de isso acontecer. Prova-velmente estaria ao meu lado no avião. Então desvio do assunto.

– Não posso falar por muito tempo, então... Recebi sua mensagem de texto sobre a despedida de solteira de hoje à noite.

– O painel embaixo do porta-malas – diz Gail.

Já verifiquei o que tinha lá: uma caixa preta pequena com uma escuta. Para mim. Para colocar no meu vestido.

Mordo o lábio.

– Conseguiu alguma informação relevante na casa? – indago.

Ou algo que possa comprometer a minha irmã? Esta é a pergunta implí-cita. O que foi que as escutas descobriram?

Gail fala de forma nasalada, como se estivesse sentindo um gosto ruim na boca:

– Tudo que deduzi das filmagens é que o seu... *hóspede*, o noivo, gosta de fazer flexão. Todas as manhãs, todo dia na hora do almoço e à noite. Ele também gosta de fazer isso usando o seu roupão.

– Ai, meu Deus.

– Eu jogaria aquele roupão na água sanitária, Sydney.

– Pelo menos duas vezes na máquina de lavar – digo, franzindo o nariz.

– E o contato da costa central do Maine? O cara da loja de presentes, aquele pra quem Johnny ligou? Alguém verificou o cara?

– Sim.

– E?

– E ele tem vinte sabores diferentes de velas. Sabores, Sydney. É assim que ele chama. Como se alguém pudesse comer uma vela... Tirando isso, o ne-gócio é real. Talvez Johnny quisesse comprar um presente de casamento pra Calla. Quem sabe? Afinal, vocês dois não foram fazer compras, mas... meu palpite é que alguma coisa não está batendo. Estamos vigiando 24 horas por dia, sete dias por semana. Tem um streaming ao vivo. Vou mandar o link.

– Tenho que ir – digo.

Enquanto isso, Nick sai de casa saltitante e desce o caminho cheio de sal grosso, de onde a neve foi removida faz pouco tempo. Nick removeu a neve para a minha avó de novo – e esse foi um gesto gentil, de novo. Abro o porta-malas e ele joga a bagagem lá dentro antes de se sentar no banco do carona com um movimento lento e controlado.

Normalmente, nas minhas viagens sozinha, gosto de ir comendo uns lanchinhos, de seguir sem preocupações e de sentir a estrada. Hoje é diferente.

– Eu estava ouvindo – resmungo minutos depois de dar a partida e sintonizo o rádio de volta na estação anterior.

Nick tira a mão dos botões do rádio e cutuca a bochecha com a língua. Ele colocou um cachecol preto grosso que destaca os traços mais rígidos dele.

– Percebeu que essa estação tocou "White Christmas" duas vezes seguidas?

Seguro o volante com uma das mãos e gesticulo para a neve que cai ao nosso redor. O limpador de para-brisa faz *tchum, tchum, tchum*.

– Era para reforçar a opinião deles. E foram duas versões diferentes da música. Uma clássica e uma country. Não acho que isso configure "tocar duas vezes".

– Configura, sim – retruca Nick.

Ele está beirando a paquera, com a boca formando o que eu chamaria de sorriso sarcástico, e o meu estômago vira uma leve cambalhota quando me lembro de como os dedos dele se entrelaçaram no meu cabelo. A esta altura, me pergunto se eu não deveria ter ido com Calla, no fim das contas. Ela fez cara de decepção quando falei que queria ir no Prius, em vez de todos nós viajarmos juntos. Ofereci uma ilusão de praticidade como desculpa: se tivéssemos algum problema com a tempestade, pelo menos teríamos um carro reserva. Na verdade, é para que Nick e eu possamos compartilhar informações em paz.

Que paz aqui. Os dois dentro de um carro. Sem nenhuma tensão sexual.

Sem privação do sono também. Parece que ele não fez a barba ontem à noite. Uma sombra de pelos cobre as linhas mais brutas do rosto dele, e nunca admitiria em voz alta que isso passou pela minha cabeça, mas Nick pode fazer parte dos 0,02% da população que fica bem de bigode.

– Todo mundo sabe – diz Nick, ainda com aquele tom paquerador – que a estação de rádio perfeita pra esta época do ano é a do Casey Kasem. Toca as quarenta melhores do Natal.

– Casey Kasem? Não era ele que dublava o Salsicha no *Scooby-Doo*?

– Exatamente.

– Ele ainda tá vivo?

– Não. É por isso que repetem o mesmo programa todo ano. É gravado. Nostálgico.

Nick mexe nos controles do aquecedor para desembaçar o para-brisa. São quatro da tarde e já está escuro. Passamos por uma barraca de produtos da fazenda que vende mirtilos no verão e por uma casa com nada menos do que catorze duendes de Natal espalhados no gramado, iluminados por refletores verdes e vermelhos.

Aperto o volante com mais força.

– Antes de entrar nos negócios, posso só perguntar se você *realmente* não sabe quem é o Bob Esponja?

A risada de Nick sai meio bufada.

– Sou péssimo em *Imagem & Ação*.

– Ninguém pode ser tão péssimo assim em *Imagem & Ação*.

– Seu Bob Esponja parecia uma fatia de queijo, tá? – Ele inclina a cabeça para trás e a apoia. – Essa conversa é ridícula. Se alguém escutasse, iria achar que estamos falando em código.

Viro à esquerda para descer para a autoestrada. Há pilhas de neve suja na beira da rampa de acesso.

– Da minha parte, ninguém tá escutando – digo, ignorando o que ele falou. – Não tem escuta no Prius.

Os olhos de Nick fazem um buraco na lateral do meu rosto enquanto ele entende a declaração e se encolhe.

– Quer dizer que... a casa tem. Fizeram você colocar escutas na sua própria casa?

O tom não é crítico, apenas demonstra empatia por mim, e isso só deixa tudo pior, nem sei como. O *tchum-tchum* do limpador de para-brisa tem o mesmo ritmo dos meus batimentos cardíacos.

– Não fui eu. Fizeram sem o meu consentimento. Quando o meu chefe me envolveu, já era tarde demais.

– Sinto muito, deve ter sido difícil – diz Nick, enfiando a mão nas profundezas do bolso do casaco e pegando um pontinho preto. Ele coloca o dispositivo de escuta no painel como se apoiasse um copo de uísque num bar. – Mas agora isso aqui faz sentido.

O assombro se instala no meu estômago.

– Você encontrou um? Onde estava?

– Dentro de uma das estatuetas de elfo.

– Que você descobriu… quando estava colocando escutas na nossa casa – digo, mais uma vez juntando as peças. Nick não nega nada. Apenas tira o cachecol do pescoço, como se ele o estrangulasse. – Também não achei nenhum dos seus.

– Espera aí – exclama Nick ao se dar conta. – Era *isso* que você estava fazendo no meu chuveiro? Procurando escutas?

– Infelizmente, sim.

– Sabia que agora eu olho atrás da cortina do chuveiro toda vez que entro na banheira? Juro. Quando eu for pra casa, vou arrancar a minha cortina e trocar por um blindex.

– Acho muito improvável ter outra pessoa escondida no seu chuveiro. Me parece uma ocorrência única na vida. – Eu mordo o lábio. – As suas escutas pegaram alguma coisa, pelo menos?

Nick fica parado no assento e o canto de sua boca estremece.

– Ainda não.

– O que foi isso?

– O que foi o quê? – pergunta ele, quase nervoso, como uma criança que foi pega abrindo presentes antes do Natal.

– Isso – digo, gesticulando na direção dele. – Você ficou todo tenso, depois mentiu pra mim.

Pelo canto do olho, vejo Nick passar o polegar na boca.

– Tudo bem – assente. – Se quer mesmo saber…

– Quero.

– Você fala dormindo.

Ainda bem que sou treinada em direção defensiva. A Sydney de 16 anos teria feito o carro deslizar para fora da estrada neste momento. Eu me misturo ao tráfego e aproveito a primeira oportunidade para lançar um olhar furioso e decepcionado para Nick, que se apressa em dizer:

– Eu não sabia que você ficaria lá! Nem sabia que alguém iria dormir naquele quarto. Aí você entrou em cena…

– Literalmente.

– É só áudio – explica Nick, às pressas. – Não tem vídeo. Não que isso seja muito melhor. Olha, sinto muito. De verdade. Não sou nem eu que avalio as gravações.

Uma gota de suor quente desce pela minha nuca quando meu sonho de duas noites atrás pisca na minha mente. Nick tomando banho com o suéter natalino, tirando a roupa bem devagar...

– O que foi que eu disse?

– Enquanto dormia? Não sei. – Nick dá de ombros de maneira não convincente. – Nada importante.

– Me conta.

Ele me analisa em silêncio, com as sobrancelhas e as maçãs do rosto em destaque.

– Você disse, bem claro: "É a Taylor Swift."

Hum. Podia ser melhor, podia ser pior. Ligo a seta e mudo para a via rápida, com a neve voando sob os pneus.

– Então, me dá todas as informações de alto nível. O que mais preciso saber sobre a família Jones antes de chegarmos à festa?

Nick verifica o GPS do celular, que calcula a nossa chegada para as 18h17.

– A gente não vai conseguir chegar nem a um por cento de tudo em duas horas.

– Duas horas e mais as paradas. Calla também falou alguma coisa sobre fazer compras de Natal perto do ancoradouro, então pode acrescentar mais... uma hora.

Nick passa a mão no rosto de cima para baixo.

– Vamos começar com a nossa abordagem esta noite. – Apesar do aviso, ele desliga o rádio. – Você compartilha o seu plano, eu compartilho o meu e vamos ver o que combina.

Meu plano. Para a festa. A festa que fica cada vez mais sofisticada.

Acho que Calla queria um cruzeiro pitoresco pela área do porto, com aperitivos simples – panquecas de queijo e tortinhas de macarrão –, mas Johnny passou como um rolo compressor por cima dessa ideia. A festa ainda vai ser num veleiro de tamanho médio, balançando no mar turbulento pré-tempestade, mas estou com a sensação de que a vibe agora está mais para *007: Casino Royale* do que para *Ricos, Bonitos e Infiéis*. Johnny contratou uma equipe de garçons e mandou fazer uma escultura de gelo. Ouvindo escondido hoje de manhã, escutei as palavras "torre de champanhe".

– Pelo menos um de nós deveria usar escuta – digo apenas. – Esperar até todo mundo do lado de Johnny ficar bêbado. Ver se ficam tagarelas quando instigados, principalmente Vinny.

– Melhor não – diz Nick, quase na defensiva. Percebo um leve tremor no lábio dele, pouco abaixo da sarda. – Eles podem verificar.

– Sou cuidadosa.

– É melhor eu usar – insiste ele, com mais firmeza desta vez.

Falo com a mesma firmeza:

– Não precisa me proteger, Nick. Eu agradeço, mas sou muito boa no meu trabalho. Só… repassa as suas impressões sobre as pessoas que Johnny convidou. Conheço os arquivos de todos, mas detalhes adicionais sempre ajudam.

Nick ainda parece querer discutir comigo sobre a escuta, mas fica calado. Depois de um instante, ele diz:

– Marco vai estar lá. O guarda-costas principal de Johnny. Esse cara é fácil de identificar: tem uma tatuagem de escorpião na cabeça. Um homem de pouquíssimas palavras. Não espere conseguir muita coisa dele. Ele fala menos ainda do que Sal, que adora um coquetel de camarão. Vai passar a noite inteira mastigando. Tem Andre, primo materno de Johnny.

– Certo. O boxeador profissional.

– Semiprofissional – corrige Nick. – Ele tem um problema para lidar com a raiva que pode ser descrito como "clínico" e, em algum momento da festa, vai tentar socar alguma coisa. Tipo uma parede. Ou a torre de champanhe.

– Parece um cara bem divertido.

– O mais divertido de todos.

Nick solta a respiração e eu penso em tudo que ele deve ter passado em tantos anos. A vida secreta cobra um preço caro. O que foi que custou a ele?

– O último é Vinny – continua ele.

– Ah, Vinny. – Nosso alvo principal da noite. – E o que preciso saber sobre ele?

– Vinny vai contar tudo que você precisa saber sobre ele e um pouco mais. É falante. Se concentra nele, porque vai ser a nossa melhor aposta. – Nick se ajeita no assento para ficar virado para mim. – E pelo lado de Calla?

Pode ser que eu esteja um pouco na defensiva demais.

– O que tem ela?

– A dinâmica. O que é que a gente vai encontrar?

Faço um biquinho.

– Vamos ver... Diana é uma das amigas mais antigas da Calla. Faz suéteres de tricô pra ursinhos de pelúcia e vende no Etsy. Rachel é uma bibliotecária da área de infantojuvenis e a namorada dela, Kirsten, trabalha numa instituição de caridade que encontra lares para gatos com necessidades especiais.

Nick fica calado.

– Merda.

– É, os dois grupos vão se misturar lindamente.

Com uma das mãos e muita habilidade, abro um pacote de pipoca caramelizada de chocolate branco e levo um punhado à boca. Algumas pipocas se instalam no fundo da minha garganta, eu pigarreio para tirá-las de lá e minha voz fica áspera.

– Me fala da sua roupa.

Nick solta uma bufada brincalhona.

– Você não tá tentando me seduzir de novo, né, Sydney?

Reviro os olhos.

– Eu tô falando de hoje à noite. O código de vestimenta muda o tempo todo.

Chegamos a um ponto na estrada em que o trânsito natalino para por causa de um trecho com gelo. Pisca-alertas vermelhos reluzem na nossa frente.

– Mas, se é pra falar no assunto, você não me pareceu muito difícil de seduzir.

Nick balança a cabeça, sorrindo, como se eu estivesse sendo idiota. Como se tudo da parte dele fosse apenas teatro. Ele também estava me seduzindo, lembra?

Solto uma risada estrangulada.

– Você tá dizendo que nada do que fiz excitou você? Não se sentiu nem um pouco atraído?

Mais uma vez, Nick fica enlouquecedoramente calado.

Com a inatividade no carro, inclino a cabeça para ele, provocando.

– Quer dizer que, naquela primeira noite, na pousada, se eu tivesse puxado você e sussurrado no seu ouvido "Nick, estou sem calcinha e quero você no meio das minhas pernas", isso não teria efeito nenhum?

Nick contrai os lábios e respira fundo, fazendo o peito subir e descer.

– Mas você não disse, né?

Nem sei direito qual é o jogo quando acrescento:

– Poderia ter dito.

– É disso que você gosta? – pergunta Nick, agora com os olhos travessos grudados nos meus. – Sexo verbal?

A súbita intensidade entre nós me faz suar. Literalmente suar. A umidade está se acumulando por baixo da parca, mas me recuso a tirar uma camada – seja emocional ou física. Confio mais nele agora do que quando achava que fosse um criminoso… mas não *tanto*. Então recuo. Mais ou menos.

– A maioria dos homens não sabe fazer sexo verbal direito. Sempre parece muito violento, tipo… – Faço a minha voz de caminhoneiro: – "Quero te foder com tanta força que os seus olhos vão saltar." Ninguém quer isso.

Alguém atrás de nós buzina.

O trânsito voltou a andar.

Pigarreio e interrompo o contato visual, mas fico imaginando por que diabos falei essas coisas.

Uma hora depois, saímos da estrada para fazermos uma parada. Tem dois comércios disponíveis. Um deles é um posto de gasolina. O outro é uma Morning Kick, com o logo de grão de café aceso sob o céu escurecido de inverno.

– De jeito nenhum – digo.

Viro para a esquerda e entro no posto. Encho o tanque do Prius e pego um chá gelado em lata enquanto Nick compra um cachorro-quente com mostarda. Ele não parece ser o tipo de pessoa disposta a arriscar a própria vida num cachorro-quente de posto de gasolina – ainda mais depois da conversa sobre camarão de avião –, mas esse é só mais um lembrete de que não o conheço *de verdade*. De que as pessoas podem ser incompreensíveis. Talvez a germofobia dele seja outra mentira.

– Pra acabar com a sua curiosidade – diz Nick entre uma mordida e outra –, vou usar smoking. – Ele aponta para o porta-malas com o polegar livre. – Está na minha mala.

Penso na minha roupa – o vestido vermelho do baile de Natal na Suécia, amarrotado no compartimento secreto da minha mala. É estranho usá-lo de novo. Como se um círculo se fechasse do pior jeito possível.

– Camarão de avião seria mais seguro do que isso aí – digo, apontando para o cachorro-quente.

– Ele deve estar ali há dois dias – retruca Nick e dá outra mordida. – Dois dias inteiros cozinhando num aquecedor superquente. Nada sobrevive nessas condições...

Mas, agora que falei, ele parece cético.

Ele não dá outra mordida, só abre um pouquinho a janela, e o vento bagunça o cabelo escuro.

– Deixa eu perguntar uma coisa – diz ele, depois de um instante. – Você gosta do seu emprego? Disso que a gente faz?

Dou de ombros e tomo um gole do chá gelado. Estou enrolando. Ninguém nunca me perguntou se *gosto* do meu emprego – muito menos alguém da mesma profissão. É uma regra tácita. Você trinca os dentes quando as coisas ficam difíceis. Você aguenta.

– Você gosta? – retruco.

Nick solta um muxoxo.

– Nada disso. Perguntei primeiro.

– Acho que você não teria perguntado isso se gostasse.

Eu o sinto analisar a lateral do meu rosto, então ele solta uma risada.

– *Touché*, Sydney. *Touché*.

Quando chegamos ao ancoradouro, começo a questionar se eu não deveria ter insistido para a festa não ser no barco. A neve cai de lado nas rochas cinza geladas e o veleiro está fazendo um *tump-tump* contra a margem. Ele é menor do que nas fotos. Mais velho.

Calla olha para o barco, com a mala na mão.

– É bonito, né?

Ela parece otimista, mas de um jeito inseguro.

É, sim, penso. *Assim como o Titanic.*

Graças a Deus, não vamos passar a noite a bordo – reservamos quartos para todos na pousada Ocean Harbor, do outro lado da rua –, mas um carregador vem nos ajudar com as malas mesmo assim.

– Obrigada, pode deixar comigo – digo, segurando a minha mala com força.

Outro homem aparece na base de uma escada comprida e bamba para nos cumprimentar de maneira formal. Parece muito nervoso, como se tivesse sido alertado do que poderia acontecer se a noite não fosse perfeita.

O ar gélido espeta o nosso rosto quando subimos a bordo.

Por dentro, a embarcação é surpreendentemente elegante. Conforme prometido, há uma torre de taças de champanhe, algo que me parece arriscado num barco que balança. Há candelabros no estilo art déco no teto e carpetes verdes felpudos nos corredores, que levam a uma cozinha barulhenta, onde uma equipe prepara canapés com todo o rigor. Esse brilho todo beira o espalhafatoso. Não tem a cara da costa marítima do Maine. Não tem a cara de Calla.

E ela parece... estar usando coisas muito caras.

Quando o carregador pega o casaco dela, vejo um colar de ouro que não conheço e um vestido verde com faixas cruzadas nas costas. Johnny, por sua vez, usa um smoking preto elegante – e acho melhor eu trocar de roupa antes que os outros convidados cheguem.

– Onde é que posso...? – pergunto vagamente a uma mulher da equipe de garçons.

Ela me conduz até um banheiro pequeno e arrumado com toalhas de tecido, onde me enfio no vestido vermelho, escondo a escuta embaixo do peito e verifico meu reflexo duas vezes. Cabelo liso, decote sutil, tecido percorrendo as minhas curvas sedosas. Desde que nenhum dispositivo de gravação apareça, fico feliz. Mais ou menos feliz. O suficiente.

Passo pela porta do banheiro bem quando Nick está saindo de uma cozinha e quase colide comigo. Ele também trocou de roupa. Smoking marfim, uma camisa branca engomada grudada no corpo esguio e uma gravata-borboleta preta no pescoço. Nunca o vi tão alinhado, nem nas imagens do arquivo dele. Meus olhos rastreiam seu contorno elegante e param na expressão dele para mim: selvagem. Não sei se ele está consciente da própria fisionomia. Ele parece reflexivo, com aquele olhar quente que passeia pelo meu vestido. Pela minha coxa exposta. Então ele se controla, assim como *eu* me controlo.

– Nick – digo, do jeito mais neutro possível, com um nó subindo pela garganta.

– Sydney – responde ele.

Nós nos separamos enquanto os convidados entram um por um.

Diana está bem de vida. Ainda tricota suéteres para ursinhos de pelúcia. Aparentemente, faz sucesso no Japão. E Kirsten chega cedo com Rachel, que conta que uma vez Johnny se sentou no chão da biblioteca com alunos de jardim de infância e leu um livro para eles. Tenho vontade de dizer que ele provavelmente estava só garantindo um álibi para a própria história (não apareceu ninguém de um jornal para tirar fotos da "filantropia" de Johnny?), mas Nick interrompe e se apresenta, cumprimentando-a com um aperto de mãos.

– Você tem um aperto forte – diz Diana.

– Você também – observa Nick.

– É a costura.

Um pouco depois, Diana faz um comentário espontâneo sobre o casal Johnny-Calla, sobre achá-lo esquisito. *É. Isso mesmo, Diana.* É óbvio que ela também tem algumas reservas.

Ainda estamos esperando a gangue de Johnny. Peço licença e vou até a garçonete mais próxima, que está oferecendo um salgado de frutos do mar numa bandeja de prata. O problema é que a reconheço. *Definitivamente* a reconheço, ainda mais depois da minha segunda olhada discreta da noite, quando meus olhos rastreiam as linhas características do rosto dela.

– Bolinha de caranguejo? – pergunta Gail de maneira indiferente, estendendo a bandeja.

Ela está usando uma peruca extremamente convincente que não parece *tão* convincente nela. Tem cachos e um tom louro-avermelhado, no estilo da Julia Roberts em *Uma linda mulher*. Nada faz referência a Gail, e acho que é esse o objetivo.

– Obrigada – digo com os dentes trincados.

Enquanto falo, lanço um olhar bem claro de *que merda é essa* e Johnny anda de um lado para o outro no fundo. Meus dedos selecionam o bolinho maior e enfio tudo na boca, mastigando com raiva.

– Guardanapo? – pergunta ela, mais uma vez indiferente.

É como se nós duas não nos conhecêssemos e... *Ah, a gente vai conversar sobre isso mais tarde.* Não sei como o FBI trabalha, mas, na CIA, não é procedimento-padrão o chefe aparecer em operações confidenciais sem avisar. A menos que algo muito importante tenha acontecido. Ou mudado. *Será que alguma coisa muito importante mudou?*

Eu a fito com um dos meus olhos semicerrado.

Gail não me dá nenhuma indicação de resposta.

Ah, tudo bem. Tudo bem, tudo bem, tudo bem. Talvez, depois da nossa conversa de hoje de manhã, Gail não confie em mim. Veio me vigiar.

Em seguida, pego uma miniatura de guardanapo e limpo a boca sem manchar o batom. Não que isso importe. Eu poderia estar com uma aparência totalmente selvagem hoje e ainda não seria o foco da atenção. Vinny, Andre e Marco subiram a bordo empertigados, ao lado de Sal.

Juntos, eles parecem uma refilmagem de *O Poderoso Chefão*. Ternos escuros, rostos sérios, energia duvidosa.

Marco não consegue parar de fazer poses de fortão: toda vez que fica de pé, segura o cinto com as duas mãos e estufa o peito. Andre é como uma daquelas crianças na sala de aula do quarto ano que fica saindo da mesa e gritando coisas sobre tubarões. Ele está por toda parte. E Vinny, confirmando as palavras de Nick, já está tagarelando.

– Sydney? É Sydney mesmo? Venha cá, Sydney. Que vestido bonito. Sabe, a minha ex-mulher… Você não conhece a minha ex-mulher. O nome dela é Victoria. A menos que você *conheça* a minha ex-mulher e, nesse caso, sinto muito. Mas ela tinha um vestido bem parecido com o seu. Ela se mudou pra Califórnia com as crianças, arrumou outro, mas estamos felizes porque vamos ter novos membros na família! Olha só pra você. Você e Calla. Johnnyzinho! Como está o meu primo preferido?

Esta noite, vou grudar em Vinny como Superbonder.

Quando o barco sai, dando um sacolejo, Vinny se apoia nos meus braços – e começamos a conversar. *Ele* começa a falar. Descubro que Vinny tem dois chihuahuas e uma casa de veraneio em Sarasota, na Flórida. Ele gosta de assistir a lutas e comer pizza nas noites de quinta-feira (abacaxi, presunto e queijo extra). A Mercedes esportiva dele tem um motor de seis cilindros, do qual ele tem muito orgulho. O nome dele na certidão de nascimento é Vinny mesmo, não é Vincent nem Vincenzo, como alguém poderia achar. Quando espirra, ele não cobre o nariz.

O champanhe entra nele como uma fonte reversa. Em menos de vinte minutos, Vinny já me contou toda a história da vida dele – desde a infância no sul de Boston até o divórcio recente – e está na quarta ou quinta taça de álcool. Mas, até agora, nada do que disse disparou um alerta vermelho (em relação aos assaltos, porque Vinny em si é um alerta vermelho ambulante).

– Quer dizer que você trabalha com Johnny? – pressiono.

Levo a taça de champanhe até a altura do peito. Depois de minerar Vinny em busca de informações, vou levar meu drinque até o banheiro e jogar no ralo, para dar a impressão de que estou virando as taças como todos os outros.

– Deve ser muito recompensador trabalhar com a família.

Vinny faz que sim com a cabeça, de um jeito simpático. Ele parece grato por ter com quem conversar.

– Pode-se dizer que sim. Se bem que a gente tem umas discussões de vez em quando, como todas as famílias. Mas sangue é sangue, sabe como é? E olha só praquela *cara*. – Ele inclina a cabeça na direção de Johnny, que está assustadoramente perto de Gail e estende a mão para pegar mais um bolinho de caranguejo. – Quem pode ficar com raiva daquela carinha? Johnny fez muito pela nossa família. Assumiu as rédeas nos últimos anos, agora que o avô dele se aposentou e o pai está diminuindo o ritmo. Quando a gente olha pro Johnny, dá pra ver o futuro bem nos olhos dele.

Formando o sinal da paz com dois dedos, Vinny finge golpear os próprios olhos e depois os meus.

Ei, calma aí, tá.

Tomo um gole lento e calculado, de modo que o champanhe mal toca na minha língua – e tento ignorar o olhar de Gail nas minhas costas. Parece que ela está criticando cada frase que sai da minha boca.

– O que Johnny está fazendo de diferente? – pergunto de um jeito que demonstra pouca curiosidade.

– Ah, umas coisas aqui e ali – responde Vinny, prestativo, mexendo no bolso do paletó. – Faz os negócios correrem tranquilos. A gente tinha um monte de problemas de abastecimento até Johnny aparecer. E tem os privilégios! Bronzeado artificial às terças, viagens em família... – Com um sorriso vitorioso, ele pega uma bala desembrulhada no bolso, enfia na boca e mastiga. Ele me oferece uma. Recuso com educação. – Fique à vontade. Como eu dizia, tem o bronzeado artificial às terças e ele está fazendo os negócios evoluírem, mantendo tudo moderno...

O olhar dele dispara para alguém que está distante.

Sal, na mesa do coquetel de camarão.

– Me dá uma licencinha, meu anjo? – diz Vinny.

Anjo? *Blerg.*

Ele sai cambaleando na direção de Sal, que lhe oferece um maço de cigarros. Os dois estão indo para o deque fumar. Mas, pelo modo como sussurram um com o outro, tenho um palpite de que é mais do que isso. Do outro lado do salão, Nick captura o meu olhar e sei que estamos pensando a mesma coisa: seguir os dois. Nick e eu nos aproximamos, colocamos as taças de champanhe numa mesa próxima e ele pergunta, em voz alta o suficiente para outras pessoas ouvirem:

– Quer pegar um ar fresco?

Ele diz isso com a voz áspera, segurando meu punho com leveza, bem no lugar onde dá para sentir a pulsação. A expressão no rosto dele é de desejo, com um brilho nos olhos – e eu compreendo. Voltamos a fingir. É o único caminho que podemos seguir de maneira convincente. Dar a impressão de que estamos desesperados para ficar sozinhos.

Rapidamente, mantendo Vinny e Sal no nosso campo de visão, fico na ponta dos pés e dou um beijo perto da orelha de Nick, deixando os lábios se demorarem ali.

– Claro – digo sem som, na frente de todo mundo.

Pouso a mão na lombar de Nick e ele faz o mesmo comigo, se aproximando, me abraçando. Mantenho o foco. Estou no modo missão. Mas, ao mesmo tempo, a intimidade, a proximidade, a maneira como isso tudo parece natural…

Meu coração acelera.

Nós os seguimos mantendo alguma distância e saímos para o deque comprido e estreito, onde o vento fustiga a água escura. Nick protege os meus ombros para me manter aquecida. Se consigo mergulhar no mar gelado e não morrer de hipotermia, com certeza consigo encarar um ventinho, mas eu gosto. Gosto demais. Não quero interrompê-lo.

– Virando a esquina – sussurra ele no meu pescoço.

E lá estão eles, Vinny e Sal, óbvio, na proa, fumando. A fumaça dos cigarros desaparece no ar noturno.

O som se propaga.

E eu escuto algo com muita nitidez.

Escuto Vinny falando do contato dele no FBI.

Capítulo 13

– Tem certeza que ele tá limpo? – pergunta Sal, com a voz impaciente, em meio ao vento.

Vinny resmunga.

– O cara nunca errou, nunca mandou a gente pro caminho errado. A gente paga o suficiente pra ele, disso eu tenho certeza. Eu sei, eu sei, é difícil confiar num sujeito que usa terno – diz, ele próprio usando um terno. – Tem muita coisa dependendo disso. Tudo. De fio a pavio. Droga, eu tô começando a falar igual ao meu avô. *De fio a pavio.* Mas o meu contato no FBI tá ajudando. Eles não sabem de nada. Vai dar certo, na hora que os sinos do casamento estiverem tocando. Se não der certo... a gente se ferra, meu camarada. Vai ser um azar sinistro. Todos os assaltos... todo o dinheiro... vai ter sido tudo a troco de *merda nenhuma.*

Fico em alerta quando uma porta se abre atrás de mim e de Nick – alguns convidados bêbados indo para o deque – e Vinny e Sal se calam. Nick enrijece a mão na minha lombar num sinal discreto: *É melhor a gente ir. Agora.* O frio dá uma fisgada na minha nuca e a minha mente gira. Gail estava completamente certa – o departamento dela está cheio de furos. Alguém vem alimentando a família Jones com informações, ajudando-a a driblar a lei.

Porém há mais do que isso.

Parece que esses criminosos têm usado os assaltos para comprar algo *específico.* É possível que, até agora, os crimes tenham sido para financiar uma coisa maior, mais perigosa, pior? É como se Nick conseguisse ler os meus pensamentos. É como se nós dois lêssemos a mente um do outro. De volta à festa do lado de dentro do barco, compartilhamos um olhar sagaz, com as pupilas um pouco maiores do que o normal. *Será que isso aqui vai ficar muito ruim?*

No fim, ninguém é jogado ao mar. Ninguém parece suspeitar que a garçonete com a peruca de *Uma linda mulher* é uma agente federal disfarçada. Ninguém fica enjoado – exceto Andre, que, em vez de *socar* a torre de champanhe, decidiu *beber* metade dela e passou boa parte da noite na cozinha pequena, com o rosto encostado no azulejo frio. Com muita delicadeza, Diana cuidou dele e cantou músicas natalinas desafinadas até chegarmos à orla.

Mas isso não conta como sucesso.

Sucesso não é um guardanapo com o número do telefone de Vinny – ele me entregou para eu "procurá-lo" na próxima vez que for a Boston, que, a esta altura, pode ser para visitar Calla em sua nova casa multimilionária com vista para o rio Charles. Percebo, enquanto saímos para o ancoradouro pouco depois da uma da manhã, que estou deixando algo passar. É como se as pistas estivessem todas ali e eu não conseguisse juntá-las de um jeito que fizesse sentido.

Informo Gail sobre a conversa de Vinny com Sal assim que saio do barco. Não pude falar pessoalmente porque não consegui encontrá-la – será que ela estava na cozinha? No banheiro? A mensagem de texto apita para avisar sobre falha no envio. Não tem sinal perto da água. Ela finalmente é enviada na curta caminhada até a pousada. Nick e eu estamos mantendo as aparências. Ele entrelaça a mão na minha, luva com luva.

Nick aperta a minha mão para me encorajar, sinalizar que vamos resolver isso.

O que é que estamos deixando passar?

– Boa noite pra vocês dois – diz Nick a Calla e Johnny no saguão da pousada Ocean Harbor.

Eles desaparecem escada acima com as malas, felizes, exultantes e apaixonados. Nick os observa exalando estresse e indignação – e, meu Deus, não aguento tudo isso. Tudo que quero é pegar a minha chave, cair na cama e passar as próximas seis horas analisando possibilidades com Gail.

A mesma Gail que ainda não respondeu à minha mensagem.

Tento de novo. Uma segunda vez. Uma terceira. Nenhuma resposta.

– Reserva pra Sydney Swift – digo, à frente de Nick na fila.

Observo a recepcionista apertar as teclas barulhentas. Ela é uma mulher alta de 40 e tantos anos, com óculos quadrados vermelhos e, quando o olhar dela me encara de novo, percebo que o impensável aconteceu.

– Swift com S? – pergunta ela. – S-W-I-F-T, como a cantora?

Faço que sim com a cabeça.

– Isso, Swift. Sydney Swift.

– Sinto muito, Sra. Swift, mas não temos uma reserva no seu nome para esta noite.

– O que houve? – pergunta Nick, se metendo na conversa.

Ele está a uma distância respeitosa, mas mesmo assim sinto o calor que exala. Se eu recuasse, me encaixaria sob o queixo dele.

– Nada – digo, me concentrando apenas na recepcionista. – Por favor, pode verificar de novo?

Ela verifica. Nada ainda.

– É *possível* que tenha sido uma queda no nosso sistema. Isso já aconteceu, mas o rapaz do TI veio aqui semana passada. Normalmente, eu a colocaria em outro quarto, mas, como estamos muito perto do Natal, o hotel está lotado. E tem uma festa de casamento que reservou metade dos quartos, sabe? Sinto muito. A senhora se importa de aguardar um pouco? Vou fazer o check-in do cavalheiro atrás da senhora e depois a gente dá um jeito.

– Não, é... tudo bem – resmungo.

Eu não me importo com o quarto, só com a missão. Só com o que Vinny disse.

Nick dá um passo à frente, tentando captar o meu olhar e... *Na-na-ni- -na-não, isso não vai acontecer.* Sei o que aqueles olhos estão dizendo e *não vai rolar.* Se o hotel não conseguir achar uma vaga para mim, vou ficar bem aqui, no saguão, onde os sofás parecem duros e tem muffins de graça pela manhã. Isso não vai se transformar numa daquelas situações de comédia romântica em que as pessoas dividem a cama.

– Não seja teimosa – diz Nick imediatamente depois de pegar o cartão que abre a porta do quarto. – Acabei de falar com ela. Não tem nada disponível.

– Prefiro dormir no carro – retruco.

Nós dois sabemos o que ele está sugerindo. Ele, eu, um quarto, juntos. E... acho que não consigo.

– Está fazendo 24 graus negativos lá fora – resmunga Nick, quase assomando sobre mim no smoking feito sob medida. – Você vai congelar.

Contraio os lábios.

– Aí venho pro saguão.

– O saguão fecha daqui a seis minutos. Vão ter que te expulsar.

– Aí eu volto pro carro – declaro.

Nick belisca a ponte do nariz, depois solta uma risada tensa e desanimada.

– Sydney, entra logo na porcaria do elevador. Você sabe que não pode fazer *nada* no saguão, né?

Ele me lança um olhar penetrante e irritante. Sabe que vou ficar acordada pelo resto da noite, esperando Gail responder às minhas mensagens desesperadas.

As luzes do saguão se apagam. O vento sacode a porta giratória que dá para o estacionamento e a neve passa por ela.

A contragosto, arrasto a minha mala atrás de Nick.

É uma subida silenciosa até o terceiro andar, sem nenhuma música de Natal. Se bem que, se eu prestar *muita* atenção, desconfio que talvez escute os dentes de Nick rangendo. Ele está ansioso. Por causa do que ouvimos? Ou por passar a noite comigo?

Saio pisando forte com meus saltos pelo corredor e ele segura o cartão sobre a maçaneta. Um bipe bem baixinho nos deixa entrar. Mais uma vez, o interior do quarto é meio exagerado para os padrões do Maine. Toalhas brancas, uma penteadeira de mármore, uma cômoda colonial com puxadores dourados e uma escrivaninha com papéis de carta espessos feitos à mão. De acordo com o site, cada quarto da Ocean Harbor tem um estilo exclusivo. O nosso, muito adequado para o clima tenso, se chama Quarto de Guerra. As cortinas estão fechadas e, perto das janelas, há uma pintura de um cavalo e, nas duas mesas de cabeceira, livros sobre a Guerra de Independência.

E tem uma cama.

É óbvio que tem. Só uma, tamanho queen, nos encarando ali, no meio do quarto. Ao pé da cama fica um sofá listrado duro que só poderia acomodar uma criança de 6 anos bem pequena.

Deixo a mala no chão.

– O quarto é seu. Você fica com a cama.

– E faço você ficar no sofá? – questiona Nick. – De jeito nenhum. Você fica com a cama.

– Antes disso aqui virar um roteiro ruim, que tal nenhum dos dois ficar com a cama? Você se espreme naquele sofá esquisito de dois lugares e eu fico no chão.

Nick encara o carpete com desconfiança.

– Você não vai ter alergia a isso aí? Deve estar cheio de poeira.

Solto uma risada curta, meio impressionada e meio surtando depois da noite que tivemos.

– Como você sabe que eu tenho alergia?

Nick roça em mim ao passar.

– Provavelmente do mesmo jeito que você sabe o meu tipo sanguíneo.

No banheiro, ele me conta que também fez contato com o chefe para informar sobre o vazamento no FBI. Nick acha bom conferirmos os nossos arquivos de novo esta noite para ver quais agentes estão ou já estiveram ligados ao caso da família Jones. Mergulhamos num silêncio contemplativo, embora eu saiba que ele vai surtar com isso. Nick quebra o silêncio quase de imediato, enquanto estou escovando os dentes. Ele pigarreia. Duas vezes.

– Sim?

– Nada.

– Para com isso, então – digo com a escova de dentes na boca, sem me importar se vou babar um pouco.

Não é como a primeira noite. Não estou tentando seduzi-lo. Podemos ter nos beijado duas vezes – não, três –, mas somos colegas. Estamos aqui, neste quarto de hotel, porque não havia um quarto para mim.

– Não pigarreia como se tivesse alguma coisa pra dizer e depois finge que não era nada. Já passamos dessa fase.

– Tudo bem – diz Nick. – Você escova os dentes de maneira muito agressiva. Vai fazer a sua gengiva recuar.

Cuspo.

– Você tá dando uma de guarda-costas pra cima de mim? – Eu o encaro, agitada. – Você tá parecendo o Papai Noel.

Nick passou meio copo de creme de barbear branco no rosto e está correndo a lâmina pelo maxilar. Tem algo estranhamente erótico em ver um homem fazer a barba, mas ele nunca, *nunca* vai saber disso.

– Não vou encarar isso como um insulto – diz ele, mantendo o foco.

– Tá bom, Papai Nick – replico, brincando.

No quarto, abro o frigobar e encontro uma variedade de águas com gás e uma coisa laranja numa garrafa de vidro. Escolho a laranja e levo a garrafa até o meu pescoço. *Ótimo. Friozinho.* Está muito frio lá fora, mas o calor do estresse mantém o meu rosto ruborizado. É 1h26 da manhã. Do dia 23 de dezembro. Menos de dois dias para impedir o ataque.

Com um tinido, deixo a garrafa de lado, então abro o zíper do vestido, tiro a escuta e repito as palavras de Vinny na minha cabeça. Rebobino como um gravador de fita cassete.

Estou deixando alguma coisa passar, certo?

O que isso tem a ver com o contato da costa central do Maine? Ou com a van que Johnny contratou? Talvez eu esteja exagerando. Talvez a van seja só o veículo para escaparem.

No banheiro, Nick abre a torneira. O espaço todo começa a ficar com cheiro da loção pós-barba de pinho. O aroma deveria ser enjoativo. Está espalhado pelo cômodo. Visto rapidamente o pijama – um menos esculhambado desta vez, com calça de seda e casaco de moletom preto – e decido ajeitar um espaço para mim no canto. Em pouco tempo, meu computador já está ligado.

Nos meus e-mails, clico no link criptografado que Gail mandou faz muitas horas: a câmera de vigilância em frente à loja de presentes. Uma vigilância virtual. Na tela, o prédio de tábuas caiadas geme sob o vento fraco. Tem uma bandeira no alpendre, balançando com suavidade. Ela anuncia as velas da loja.

Com a toalha na mão e secando as laterais do pescoço, Nick sai do banheiro na hora em que aperto o botão de enviar. Neste momento, uma pergunta normal seria "você ronca?". Em vez disso, ele diz:

– Você parece estar... entrando numa espiral.

– Um pouco.

Por cima do notebook, vejo Nick parar ao pé da cama, com o rosto franzido numa expressão preocupada.

– Eu achava que os assaltos fossem pra financiar o estilo de vida deles, deixar a família mais rica, mas parece que são um esquema pra *comprar* alguma coisa – desabafo. – Talvez o próximo ataque seja o maior até agora porque eles precisam do resto do dinheiro rápido, mas alguma coisa não tá fazendo sentido, tipo... essa loja de presentes. Que diabos tem nessa loja? E a gente não tá num filme tipo *Simplesmente amor*, né? Isso aqui não é uma história de Natal que termina com todo mundo se abraçando no aeroporto. Na verdade, pode acabar com Johnny sendo preso no aeroporto enquanto tenta fugir pra Guatemala ou algum outro país onde dá pra desaparecer na floresta, e a minha irmã *não* iria ficar bem numa floresta. As aranhas são enormes...

– Ei, ei.

Ele se agacha na minha frente, com as sobrancelhas unidas.

– Odeio isso tanto quanto você. Mas o que a gente pode fazer é seguir em frente. Tenho certeza que, enquanto a gente conversa, nossas duas agências estão pegando as imagens de segurança de Vinny. A gente não ficou na cola dele tanto quanto na de Johnny. Alguma coisa vai aparecer na hora certa. Vamos descobrir com quem ele tá se encontrando, eles vão prender esse cara e fazê-lo falar. – Nick exala. – O melhor pro caso é você parar um pouco, Sydney. Usar esse tempo pra descansar. Você tá ficando esgotada.

– Tenho certeza que vou sobreviver.

Como mantenho os olhos grudados nas cenas ao vivo da câmera de vigilância, Nick se levanta, pega um copo d'água na pia do banheiro e o bebe como se tivesse passado as últimas doze semanas vagando pelo deserto. Depois começa a falar de novo comigo.

– Aposto que você tá cansada. Bebeu três chás gelados no caminho até aqui.

Não tiro os olhos da tela.

– Sinceramente? Não conseguiria dormir agora, nem se tentasse. O meu cérebro tá funcionando mais ou menos a um milhão de quilômetros por minuto e esqueci as jujubas.

Nick ergue uma sobrancelha.

– Jujubas de melatonina – esclareço, mal levantando o olhar. – Elas me ajudam a desacelerar. Mas me fazem ter uns sonhos bem esquisitos.

– Ah – diz Nick. – *É a Taylor Swift.*

Ele faz uma pausa e passa a mão na nuca. A camisa branca está grudando no tronco. Ele tirou o smoking e enrolou as mangas.

– Olha, enquanto você vê o que quer que seja isso aí...

– Streaming ao vivo da loja de presentes – explico.

– Streaming ao vivo da loja de presentes – repete Nick, meio confuso. – Talvez a gente pudesse usar esse tempo pra... se conhecer melhor. Em nome da missão. Não é isso que os parceiros fazem em vigilâncias? As coisas estão esquentando e quero que a gente confie um no outro. Totalmente.

Meu pescoço por fim se estica para cima. Pelo modo como Nick me olha agora, é como se eu pudesse dizer qualquer coisa e ele prestaria atenção.

– Não posso fazer isso – digo com firmeza.

Eu me levanto com o notebook, ando de um lado para o outro por um instante e me instalo de volta na cama.

Ele tenta adivinhar o que estou pensando.

– Quando conheci Calla – diz Nick devagar e com clareza –, Johnny já tinha decidido que ela era a alma gêmea dele. Não tive tempo pra alertar a sua irmã antes que ela ficasse presa nessa confusão. Eu achei que, se trabalhasse feito um condenado, conseguiria colocar o cara atrás das grades antes de ele prender a sua irmã pra sempre. Aí você entrou no jogo e eu pensei "Olha aí outra pessoa que vai ser sugada pra essa confusão" e... que merda... me senti muito *culpado*...

– Mas achou que eu pudesse saber alguma coisa.

– Bom, no fim das contas, você *sabia* e eu... – Ele se interrompe e parece confuso. – Eu continuo não querendo que isso te machuque – termina ele, com os olhos perfurando os meus. – Nós dois estamos tentando derrubar Johnny e temos que apoiar um ao outro, se quisermos fazer isso juntos.

Eu me ajeito, desconfortável, no colchão.

– Olha, isso vai parecer clichê... mas a questão não é você. É que... não sei se sou *capaz* de confiar em você. Nem em outras pessoas, na verdade. Nunca mais.

– Por causa do seu trabalho?

– Por causa... – Meu lábio treme. – Por causa de uma dinâmica familiar bem complicada, além do trabalho.

Nick assente, as mãos no quadril.

– Bom, você acabou de confiar em mim o suficiente pra contar isso, Sydney. Já é um começo. – Ele passa os olhos pelo quarto como se decidisse algo, depois chega mais perto e se senta no meio da cama, de pernas cruzadas, de frente para mim. – Talvez a gente devesse transformar isso num jogo. Conhecer um ao outro.

Lanço um olhar para ele.

– Depois do *Imagem & Ação*? Tem certeza que é uma boa ideia?

Ele dá uma risada parecida com um grunhido.

– Não tem nada de desenho ou de adivinhação envolvido. Definitivamente nada de Bob Esponja.

O relógio na mesa de cabeceira marca 1h31. Nick inclina a cabeça na direção dele.

– Que tal o seguinte? Dez minutos. Pode marcar o tempo. Dez minutos de sinceridade total. Eu faço uma pergunta, você faz outra. Pode pular o que não quiser responder, mas, se *responder*, não pode ser mentira.

Isso... me apavora. Minha mente tenta encontrar furos na brincadeira com uma observação sarcástica.

– Tem um detector de mentiras na sua mala?

– Não. – Ele fita o meu rosto por um segundo a mais do que deveria. – Simplesmente conheço os seus sinais reveladores.

Pff.

– Eu não tenho sinais reveladores.

Nick dá de ombros.

– Você *acha* que não tem.

– Você me conhece há três dias – ressalto e afasto o notebook. – Acho que esqueceu que não me conhece de verdade.

– Ah, é mesmo? – provoca ele.

Engulo em seco.

– É mesmo.

– Você ama a sua família – diz ele, de maneira suave, mas sem emoção –, mas mantém distância porque tem medo de relacionamentos profundos, que significariam que poderia perder alguém. As pessoas podem ir embora. Você é igual à Docinho: parece durona, mas, no fundo, é um amor. Gosta de *qualquer* tipo de pão e odeia aquela sidra que a sua avó comprou. Você era nerd no ensino médio...

Neste ponto, me apresso em interromper, quase feliz por descobrir algo contestável.

– Eu não era nerd.

– Equipe de debates, banda marcial... – diz Nick, contando nos dedos. – Uma nerd fofa. Aceita. Quando perguntei se gosta do seu emprego... Não gosta. Provavelmente gosta da emoção de vez em quando e da fuga que ele proporciona, mas acho que você é igual a mim. Acho que odeia as concessões morais que tem que fazer, apesar de elas ocorrerem o tempo todo. Você tem medo do que vai acontecer se pedir demissão, mas também tem medo do que vai acontecer se não pedir. Talvez eu esteja projetando, mas, se isso for verdade, acredite em mim, eu entendo.

Ele me lança um olhar sagaz ao terminar.

Isso me mata.

Estendo a mão na direção da escrivaninha e tomo um gole do copo de água da pia. Ela tem um gosto forte de minerais.

– Quer saber? Tudo bem. Jogo da sinceridade.

Nick apoia as pernas no chão e as cruza.

– É?

Nós dois passamos tantas horas mentindo um para o outro que talvez este seja um bom antídoto. E talvez... talvez tenha uma partezinha de mim que quer conhecê-lo, que quer que *ele* conheça a Sydney que eu era.

– *Só* dez minutos, porque continuo acompanhando o streaming ao vivo. E provavelmente vou pular a maioria das perguntas.

– Beleza – diz Nick e endireita as costas. – Vamos começar com uma fácil. Qual foi... o melhor presente de Natal que você já ganhou?

Meus lábios se curvam para o lado. *Essa não é tão fácil.*

– Talvez a colcha de retalhos que Calla fez pra mim. Era um projeto da aula de economia doméstica, ela é de um marrom horroroso e tem umas cordinhas. Mas a minha irmã fez pra mim, então... – dou de ombros, meu olhar indo e vindo da tela do computador – ... eu adoro. E você?

Nick pensa na pergunta.

– Teve um ano que a minha avó procurou até encontrar uma caixa fechada do meu cereal preferido de quando era criança, com torrões de chocolate. Tipo flocos de chocolate, mas maiores, sabe? E com o triplo de açúcar. – Nick toma um gole de água. – Comi a caixa toda de uma vez e arrumei uma pedra nos rins.

Eu solto uma risada, me divertindo.

– Quantos anos você tinha? Quinze?

– Vinte e quatro – responde ele, depois pula direto para: – Qual é o seu maior medo?

Meu Deus. A gente não podia continuar no campo dos cereais?

– Vai pular essa? – Nick me avalia. – Que tal o seu maior medo *irracional*?

Passo a língua nos dentes, sem querer entregar isso tão cedo. Mas tenho uma resposta muito, muito ruim.

– De uma cobra sair do vaso sanitário bem quando eu estiver sentada nele.

Nick cospe metade da água que estava na boca, borrifando a cama. Ele se engasga com uma risada. Engasga de verdade.

– Isso... *não era* o que eu esperava que você dissesse. Isso é... sei lá... possível?

Eu fico séria.

– Provavelmente já aconteceu com alguém em algum lugar, Nick.

Ele estremece.

– Ok, você já conhece o meu maior medo irracional. Coelhinho da Páscoa. Aquilo não é normal. Também não suporto papel molhado. Na lateral das estradas e tal. Papel não deveria ser molhado.

– E a polpa? – pergunto, incrédula. – Na fabricação de papel? O papel precisa ser molhado pra existir.

– É isso que torna esse medo *irracional.*

Dou um sorriso presunçoso e me ajeito. O colchão range. Estamos arrasando nas perguntas. Atualizo o link para garantir que o streaming continue ao vivo.

– Sua última namorada. Foi a tal da Bobbie?

– Você é eficiente.

– Instagram – comento. – O que aconteceu?

– Partiu o meu coração em mil pedacinhos, pra ser sincero – diz Nick, soprando a respiração.

O sopro chega ao meu rosto do outro lado da cama. Tem um cheiro limpo, mentolado, com uma pitada cítrica.

– Ela estava... noiva de outra pessoa e só me contou depois de estarmos namorando havia cinco meses e meio.

– Que merda.

– É, não foi uma conversa divertida. Eu não podia fazer parte de um negócio desses. – Quando os olhos dele encontram os meus, ele pergunta: – E você? Último namorado.

O nome dele vem à tona de um jeito mais monótono do que eu pretendia.

– Griffin. Ficamos juntos por dois meses.

– E?

– E não tinha… – *Isto*, meu cérebro completa. Não tinha isto. A troca. A provocação. O intenso contato visual numa cama de hotel. – Química – concluo.

– Não estava apaixonada? – pergunta Nick.

Balanço a cabeça.

– Não.

– Mas você acredita no amor? – Ele faz uma careta. – Finge que não perguntei isso de um jeito brega.

A pergunta paira entre nós, pesada.

– Acredito – digo por fim, deixando os olhos desviarem para o computador por um segundo para evitar os de Nick. – Mas também acredito na inevitável possibilidade de o amor ser arrancado com violência de você, se não for bem cuidadoso. Como você disse.

Os lábios de Nick se abrem para responder e, por algum motivo, não posso suportar nada do que ele esteja prestes a acrescentar.

– Amar – continuo, surpreendendo a mim mesma – é ter alguém que conheça você tão bem que você pode ficar com a pessoa em silêncio. Quando éramos mais novas, vovó Ruby nos levou pra um cruzeiro de uma noite na ilha do Príncipe Eduardo e nós nos sentamos ao lado de um casal alemão no jantar. Havia vários pratos e, quando chegamos ao de queijo, Calla e eu percebemos que eles não tinham falado um com o outro desde as entradas. Eles só comiam o queijo, sem conversar. Eu costumava achar isso muito triste, achava que eles eram velhos e talvez não tivessem mais nada pra dizer um ao outro. Talvez estivessem cansados um do outro. Mas agora acho que eles podiam ficar sentados comendo queijo e tudo estava bem, tudo estava confortável, porque eles se conheciam por dentro e por fora… Qual é o seu maior medo *real*?

Nick pisca.

– Uau, que chicotada.

– Desculpa. Percebi que a gente só tem mais três minutos de jogo. Quis fazer o meu investimento valer a pena. – Inclino o copo de água na direção dele. – Maior medo, sua vez.

As feições de Nick revelam ponderação.

– Acho que o meu maior medo vai mudando conforme fico mais velho. Não tenho *um*, tenho uma série de medos que evolui o tempo todo. Quando eu era criança, era que a minha avó morresse. Meus pais se divorciaram quando eu tinha 8 anos e a minha mãe basicamente pulou direto pra outra família em Toronto. Meu pai sempre trabalhou o tempo todo, então éramos só a minha avó e eu na maior parte do tempo.

– Você amava muito a sua avó – digo, mas não é uma pergunta.

– É. Ela era… ela era parecida com a sua. Acolhedora. Solidária. Durona. A gente nunca tinha coragem de argumentar com ela, porque ela lançava um… um *olhar*. – Ele ri, mas é triste. – Sinto saudade dele. É o primeiro Natal que não vou ver aquele olhar. Sabe, quando fiz aquele brinde no bar, agradecendo por fazer eu me sentir em casa, eu estava falando sério. Estava grato por estar ali com vocês. Não queria passar o fim de ano sozinho.

Alguma coisa no meu estômago desaba. *Puta merda.* Nós *realmente* estamos sendo sinceros um com o outro.

– E agora? Qual é o seu maior medo agora?

– Isto – diz ele, me dando uma piscadela.

Isto? O que ele quer dizer com "isto"?

– Estragar esta missão – esclarece ele. – Eu… hum… – Ele pigarreia, coça a lateral do rosto, atipicamente desconfortável. – Não respondi à pergunta que me fez na hospedaria Moose. Sobre por que concordei em delatar Johnny se ele era tão meu amigo. E, pra começar, só dá pra ser amigo de alguém quando você sabe de verdade com quem está lidando. Ele fez tantas coisas, que, quando descobri tudo, foi como se eu tivesse sido enganado. A grande mudança pra mim foi quando a gente estava num bar em Boston e Johnny discutiu com um rapaz. Ele deu a entender que queria conversar calmamente com o cara do lado de fora. Só conversar pra esclarecer as coisas. Eles não voltavam nunca, então fui dar uma olhada. Cheguei ao beco no instante em que Johnny deu um soco nos rins do garoto. E cuspiu nas costas dele. Johnny ficou em cima dele dizendo: "Sabe quem é a minha família? Sabe com quem arrumou confusão?" – Nick passa os dentes no lábio inferior. – O CSIS me contatou pouco depois disso – continua a revelar. – Contou do histórico de crimes dele. Fiquei enojado com o que ouvi. Se fosse só a família dele… As pessoas não precisam ser como a família, né? Enfim, eu teria ficado ao lado dele, apoiado. Mas é o próprio *Johnny* também. A quantidade de vidas que ele mesmo destruiu…

Estou imóvel na cama, sem pensar em interrompê-lo. É óbvio: Nick esperou muito tempo para poder contar a história dele para alguém.

– Entrei pro CSIS por causa de um forte sentimento de dever moral. Eu queria "fazer a diferença" no mundo e não conseguia me ver trabalhando das 9h às 17h, então pensei: *Ei, isso vai me manter em forma, vai manter a minha mente ativa.* Mas sinceramente? Também estava tentando seguir os passos do meu pai. Ele era do CSIS e nós nunca nos entendemos muito bem, então achei que talvez eu… sei lá… pudesse entendê-lo melhor. Sentir o que ele sentia quando estava no trabalho, sabe? Mas não, nada mudou. E fico dizendo a mim mesmo que *estou* fazendo algo de bom, que estou cuidando da segurança de pessoas como a minha avó, mas é como você mesma disse… Será que estou mesmo? Será que nós estamos? Será que este é o melhor jeito de fazer o bem? – Ele parece desanimado. – Só espero que eu não tenha passado por tudo isso a troco de nada.

– Não foi a troco de nada – garanto.

– Você não tem como saber – diz ele, com a voz suave.

Não é mais a minha vez, mas não consigo evitar perguntar.

– De onde vem a cicatriz na sua barriga?

Ele se encolhe e as sobrancelhas grossas se juntam. Ainda de camisa social, Nick olha para baixo, para o ponto em que fica a cicatriz de 30 centímetros, escondida pelo tecido, como se quisesse se lembrar de que ela está ali. Por um instante, acho que ele vai desistir. Vai me dizer: "Passo. Próxima pergunta."

– Foi a primeira vez que percebi de verdade onde tinha me metido – responde ele, com a voz áspera. – Eu estava no emprego fazia dois meses, protegendo Johnny. A gente ia encontrar um dos "sócios" dele em Boston. Não preciso nem dizer que o acordo foi pro beleléu. O cara puxou a faca. Eu me meti entre os dois, empurrei Johnny pra trás… e a faca atravessou. É por isso que Johnny confia tanto em mim. Porque acha que eu morreria por ele. – Nick olha para o meu pulso. – E a sua tatuagem? O que significa?

Agora ele *me* deu uma chicotada. Minha boca fica seca. Talvez ele seja a única pessoa no mundo que já teve esse efeito em mim. Meus dedos traçam o contorno da lua crescente.

– Por que quer tanto saber?

– Foi assim que descobri que você existia. Conheci Calla e ela estava pensando em fazer uma tatuagem nova. Ela apontou para o pulso e disse: "Minha irmã, Sydney, tem uma igual." Depois ela nos mostrou uma foto sua. Você estava... – Nick dá uma risadinha – ... você estava num bote branco...

– Ai, meu Deus – digo, cobrindo a boca. – Essa viagem não foi nada boa.

– Não foi nessa que alguém perdeu os dentes?

Faço que sim com a cabeça, achando graça.

– Um dos caras de trás. Ele não segurou na barra de segurança e foi... foi terrível.

– Mas foi por isso que percebi algo em relação a *você* – diz Nick. – Obviamente, o acidente ainda não tinha acontecido, mas todo mundo no bote parecia paralisado. Vocês estavam a toda a velocidade naquela correnteza e você com cara de... de guerra. Como se fosse uma guerreira viking ou algo assim. Enquanto todo mundo se inclinava pra trás, você estava inclinada pra frente.

– E você pensou *Essa garota é muito bonita*? – sugiro.

– Na verdade, pensei *Essa garota me apavora*. – Ele abre um sorriso presunçoso. – Mas, sim. No fundo, sim. Aí perguntei a Calla o que significava a tatuagem e ela meio que se fechou. Não quis falar no assunto.

– É porque a gente *não* fala desse assunto. Não mais. – Massageio a tatuagem. – Acho que fizemos a tatuagem por motivos diferentes... Ou talvez não, eu...

Nick se senta mais reto. Assim como fiz com ele, não me interrompe. Não fala. Só escuta.

E é a escuta, é a maneira como os olhos dele percorrem o meu rosto, tentando me conhecer *de verdade*. É o fato de termos o mesmo emprego, de ele entender o que faço, de o quarto estar quase em silêncio, exceto pelo zumbido do computador e pela nossa respiração, mas, quando penso no lugar onde eu queria estar, é nos braços de Nick. É com a minha cabeça no pescoço dele, e isso me apavora e...

– Acho que a tatuagem é pro nosso pai – digo, sem nem saber por onde começar.

Talvez o nosso pai mergulhasse a ponta do dedo no café para saber se estava frio o suficiente para beber. Talvez ele tivesse o hábito de enfiar dois lápis na boca, como presas de morsa, para me fazer rir. Uma vez, ele fez uma coroa para Calla com a caixa de cereais. Era um bom pai. E era um pai despreparado.

Seja boa, Sydney, meu feijãozinho.

– Nosso pai decidiu que não estava preparado pra ser pai solo – digo, com alguma coisa crescendo, rasgando, morrendo de vontade de sair. – Ou talvez nem seja isso. Porque ele não era um pai de verdade. Vovó Ruby ocupou o papel de cuidadora. Talvez seja mais tipo… minha mãe morreu quando eu era pequena e o meu pai não fez terapia nem nada assim e pode ser que tudo tenha… se acumulado, sabe? Nunca entendi direito, mas ele falou pra gente que ia fazer uma trilha. E foi mesmo. Só que nunca mais voltou. No início, a gente achou que ele estivesse desaparecido e vovó Ruby ficou muito preocupada, mas ele só estava por aí. Acho que fez a trilha dos Apalaches numa direção, depois virou no sentido oposto e fez a trilha de novo.

Nick continua calado, escutando.

– E não pude entrar em contato com ele – prossigo, com a garganta queimando. – Nunca pude perguntar a ele o motivo e, quando tive a chance, estava *tão furiosa* e triste que decidi que era mais fácil se a gente nunca mais se reconectasse. Apesar de nos divertirmos muito juntos. Quando eu era criança. Ele sempre fazia as coisas dele, mas me deixava ir junto. Tipo acampar. Nem sei se Calla se lembra, mas teve uma noite, algumas semanas antes de ele ir embora… Calla e eu arrastamos nossos sacos de dormir até o lago e dormimos sob uma meia-lua perfeita. Foi a última vez que me lembro que senti de verdade… que tudo estava bem.

Engulo em seco. Minha garganta está quase completamente seca. E não posso olhar para Nick, porque não quero me ver refletida nos olhos dele, não quero ver que ele está com pena de mim.

– Sydney… – diz Nick.

– Tá tudo bem – digo de um jeito reflexivo.

Nick estende a mão e pega o meu queixo, me obrigando a levantar o olhar. A encontrar os olhos dele.

– Não tá – diz ele, passando um dos polegares no meu rosto. – *Não* tá.

E talvez isso... isso seja o que por fim me faz perceber. Duas palavras idiotas e simples que precisei ouvir durante metade da minha vida. Não está. Não está nada bem. Não estava bem. Nunca esteve. E eu só fiquei boiando nesse... nesse nada-bem, sem conseguir compartilhar com ninguém. Com medo de correr o risco de alguém me *ver* – porque o que aconteceria se as pessoas me vissem? E se elas fossem embora? E se acontecesse tudo de novo?

A mão de Nick continua ali, segurando meu rosto. *Nick* continua ali.

– A merda é que o meu pai provavelmente me conhecia melhor do que qualquer pessoa – acrescento, indo mais fundo, e a minha respiração agora sai com fúria.

Palavras ásperas. E *alívio*. É como sair de um abrigo escuro e sentir a chuva na pele. Essas lembranças, elas precisavam sair. Precisavam que alguém as ouvisse. Alguém que está se aproximando, e não se afastando.

– E ele me abandonou. E acho que, desde então, tentei me tornar uma... uma pessoa inconhecível. Foi assim que um dos meus ex me chamou: "inconhecível por definição". E escolhi esse emprego muito, *muito* idiota em que posso saber tudo sobre todo mundo, ler sobre as pessoas, estudá-las, identificar seus motivos, ver os sinais, em que posso ser apenas uma fração de mim mesma, em que escondo tudo porque é *assim que funciona*. E acho que, no fundo, estou apavorada. Estou simplesmente apavorada porque, sendo inconhecível, vou *me tornar* inconhecível pra todo mundo e nunca terei aquilo... Nunca terei aquilo de novo...

Estou chegando perto demais, cavando fundo demais, entrando numa verdade essencial sobre mim, e talvez eu... Talvez não devesse ter...

Fungo e olho para o relógio.

– O tempo acabou.

Os únicos outros sons no quarto de hotel são o zumbido do frigobar e o sopro do aquecedor perto da janela. Nick rompe o silêncio, com a voz tão embargada quanto a minha:

– Topa uma segunda rodada?

Capítulo 14

Pisco para ele de maneira longa e demorada. Percebo que está me analisando. Vejo os lábios dele se abrirem. E eu poderia parar por aqui. Cortar esta conversa. Recuar. Mas falar com alguém desse jeito, tão abertamente...

– Topo – consigo responder e ajeito os travesseiros às minhas costas. – Topo, sim.

Nós nos sentamos mais perto um do outro, com o computador entre nós na cama. E isso parece estranhamente íntimo, o silêncio, só nós dois.

Nick me conta que os magnatas octagenários do sorvete no seu Instagram eram os melhores amigos da avó dele. Nick os visita várias vezes por semana para conversarem sobre ela. O sabor "Nick da sorte" tem pistache, que era o sabor favorito da nana dele. Respondo com uma história sobre a sorveteria preferida do meu pai, perto de Cape Hathaway Cove, onde costumávamos alimentar as gaivotas. Pergunto a Nick se *ele* já se apaixonou e ele responde que sim. Pela Bobbie, que partiu o coração dele, e por uma mecânica chamada Gabrielle, que consertava os próprios carros antigos – então conversamos sobre nossos primeiros carros, como aprendemos a dirigir, quem nos ensinou.

O relógio faz tique-taque. Diz que o tempo acabou.

Verificamos o streaming ao vivo – e voltamos a conversar. E de novo.

– O que foi que o seu pai disse? – pergunto a Nick, com as mãos sob o queixo. – Quando contou pra ele que tinha entrado pro CSIS?

Nick respira fundo, o peito sobe e desce.

– Ele... ele... não disse nada, na verdade.

– Nada?

– Nada do que eu esperava, pelo menos – diz Nick com um sorriso triste. – Parece que passei a maior parte da vida tentando fazer o cara me notar. Tirava boas notas, me destacava nos esportes... Eu achava que, se encontrasse a coisa certa, ele diria que estava orgulhoso de mim. Do homem que tinha me tornado. Em vez disso, quando contei que estava seguindo os passos dele, ele começou a falar do trabalho na mesma hora. Como o caminho seria difícil no CSIS. Talvez... talvez tenha sido por isso que fiquei amigo de Johnny no início. Estava desesperado por aceitação. Quando Johnny falou que eu me encaixava no grupo dele, eu acreditei.

– Você costuma ver o seu pai? – pergunto, estremecendo. – Costuma ir pra casa?

– Na verdade, não. – Nick engole em seco. – O meu pai costuma ir pro Havaí no fim do ano, numa importante viagem de pesca, e acho que, tecnicamente, estou convidado, mas nunca me parece uma oferta real. Minha mãe me manda um cartão de Natal da nova família todo ano, e esse é basicamente o contato que tenho com ela. Ela foi ao enterro da minha avó, mas não tinha... nada a oferecer. Nenhum afeto por mim. E, agora que a minha avó morreu e a casa dela foi vendida, não tenho o menor motivo pra voltar.

– Todas as lembranças ainda estão lá – comento.

– Sim – concorda Nick. – Isso pode ser bom, quando não dói... E você? Já pensou em contar pra sua família sobre a sua carreira? Deve ser difícil manter esse segredo. Vocês são muito próximas.

– Éramos – digo.

– Vocês *são* – salienta Nick.

– Bem, de qualquer maneira, já pensei nisso. Muito. E sempre chego à conclusão de que elas não podem fazer parte disso. Não queria arrastar as duas pra essa confusão. Porque é isso que sinto boa parte do tempo: que estou numa bela confusão.

Nick assente com empatia. É tão maravilhosamente estranho – e terapêutico – reclamar com alguém que entende tudo do meu mundo. Do *nosso* mundo.

– O que faria se não trabalhasse com isso?

– Além de ficar sentada o dia inteiro comendo tacos? – pergunto.

– Não, pode incluir os tacos.

– Bem, então provavelmente trabalharia num laboratório de ideias de relações internacionais. Comendo tacos. E você?

– Seria treinador de cachorros – diz Nick, sem hesitar.

Em seguida, conversamos sobre os truques que Docinho poderia aprender e como o nosso emprego dificulta a manutenção de relacionamentos reais. Que pessoa iria querer se aproximar de alguém de quem, na verdade, não dá para se aproximar?

O cronômetro apita. Repetimos mais duas vezes. De novo.

E, a cada vez, é como... se a gente estivesse enfraquecendo alguma coisa. Como se, pouco a pouco, rumasse para um alívio profundo. Encontrasse a mim mesma, compartilhasse o que tenho, oferecesse tanto quanto recebo. Depois da primeira hora, lembro que costumava ser uma pessoa que tinha uma vida fora do emprego. Eu era uma pessoa que assava bolinhos de limão com vovó Ruby, que ficava até tarde no ensino fundamental para treinar lances livres no ginásio. Eu ansiava pelo inverno. Ansiava por sair pela janela do meu quarto e tocar na montanha de neve fresca, por dizer à minha irmã: "Vamos fazer um boneco de neve da altura da garagem." Eu ansiava por este *estado*, pelo meu bairro, pela minha cidade, pelos porcos-espinhos que fogem pelos arbustos e pelo brilho delicado do sol no rio Hathaway. Tomar café no mesmo lugar onde compramos lagostas. Corredores de mercado silenciosos e a sensação de autossuficiência. Meias de lã grossas e o beisebol dos Huskies de Cape Hathaway.

Sinto saudade dos mirtilos congelados que tinham sobrado do verão. E do caramelo.

Conto tudo isso a Nick. E sobre quanto adorava o Natal.

– Você não disse que não era muito fã do Natal? – pergunto a Nick, me aproximando.

O colchão range entre nós e o edredom se embola.

– É, eu estava tentando me obrigar a acreditar nisso. – Ele faz uma cara de desagrado. – Achei que seria mais fácil assim. Expectativas baixas.

– Mas, no fundo, é fã?

– Sydney, vou colocar as coisas da seguinte maneira: sabe aquele filme de animação feito com massinha sobre Rudolph e a origem do Natal? Quando Rudolph aprende a andar e vai colocando uma pata na frente da outra?

– Sei.

— Eu sinto um nó na garganta.
— *Ah, para* – digo, batendo nele com um travesseiro.
— Sério! É emocionante!
Inclino a cabeça e meu coração fica um pouco mais leve.
— Você comprou mesmo aquele SUÉTER NATALINO no aeroporto?
— Ah, isso... Bem, isso é verdade.
— Eu gosto daquele casaco de moletom – comento, com um toque de travessura na voz.
— Ah, é? – provoca Nick, também de um jeito travesso.
Ele põe uma das mãos no queixo, corre o polegar pelo maxilar e completa:
— Gosta quanto?
— Muito – admito, pensando: *Como é que isso é tão fácil, quando todo o resto é tão difícil?* – Talvez um pouco demais. Ele faz maravilhas pela sua estrutura óssea.
— Vou me lembrar disso – diz ele com um sorriso torto, depois olha para o relógio. São 3h47 da madrugada. – Quais são as chances de você dormir?
— Nenhuma – respondo e engulo em seco. Para ser sincera, não quero que a nossa conversa acabe, embora os meus olhos já não enxerguem a tela do computador com nitidez. – Este jogo só me deixou mais desperta.
Nick parece pensativo.
— Uma corrida ajudaria?

A academia da pousada Ocean Harbor é surpreendentemente bem equipada. Duas esteiras, vários pesos, um tapete vermelho grosso para abdominais e pilates. Coloquei o tênis na mala, mas não trouxe roupas esportivas, então vou usar o pijama. São quase quatro da manhã. Quem vai ver além de Nick?

Assim que chegamos, ele vai conferir o equipamento e encontra um conjunto de elásticos e um par novinho de luvas de boxe. No canto, tem um saco de pancadas pendurado.
— Você faz kickboxing? – pergunta ele.
— De vez em quando – respondo enquanto amarro o cadarço do tênis.

Fizemos uma breve pausa na nossa vigilância digital e deixamos a função de gravar ligada.

– Gosto mais de artes marciais mistas – concluo.

Quando digo isso, uma ideia surge. Meus olhos deslizam em direção ao tapete.

Nick bufa.

– Hum, não. Nada disso. Não vou brigar com você, Sydney.

– Não é briga. É *treino de luta*.

– O que é sinônimo de briga.

– Quer uma palavra de segurança? – pergunto, meio brincando, depois imito o sotaque de Johnny: – Tá com medo, parceiro? Tenho, tipo, metade da sua altura.

Nick tem 15 centímetros e uma boa quantidade de quilos a mais do que eu, mas eu poderia usar a minha baixa estatura como vantagem para mergulhar e me agachar quando necessário...

– Ou não quer lutar com uma mulher?

– Você sabe que isso não é verdade – diz Nick, rosnando.

– Então prova – argumento e piso no tapete com a ponta dos pés.

Nick revira os olhos e começa a desabotoar a camisa. Ainda está com a camisa da festa, mas com uma calça de moletom preta.

Ergo uma sobrancelha para ele.

– O que você tá fazendo?

– Ei, essa camisa é cara – diz ele, abrindo-a de repente.

Surgem a pele bronzeada e os músculos definidos, e a cicatriz que sobe pelo abdome. Sinto um tremor no meu ventre.

– Não quero que um botão caia. Tem certeza que você quer fazer isso?

Em resposta, levanto as minhas mãos, com as palmas retas, pronta.

– Tem certeza *absoluta*? – insiste ele.

– Pelo amor de Deus, Nick!

Com um suspiro fraco, ele vem na minha direção, sobe no tapete e aí tudo acontece rápido: ele mergulha veloz como um raio na tentativa de me atacar e me jogar por cima do ombro. Mas previ isso. Ele acha que consegue me tirar do chão? Tolinho. Giro, com as costas viradas para as dele, e trocamos de posição. As minhas palmas ainda estão erguidas e retas e me aproximo dele aos poucos.

"Não se vence uma luta circulando um ao outro como falcões", disse meu instrutor no treinamento da CIA. Ganhar exige contato corporal, quando você tem a chance de pegar o oponente desequilibrado. Com a guarda baixa. É preciso estar perto o bastante para sentir o cheiro da pele dele, saber que tipo de sabonete ele usa, conseguir ver cada sarda no pescoço dele.

Nick tem três sardas grandes que descem pela garganta.

Ataco com o cotovelo e ele bloqueia o golpe com cuidado – quase com delicadeza –, arrastando os pés para o lado. Mergulho e, com o ombro, o jogo na parede. Ele a atinge com um *tum* inacreditável, que faz um quadro das White Mountains sacolejar. O vidro estremece na moldura.

– Cuidado – diz ele, ofegante.

E eu tomo cuidado. Cuidadosamente o prendo contra a parede. E me lembro da primeira vez que nos falamos direito, na cozinha, com aqueles biscoitos de gengibre, e imaginei como faria para derrubá-lo, arremessando-o contra a parede. Pra ser bem sincera, mesmo naquele momento, alguma coisa se agitou no meu ventre.

Meus olhos encaram os dele, transmitindo uma mensagem: *Se você me respeita, trate de revidar.*

Mensagem recebida.

De um jeito poderoso, ele gira o braço entre nós dois, me afastando um pouco, e começamos a lutar de verdade. Como colegas fariam na CIA. Ele não golpeia para perder, mas também não golpeia para machucar. Agora é um treino. Competitivo. Bloqueio a bloqueio. Estamos numa pousada lotada de gente e espero que todas elas consigam continuar dormindo, sem se incomodar com um *pequeno* distúrbio. Nossos passos são rápidos, ágeis, mal fazem barulho. Até que consigo pegá-lo distraído, prendo um tornozelo atrás dos joelhos dele e o jogo no chão.

Ataco depressa: me sento no quadril dele, com as coxas encostando nas laterais do corpo. Nossas costas esmagam as reentrâncias do tapete quando rolamos, rosnando – um rosnado gutural e real que vem do fundo da alma. Meio tarde demais, percebo que os ruídos são *muito* parecidos com os que faço durante o sexo. O rosto de Nick está com um leve toque de vermelho e duvido que seja do esforço. Não estamos lutando há tanto tempo. Nenhum de nós está sem fôlego de verdade.

Minhas pernas se embolam nas dele. A respiração dele fica quente no meu pescoço.

– Sydney – diz ele, meio engasgado.

Eu me preparo para que a frase completa seja algo do tipo "Sydney, sai de cima de mim, sua maluca" ou "Sydney, isso é um pouco intenso demais pra mim", mas o que ele diz é:

– *Alguma* parte foi real?

Recuo, com o rosto sobre o dele.

– O que você quer dizer?

– Você sabe o que eu quero dizer – afirma Nick, com a voz tensa.

E eu sei, sim. Essa é a questão. Eu sei.

Engulo em seco e respondo com a mesma pergunta.

– Alguma parte foi real pra você?

– Foi – responde ele sem hesitar nem contrair a boca.

Sem mentiras. Os olhos dele flamejam sob a luz fluorescente da academia e eu... não sei o que está acontecendo.

Meu peito oscila enquanto inspiro algumas vezes e minhas mãos o prendem pelos ombros com mais força. Por enquanto, os dedos dele estão apoiados nos meus joelhos e o calor dele pulsa através do tecido.

Estou preocupada até a alma. Agitada. Não deveria sentir... isto. *Isto!* O que quer que seja.

– Naquela noite no quarto, quando Johnny quase pegou a gente... – diz Nick, tão baixinho que quase peço para repetir. – E mesmo antes daquilo, talvez no sofá, assistindo àquele filme natalino péssimo. Ou na praia. Talvez antes.

Antes?

Inspiro devagar e respondo:

– Às vezes eu achava que tinha fisgado você pela missão, e às vezes realmente não sabia o que você estava pensando. – Meu peito começa a martelar, apesar de eu dizer: *Chega, caramba, já chega.* – Sempre foi arriscado com você. Quando começamos, eu nem sabia se me acharia atraente.

Não estou lançando nenhuma isca, não é uma cantada, mas Nick debocha mesmo assim.

– Sydney, posso te garantir que essa é a *última* coisa com que você deveria se preocupar. – Ele reavalia o que disse e as sobrancelhas grossas se juntam. – Talvez não a última, considerando a situação, mas… – As palavras seguintes saem roucas. – É quase irreal o tanto que você é bonita.

Os olhos de Nick traçam os contornos do meu rosto. Sinto o rubor subir pelo meu pescoço enquanto ele me olha. Era para eu conseguir controlar isso – esconder qualquer coisa que eu quisesse –, mas lá está: minha expressão de descontrole refletida nos olhos dele.

– Qual era o plano pra mim? – pergunto, me recusando a sair dali. – Bem no início.

– Eu só… queria você – admite ele, com a voz grave, e o olhar respalda as palavras. – Achei que faria de tudo pra se abrir pra mim e tentei me convencer de que era pela missão. *Só* pela missão. Mas não era. Nunca foi. A maior parte foi só… você.

No mesmo instante, o ar entre nós muda. Fica mais quente. Estou de pijama, meu cabelo está preso num rabo de cavalo meio desengonçado, gotas de suor escorrem pelo meu rosto sujo. Nick não se importa. Tem uma fome inegável no olhar dele que atravessa os limites do nosso jogo de gato e rato.

Ou talvez estejamos num novo jogo agora.

Hesitante, com a pulsação forte, eu respondo com outro movimento, deixando as pontas dos meus dedos subirem pelo pescoço dele. Elas desenham uma linha até a garganta, até a boca, e em pouco tempo estou passando o dedo pelo lábio inferior dele, puxando-o e então coloco a ponta do dedo na boca dele. A mordida delicada provoca uma vibração pelo meu braço.

Ninguém está lutando agora. Ninguém está brincando. Ficamos em silêncio, exceto pelo ruído baixo da garganta dele e pelo som da nossa respiração. Os lábios de Nick se fecham ao redor da ponta do meu dedo, sugam, e minha boca se abre. É aí que percebo: não estou um pouquinho excitada. Estou *incrivelmente* excitada.

Através da calça do meu pijama, sinto a súbita rigidez de Nick enquanto um rosnado cresce na garganta dele. Desta vez, é um tipo diferente de frustração. Com delicadeza, Nick segura o meu pulso e leva a palma da minha mão até a parte macia do rosto. Então ele se senta e me prende junto ao quadril. Já vi os movimentos dele. Ainda há pouco, quando estávamos treinando. Já vi como o corpo dele funciona. Todas as linhas firmes, os músculos esguios. E não consigo evitar de imaginar como ele se movimentaria em cima de mim.

Nick engole em seco de maneira nítida, o pomo de adão subindo e descendo, e, quando inclino a cabeça para trás, a boca dele forma um rastro no meu pescoço. De um jeito faminto. Carnal. Ainda estamos jogando. Quem vai fazer o outro gemer primeiro. Quem vai fazer o outro implorar.

– Sydney – diz Nick. Meu nome é delicado na boca dele. – Não quero mais brigar com você.

– Tem certeza? – pergunta Nick.

Estamos de volta ao quarto e um músculo se remexe de leve no maxilar dele. Faço que sim com a cabeça enquanto ele se aproxima aos poucos, o quadril acima do meu, as mãos se estendendo para aninhar o meu rosto. Dedos quentes. Toque macio. A cada pequeno carinho, a expectativa ferve dentro de mim. Aquela sensação de pular de paraquedas. De cair. Se isso não é confiança, não sei o que é.

Com um movimento lento, Nick passa o polegar no meu lábio inferior, como fiz com ele na academia. Ele pisca com aqueles cílios escuros e minha respiração fica presa. Estou quase tremendo. Percebo, com uma palpitação, que Nick já deve me conhecer melhor do que qualquer homem conseguiu nos últimos anos. E isto é... diferente de antes. Não é como nos dias anteriores, na praia. Não tem nenhuma hesitação, nenhum questionamento, nenhum "É cedo demais pra fazer isso pela missão?". Não estamos usando um beijo em nome de um disfarce. Quando Nick se inclina para a frente, mal consigo pensar, e a respiração dele está quente quando ele afasta os meus lábios. O beijo é delicado e urgente, como se Nick demorasse e, ainda assim, não fosse o bastante. E isso me deixa mais faminta. Por instinto, arqueio o corpo na direção do dele e suas mãos envolvem a base do meu pescoço, com os polegares segurando as minhas bochechas – e, *meu Deus*, como o gosto dele é bom, o gosto do creme dental que usamos.

As palavras sobem deslizando pela minha garganta.

– Eu sonhei com você. Naquela primeira noite.

Isso provoca um sorrisinho bem no canto da boca dele, e eu o beijo.

– Você estava no chuveiro – consigo dizer. – Com aquele moletom natalino.

Ele ri, minha palma desce pelo peito dele e é como se ele lesse a minha mente. Nick me pega pelo quadril e me apoia em cima da cômoda.

– Você não estava brincando quando falou do moletom – sussurra ele.

Em seguida, aninha o nariz no meu pescoço, os lábios traçando um caminho pela minha garganta. Arrepios irrompem nos meus braços. São do tipo bom, do melhor tipo, aqueles que descem pela barriga e pelas coxas.

Tem uma intensidade nos olhos de Nick que nunca vi, as pupilas dilatadas. Algo nele está... se revelando. Quando me beija de novo, é de um jeito ainda mais (como posso descrever isso?) guloso. A palavra é *guloso*. Ele mergulha a língua na minha, e isto – *isto* – é um tipo de luta diferente. Não sei quem está vencendo, mas sei que os meus músculos estão se retesando *em todas as partes*.

Nick beija ainda melhor do que luta.

Levanto os dois braços para ele tirar o meu casaco. Ele puxa, mas o tecido está grudado, muito colado, e fica preso embaixo das minhas axilas. Eu pareço uma tartaruga com a cabeça dentro do casco e nós dois começamos a rir.

– Eu não planejei – digo, me libertando da blusa.

Isso é verdadeiro em mais de um sentido. Não planejei ficar presa. Não planejei fazermos isto. Não pensei, nem por um instante, em nada além dele. Neste momento, Nick Fraser me fascina. Ele ocupa toda a minha visão: aqueles cílios, aquela cicatriz por onde estou correndo o dedo, a expressão dele, agora que o casaco foi tirado. Lançando um olhar pelo meu corpo, pela minha barriga, pela renda da minha camiseta.

– Nunca tive a menor chance de sucesso, né? – comenta Nick.

Ele respira com dificuldade, nós dois sentimos a pressão aumentar e começo a questionar o mesmo em relação a mim. Como é que pude acreditar que não me apaixonaria pelo alvo quando o alvo era *ele*?

O calor se espalha pelo meu ventre, segue até entre as minhas pernas, e cada centímetro meu implora por ele. Uma alça fina da camiseta escorrega, gravidade, movimento, e Nick solta um suspiro irregular e ajuda a outra alça a descer, até os meus mamilos duros se libertarem e... *Puta merda*, o quarto está congelante, mas a mão de Nick é quente quando ele segura o meu seio e se inclina para correr a língua pelo mamilo.

Eu me dissolvo. Pareço neve derretendo.

– Gostou disso? – pergunta ele com a voz áspera.

– *Sim, muito, sim* – respondo, gemendo.

– Só pra constar, Sydney – diz ele, com a voz perigosamente baixa –, se você viesse pra mim naquela noite e dissesse "Nick, estou sem calcinha e quero você no meio das minhas pernas", sim. Sim, isso teria um efeito sobre mim. Só o som do meu nome na sua boca...

– Bom saber – digo, ofegante.

Estou segurando a camisa dele com as mãos quase trêmulas e os dedos dele arranham as minhas costas, provocando um arrepio na coluna. É frenético, carnal. Nick beija as sardas sob os meus seios, desce até o meio da minha barriga, até a cintura do meu pijama. Então ele hesita, como se quisesse dizer: *Está tudo bem? Posso?* Ter esse homem poderoso entre as minhas pernas, me encarando, me pedindo permissão... é, de longe, a coisa mais excitante que já vi.

– A gente pode parar – diz ele, expirando. – Quando você quiser.

O olhar dele passa pelo meu rosto à procura de sinais reveladores. Mas eles não existem. Não quero parar. Quero observá-lo agora, puxando a calça do meu pijama devagar e descobrindo que, embora eu esteja de calcinha, também é óbvio que o desejo entre as minhas pernas. Quando Nick fica de joelhos e tira a renda fina do caminho, estou molhada.

– Você é muito sensual, Sydney.

E agora eu entendo. Meu nome na boca dele – entendo de verdade. Em seguida, ele está me beijando, a língua dele está me abrindo. Ele geme com os lábios no meu ponto mais sensível, fazendo a respiração acelerar cada vez mais no meu peito.

Quando ele enfia um dedo, é o paraíso. Quando enfia outro, meu quadril se ergue, pedindo *mais*.

– Camisinha? – consigo dizer com uma voz que quase não sai.

– Na minha carteira – responde Nick com a voz rouca e áspera, depois parece se recuperar. – Não era pra você. Não era pra... Quer dizer... Eu não planejava...

– Eu sei – digo, ofegante.

Ele se levanta e procura a proteção nas profundezas da parca e eu abro a calça dele e coloco a mão por dentro da cueca. Nick fecha os olhos quando envolvo com os dedos o membro quente e rígido dele e começo a bombear lentamente.

– Se quiser aquele moletom... ah... ele é todo seu – diz ele, rouco.

– Anotado – sussurro e engulo em seco.

Minha respiração falha junto ao pescoço dele e... *sim, a camisinha.* Eu a arranco da mão dele e rasgo a embalagem enquanto Nick tira a calça e passa a mão sobre a extensão notável.

– Faz de novo – peço, com a voz rouca, um pouco desesperada.

Quero ver como ele se toca quando não tem ninguém por perto. Com um aperto mais forte desta vez, ele acaricia o pau de um lado para o outro e alguns tendões se retesam no pescoço. Se esse homem não entrar em mim, há uma boa chance de eu explodir. Coloco a camisinha nele e ficamos com a testa colada um no outro. As mãos dele pegam a minha bunda, me levantam na cômoda enquanto as minhas pernas o envolvem, puxando-o para perto. Nossos narizes roçam um no outro, nós dois olhando para baixo quando ele desliza para dentro de mim com uma estocada poderosa e deliciosa.

– *Sydney* – diz ele.

Ao mesmo tempo eu grito:

– *Isso*, Nick.

Nunca. *Nunca* é assim.

Normalmente eu me fecho na minha mente, me refugio no lugar em que fico no banco do motorista. Sozinha. Mostrando apenas o que quero que seja visto. Ou fico por cima, no controle, com o cara simplesmente deitado e me olhando. Nick está ali. Ele está ativo. Ele está envolvido em mim com firmeza, e estou tão envolvida nele que cada estocada é uma revelação. É um presente do caralho.

Tudo está ficando meio enevoado. Nem sei de onde vem o som que estou emitindo – é algo entre um lamento e um rosnado, como se Nick me desse ar, mas eu não conseguisse pegar o suficiente, continuo querendo mais. Arfadas curtas. Maiores. Minhas mãos seguram o cabelo dele, que é macio, *tão* macio, e as mechas se enroscam entre os meus dedos.

– Você não é inconhecível – diz Nick, com a voz áspera.

Ele está em mim e eu quase perco o que ele acaba de dizer: outro presente.

– Você não é. Inconhecível. Sydney.

Os lábios desenham uma linha suave na minha garganta.

Estou à beira do abismo, meus dedos apertam a pele dele com força. Então ondas percorrem o meu corpo enquanto Nick geme no meu ombro, caindo comigo no abismo de alívio. Ele estremece, os músculos vibram, a respiração está quase tão irregular quanto a minha, e estou agarrada a ele, como se tivesse medo do que pode acontecer se nos separarmos.

Sempre odiei o modo como o meu corpo reage num orgasmo – aquela perda do controle. As emoções reprimidas sendo liberadas. Com outros caras, sempre consegui me conter. Interromper. Voltar a ser a Sydney à prova de balas que sai pela porta do bar. Mas com Nick? Não estou exagerando quando digo que quero chorar.

– Eu tô bem – me apresso a dizer, balançando a cabeça enquanto ele analisa o meu rosto. – Gostei.

Gostei muito. Estou prestes a falar, a me abrir, mas o humor é um caminho mais seguro.

– Tô falando do moletom natalino – digo.

A risada de Nick é grave e fácil. Ele se move devagar, ajeita um fio de cabelo atrás da minha orelha e acaricia o meu pescoço, a respiração flutuando em ondas sobre a minha pele.

– Pode ficar com ele. É seu.

Meu queixo se inclina por sobre o ombro dele e...

– Ai, *merda.*

Nick dá um passo para trás, arregalando os olhos.

– O que foi?

Eu o giro pelo quadril, olhando para o rastro roxo de escoriações acumuladas na coluna dele.

– Achei que você não tivesse se machucado de verdade. Achei mesmo. Sinto *muito.* Você *lutou* mesmo estando assim?

Ele dá de ombros e aperta delicadamente ao redor da região.

– Já tive machucados piores.

Meu coração dá um salto grande e desconfortável.

– Por que não disse nada?

– Além de "Ai, minha bunda"?

– Estou falando de agora.

Ele dá de ombros outra vez.

– Eu não quis.

E aí o celular *apita*. Finalmente. Até que enfim, uma comunicação de Gail. Alguma notícia sobre o informante do FBI? Nick e eu pulamos ao mesmo tempo, despertando. Pego o aparelho na mesa de cabeceira, abro a tela e descubro que...

Que o Dishies, o restaurante italiano de Cape Hathaway, finalmente vai começar a servir pizza, no Réveillon. Tem um cupom com uma coisa inexplicável: um castor dançando. Nem sei como eles têm o meu número.

Solto a respiração.

– Alarme falso.

Nick passa a mão na testa.

– Talvez nós... talvez devêssemos tentar dormir. Não vamos servir pra nada nesse estado.

– É – concordo. – É, tudo bem.

Nunca pedi explicações pós-sexo. Nunca tive vontade de ficar por perto e descobrir detalhes, porque *não havia* detalhes. O que iria acontecer depois já estava claro. Eu iria para a minha casa. Voltaria para o meu apartamento ou quarto de hotel. Retornaria ao trabalho sem nenhuma complicação. A missão em primeiro lugar. O trabalho em primeiro lugar. Mas agora estou pensando: *O que vai acontecer?* Qual é o próximo passo?

O que *foi* isso para mim? O que foi para Nick?

Não pergunto. Damos uma última olhada sem fôlego um para o outro, então saímos pelo quarto pegando as roupas e vestindo-as com graus variados de eficiência. Coloco o casaco com a frente virada para trás. Eu o ajeito e visto a calça do pijama enquanto Nick amarra a cintura da calça de moletom. Percebo que ele está tão instável quanto eu, igualmente trêmulo e envolvido naquela confusão mental pós-sexo. Sem uma palavra, nenhum de nós vai dormir no chão nem no sofá. Simplesmente entramos embaixo dos lençóis frios do hotel e apagamos as luzes.

Pela primeira vez, estou num quarto de hotel e não preciso deixar a televisão ligada para ouvir a voz de alguém.

Tem uma pessoa comigo enquanto caio num sono inquieto.

Capítulo 15

De manhã, acordamos cedo demais, inquietos. Passamos uma hora vasculhando arquivos de casos, verificando os parceiros conhecidos de Vinny, até que Nick pergunta se pode me pagar um café da manhã rápido.

Eu nunca, nem uma vez na vida, recusei café da manhã.

A lanchonete perto do hotel é o meu tipo preferido de restaurante: um lugar onde as mesas são tão gosmentas de xarope de bordo que você nunca se arrisca a espalmar as mãos nelas, porque pode ser que não consiga desgrudá-las. Compartimentos com divisórias e assentos de vinil verde e um balcão estreito, com banquetas ao longo dele, povoam o lugar. O quadro-negro diz que eles têm sete tipos diferentes de tortas – de mirtilo a ruibarbo. Nick e eu pedimos dois cafés da manhã enormes: omeletes de lagosta, batatas, xícaras de café fumegantes e uma fatia de torta de creme de banana para os dois. É aceitável pedir torta às seis da manhã quando se está esperando ansiosamente por uma notícia. (Para ser sincera, é aceitável a qualquer hora.)

A comida chega em pratos de cerâmica grossos que emitem um som abafado quando são postos sobre a mesa.

– Por favor, não entenda mal... – diz Nick.

– Essa é a minha frase de abertura *preferida* vinda de um cara – digo, tomando um gole abrasador de café, preparada para levantar os meus escudos. – Ainda mais depois que ele dormiu comigo.

Nick balança a cabeça e finca o garfo de metal na omelete.

– Não é nada ruim. De jeito nenhum. Quando a gente estava lutando, fiquei surpreso com a sua força. Você é *muito* forte.

Enfio o garfo no meu café da manhã com um floreio.

– Carrego as minhas compras numa viagem só.

Nick pisca.

– Acho que é a coisa mais impressionante que você já me falou – brinca ele, então verifica o relógio dos anos 1950 na parede. – Dez minutos?

Depois que saímos do hotel, tive receio de o jogo ter acabado. *Ontem à noite* foi o momento da sinceridade. O corpo de Nick envolvido no meu. Uma sinceridade nua e sem disfarces.

Mastigo os ovos.

– Que tal quinze?

Continuamos a nos desvendar, pouco a pouco, até as omeletes ficarem bem frias. A garçonete reabastece as xícaras de café, sinto uma agitação descendo pelos meus membros e me lembro de como é entender uma pessoa além do conteúdo de um arquivo. Ele sabe, agora, que pesquiso "mastim mais velho do mundo" com frequência, com os dedos cruzados, para ver quantos anos ainda temos com Docinho. Eu sei, agora, que ele também quer adotar uma cachorra – uma mais velha, com olhos enevoados – e proporcionar os últimos melhores anos da vida dela.

– Eu iria querer que alguém fizesse isso por mim – explica ele. – Se eu fosse um cachorro.

E eu gosto disso. *Se eu fosse um cachorro.*

No caminho de volta para casa, deixo que ele dirija. E que sintonize o rádio. Duas vezes. Ele escolhe uma estação de música natalina, em que um imitador do Bob Dylan está cantando "Feliz Navidad" com a voz rouca. Passo esse tempo vendo a gravação da câmera de vigilância da loja de presentes (tem um ancoradouro perto dos fundos e dou zoom ali, sem sorte). Fico surpresa quando paramos na entrada da garagem.

– Casa – anuncia Nick.

Ele desliga o motor e percebo, mais uma vez, como isso é *estranho*. Três dias atrás, eu estava preparada para atacá-lo no chuveiro… E agora… o quê? Quando olho de lado, a janela embaçada dá a ele uma aura, forma um halo de luz clara e fria ao redor de Nick. Ele está lindo. E não falo de um jeito sarcástico – falo com toda a sinceridade.

– Vou pegar a minha mala – digo, com a voz meio áspera, pigarreando para afastar o sono da minha garganta enquanto verifico o celular.

Existe uma expressão sobre espiões: depois de uma missão confidencial longa, dizemos que eles "saem do frio". O trabalho de campo é emocionalmente coberto de neve, traiçoeiro. Se você não tiver muito cuidado, acaba congelando. Estou pensando nisso agora, com uma fina camada de suor frio nas costas, enquanto seguimos as pegadas marcadas na neve em direção à minha casa, que está com o aquecedor ligado e as decorações de Natal piscando na árvore.

Este é o lugar mais acolhedor que se pode imaginar.

Mas ainda estou... ainda estou aflita, é isso? Continuo deixando algo passar, não é? A van, a loja de presentes, o C4, o informante no FBI. Tiro o celular do casaco e digito uma mensagem de texto para Sandeep – meu chefe na CIA – e pergunto se pode me fazer um favor. Ele me deve uma. Eu era a única pessoa que jogava palavras cruzadas com ele na central da Macedônia. Sandeep é fanático por palavras cruzadas.

Na cozinha, espero pelo som afiado das patinhas de Docinho, mas então vejo um post-it azul-claro com a caligrafia de vovó Ruby dizendo que elas saíram para uma longa caminhada na praia.

– Posso... fazer um café pra nós – ofereço a Nick.

Estou tentando colocar a cabeça no lugar. Em relação ao caso. Em relação a nós dois. Para descobrir para onde Nick e eu vamos a partir de agora. Porque... eu moro em Washington. Nick mora em Boston. Ele está disfarçado. Eu viajo o tempo todo. Nunca daria certo.

Só que... as palavras dele me invadem de novo, num ciclo infinito: *Você não é. Inconhecível. Sydney.*

– Sim, obrigado – diz Nick.

Isso me lembra da primeira vez que conversamos na cozinha, quando ofereci aquele biscoito de gengibre e ele não sabia muito bem o que dizer depois. Esse incômodo pulsa entre nós.

– Vou levar as nossas malas pra cima, tá bem?

– Tá bom. Ótimo. Obrigada.

Nick fica parado ao lado da cafeteira, como se quisesse desesperadamente acrescentar alguma coisa – e eu espero. Fico esperando. Mas ele não fala nada. Só acena com a cabeça, pega as malas e sobe. E eu fico na cozinha, pegando colheradas de café recém-moído.

O telefone fixo toca.

Eu o atendo totalmente desligada.

– Alô?

– Ruby? – diz alguém do outro lado da linha.

Reconheço a voz na mesma hora. Cada célula do meu corpo a reconhece. Ele está mais velho, mais lastimoso, mas é ele. O som me tira o fôlego. Meu pai. Meu pai, que deveria me conhecer e não consegue nem identificar a minha voz.

Ele acha que é a minha avó.

Não digo nada. Não consigo. Não consigo juntar palavras. Meu pescoço está quente. Coloco uma das mãos na bancada para me apoiar. Não estou preparada para isso. Depois de tantos anos...

Ele não parece perceber que não respondi. Que Ruby não respondeu. Apenas prossegue:

– Olha, eu... Aqui é o Dean.

O tom dele é irregular e cansado. As recordações que tenho do meu pai são quase sensacionais, mas esse cara... Esse homem parece diminuto.

– Sei que não... – Ele respira fundo. – Sei que não nos falamos há um tempo, mas, hum, Calla ligou e deixou uma mensagem. Com o gerente do camping. Ele me passou o recado e eu sinto muito. Sinto muito mesmo, mas eu...

Bato o telefone no aparelho, com os olhos vidrados, a pulsação martelando e...

Ele não vem para o casamento. Calla ligou e ele não vem para o casamento. Vai decepcioná-la e eu... eu nem... nem sei o que dizer a ele. O que sentir neste momento. O que sentir além de uma náusea subindo pelo peito.

Meu pai. Acabei de ouvir a voz do meu pai.

E ele não se lembra de você, Sydney.

Ouço a batida de uma porta de carro na entrada da garagem.

Em segundos, Calla entra apressada pela lavanderia, com as botas batendo como um trovão no piso. Minha pulsação lateja nos ouvidos, mas, apesar do *tum-tum-tum*, consigo notar o ritmo dos passos. Ela está tensa demais. Atipicamente silenciosa. Quando me vê, dá um sorriso tenso, depois abre a geladeira com violência, pega uma garrafa pequena de sidra de maçã e toma um gole direto do gargalo. Preciso contar a ela. Tenho que dizer que o nosso pai ligou.

Mas como... como faço as palavras saírem? E o que eu digo? Como posso dizer que ele vai decepcioná-la de novo? De novo, de novo e de novo.

Puxo o ar em silêncio pelo nariz, seco os olhos e...

– Como foi a viagem de volta?

É isso que o treinamento faz. Quase me surpreende quanto sou boa nisso: minha voz soa normal quando tudo dentro de mim está abalado.

– Trânsito – responde Calla com um suspiro profundo.

Ela seca a boca com as costas da mão. Os cachos estão muito menos arrumados do que o normal e até os bonecos de neve pendurados nas orelhas dela quase parecem estar derretendo.

Um nó enorme se formou no fundo da minha garganta e não consigo engoli-lo.

Calla enfia a sidra de volta na geladeira. A garrafa sacoleja enquanto ela a coloca espremida na porta, entre duas garrafas chiques de vinho para o casamento. Espumante, branco, da Califórnia.

Quando ela se vira para mim, bem ali na cozinha, outra lembrança me dá um soco na cara. Estou revivendo tudo. De repente, somos crianças: 11 e 9 anos. Nosso pai está decorando o gramado da frente. Estamos ouvindo Sting perto da bancada de café da manhã, com o rádio no volume máximo, agitando os braços como pássaros, fingindo voar sobre os campos de ouro da música. É Natal. Danço mancando, com os joelhos cheios de curativos. (Ao que parece, é meio arriscado descer de bicicleta numa rua congelada quando o seu pai falou para não fazer isso.) Há crostas marrons inchadas e cheias de pus por baixo dos curativos. Quero tirá-los e olhar. Fico pensando até onde vou conseguir ver dentro de mim, se dá pra ver um pouco do branco dos ossos reluzindo feito escamas de peixe. Calla – menor, mais sábia – afasta a minha mão com um tapa delicado.

– *Não.*

– *Não é nojento!*

– *É, sim!*

– *Não é!*

– *Você tem que se* curar, *Sydney.*

O rostinho dela é tão miúdo e tão sincero e...

Sinto fisgadas na nuca. Minúsculos pontos de luz explodem na minha visão periférica. Percebo uma coisa. Tenho dito a mim mesma há anos que estou ocupada – estou muito ocupada com o trabalho, com operações internacionais e espiões estrangeiros –, e isso é verdade. Estou mesmo ocupada. Mas também *me obriguei* a ficar ocupada. Sou responsável por isso. A CIA não disse: "Junte-se a nós, senão você vai ver só." Toda vez que a minha irmã me ligou, *eu* fui responsável por não atender.

A CIA não foi uma forma de fugir da minha família.

Eu também disse isso a mim mesma.

Mas... não foi? Um pouco? Às vezes não parecia bom me proteger, não só do mundo, mas *deles*? De todas as lembranças desta casa? Da ideia de que talvez, *talvez*, eu não pudesse confiar em ninguém – nem mesmo nas pessoas que amo? E tudo isso... se acumulou. Todos esses anos protegendo Calla, todos esses anos mantendo-a por perto, e... nunca lidei de verdade com nenhuma parte do meu luto.

Assim como o meu pai não lidou com nenhuma parte do dele.

Talvez ele tivesse medo de ficar perto de nós. Talvez fosse isso mesmo. Talvez ele tivesse enterrado a esposa, olhado para as filhas e pensado "Eu vou ser forte por vocês", até não conseguir, até não saber mais como. Ele engoliu tudo. Eu engoli tudo. Ele fugiu. Eu fugi.

Como é que pude magoar Calla desse jeito? Como é que pude ser esse tipo de irmã?

Que merda é essa que eu fiz?

Johnny entra pela lavanderia pisando forte logo depois. Sem bolsas. Sem malas. Ficaram no Escalade. O que significa que ele estacionou enquanto Calla saía correndo. Será que brigaram? *Por que motivo?*

Fico parada ali, imóvel, como uma rena diante de faróis, os pensamentos acelerados na minha cabeça. *Meu pai e eu, nós somos iguais. Somos iguais. Deus do céu, nós somos iguais.* E eu a abandonei de novo. Calla. Eu a abandonei ao não contar para ela, ao não esclarecer tudo. Nosso pai deveria ter nos escolhido. E eu, com certeza, deveria ter escolhido a minha irmã, que inferno.

– Calla, você não pode simplesmente sair andando desse jeito se... – Johnny percebe a minha presença e para de repente, as narinas infladas, e eu aceno de um jeito agitado. Ele engole em seco. – Oi, Sydney.

Mal consigo falar. Mal consigo respirar. A pessoa que mais precisa da verdade – que mais *merece* a verdade – não a tem.

– Oi, Johnny.

– Você se importa de nos dar um pouco de privacidade rapidinho? – pergunta ele.

Ele não fala de um jeito especialmente grosseiro, só é arrogante por me expulsar da cozinha, da minha cozinha, na qual *ele* entrou. As mãos dele estão no quadril e...

Não contei a Calla sobre Johnny.

Você não contou à sua irmã, Sydney.

Lidei com este feriado como uma oficial faria. Como uma espiã. Não o vi como uma *irmã*. De repente, não consigo sentir o meu rosto. Começo a fechar o pacote de café controlando a respiração, sufocando com as palavras.

Calla não tem esse problema. As palavras dela estão bem ali. Cuspidas.

– Esta cozinha é *dela*, Johnny. Você entende isso? Esta é a nossa casa. Você não é dono de tudo!

– Baby, você só está estressada – diz Johnny. Ele fala isso passando a mão na testa e... *Argh*, esse *baby*. A condescendência. Esse *só*. – Você precisa relaxar. Por que não tira um cochilo ou algo assim? Você poderia... poderia fazer as unhas.

Desta vez, não controlo o meu olhar furioso. Viro a cabeça direto para ele, com as pupilas contraídas e muito fáceis de interpretar.

– Não olha pra ele desse jeito, Sydney – me repreende Calla. Ela abre de novo a geladeira, pega a garrafa de sidra de maçã e a segura como a um recém-nascido. – Vou subir.

Ela diz a última frase com um tremor levemente velado e foge às pressas.

Então ficamos só Johnny e eu. Dou um sorrisinho para ele sem abrir a boca.

Ele cutuca a bochecha com a língua.

– Sabe o que foi isso?

– Não – respondo, acrescentando com os olhos: *Mas aposto que* você *sabe*.

Todo ano, nos dias que antecedem o Natal, quando a neve já formou uma crosta de gelo no chão, quase metade da cidade se reúne no lago congelado perto da Barraca de Lagostas do Al para uma tarde de patinação no gelo. O treino de hóquei acabou de terminar, os jogadores estão trocando os tacos por pratos de papel na mesa de biscoitos e a minha garganta nunca esteve tão apertada. A ideia era encontrarmos vovó Ruby aqui, mas estou presa num ciclo de pensamentos. *Você não contou pra Calla. Não contou pra sua irmã. Você é uma péssima irmã. A pior irmã do mundo. A missão tem a ver com a sua irmã, mas você pôs a missão na frente da sua irmã! Você escolheu a CIA. Escolheu o FBI. Você não a escolheu, assim como o seu pai não a escolheu.*

Estou lutando com isso, combatendo o pensamento, mal consigo acreditar no que fiz, que *eu* fiz isso. Eu. Seguindo os passos do meu pai quando eu tinha certeza – *absoluta* – de que estava traçando meu próprio caminho.

Depois que Johnny foi pegar as malas, subi a escada de dois em dois degraus e bati à porta de Calla.

– Calla Lilly? É a Sydney. Pode abrir a porta, por favor?

Ela não respondeu. Outra batida, nenhuma resposta. Tentei virar a maçaneta. Trancada. Ela estava me ignorando? Ou tirando um cochilo com fones de ouvido? Quando mandei uma mensagem de texto, a notificação ficou parada em *Entregue* e nunca apareceu o *Lida*. Tudo bem. Não tinha problema. Tudo bem mesmo. De qualquer maneira, preciso falar com ela sozinha. Sem Johnny espreitando. Sem Gail escutando pelas paredes. *Gail.* Gail e a peruca e as bolinhas de caranguejo. Ela vai enlouquecer se eu contar pra Calla. *Quando eu contar pra Calla?*

Agora estou parada aqui, perto do gelo. Parece que não consigo me mexer. Nick inclina a cabeça para mim, sentado num dos bancos perto do estacionamento, onde calça os patins, e meu coração se aperta. Aqueles momentos com ele na Ocean Harbor passam pela minha mente – a pressão do corpo dele, o modo como os dedos dele se entrelaçaram nos meus um pouco antes de eu cair no sono – e me sinto desequilibrada. Fora do eixo. Meus problemas de confiança... eram todos por causa do meu pai. Nunca foram por causa de Calla.

Ela nunca mereceu isso de mim.

Ela merecia uma irmã melhor.

Será que consigo consertar isso? Será que é tarde demais?

Amarro o cadarço dos meus antigos patins de hóquei, piso no gelo e deslizo até Calla na parte sul do lago. Ela está mostrando o anel de noivado para uma das nossas vizinhas com cerca de trinta por cento menos entusiasmo do que quando me mostrou. Quando nossos olhares se encontram, eu inclino a cabeça em direção ao meio do rinque. *Patinar? Por favor? Ai, meu Deus, por favor?* Ela me lança um olhar estranhamente desconfiado, depois calça a luva e, graciosamente, abandona a conversa e me encontra no gelo.

As pontas dos nossos patins quase batem uma na outra. Tem pelo menos outras trinta pessoas patinando conosco, algumas lentas e tropeçando, outras passando apressadas. Deslizamos para o outro lado do lago, para longe de Johnny, que está na mesa de biscoitos, mastigando.

– Tentei falar com você mais cedo – começo.

Não posso dar a notícia aqui, neste espaço público, mas posso prepará-la. Começar a compensar tudo, as coisas que nem acredito que fiz.

Por algum motivo, Calla ri. É uma risada seca.

– Isso é novidade. – As palavras dela crepitam entre nós. Isso é mais do que uma reação a Johnny, não é? Mais do que o que aconteceu no carro.
– Foi algo que eu disse, Sydney? Tipo, venho pensando nisso há três anos, tentando descobrir por que a gente não conversa como antes. Você me manda mensagens de texto como se estivesse marcando uma consulta com o dentista. Como se fosse apenas uma formalidade que tem que cumprir a cada seis meses e que às vezes é meio dolorosa.

O ar escapa do meu peito. Ela podia ter me chutado na canela com os patins e provavelmente não teria doído tanto.

– Eu estou realmente arrependida de...

– Já sei o que você vai me falar – diz Calla, desviando o assunto, com a voz dura.

– Sabe?

De algum jeito, duvido. Preciso mesmo duvidar disso. Do contrário, ela já saberia quem é o noivo.

– Sei.

Ela para, gira para me encarar, as lâminas fixas no gelo. Os músculos faciais dela ficam tensos.

– Você não gosta do Johnny.

Bem, essa parte ela acertou. Meu pescoço dói quando expiro, o ar frio fustigando os meus cílios. Sinceridade. O início. Lá vai.

– Não gosto mesmo.

Calla recua a cabeça.

– Estou bem surpresa por você não ter se oposto a mim nessa questão, nem tentado negar, nem... parecer *triste*. – O sofrimento passa pelas feições dela. – Não acho justo você voltar pra minha vida e julgar o *meu* noivo, e por quê? Porque ele gosta de karaokê? Porque usou o seu roupão de banho?

– Não acha que pode ser *alguma coisa* mais importante do que isso?

Tiro o cachecol de lã da garganta, porque parece que ele está tentando me estrangular.

Calla acelera, com os patins cortando o gelo.

– Penso o seguinte: acho que, três meses atrás, conheci alguém muito possivelmente ótimo...

Muito possivelmente?

– E talvez ele me conheça melhor do que você. Quem sou *agora*, e... Espera, me deixa terminar!

– Eu não falei nada! – grito, e a tensão aumenta entre nós.

– Mas ia falar! – exclama Calla, irritada.

Estamos na parte mais distante do lago, enfileirada com árvores cobertas de gelo. Quando ela para de repente na margem, quase a atropelo.

– Olha. Eu te amo – diz ela. – É isso que você parece não entender. Eu te *amo*. Faria qualquer coisa por você, mas a nossa relação... não é igualitária. Não é. Sinto que eu me dedico e te estendo a mão e você sempre pega a minha mão e a joga longe.

A ansiedade vira uma enguia deslizando no meu estômago. A neve empilhada no meu colarinho começa a derreter e escorrer, gelada, pelas minhas costas.

– Eu sinto muito se *algum dia* fiz você sentir que...

Calla parece não querer ouvir nada disso.

– Sei que Nick é atraente. Eu entendo. Tenho olhos. Mas a gente mal passou um tempo juntas ainda. E eu estava tentando fingir que era uma coisa mútua, tipo rá-rá, a Sydney surpreendeu a gente, mas eu tenho a minha vida, não preciso dela... Só que eu *preciso* de você, Sydney. Sempre precisei. Mesmo que seja em coisinhas do tipo me lembrar de verificar a pressão dos pneus. Você costumava fazer isso, as típicas coisas de irmã que mostravam que você me apoiava nos pontos em que eu falhava, mas não me apoia mais há anos. Sabe quem faz isso? Johnny.

– Calla – digo, expirando.

Estou quase sem nenhum ar no peito. Eu não achava que... não achava que ela percebesse essas coisinhas. Mas claro que percebia. E eu... despedacei nós duas. Despedacei nós duas do mesmo jeito que o nosso pai fez conosco, não foi?

– Ontem à noite, na minha despedida de solteira... – A voz de Calla começa a falhar. – Você é a minha madrinha. E passou metade da noite conversando com Vinny. Com *Vinny*!

Ela está falando um pouco mais alto, mas estamos longe do alcance do ouvido de todos. A metros e metros de distância de Johnny. Sempre que alguém passa patinando por nós, ouço apenas um barulho rápido, como se estivesse ali e logo sumisse.

Engulo em seco, me preparando.

– Tive um motivo.

Ao ouvir isso, Calla não diz nada. Prossigo:

– Também há um motivo pra eu estar aqui pro Natal. E... é diferente do que eu disse.

– Bem, você não me disse nada, então...

– Eu estava tentando proteger você.

– Do quê? – zomba ela, cruzando os braços. – Você me trata como se eu fosse preciosa e frágil, mas sabe de uma coisa? É *difícil* ser professora do jardim de infância. É difícil pensar no tipo de mundo em que as minhas crianças vão crescer e é muito difícil perceber que, às vezes, não tem nada que eu possa fazer para protegê-las. Todos os dias, entro naquela sala de aula e luto por elas. E ninguém me dá crédito suficiente. Eu não quebro, Sydney. Se quebrasse, já teria acontecido há muito tempo. Tipo quando eu via todo mundo com uma mãe e nós não tínhamos a nossa. Ou quando o nosso pai fez o que fez. Posso precisar de você, mas não preciso de você pra me *proteger*. Percebeu a diferença?

Isso é como um soco. Porque, de repente, eu vejo. Tem ferocidade nos olhos dela e lâminas sob os pés – literalmente. É possível que eu... não tenha dado crédito suficiente a Calla? Nessa questão e em outras.

Eu me endireito, com os ouvidos latejando.

– Quando eu disser o que estou querendo contar, você precisa se controlar.

Calla cruza os braços com mais força ainda.

– Tá, agora você tem que falar. Agora.

– Você precisa prometer.

– *Sydney!*

– Tá bom. – Solto uma respiração acentuada e cuspo tudo: – O seu noivo é um criminoso.

Ela não entende. Não pode entender. Ela semicerra um olho para mim.

– Como é?

Tento respirar normalmente de novo.

– O seu noivo é um criminoso.

– *O quê?*

– Johnny, seu noivo, é um...

– Para de repetir a mesma coisa várias vezes! – exclama ela, explodindo, alto demais.

Alguém que está patinando a poucos metros de distância diminui a velocidade para nos observar.

– Eu entendo as palavras que estão saindo da sua boca. Esse não é o problema. Só não... Isso é alguma brincadeira elaborada pré-casamento que eu não entendo?

Um gosto azedo surge na minha boca.

– Não. É a verdade. A família Jones é dona de outras coisas além de uma rede de cafeterias. Eles são criminosos. Orquestraram uma série de assaltos pelo país todo e no Canadá e estão planejando outro, bem maior, no dia de Natal, bem quando vocês estiverem...

– Não – diz Calla e balança a cabeça de maneira inflexível.

Ela não sabe. *Ela não sabe, não é?* O rosto dela é um livro aberto e, pela primeira vez, confio totalmente *em mim*. Nas minhas entranhas, no meu instinto em relação a alguém que amo. Estou envergonhada – horrorizada – pelo alívio que ocupa o meu peito.

– Não, isso é... isso é impossível.

– Falei a mesma coisa quando descobri.

– E como foi que você "descobriu"? – pergunta ela, fazendo aspas com as mãos enluvadas.

Outra respiração profunda. Outra verdade.

– Eu trabalho pra CIA.

Calla dá uma risada divertida.

– Não trabalha, não.

– Cal. Trabalho, sim.

– *Syd* – diz ela. – Você não trabalha pra eles. Você é uma pesquisadora educacional. Eu li os seus artigos. Passei de carro pelo seu escritório. O que tem um letreiro grande! Saindo da rodovia! Você é... – Ela me analisa e diferentes traços de alarme passam pelo rosto dela. – Você não bateu a cabeça nem nada assim, né? Quando Nick caiu naquele gelo fino? Pensei que você tivesse dito que...

– Eu não bati a cabeça. Calla, pensa.

Por instinto, minhas mãos enluvadas seguram seus ombros e fito bem dentro dos olhos dela.

– Viajo o tempo todo. Você não sabe quase nada da minha vida nos últimos três anos. Moro em Washington. Trabalho pro governo. Posso derrubar um homem de mais de 100 quilos sem nem piscar.

– Porque fez uma oficina de autodefesa – argumenta ela, sem nenhuma emoção.

– Porque *trabalho pra CIA*.

Um floco de neve solitário cai na bochecha de Calla.

– Isso parece muito com a cena em que o Edward tenta convencer a Bella de que ele era um vampiro. Não estou gostando.

Ela está desviando do assunto. Qualquer pessoa pode perceber isso. Os sinais reveladores de Calla sempre foram evidentes. O rosto dela fica praticamente imóvel, sem expressão.

Abaixo as minhas mãos e puxo o ar pelo nariz.

– Nada no Johnny é suspeito? *Nada*, Calla? Não tem nada que você viu nos últimos três meses que te fez pensar? Nem que seja só um pouquinho? As câmeras de vigilância pegaram você perto de um dos assaltos, em Buffalo, então, se tem *alguma coisa* que não pareça certa...

O olhar dela examina meu rosto. Ela está tão tensa que quase treme. Depois de trinta segundos em que tudo ao nosso redor está praticamente estático, ela solta:

– Ai, meu Deus.

– Calla.

– Ai, meu *Deus*.

– Só... por favor, mantenha a voz baixa. Sei que é difícil, mas você não pode reagir aqui.

Quando ela volta a falar, a voz está tão tensa que parece um punho cerrado:

– Se isso *for* verdade, e não estou dizendo que seja... vou me casar daqui a 46 horas. Vou casar daqui a *46 horas* e você tinha essa suposta informação e não me contou? Você *escondeu* de mim?

Outra porrada com o patins, desta vez no meu coração.

– É.

– *Quem* é você, Sydney?

Estou sangrando, me esvaindo em sangue.

– Você sabe quem eu sou. Minha essência. Você me conhece.

– Sei quem você *era* – diz ela, cuspindo as palavras. – Conheço a Sydney que se vestia de pelicano no Halloween quando eu tinha 9 anos e até conheço a Sydney que levava doces escondidos pro cinema comigo na época da faculdade, mas esta Sydney? – Ela me olha de cima a baixo como se tentasse decidir se me salvaria em um incêndio. A resposta está pendente. – Não sei se conheço – conclui.

Engulo um grasnado. Porque isso não tem a ver comigo. Não importa o que eu esteja sentindo, tem a ver com Calla.

– Não precisa casar com esse homem. Vamos tirar você dessa. Se quiser pegar um voo hoje à noite, eu mesma te levo. Viajo com você. Podemos colocá-la numa casa segura se...

– Você está *ouvindo* o que está dizendo? – sibila Calla, mal controlando o volume. – Não vou pra um bunker em algum lugar da Flórida. Nem de Idaho. Nem, sei lá, do Alasca ou qualquer coisa assim. Isso... isso não vai acontecer. Isso não vai acontecer. Nem sei mais o que você está *dizendo*.

– O Alasca não é tão ruim quanto você pensa – arrisco, ciente de que parece ridículo.

– Sydney!

– Nem Idaho.

Calla leva a mão até a têmpora e a massageia.

– Preciso ir embora.

– Ótimo. Vou com você.

– Você não está entendendo – diz Calla, com o rosto vermelho. Ela já está se afastando com os patins. – Preciso de tempo pra… Porque Johnny não é…

Meu pânico aumenta enquanto a sigo, cada vez mais perto da multidão.

– Calla, não importa o que faça, você *não pode* perguntar isso pra ele. Tá bom? Vamos descobrir isso juntas, mas…

– Sydney, por favor, me deixa em paz por um segundo, tá? Preciso… preciso de um biscoito natalino ou algo assim. Meu açúcar está baixo.

Engulo em seco.

– Tá bem, tudo bem.

Com essas palavras, ela me deixa no centro da pista de patinação. Mas ela quer mais do que um segundo. Depois de dar uma olhada rápida para trás, se afasta da mesa de biscoitos, rasgando a neve com os patins. Vou atrás dela, porém, quando a vejo de novo, é de longe: ela está sozinha no Escalade, saindo do estacionamento a pelo menos 110 quilômetros por hora. O pânico se instala na boca do meu estômago.

Meu Deus, o que foi que eu fiz?

Capítulo 16

– O que foi que você fez?

Essa é a primeira pergunta de Gail.

Estou voltando apressada para casa no Prius, na esperança de que Calla esteja lá. Apoio o celular com o ombro e sinto um pico de ansiedade no corpo todo.

– Queria que tivesse me ligado ontem à noite. Ou hoje de manhã. Ou em qualquer outra hora, Gail. Este não é um bom momento.

– Ah, e quando seria um momento melhor pra você, então? Quando é que deveria marcar o nosso papinho? – O outro lado da linha estala. Parece que Gail está em algum lugar no trânsito. Escuto o zumbido de carros passando. – Porque acho que a gente precisa conversar sobre o que acabou de acontecer na pista de patinação. O que foi que você disse pra Calla?

Faço uma curva fechada à esquerda para entrar na rua principal da cidade, o coração palpitando.

– É comum o FBI vigiar os próprios agentes?

– Eu não chamaria de vigiar.

– Você fez alguma coisa interessante recentemente? Andou de barco?

– Pode dizer o que quiser sobre a festa, mas eu estava na área e a nossa última conversa tinha me deixado inquieta.

– Você estava, por acaso, na parte rural da costa do Maine.

– Exato.

– Assim como, por acaso, estava de férias na Finlândia – digo, bufando, ao virar à direita para entrar no meu bairro.

– Bem, isso aí foi verdade. – Ela buzina para alguém e o som ecoa no meu ouvido. – E não é nenhum crime eu me preocupar com as pessoas que estão sob o meu comando. Você estava agindo de um jeito perigoso, então vim ver como você estava. Como é que você *está*, Sydney?

Em resposta, deslizo um pouco num trecho de gelo fino, quase atingindo uma caixa de correio toda enfeitada, e logo estou em casa. De volta a casa. O Escalade não está estacionado na entrada da garagem. Não há nenhuma marca de pneu. Só neve fresca. *Onde diabos Calla se meteu?* A esta altura, já pode ter mandado uma mensagem de texto para Johnny. Pode ter ligado para ele. Ou, potencialmente pior, vai abandoná-lo faltando dois dias pro casamento e ainda não consegui evidências sólidas contra ele, o que significa que Johnny pode rastreá-la sem nenhum obstáculo. Fora da prisão. Caçá-la. Acho que vou... É, um enjoo sobe pelo meu estômago. Sinto ânsia de vômito.

– Você contou pra sua irmã? – pergunta Gail.

Outra ânsia.

– Sydney, você contou pra sua *irmã*?

Ânsia tripla.

– Esse não era o protocolo! – alerta Gail do outro lado da linha. – Isso vai *expressamente* contra tudo que falei. Trabalhei muito e por muito tempo pra tudo desabar desse jeito. Se ela falar com Johnny, vai estar tudo acabado. *Está me entendendo?* Centenas de milhares de dólares dos contribuintes. Você pode ter jogado todo esse dinheiro num incinerador. Anos e anos de trabalho indo pro lixo. Sem contar os efeitos residuais, o sofrimento que você vai causar para *todas as outras pessoas* que os capangas de Johnny mantiverem sob a mira de uma arma. Eu liguei agora pra contar que as suas informações valeram a pena. Nós eliminamos o informante, o contato de Vinny no FBI, e ele entregou tudo: estão planejando atacar um veículo blindado que vai estar carregando mais de 7 milhões de dólares em notas não rastreáveis, bem parecido com o assalto ao cofre da Loomis Fargo em 1997.

Isso veio do nada.

– E você... acredita no cara? – digo baixinho.

– Tudo se encaixa – responde Gail de um jeito arrogante. – A loja de presentes pra onde Johnny ligou fica a pouco mais de um quilômetro de onde o veículo blindado vai passar às dez da manhã do dia de Natal. Não conseguimos localizar o carro de fuga, a tal van que Johnny mencionou, mas ficou claro que é nela que vão pôr o dinheiro. Nós informamos ao banco e eles vão colocar notas falsas no veículo blindado. Os motoristas serão agentes federais. Mas... pelo amor de *Deus*, Sydney. Se Calla falar com eles, eu não ficaria surpresa se os caras cancelassem tudo. Nós vamos perdê-los. Nós *vamos* perdê-los e...

– E o C4? – interrompo, trêmula. Isso não... isso não se encaixa totalmente. – Onde é que eles vão usar?

– Na ponte do rio Pisgah, ao norte da loja de presentes. É o que a gente acha. Tem uma delegacia de polícia bem ao lado da ponte, então o efetivo não vai conseguir chegar ao local do crime. Não de imediato. Dificulta a perseguição.

– Mas 20 quilos de C4? Isso daria pra explodir umas doze pontes.

Há uma pausa rápida enquanto Gail se reorganiza. Pego um guardanapo num dos apoios de copo e seco o suor da testa.

– Sydney... Calla deu alguma indicação do que faria em seguida?

– Ela disse... – Trêmula e quase hiperventilando, dou um gole em uma lata de chá gelado de ontem. – Ela disse que ia tentar provar que eu estou errada.

– Ah, que ótimo. Perfeito. Está na cara que ela vai continuar fiel a Johnny. Ninguém fica noiva de um cara e deixa os sentimentos de lado depois de dois minutos de conversa e um biscoito natalino. Sinceramente, Sydney, o que você achou que ia acontecer?

– Nada do que está acontecendo agora – digo, engasgada, e dou ré no Prius.

Para onde Calla pode ter ido, se não veio para a casa? Para onde costumava fugir quando éramos crianças?

– Gail, já rastreou o Escalade? Pegou alguma ligação feita no celular de Calla?

– Vou fazer isso – diz Gail, como uma mãe rígida. – Mas você está fora do caso, Sydney.

Nenhuma surpresa. Não estou nem um pouco surpresa. Mesmo assim, a minha garganta se fecha. Continuo com a sensação horrível e torturante de que estamos deixando algo escapar.

– *Gail, por favor,* não...

– De certa maneira, isso é tudo culpa minha. Eu não devia ter colocado você numa situação em que o seu julgamento seria parcial. Isso era quase inevitável. Foi demais.

Outra ânsia de vômito me ameaça enquanto saio apressada do meu bairro.

— Prometo que depois que eu achar Calla...

— Depois que você achar Calla, o quê? Hum? O que vai acontecer depois? Dá meia-volta e arruma as suas malas, que vou te mandar uma passagem de avião de volta pra capital. Voo doméstico. Vamos manter a farsa. Sei que faltam dois dias pro Natal, mas tenho certeza que conseguimos uma passagem...

— Você acha que vou simplesmente abandonar minha irmã? — As palavras jorram. — Jogar essa informação em cima dela e ir embora faltando *dois dias* pro Natal, pouco antes de ela ser envolvida no pior ataque da família Jones até agora?

Gail parece pensar na pergunta.

— Eu acho, Sydney, que, se você se importasse de verdade com a sua irmã como diz, provavelmente já saberia que ela ia se casar.

Atônita, piso no freio com toda a força no sinal fechado.

— Passagem de avião — repete Gail. — Me prometa que vai entrar no voo antes de causar mais danos.

Balanço a cabeça.

— Não.

— Sydney.

— Vou ficar. Pode me chutar da missão, mas não pode me chutar da minha família.

Quase vejo Gail contrair os lábios enquanto pensa, perguntando a si mesma se deveria argumentar contra essa lógica.

— Bem, o feriado é seu — diz ela dando um grunhido, pronunciando "feriado" como se fosse "funeral".

Ligo para o celular de Calla. Vai direto para a caixa postal. Oito vezes seguidas. Na última ligação, deixo uma mensagem enquanto dirijo em círculos no estacionamento da loja de caramelos onde Calla e eu costumávamos comprar balas depois da aula. Nós duas adorávamos doces.

– Cal? – digo do outro lado da linha. – Sou eu. Sydney. Óbvio. Sei que joguei muita coisa em cima de você. A pior coisa possível. De todos os tempos. Mas, *por favor*, me liga assim que puder e diz onde você tá. Posso ir te buscar e nem precisa falar comigo. Não precisa falar comigo nunca mais se não quiser, por mais que isso fosse me matar, mas só preciso saber que você tá em segurança e vai ficar bem...

Desligo o celular, grito "Merda!" e bato as mãos no volante. Um trio que está saindo da loja de caramelos, fazendo compras de Natal, me olha de um jeito crítico. Eu mereço. A esta altura, só me restam doze caramelos na caixa e os lugares onde procurar Calla pela cidade estão acabando. Será que ela saiu de Cape Hathaway? Quando tentei a opção do celular de "Encontrar meus amigos", descobri que ela desabilitou essa função. Por minha causa? Por causa de Johnny? Será que ela voltou para Boston? Saiu do estado?

O que está passando na sua cabeça, Calla?

Além das cem coisas óbvias, tipo: *Minha irmã, Sydney, é uma traidora. A pior das piores. Igual ao meu pai.*

Como é que eu pude ser igual ao meu pai?

Acelero o Prius quando chego à rua que beira a praia, as ondas subindo, quase quebrando na calçada. Todos os donos de hotéis decoraram os telhados com luzes, que foram meio desarrumadas pela tempestade, mas ainda brilham sob montes escorregadios de neve. Eu me pergunto se Calla está hospedada em algum lugar. Inclino o pescoço e olho para todas as entradas de garagem, procurando o carro numa das vagas. Nada. E nada no mercado também. Nenhum carro no posto de gasolina, no depósito de lagostas, no salão de manicure nem no depósito-de-lagostas-salão-de-manicure. Nem comecei a processar o que isso significa para a minha carreira. A minha carreira não importa.

A esta altura, o meu chefe na CIA já sabe.

O chefe dele já sabe.

O chefe do chefe dele já sabe.

E estou pensando naquele trem noturno na Suécia, menos de uma semana atrás, quando me olhei no espelho e me perguntei se eu era feliz. Pessoas felizes raramente se fazem esse tipo de pergunta. Pra ser sincera – muito, muito sincera *comigo mesma* –, acho que essa carreira está acabando comigo. Acho que eu queria me esconder, me proteger em todo o sigilo, mas, meu Deus, foi *assim* que imaginei a minha vida? Acelerando por uma rua lateral dois dias antes do Natal, procurando pela minha irmã desaparecida enquanto tento prender o noivo dela?

E antes disso. E mais antes disso. Horas e horas mergulhada no computador durante a madrugada, reclamando, dizendo a mim mesma que, se eu perdesse *um único fiapo de informação*, pessoas iriam morrer. E seria culpa minha. *Sua culpa, Sydney.* Todas as reuniões com contatos em bares horríveis, voltar para casa e encontrar o apartamento vazio, passar os fins de semana sozinha. Isso quando tenho um fim de semana. Como teria sido? Voltar para casa neste Natal por *mim*. Comprar sete tipos diferentes de queijo de cabra no mercado e ver *Duro de Matar* – pelo menos duas vezes – com a minha irmã. Nos últimos dois anos, eu vinha fantasiando isso. Sair da CIA. Voltar atrás na minha escolha. Deixar uma missão e simplesmente...

Simplesmente o quê?

Antes deste feriado, quando eu imaginava o futuro, ele era vazio. Agora, pequenos vislumbres se formam. Minúsculos fragmentos. Eu poderia adotar um cachorro. Passear com o meu cachorro. Ligar para a minha irmã. Talvez ligar para Nick. Estar disponível. Visitar a minha família, de quem sinto saudade e... *Merda*, agora estou chorando. Minha garganta se fecha, lágrimas quentes escorrem pelas laterais do meu rosto enquanto pego o celular de novo e entro numa vaga no estacionamento do farol. O South Harbor Light brilha no fundo, um farol, um alerta, com guirlandas verdes natalinas penduradas nele.

Meu pai costumava me trazer aqui para ver os barcos chegarem, voltando para casa.

Ligo para o número de Calla pela última vez.

– Oi – digo, depois da mensagem automática. Meus dentes estão quase batendo. – Sou eu de novo. Eu deveria ter dito... Eu deveria ter dito várias coisas e feito quase tudo de um jeito diferente, mas preciso que saiba que sinto muito. Sinto muito, *muito* mesmo, Calla. Achava que eu não era nem um pouco parecida com o nosso pai... e não consigo acreditar que não percebi isso, porque estava bem na minha cara... Assim como você estava bem na minha frente e eu coloquei o meu luto em primeiro lugar. Você merecia mais de mim.

A minha voz falha, um grande nó na minha garganta.

– Daqui em diante, prometo ser totalmente sincera – continuo. – Nada de segredos. Vou contar tudo. Tá bom? É isso. Sei que a sua caixa postal provavelmente vai ficar lotada, então não vou deixar um milhão de mensagens, mas eu só... só queria que você soubesse quanto eu te amo, Calla Lilly. Isso nunca, nunca vai... – outra pontada de dor na garganta – ... mudar.

Encerro e deixo o celular de lado.

Quando volto para casa, pouco depois das quatro da tarde, já escureceu e o céu está roxo como uma escoriação. Ninguém ligou a rena da janela, então nada de uma dancinha levemente sensual para me receber. Nem a rena está com vontade de dançar. Um dos fios das luzes de Natal caiu e está pendurado no telhado como um vilão no fim do filme. Mais uma vez, o Escalade não está na entrada da garagem. Dentro de casa está mais silencioso ainda. Nada de música natalina. Nada de álbum de Natal dos Squirrel Nut Zippers ecoando no toca-discos.

Onde está vovó Ruby? Nick?

Johnny responde às perguntas que nem chego a fazer. Ele está empoleirado na bancada da cozinha, ao lado da geladeira, com as pernas balançando.

– Eles foram comprar lagostas – diz, e quase morro de susto.

Só as luzes da ilha da cozinha estão acesas. O resto da casa está mergulhado na escuridão. *Será que ele estava me esperando?* Esse é o meu primeiro pensamento. Johnny estava me esperando voltar para casa. Foi por isso que ficou para trás.

Na lavanderia, abro a minha parca sem pressa e tiro a neve das botas, depois ando na ponta dos pés, me aproximando.

– E Docinho?

– Foi junto só pra passear – responde Johnny com voz leve, muito tranquila e suave. – Achei que eu deveria ficar aqui e ver se você voltava com Calla. Mas parece que ela não tá com você, né?

Respira, Sydney. Respira normalmente.

– Não, ela falou alguma coisa sobre ir até o spa. Antes do casamento. Pra relaxar. Fazer uma massagem.

– O spa – diz Johnny, sem piscar, de um jeito neutro.

Por que ele está sentado na bancada? Parece um garoto de 12 anos bancando o mafioso.

– Encorajei ela a ir – continuo.

Penduro a parca na cadeira da mesa de café da manhã. Cai um pingo no piso de cerâmica, que seco com a meia, numa passada rápida de pé. De um jeito casual.

– Tem um spa muito bom logo depois da fronteira do estado. Wentworth by the Sea, acho. Massagens faciais, manicure, tudo pra noivas. Você disse que ela devia fazer as unhas.

– E você não foi com ela?

Continua mentindo. Vai mais fundo.

– Não sou muito de fazer as unhas.

Johnny segura com força a borda da bancada.

– Tem ideia de quando ela vai voltar? Porque liguei várias vezes e ela não atendeu ao celular.

– Eles obrigam a gente a desligar o celular. Celulares não são nada relaxantes.

Falando em não relaxar, o clima entre nós dois azedou além do imaginado. Alguém poderia chamar de ameaça direta. Na verdade, se eu não fosse uma oficial treinada pela CIA – fosse apenas uma irmã que foi passar o Natal em casa –, estaria morrendo de medo dele. Uma escuridão tomou o rosto de Johnny e as pupilas estão escurecendo os olhos. A coisa mais esperta a fazer seria inventar uma desculpa e sair de casa. Esperar a minha avó na entrada da garagem. Falar para ela *fugir*. Mas as minhas engrenagens estão girando. Nick falou que tinha colocado escutas no meu quarto. Se eu conseguir fazer Johnny me ameaçar numa gravação, se conseguir fazê-lo admitir que ameaçou pessoas, como oficiais do FBI, pelos seus "negócios" antes…

Decisão de última hora.

Saio na direção da escada. Uma corrida suspeita.

– O quê… – Ouço Johnny resmungar.

Ele desce da bancada. Passos de botas soam atrás de mim. Minha mão mal segura o corrimão enrolado em festão, com grãos de purpurina verme-lho-sangue grudando na ponta dos meus dedos e o outro braço ajudando na impulsão.

– Sydney!

Para o meu quarto. Meu antigo quarto. Espaço fechado. Deixo ele me encurralar. Deixo pensar que sou fraquinha. Entro acelerada, quase escor-regando no tapete do corredor, fecho a porta com força, fingindo mexer na maçaneta, como se *droga, ela não quer fechar!* Bem na hora, o ombro de Johnny esmurra a porta, empurrando com violência e abrindo-a, e eu recuo. Respiro com dificuldade. Fisguei o cara.

– Acho que não terminamos a nossa conversa – afirma Johnny, rosnan-do, o peito quase oscilando. – Você não acha? – Com a mão para trás, ele fecha a porta e a tranca. *Então é assim que se tranca uma porta! É necessário um homem para fazer isso.* – Só acho muito engraçado que, alguns instantes depois de eu ver você e Calla discutirem, uma discussão em que li os seus lábios falando *Johnny*, ela simplesmente... desapareceu!

Ele ri disso de um jeito seco, avançando, passando os dedos nas costas de uma das minhas estatuetas de cachorro em cerâmica. Escolhe o dober-man com a pata quebrada e começa a examiná-lo como se estivesse prestes a esmagá-lo na cômoda.

– Já falei – digo e recuo ainda mais, até as minhas costas estarem cola-das nas estantes. Uma miniatura de elfo se apoia em algum lugar perto da minha orelha, um dos olhos substituídos por um dispositivo minúsculo de gravação, e não preciso fingir muito que estou nervosa. Eu estou mesmo. Não nervosa por ele poder me machucar. Se ele tentar algo, acho que vai ser pior para ele. Mas estou tentando conduzir a conversa pelo caminho *certo*. – Ela está meio estressada com o casamento e, já que sou a madrinha, achei...

Outra risada de Johnny.

– Achou que seria melhor se ela passasse um tempo longe de mim, é isso? Você não gostou muito de mim, né, Sydney? – De maneira inofensiva, ele põe o dobermann de volta na cômoda, com as outras patas intactas, mas dá alguns passos na minha direção, e o som abafado das botas ecoa no piso de madeira. – Pensei que tivéssemos um acordo, você e eu.

– Um acordo?

Isso me confunde de verdade.

– Na primeira noite. Depois de uns drinques – esclarece Johnny. – Quando Calla estava contando a história de como nos conhecemos. No Pete Descolado. Fazendo cerâmica. E você... – Ele sacode o dedo na minha direção. – Você não disse que era uma boa história. Você só... ficou quieta. Sou muito perceptivo. Pensei: *Se ela ficar fora do meu caminho, eu fico fora do caminho dela*. Até pedi pro Nick ficar de olho em você pra ter certeza que não iria estragar tudo.

Impeço a minha garganta de engolir em seco. É doloroso. Arde.

– Você mandou Nick ficar de olho em mim?

Johnny dá um sorriso presunçoso, e não é o sorriso de um homem que canta Mariah Carey no karaokê natalino nem de um homem que admite, feliz, que adora purê de batatas. Ele muda como um interruptor. Ou como um canivete.

– Por que acha que ele vem seguindo você feito um babaca sentimental? Nick não é assim.

Engulo as palavras.

– Tem certeza?

– Você conhece ele há... sei lá, quanto tempo? Três dias?

Johnny está gostando disso, de brincar comigo. Bem como eu queria. Mas não achei que fôssemos nessa direção. Não achei que chegaríamos a esse ponto. *Nick. Babaca sentimental. Me seguindo.* Talvez a minha avó não tenha mandado Nick ficar de olho em mim, como ele disse naquela primeira noite. Talvez tenha sido Johnny o tempo todo. Mas isso não importa. Já passamos dessa fase.

– Não importa – digo, realçando as palavras na minha cabeça.

Uma risadinha ríspida de Johnny.

– Não importa? Porque Nick é *exatamente* assim. Escolhe uma garota num bar, diz que ela é especial, diz que *ele* é especial. – Um tendão se mexe no maxilar de Johnny, como se ele estivesse prestes a pular em cima de mim e me morder, me aniquilar. – Nick passou aquela cantada do CSIS?

O pânico passa acelerado pelos meus ouvidos. De repente, tem um oceano lá dentro. Zumbindo. Atropelando tudo. O *que* ele acabou de dizer?

Johnny lambe o canto da boca com a ponta da língua.

– É, sempre funciona. "Vou proteger você como protejo o meu país." Esse monte de mentira. Mostra o distintivo. As mulheres adoram.

O quê? O que diabos...?

Balanço a cabeça, sem processar, me debatendo, me afogando, mas ainda mantendo o disfarce.

– Espera, eu não... O que é CSIS?

Johnny dá um sorriso presunçoso que me faz querer dar um tapa na cara dele.

– Ah, quer dizer que Nick *não* usou essa cantada com você? Que pena. Acho que ele só manda essa quando quer fechar o lance. Talvez você fosse fácil.

Um calor causticante passeia por dentro de mim, uma sensação líquida invade o meu cérebro e eu... eu não... não quero acreditar nisso, mas...

Ai, merda. Ai, merda, merda, merda.

Essa é a sensação de ser traída. Parece que você tem 16 anos e está numa entrada da garagem, esperando alguém parada e sozinha, mas mal consegue ficar em pé. No treinamento da CIA, a gente aprende a atravessar uma barreira de concreto batendo o carro nela a 150 quilômetros por hora. É preciso escolher o ponto mais fraco. Escolher o meio, o coração, o lugar onde o concreto se curva, o espaço que já está rachado. E você entra com o carro *bem ali*, golpeia ali. Foi isso que Nick fez, não foi?

Ele fez isso, não é?

Porque só há duas possibilidades. Ou Nick não é – e, *ai, meu Deus*, nunca foi – do Serviço Canadense de Inteligência de Segurança, ou, no fundo, é fiel a Johnny. É traição deliberada, não importa por que ângulo a gente veja. E eu... como posso ter sido *tão burra*? Minha boca fica seca enquanto penso em todas as perguntas que nunca fiz. Em todas as minhas suposições. Coisas como... o distintivo de Nick. Meu Deus, o *distintivo*. Por que diabos ele carregaria o distintivo numa missão secreta? Como é que eu pude acreditar nisso? E ele... ele disse que tirou o rastreador do carro de Johnny. Achei que tivesse sido para me proteger, para evitar suspeitas, mas e se foi para evitar o *rastreio*? Ele levou uma facada pelo cara! E o lance da escuta. Nick não queria que eu usasse a escuta na despedida de solteira. Claro que não. *Claro* que não!

As palavras de Gail voltam e perfuram a minha pele: *Não se apaixone pelo alvo*. O alvo pode mentir. O alvo pode manipular você. O alvo pode te comer em cima de uma cômoda e dizer "Você não é inconhecível, Sydney" e você ficaria *tão* entregue, tão...

Johnny funga.

– Nick é mais fiel a mim do que qualquer outra pessoa. Se eu pedisse pra ele atirar em alguém no meio da rua, ele faria isso.

– Você pede com frequência? – consigo perguntar por entre os dentes, com o maxilar tenso.

Parece que, se eu me fechar o suficiente, não vou me despedaçar toda, mas *eu sou* a barreira de concreto. Sou o concreto. E Nick encontrou o meu ponto mais fraco.

Eu contei a ele. Contei do meu pai. Contei tudo e abri as portas para ele.

Ao ouvir as minhas palavras, Johnny inclina a cabeça para o lado. O luar entra pelas persianas da minha janela. Um raio de luar atinge a barba rala, o louro-esbranquiçado eriçado ao longo do contorno do rosto dele. Ele dá um último passo na minha direção, para, levanta a mão acima da minha cabeça e a apoia na estante. É um movimento que faz o meu estômago revirar. Uma pose de poder. Fico firme enquanto ele respira no meu rosto. O chiclete de canela vai de um lado para outro dentro da boca dele.

– E por que você faria uma pergunta dessas?

Minha resposta é imediata, fria, embora eu esteja pensando *Nick, Nick, Nick Comparsa*. Tudo que ele me disse. Tudo. Todas as mentiras.

– Por que *você* diria uma coisa dessas? – replico.

Os olhos de Johnny passeiam pelo meu rosto de um jeito pensativo.

– Você devia saber – responde ele, com a voz ácida. – Esse é um acordo com garantia de destruição mútua. Você me tira de cena e eu derrubo você com mais força. Deixo você no chão.

Tudo está tão silencioso que daria para ouvir um floco de neve cair entre nós, mas, bem neste momento, sinos tocam no andar de baixo – vovó Ruby entra. Nick dá uma risadinha.

Meu Deus. Nick. A voz dele é uma marreta.

– Sydney? – chama minha avó escada acima, com um tom de voz feliz e animado. – Você está aí? Venha ajudar a guardar as compras! Nós compramos mais petiscos!

Com uma risada irritada e sem humor, Johnny deixa a mão cair.

– Essa é a sua deixa, feijãozinho da vovó. Avisa se a sua irmã ligar, tá?

Capítulo 17

Guardo as linguiças. Guardo o queijo. Guardo as uvinhas especiais e as maçãzinhas bem firmes e, o tempo todo, o meu sangue está fervilhando, enfurecido, e eu... eu fui vulnerável com outra pessoa. Não compartilhei partes pequenas e calculadas de mim: dei a Nick uma imagem completa, as partes complicadas, a camada interna bagunçada e frágil. A primeira pessoa com quem eu faço isso em muito, muito tempo. Quase uma década. Ele atravessou a barreira com aquela conversinha mole e o jogo idiota de sinceridade, e ainda fico imaginando-o, com aquele cabelo escuro, os olhos cheios de luxúria, capturando o meu lábio inferior com os dentes e...

Mentiras.

Mentiroso.

Não conheço Nick. Nunca o conheci. E não sei o que ele está planejando agora.

Um filete frio de medo se esgueira pelo meu abdome. Se o meu disfarce for revelado, se eu tiver me queimado, quais são as chances de Nick me deixar escapar? Será que ele só está ganhando tempo, esperando o término bem-sucedido do próximo ataque para depois me descartar? Aqueles momentos na hospedaria Moose, talvez ali ele estivesse mesmo decidindo o que fazer comigo: me deixar embarcar com ele ou me tirar *completamente* do caminho, me jogar para fora. Com fita adesiva. No mar. Se Nick é capaz *disso*, o que mais ele tentaria?

Estalo a língua e sinto o sabor da fúria e da vergonha – e guardo todas as compras de maneira eficiente e tranquila. Mal consigo manter as aparências – mas consigo convencer a minha avó de que Calla realmente foi para o spa. Vovó Ruby quase parece aliviada.

– Que bom – diz ela, jogando uma uva sem lavar na boca. – Aquela garota merece uma pausa. Ela trabalha muito.

Nick também está ali, um incômodo, guardando os biscoitos cream cracker na despensa. De um jeito muito indiferente. Sorrindo para mim sempre que nossos olhares se encontram, mas não consigo me obrigar a retribuir. *Como ele teve coragem? Como você teve coragem?* Toda vez que olho para ele, estou de volta à pousada, ele está passando os dedos na minha pele, com a respiração no meu pescoço, e aí a minha mente dispara em direção a Johnny – às informações que ele compartilhou com tanta gentileza.

Eu caí na conversinha, me apaixonei por Nick. Fui seduzida. *Exatamente* como Nick falou que planejava.

Com os frios guardados na geladeira, anuncio que vou tirar um cochilo antes que eu desmaie. Minha voz não vacila, está firme como concreto. Eu estou bem. Estou atuando. Voltamos a essa situação. Mesmo assim, uma ruga se forma na testa de Nick e ele me segue até o corredor, onde pega o meu braço.

– Ei, aconteceu mais alguma coisa? – pergunta ele num sussurro.

Puxo o braço da maneira mais confiante e firme que consigo. O toque dele é leve, mas mesmo assim fere a minha pele. Sinto que vou ficar com uma escoriação.

– Não. Tô bem.

– Não é isso que o seu rosto tá dizendo.

Passo a língua nos dentes e uma dor intensa se espalha entre os meus olhos.

– Quais são os meus sinais reveladores, então?

Devagar, Nick levanta um dedo e traça a covinha na minha bochecha esquerda.

– Um deles está bem aí.

Nunca mais toque em mim, penso. *Não ouse fazer isso, droga.*

– Ah, muito obrigada por compartilhar. Tenha uma boa noite.

– Espera, Sydney...

– Olha, eu tô *muito* cansada, tá?

É tudo que consigo fazer para não estragar o disfarce de novo. Ou me estragar. Contar a ele o que Johnny disse. Contar a ele que eu sei e que ele é escória. Eu queria nunca mais vê-lo.

Nick dá um passo para trás como se tivesse sido picado. Não como se *ele* fosse a vespa.

– Tá, tudo bem. Espero que você... descanse bem, então.

– Obrigada – repito, com os dentes meio trincados.

Mando uma mensagem de texto para a minha irmã assim que tranco a porta do quarto: **Falei pro Johnny que você tá no spa. Wentworth by the Sea. Por favor, por favor, só me responde.**

Claro que não durmo. Dormir agora parece uma ideia muito perigosa. Infelizmente, ficar acordada por mais tempo também soa como uma opção terrível. Dou um pulo quando, horas depois, alguma coisa arranha a minha porta. *É só Docinho.* Abro a porta para ela, que entra na ponta dos pés e passa pela minha cômoda, me visitando na ronda noturna.

– Quer ficar comigo, bonequinha? – sussurro, ansiosa, despedaçada, e dou um tapinha nos lençóis. – Vem, sobe! *Pode subir!*

Docinho obedece e se arqueia de um jeito magnífico ao subir no colchão. Com um baque, ela se joga direto no meu travesseiro, se enroscando como um donut em forma de cachorro.

Pelo menos tenho Docinho. Pelo menos ela existe.

Parece que perdi tudo e todo mundo além dela.

Perto das duas da manhã, caio no sono na frente do computador e sonho com uma guerra de bolas de neve. Uma boa guerra de bolas de neve ao estilo antigo, sob os postes de luz, com Docinho ficando de pé nas patas traseiras para pegar a munição macia. Todos nós, humanos, estamos de chapéu e luvas de inverno no frio intenso e eu me imagino com Nick, jogando-o de brincadeira num montinho de neve. Um beijinho fofo na ponta do meu nariz gelado. É um set de filmagem dos velhos tempos, com trilha sonora de Nat King Cole. Em algum lugar ao longe, alguém está torrando castanhas numa fogueira ao ar livre.

Mas aí, tudo muda: estou formando bolas de neve com a seriedade de um trabalhador de fábrica de munição. Quando os meus braços se lançam para a frente, solto um grito primal. A bola rasga o ar com uma velocidade tão grande, que sei, quando ela bate nele, que o jogo vai parecer um *pouco* menos amigável. Com um *pof* ecoante, a bola atinge Nick no ombro esquerdo e explode num jorro de neve, e ele cai um pouco para trás, cambaleando. E Calla... *Onde está Calla, onde está a minha irmã?*

Não está na cama dela.

Ainda não está em casa.

E agora são oito da manhã da véspera de Natal.

Fecho a porta que dá no quarto de hóspedes, giro no patamar do andar de cima e passo a mão no rosto. As roupas de ontem ainda estão no meu corpo. Fico observando enquanto um fluxo de desconhecidos entra e sai pela nossa porta da frente, conforme Johnny os orienta com gestos suficientes para pousar um avião.

Essa "pequena reunião em família" – esse casamento simples e descontraído – se transformou numa coisa que se encaixaria melhor numa refilmagem natalina de *O pai da noiva*. Primeiro é a entrega dos móveis. Dezenas e dezenas de cadeiras brancas, aparentemente talhadas à mão, enfiadas na nossa sala de estar, quase uma em cima da outra. Nossa mobília é afastada para o canto e carregadores de mudança levam o sofá para o sótão. Lá se vai a poltrona de leitura da vovó Ruby para a garagem. Docinho, por sua vez, também encara o caos ao meu lado no patamar, com a papada balançando de desaprovação.

– Eu sei – digo a ela, com a garganta apertada. – Eu sei, garota.

Ela olha para mim como se dissesse: *Devo interromper isso? Devo latir?*

Não sei o que dizer a ela. Não mesmo. Vovó Ruby também não. Aparentemente, as entregas também são novidade para ela. Três bolos chegam com camadas de flores brancas. Uma equipe se junta para pregar mais guirlandas no nosso teto. Sim, pregar. Martelando pregos, pendurando ganchos. Um altar de madeira monumental é enfiado pela nossa garagem, depois posto entre as árvores de Natal na sala de estar. E tem os festões. Muitos festões. Nunca vi tanto festão na vida. Tem festão enrolado em todas as superfícies e ao redor das velas na mesa da sala de jantar.

À tarde, podemos até competir com a oficina do Papai Noel – e nada parece nosso. Até a miniatura de vilarejo coberto de neve da vovó Ruby fica em segundo plano, escondida na estante do canto.

Encaro o objeto. As famílias felizes de cerâmica. Uma camioneta minúscula com uma árvore de Natal presa ao teto. Miniaturas de pessoas patinando num lago de gelo transparente, jogando hóquei com um disco de

5 milímetros. Quando Calla e eu éramos mais novas, passávamos horas imaginando como essas pessoas falsas viviam. Essas famílias perfeitas, que moravam no Natal o ano todo. A alegria durava o ano inteiro. Nenhum problema, nenhuma preocupação. Chalés cobertos de neve e lojas de bebidas congeladas.

– Teve notícias da sua irmã? – pergunta vovó Ruby. Ela se aproxima de mim uma hora antes do jantar. Contorce as mãos enrugadas, com os anéis reluzindo. – Estou começando a ficar meio preocupada com ela, e os convidados devem chegar daqui a pouco... Sydney, você me contaria se houvesse algo errado, não é?

– Errado? – Engulo em seco. – Errado, como?

Mais mãos contorcidas.

– É que estou com uma *sensação*. Na boca do estômago, como se eu tivesse comido alguma coisa temperada demais. Picante até pra mim.

Ela suspira e se recompõe, abrindo um sorriso rápido.

– Deixa pra lá. Não se preocupa comigo. Talvez eu só esteja ficando velha para esse negócio de juíza de paz. Fico preocupada de errar meu discurso.

Minha garganta arde, apertada.

– O que quer que diga, tenho certeza que vai ser perfeito.

Ela me abraça de lado, com um braço frágil mas forte.

– Espero que sim. Tem muita coisa em jogo amanhã, não é? E hoje à noite! Talvez eu devesse te emprestar algumas das minhas joias, Sydney, se você não tiver nada. Tem umas pulseiras na minha cômoda.

No andar de cima, coloco dois braceletes de ouro no pulso e, na cozinha, corto os pimentões e as cenouras, depois passo para o queijo, ralando-o com um vigor acentuado. De vez em quando, Nick para de cortar cebolas e olha para minha pilha cada vez mais alta de queijo. Não consigo olhar para ele. Mal consigo ficar no mesmo cômodo que ele. Espero que as cebolas o façam chorar.

– Acho que já chega, minha querida – diz vovó Ruby.

Paro, deixando o ralador de lado com um *poft*. Meu celular apita e eu o arranco do bolso, rezando para que seja Calla. Não é. É o meu chefe na CIA, Sandeep, com os registros financeiros de Vinny dos últimos três meses – como eu tinha pedido. A maioria dos registros bate, de acordo com Sandeep. Mas tem uma coisa estranha. Uma compra de roupa de mecânico num fabricante de roupas industriais. Talvez para Vinny usar quando mexer na Mercedes dele? Eu imaginaria que ele é do tipo que leva o carro para a oficina.

Também vou fingir, acrescenta Sandeep, **que esta conversa nunca aconteceu. Você sabe que não está mais no caso**.

Vou trocar por seis partidas de palavras cruzadas, contra-ataco.

Doze, responde ele. **Só não faz nenhuma idiotice.**

Agradeço a Sandeep com uma mensagem rápida e guardo o celular no bolso. Então começo a ralar mais queijo e tento parecer concentrada nos preparativos para o jantar. Vamos fazer comidas típicas do Dia de Ação de Graças. Alguns de nós – *no caso, eu* – não conseguiram participar da ceia este ano e Calla, em sua infinita consideração, decidiu que seria legal repetir a data. O molho de oxicoco balança numa tigela de prata. Biscoitos de alecrim se quebram na boca de Nick. Croissants fumegantes que dissolvem na boca são tirados do forno.

– Vinho? – me pergunta vovó Ruby, oferecendo uma taça.

– Sim.

É uma resposta muito firme. *Sim.*

Em geral, não se deve beber em missões. Mas fui expulsa da missão. Basicamente perdi a minha irmã. O cara com quem acabei de dormir me traiu. Uma sensação estranha no meu estômago me diz que estamos deixando algo escapar no caso, que o assalto ao veículo blindado não é tudo que vai acontecer. E o meu possível futuro cunhado acabou de me ameaçar ao lado de um elfo numa prateleira.

A esta altura, o vinho pode ajudar.

Tomo a primeira taça em poucos goles e as borbulhas descem estourando pela minha garganta. Nick me lança outro olhar de espião profissional e, ei, se ele quiser me criticar feito um babaca, tudo bem. O cara nem sabe cortar uma cenoura em palitos direito. Esse provavelmente não é um insulto bom o bastante, então o guardo para mim. Sorrio de modo educado e finjo que está tudo ótimo, nada de interessante por aqui, feriado perfeitamente normal.

É incrivelmente normal o magnata George Jones e sua esposa, a Águia, tocarem a nossa campainha. Muito normal pegar os casacos deles e ganhar um beijo na bochecha e eles me contarem da viagem de Boston para cá. Muita neve. Trânsito pesado. *Você deve ser a Sydney.*

– Sou eu! – digo, animadinha demais, levando-os para dentro.

George parece ser um misto de irmão gêmeo muito mais velho de Johnny, o Poderoso Chefão e um ganso. Ele é majestoso e tranquilo, com uma risada que parece uma buzina e ecoa imediatamente quando ele vê a tonelada de festões – o que, pra ser sincera, é o que eu penso também. Anna Jones, a Águia, é bem como Calla a descreveu: uma cópia exata da Miranda Priestly de *O diabo veste Prada*, com a bolsa Chanel pendurada no punho bem fechado. Ela tem cabelo branco radiante e, por algum motivo, trouxe o próprio injetor de temperos. Acho que vovó Ruby está se esforçando muito para não achar isso ofensivo.

Ela se aproxima de mim enquanto os convidados entram na sala de estar, onde eu acho que – *ah, tenha santa paciência* – Johnny está pegando o *Imagem & Ação* de novo.

– Eles são um casal muito interessante, não acha? Muito...

– Muito, muito – respondo.

Fico pensando se tem mais vinho e se acabei de ouvir a porta da garagem de novo. Talvez os meus ouvidos estejam me enganando, mas não... *não*. Também ouço passos. Calla?

Calla.

É a minha irmã mesmo. Ela entrou na casa como um furacão, com as botas de salto alto fazendo barulho na cozinha, e o meu coração dá uma guinada na direção dela. Quase sai do meu corpo. *Ela voltou. Está aqui.* E ela parece... bem. Para qualquer outra pessoa, bem. O cabelo em cachos caprichados. O batom sem borrões. Um suéter imaculado, xadrez natalino. Mas, do outro lado do cômodo, sinto a energia instável que se acumula sob a pele dela. Pode chamar de instinto de irmã.

– *Aí* está ela! – grita a mãe de Johnny do outro lado da sala, alegre, abrindo os braços.

E Calla se aproxima deles de um jeito educado, como se absolutamente nada estivesse errado. Como se as últimas 24 horas nem tivessem acontecido.

– Desculpem o atraso – diz ela. – Eu estava no spa.

– Olha, ele fez maravilhas! Você parece renovada. Como uma noiva corada. Não é, George?

– Johnny é um cara de sorte! – diz o pai de Johnny.

Ele dá um soquinho nas costas de Calla – essa mania deve ser de família

– e... *o que está acontecendo? O que diabos está acontecendo?* Calla não está nem olhando para mim. Ela se recusa a me encarar. Meio compreensível, se a gente pensar em tudo que escondi dela. Mas, se ela voltou, isso não significa... não significa que ainda vai *se casar* com ele, não é?

– Com licença – digo, abrindo caminho até os convidados. – Desculpem, preciso...

Puxo Calla para o maior abraço na história da humanidade, esmagando-a.

Ela me dá um abraço fraco em resposta. Mas a pulsação dela está muito acelerada – e o timer disparou na cozinha. Hora do jantar. Do jantar de ensaio. De nos sentarmos para comer. Quando tento puxá-la de lado por um segundo, ela sibila para mim numa voz que só eu consigo ouvir.

– Agora não. Estou bem. Só... espera.

Ela não está bem.

Esperar pelo quê?

Nós sete vamos para a sala de jantar formal, onde Calla arruma a mesa. Ela põe os melhores talheres (garfos reluzentes e espátulas com bordas de serra) ao lado dos pratos de cerâmica com passarinhos da vovó Ruby. Nick se oferece para buscar a comida: um peru enorme e muito bem assado, uma montanha de pães e uma caçarola de ervilha que acabou de sair do forno. O aroma de sálvia preenche o cômodo. O cheiro é sensacional. E estou bem longe de estar com fome.

– Vão, vão, ocupem os seus lugares – pede vovó Ruby.

Ela se senta na cabeceira da mesa e eu fico entre ela e Calla, com os braceletes de ouro tilintando.

Bebendo champanhe perto da outra ponta da mesa, Johnny encontra o meu olhar e dá uma piscadinha para mim. *Babaca.* Trinco os dentes, estendo a mão para pegar minha taça de vinho, tomo um gole e balanço o líquido na boca. Nada. Nada aparece no rosto dele. Nenhuma pista sobre o que aconteceu ontem à noite. O que *ele* acha que está acontecendo aqui? Com Calla? Agora que ela voltou, talvez ele acredite que *realmente* foi para o spa. Para um tratamento pré-nupcial. Algo comum.

Pelo canto do olho, analiso a minha irmã. Ou ela é a melhor atriz que já conheci – digna de um Oscar, a pessoa mais tranquila possível sob pressão –, ou, de algum jeito, quase por milagre, conseguiu convencer a si mesma

de que está tudo bem. Espero que seja a primeira opção. No rinque de patinação, ela disse que era mais durona do que as pessoas achavam.

Ponho a minha taça na mesa e me sirvo outra. Vinho espumante, espumante.

Coma a sua comida, digo a mim mesma. *É só comer e não dizer nada.*

Mas Calla... ela estava certa. Se voltou e encarou tudo isso de um jeito
ou de outro, ela é durona. Ela é *mesmo*. E quero dar coragem a ela. Dar
algo a ela.

Empurro a minha cadeira um pouco para trás.

– O que você está fazendo? – sussurra Calla, aproximando-se de mim. O
pânico passeia pelas sobrancelhas dela. – Eu falei que não queria discursos.

Não falou, não.

– E... você está suando – diz ela. – Por que você está suando?

Você sabe bem por que estou suando.

– Não estou suando.

– Sydney, o suor está escorrendo pelo seu rosto.

Reviro os olhos como se estivéssemos jogando, seco a testa com um dos
guardanapos de pano e puxo a gola rulê um pouco para baixo. É a última
vez que uso lã de rena! Esse negócio sufoca.

– Só vou dizer algumas palavras...

– Não! Não, *por favor*. Você está...

Ela estende a mão para a manga do meu suéter, mas sou mais rápida. Eu
me levanto meio desengonçada, meio puxada pelo cotovelo, e consigo ficar
de pé e bater na taça de vinho com uma faca de manteiga.

– Eu gostaria de fazer um brinde.

Meu sorriso é acolhedor e simpático.

Um silêncio cai sobre a sala de jantar, até que o único som é a música
"You're a Mean One, Mr. Grinch" escapando dos alto-falantes.

– Johnny – digo, erguendo a taça na direção dele.

Começo a fazer um discurso sobre como temos sorte de amar a minha
irmã. Ao longo do discurso, Calla ri nas partes certas, esconde o rosto nos
momentos adequados – e Nick, ele está preso a cada palavra minha. Não
quero pensar nas mãos dele nem no quarto da pousada, nem na maneira
como está me fitando, como se me conhecesse, como se nós sempre tivéssemos sido sinceros um com o outro.

Besteira.

Ao meu lado, Calla inclina a cabeça para mim de um jeito educado que diz ao mesmo tempo "eu te amo" e "Sydney, você está bêbada?". Mas percebo que tem algo mais por baixo daquilo tudo, um medo primitivo. Medo do que estou prestes a dizer. De como vou terminar este pequeno discurso.

– Eu faria qualquer coisa pela minha irmã. Qualquer coisa. Tenho sorte de poder amá-la, assim como você tem. Então... levantem suas taças.

Na mesa toda, sete taças se erguem sob a luz do candelabro e, claro, escolho este momento para capturar o olhar de Nick. Agente duplo Nick. Ele faz um leve aceno com a cabeça, como se dissesse: "Um discurso e tanto, Syd." A minha garganta se fecha.

Acho que posso odiá-lo.

O padrinho definitivamente não é um bom homem... e não tenho a menor ideia de como isso vai acabar para nenhum de nós.

– Sejam bons um para o outro – acrescento com um floreio engasgado ao fim. – Senão, Johnny, talvez eu precise quebrar todos os ossos do seu corpo e todas as partes boas. E aí, quem quer peru?

Todo mundo ri com educação, as taças tilintam, e volto a afundar na minha cadeira. Tem uma movimentação ao meu lado. Calla e eu agimos como uma gangorra. Assim que eu me sento, ela se levanta devagar.

– Eu gostaria de acrescentar uma coisa – diz a minha irmã. Ela é a anfitriã perfeita e meu primeiro pensamento é *oh-oh*. Ela não queria nem que *eu* fizesse um discurso. – Eu estava pensando que a maioria de vocês sabe como Johnny e eu nos conhecemos, mas não sei se todos sabem como ele me pediu em casamento.

Olhares curiosos se espalham por toda a mesa e Nick tenta captar os meus olhos de novo. Ele também está sentindo? Essa mudança em Calla. Tem alguma coisa levemente *errada*. Com Nick também, agora que estou olhando melhor para ele. Na lateral da mesa, ele pegou discretamente o celular e leu uma mensagem com uma expressão quase horrorizada no rosto.

– Ok – diz Calla.

Ela alisa a lateral da saia com uma das mãos para tirar cada amassadinho. Ou, talvez, para secar a umidade na palma da mão.

– Bem, Johnny e eu estávamos fazendo umas compras de Natal, embora, sinceramente, eu tivesse terminado noventa por cento das minhas compras no Quatro de Julho.

Algumas pessoas acham isso engraçado e dão risadas.

– Johnny estava todo nervoso – diz ela – e achei que fosse porque ele ainda não tinha pensado no que me dar de Natal, mas decidimos dar uma voltinha rápida por um jardim. A neve começava a cair. Aqueles flocos de neve lindos e *perfeitos*. E nós paramos no meio de uma ponte perfeita. Johnny se ajoelhou e me disse que, nos filmes, as pessoas sempre encontram o amor da vida delas em pontes. Que, embora as nossas famílias fossem muito diferentes e nós dois tivéssemos vindo de direções muito diferentes, a honra da vida dele era me encontrar no meio dessa ponte.

A mãe de Johnny leva a mão até o coração, em lágrimas, mas Calla ainda não acabou.

– Tudo foi perfeito. O local. O momento. O discurso. O anel.

Ela olha para a própria mão como se estivesse desconectada do corpo. Como se fosse de outra pessoa. Mesmo assim, sorri e ergue a taça de vinho um pouco mais, com os dedos apertando tanto que ela quase a quebra.

– Eu gostaria de fazer um brinde a Johnny. Tão perfeito... que é inacreditável.

A frase final exala ternura. Os pais de Johnny ficam muito felizes. Olha só o filho deles! Que homem eles criaram! Quase inimaginavelmente perfeito. Johnny também está feliz. A taça dele se inclina em direção à futura esposa corada e ele toma um gole borbulhante, satisfeito.

Mas, quando Calla se vira para mim, com determinação nos olhos, eu entendo tudo. Uma irmã sempre sabe.

Calla não voltou para se casar com Johnny.

Ela voltou para derrubar esse canalha.

Capítulo 18

Ao longo do jantar, aguardo o momento certo, desesperada para tudo isso acabar, desesperada para falar com a minha irmã a sós. A conversa à mesa é um pouco artificial. Vovó Ruby faz a maior parte da animação, conversando sobre as decorações de Natal na cidade, todas as bengalas doces iluminadas que ela colocou na calçada e, depois, do nada, vem a conversa sobre bebês. A mãe de Johnny só fala no futuro bebê. Quando é que Calla pensa em engravidar? Será que consideraria fertilização *in vitro* se tivesse algum problema de fertilidade, para assegurar a continuação da linhagem da família Jones? E será que poderia passar a caçarola de ervilhas? Vovó Ruby desvia do assunto sem o menor tato – mas felizmente –, com uma história sobre trilhas de alces na fronteira canadense. Ninguém discute como essa mudança de assunto ocorreu, mas Calla parece grata.

Fico esperando que ela se levante da mesa. Pra usar o lavabo. Ou buscar outra garrafa de vinho. Mas ela está enraizada na cadeira, mantendo a farsa. Assim que o cesto de pães fica vazio, vovó Ruby me pergunta se eu não me incomodaria de enchê-lo. Inclino a cabeça discretamente para Calla, na esperança de que vá comigo até a cozinha. Em vez disso, quem me segue é Nick.

Alguma coisa revira no meu estômago.

– Preciso falar com você – diz ele com seriedade. Ele está com o rosto franzido de preocupação. Preocupação real? Preocupação falsa? *Não acredite em nada do que ele disser.* – Acha que a gente pode sair por um segundo? Ou ir lá pra cima?

Jogo alguns pães no cesto, que batem, pesados, no tecido. *Babaca sentimental*, disse Johnny. *Nick não é assim. Talvez você fosse fácil.*

256

– Não quero me ausentar do jantar por muito tempo. Melhor a gente...

– Por favor, Sydney – diz ele, tornando a voz um sussurro que some sob as músicas natalinas. – Acho que te passaram uma ideia errada. Na verdade, retiro o que disse. *Sei* que te passaram uma ideia errada.

Meu olhar dispara até o dele e Nick está com o rosto igualmente tenso e desesperado. Estou me esforçando ao máximo para manter as aparências, mas a fachada está rachando. Não. A fachada já está espalhada pelo chão. Em pedaços. Virou pó.

O rosto de Nick fica pálido, sem cor.

– É isso que ele faz, Sydney, ele...

Nick se interrompe com um suspiro mordaz, o pescoço se inclinando, olhando na direção da sala de jantar, e, de repente, abre a porta da despensa e me empurra delicadamente para dentro. Uma das mãos dele segura a minha lombar.

– Ei!

O que ele planeja? O que vai fazer? Abandono os pães na bancada e entro meio cambaleando na despensa, tropeçando em pequenos potes de farinha no chão, com o coração martelando.

– Não acha que *isso* é suspeito? – sibilo.

Nick fecha a porta da despensa e acende a lâmpada. A luz amarela se espalha sobre nós. Ele substituiu o SUÉTER NATALINO por um suéter natalino de verdade, com uma rena de casco azul trotando no peito. Ele parece ao mesmo tempo muito alegre e muito triste. *Não me importo.* As paredes da despensa se fecham em cima de nós, com os potes de açúcar em vidro fosco e as caixas de amido de milho balançando nas prateleiras.

– Meu chefe analisou a última gravação – diz Nick, sussurrando tão baixo que mal consigo escutar. – Foi por isso que eu estava olhando pro meu celular no jantar. Sei o que Johnny falou e *não é verdade*, Sydney. Tenho certeza que você acha que te traí, que te enganei de propósito até, mas Johnny só... Ele está fazendo o que faz de melhor. Ele faz as pessoas duvidarem de si mesmas. Ele disse o que você menos queria ouvir.

Cruzo os braços.

– Bem, você não me conhece de verdade, então...

– Não faz isso – diz Nick, gemendo, como se eu tivesse acabado de dar um soco no estômago dele. – *Por favor*, não faz isso.

– Fazer o quê? Nós não nos conhecemos. É óbvio que não.

A garganta de Nick se fecha de um jeito tão doloroso que até consigo ver.

– Sei que parece horrível, mas, se me deixar explicar... Mais ou menos um ano atrás, Johnny teve umas suspeitas. Tinha um informante no meu departamento que falou pra ele do meu pai e ameaçava revelar o meu disfarce. Tive que fingir pro Johnny que ia entrar pro CSIS *por ele*. Seguir os passos do meu pai, me tornar um agente duplo por ele, ser o cara dele lá dentro.

Minha respiração continua falhando.

– E não achou que deveria ter compartilhado essa informação comigo?

– Você já estava com dificuldade pra confiar em mim e eu... – A voz dele falha. – Eu não queria que se preocupasse. Não queria dar motivos pra duvidar, porque é complicado e não parecia nada bom. Juro por Deus que nunca falei isso pra *nenhuma* mulher num bar. Johnny sempre brincava que eu deveria usar isso, mas nunca usei. Por favor, Sydney. Eu juro. Você ainda pode confiar em mim.

– Posso mesmo? – pergunto, fazendo pressão, com a voz totalmente fria.

Porque já tomei a minha decisão. Nunca mais vou confiar em nada do que ele diz, nunca mais.

– Pode – sussurra Nick. Ele solta um suspiro forte pelo nariz. – Quero que saiba tudo sobre mim. Você é a primeira pessoa em quem confio nos últimos três anos, mais ou menos, e...

Levanto uma das mãos para apagar a luz, enquanto a outra segura a boca de Nick. Os lábios dele pressionam a palma da minha mão e o hálito provoca leves formigamentos na minha pele. Um tremor percorre as minhas entranhas. Ouvi alguma coisa. Uma pessoa entrou na cozinha na ponta dos pés, de um jeito muito sorrateiro, e está parada perto da porta da despensa. Nick e eu ficamos completamente imóveis, como os potes de açúcar. Nós esperamos. E esperamos um pouco mais.

Até que vovó Ruby abre a porta.

Num gesto louvável, ela dá um pulinho, mas não questiona a inegável estranheza da situação. Não sei o que ela pensa que estamos fazendo aqui – tão próximos, enquanto tiro a mão da boca de Nick.

– Pode me passar o pacote de sal, minha flor?

Está bem perto da minha cabeça. Em silêncio, eu me viro, pego o pacote e entrego a ela.

– Obrigada – diz ela e fecha a porta.

– Preciso… – falo para Nick, mas não termino a frase.

Ele estende os dedos, roçando nos meus, e ainda está falando quando eu fujo.

O jantar não dura muito mais. Nick e eu voltamos separados para a mesa, deixando aquela conversa como uma ferida aberta. Garfos tilintam. Comemos uma salada de inverno. Rúcula. Em algum lugar embaixo da mesa, Docinho cheira joelhos em busca de farelos de comida. Entrego escondido um fiapinho de peru – e, depois, estendo um pedaço enorme na palma da minha mão. Johnny corta mais peru, pegando a faca e fatiando a ave, tirando pedaços grossos e irregulares – e, de vez em quando, lança mais um sorriso rápido na minha direção.

Você, penso. *Você vai ser derrubado. Vai ficar no chão. Metido.*

E aí acaba.

O jantar finalmente acaba. A chef recebe elogios, assim como a pessoa que ralou aquela montanha de queijo (obrigada, obrigada), depois Johnny vai embora com os pais. Dá azar ver a noiva logo antes do casamento. Todos vão para lugares separados: Johnny vai para um dos hotéis à beira-mar ali perto, junto com o Sr. e a Sra. Jones; Nick vai tirar o lixo da cozinha para vovó Ruby; Calla e eu vamos para o andar de cima. Mais para cima. Para o sótão.

Quando a porta se fecha, ela solta uma respiração pesada, sacudindo as mãos como se estivessem molhadas e a água pingasse delas.

– Não achei que iria ser capaz de *fazer* aquilo – diz ela, ofegante. – Quer dizer, eu meio que achei que conseguiria, mas esse não é exatamente o cenário do casamento dos meus sonhos.

Ela captura o meu olhar e a respiração sai em sopros da boca.

– Sydney, tá um *gelo* aqui em cima.

– É. – Faço que sim com a cabeça, liberando a sinceridade: – Mas o resto da casa tem escutas.

Calla pisca, com a raiva voltando.

– Você colocou escutas na nossa casa?

– Não, mas poderia muito bem ter sido eu. E sinto *muito*. Só de falar isso, me sinto medíocre e irresponsável e...

Calla balança a cabeça e me interrompe.

259

– Não… Para com isso. Não quero um pedido de desculpas. Só quero… Meu Deus, nem *sei* o que eu quero. Que alguém me diga que tudo não passa de um pesadelo. Alguns dias atrás, eu estava pensando comigo mesma que talvez estivesse ficando com medo. É normal ter medo. É o que todos os blogs dizem. Claro que mal tive tempo de ler os blogs, porque tem tantas coisas acontecendo a um milhão de quilômetros por hora! – Calla balança a cabeça com mais força. – E eu *odiei* isso. Odiei muito tudo isso. Você está certa, eu gosto mesmo de planejar, me dá segurança, mas tentei ser a pessoa espontânea que Johnny queria que eu fosse, a pessoa que "topa tudo", e… Minha vibe está muito esquisita?

Realmente não sei como responder a isso.

– Realmente não sei como responder a isso – digo.

Ela massageia a base da garganta.

– Talvez eu, tipo, esteja muito acostumada a trabalhar com crianças pequenas e não saiba mais como interagir com adultos, mas, quando Johnny e eu estávamos voltando do hotel, dormi no banco do carona e tive um sonho muito estranho, Sydney. Pensa num sonho *estranho*. É manhã de Natal. Estamos todos sentados ao redor da árvore. De repente, eu fico *muito* enjoada. Como se algo estivesse errado. Quando toco em mim mesma, a blusa do meu pijama está molhada. E grudenta. E vermelha. Eu penso: *Ai, meu Deus, eu estou sangrando. Por que eu estou sangrando?* Mas aí percebo que é molho de oxicoco. Não é nem do tipo feito em casa. É enlatado, sabe? E tem… tem um monte de pedaços em cima de mim, e *aí* percebo que não estou de pijama. Estou usando o meu vestido de noiva.

Ela vai precisar de muita terapia.

– Parece horrível – digo, muito solidária.

– Foi o que pensei! Eu acordei, contei o sonho pro Johnny e ele *riu*. Ele achou que fosse piada ou algo assim e isso trouxe todas as outras coisas à tona. Todas as reservas que eu estava engolindo porque dessa vez era pra ser *diferente*, porque ele parecia perfeito de tantas maneiras, e eu adorava a ideia de estar com ele. A química que a gente tinha e como ele… ele simplesmente ocupou o espaço todo. De repente, eu tinha uma vida social intensa, nós íamos a vários lugares e ele me disse que eu era "a escolhida" *supercedo*. Isso era bom. Parecia importante. Ele dizia que nunca ia me deixar e essas eram as palavras exatas que eu precisava escutar. Mas a mentira… As *mentiras*…

Ela engole em seco.

– Acho que ele me ama de verdade, mas também acho que eu era boa pra imagem dele. Uma professora de jardim de infância que provavelmente não faria muitas perguntas. Mas quero que você saiba, *preciso* que você saiba, que *fiz* perguntas. Desde o início. Johnny sempre tinha resposta pra tudo. Por que os primos dele estavam batendo à porta no meio da noite? *Problemas no casamento.* Por que ele tem tanta fita adesiva? *Compra no atacado.*

– Ele realmente faz compras no atacado – admito, franzindo o nariz. – Está nos arquivos.

Calla passa um dedo em círculos pequenos e firmes entre as sobrancelhas.

– Estou paralisada. E furiosa. Tentando processar tudo isso. E não consigo. Ouvi o que você disse no rinque de patinação no gelo, sobre o seu emprego, sobre Johnny, e de repente eu estava acelerando feito um piloto de fórmula 1 e só queria ter tempo pra pensar em como isso tudo podia ter dado muito, *muito* errado.

Engulo em seco ao perceber que chegamos à parte ainda mais difícil.

– Pra onde você foi?

Calla começa a andar de um lado para outro no frio.

– No início, fiquei dirigindo em círculos. Eu estava repassando mentalmente os últimos meses, me lembrando de todas as coisas que Johnny tinha me contado, me perguntando até que ponto aquilo era verdade, tipo, é normal ter algemas no quarto? Eu tinha imaginado que fosse... sabe... por outro motivo. Podia ter sido o outro motivo! Falei pra mim mesma que, se eu invadisse a casa dele e não encontrasse *mais nada* parecido com aquilo...

Paro de respirar.

– Você invadiu a casa dele?

– Ah, eu tenho a chave. Mas não. – Ela se vira para trás, mudando de direção. – Comecei a ficar meio paranoica. Se houvesse a mínima chance do que você disse ser verdade... E por que diabos você mentiria pra mim num assunto desses?... Eu não queria ser seguida. Então larguei o carro na casa do meu amigo Tyler.

Arqueio uma sobrancelha.

– Tyler, o seu primeiro namorado?

– É, ele ainda mora aqui na cidade. Foi o primeiro lugar em que pensei que não era público. A casa dele fica no meio de uma floresta. Também convidei Tyler pro casamento, o que é *ridículo*, porque o casamento nem vai acontecer, mas ele estava na minha frente e...

– Calla – digo, segurando-a levemente pelos ombros, mantendo-a parada. – Foco.

Ela faz que sim com a cabeça.

– Peguei o carro de Tyler pro Johnny não conseguir me achar, dirigi até Boston e fui até o meu apartamento. Achei que isso poderia despertar alguma lembrança, algo que ele tivesse me contado ao longo do nosso relacionamento e que parecesse esquisito. E foi o que aconteceu.

– Continua – incentivo, fazendo uma leve pressão.

– Você disse que estive perto de uma dessas cenas de crime. Em Buffalo. Eu estava visitando a Diana. Ela estava vendendo alguns suéteres pra ursos de pelúcia numa galeria lá e eu nunca tinha ido a Buffalo... e Johnny falou explicitamente pra eu não ir. Bem ali, na minha sala de estar. Eu não entendi. Ele foi *muito* inflexível em relação a isso, mas eu já tinha reservado as passagens e queria ver a minha amiga.

Calla morde o lábio e os olhos ficam marejados.

– Mas ele não me impediu. Ele sabia que, se algo desse errado no assalto em Buffalo, pegaria *muito* mal se eu estivesse por perto. Eu só enchi o tanque num posto de gasolina! Só isso. Mas ele deve ter percebido que isso ia parecer suspeito e ainda assim me deixou ir. O que significa que se importou mais com o dinheiro do que comigo, certo? Ele pôs o crime acima... acima de nós. Acima do que nós tínhamos. E eu não sei o que faço, porque metade de mim está *muito* revoltada com as mentiras e a outra metade está totalmente entorpecida. A questão não é só acreditar nele. É que eu *queria* acreditar. Eu queria o conto de fadas e o homem perfeito que chega do nada montado num cavalo branco, merda.

Quase viro a cabeça para trás. Não sei se eu já tinha ouvido Calla falar assim.

– Na verdade, ele disse que queria te dar um cavalo no altar.

– Na nossa *sala de estar*? Como é que ia caber? – Ela massageia os olhos. – E Docinho tem *muito* medo de cavalos. – Com a manga do suéter, ela seca o nariz, que começou a escorrer um pouco. – Acho que eu só queria

262

um cara que não me decepcionasse como o nosso pai fez. Sei que você não quer mais vê-lo...

Meu estômago se contrai. A garganta se contrai.

– Não é isso.

Na verdade, estou imaginando a cena. Ele entrando no vestíbulo com um terno azul amarrotado, o cabelo partido ao meio. Talvez o cabelo dele esteja mais comprido agora. Deve estar, não é? E ele daria uma olhada nos convidados, procurando Calla, me procurando. Esse seria o resultado perfeito. O melhor final.

Mas esse é o final do filme. A parte certinha. A vida real é mais bagunçada do que isso.

– Ele ligou pra cá – digo, soltando o ar.

Calla captura o meu olhar, com os olhos meio injetados de sangue, a voz saindo áspera.

– Ele ligou?

– É.

Estou me esforçando para manter a compostura.

– Ligou, sim. Eu... eu, hum, atendi o telefone e ele não reconheceu a minha voz. Pensou que fosse vovó Ruby e basicamente disse que não vem pro casamento, e eu *sei* que você não tem o pai que merece e não tem a irmã que merece...

Num piscar de olhos, Calla se lança para a frente e me abraça. Parece que estou voltando para casa. Parece que uma eternidade se passou. Ela apoia o queixo no meu ombro e eu me inclino, inspiro, dou um abraço apertado nela.

– Não – diz ela, balançando a cabeça. – Não fala isso. Você tá aqui, apesar de tudo. Só porque não vou conseguir esse reencontro perfeito não significa que perdi totalmente a minha fé em *você*. Você voltou. Isso aqui parece quem você era. Quem sempre foi.

Isso quase despedaça o meu coração. E também me cura um pouco. Calla está certa. Eu *realmente* me afastei de quem era, mas, neste feriado, é como se estivesse voltando para a margem.

Só de falar do nosso pai em voz alta...

Às vezes você não consegue se curar se não reconhecer o dano. Às vezes precisa saber exatamente onde dói e por que dói antes de começar a se refazer.

Consigo falar, mas a garganta ainda arranha.

– Você alguma vez sente muita, *muita* saudade de como as coisas eram?

Ela faz que sim com a cabeça apoiada no meu ombro, me abraçando mais apertado ainda.

– O tempo todo – sussurra ela. – Eu tenho uma... lembrança da mamãe e do papai, muito específica, que sempre aparece na minha mente, e é tão clara que nem sei se é real.

– Me conta – murmuro.

Calla dá um passinho para trás e seca uma lágrima com a mão.

– Eu era muito pequena, porque a gente ainda estava morando naquele condomínio, bem antes de virmos morar com vovó Ruby, e devia ser véspera de Natal. Eu penso ter ouvido o Papai Noel. Algum barulho na sala de estar. Então olho e lá estão a mamãe e o papai, e eles estão se abraçando. Essa é a lembrança. Eles se abraçando perto da árvore de Natal, com as luzes multicoloridas ao redor, muito claras, e aí eu soube que um dia ia querer que alguém me amasse daquele jeito.

– Essa é a questão – digo, com a voz áspera, instintivamente passando o dedo na minha tatuagem. – Você *tem* isso, Calla. Vovó Ruby e eu, a gente te ama demais... E tenho certeza que é uma lembrança real. Essa é a coisa mais importante que me lembro deles também. Quanto eles eram próximos.

Calla solta um suspiro, quase de alívio.

– Que bom, porque... às vezes não sei se estou só me lembrando das histórias que vovó Ruby me contava ou de coisas que vi em mães na TV e, em relação ao papai, tenho imagens muito aleatórias. Tipo, quando ele foi voluntário na barraca de mergulho num dia em que a temperatura estava abaixo de zero ou ele arrumando o meu cabelo com um... aspirador de pó? E os jogos de beisebol. Eu *amava* aqueles jogos de beisebol.

Franzo a testa.

– Sério?

Todo verão, antes do início das aulas, meu pai, Calla e eu íamos a um jogo na nossa cidade. Comprávamos mãos de espuma dos Huskies de Cape Hathaway, comíamos amendoins na casca e nos enrolávamos em casacos macios quando o sol se punha. Meu pai apoiava os pés nas costas do assento da frente, com as mãos atrás da cabeça, e dizia: "Isso aqui, meninas, é a coisa mais próxima da felicidade." E também era a minha felicidade. Meu vislumbre de felicidade. Nos anos depois que ele foi embora, Calla e eu continuamos indo, mas eu via a sombra dele nas arquibancadas. Ouvia a frase dele sobre a felicidade que parecia tão distante naquela época. E o meu luto me pegou. A CIA virou uma desculpa para deixar de ir aos jogos do fim do verão, parar de me lembrar, parar de fazer uma coisa que me despedaçava.

– Eu gostava – diz Calla. – Quer dizer, não da parte do *beisebol*, mas de todo o resto.

– Então nós vamos – falo, com sinceridade. – Vamos começar a ir de novo. Neste verão. Ou antes. Na primavera. Vamos estar lá no início da temporada. As coisas vão ser diferentes daqui em diante.

Calla faz uma pausa. Ela pensa.

– Acredito em você – diz.

É uma declaração simples. Também é exatamente o que preciso ouvir. E sinto que todas as minhas feridas se curam um pouco. Como é que ela pode ser tão amorosa, tão complacente, quando nem eu estou pronta para me perdoar?

– Mas o que eu faço? – indaga ela com a voz áspera, nos trazendo de volta para o problema atual. – Com o casamento?

– O que *você* quer fazer? – pergunto com delicadeza.

– Não posso me casar com ele, Syd.

– Eu sei.

– Todo mundo está vindo pra cerimônia.

Apoio as mãos nos ombros dela.

– Não se preocupa com as outras pessoas. Eu me preocupo com elas.

– Achei que, se eu voltasse – diz Calla –, achei que, se eu prendesse Johnny aqui, se segurasse a família dele pro casamento, isso daria tempo pra você... pensar em algo. E isso me daria tempo pra lembrar de mais algumas coisas. Tem... tem mais uma coisa que eu lembro.

Eu recuo um pouco e olho para ela.

– Sim?

Ela morde o lábio.

– Johnny tem um depósito pras mountain bikes dele. Encontrei a chave na semana passada e perguntei a ele de onde era.

– Tá... – digo, com a pulsação acelerando de novo.

Calla pisca.

– Sydney, ele *odeia* andar de bicicleta.

Bem longe da nossa casa, perto do gazebo do bairro, digito o número de Gail sob a neve. Minhas botas fazem barulho enquanto ando rápido de um lado para o outro, esmagando o sal grosso. Ela não atende. Outra pessoa atende.

– Você ligou para o escritório noturno de Frango e Waffles Caseiros da Clara. Como posso ajudar?

Nem hesito.

– Coloque Gail no telefone.

A voz do outro lado da linha também não hesita.

– Sobrenome? E em qual departamento ela trabalha, por favor?

Com o coração martelando, massageio a testa com a palma da mão.

– Aqui é Sydney Swift e é uma emergência. Transfira pra Gail.

– Sinto muito – diz a pessoa, sem se abalar –, mas temos dezenas de departamentos: marketing, recursos humanos, soluções galináceas...

Estou de saco cheio dessa enrolação, porque *estamos ficando sem tempo*.

– Minha irmã sabe de um depósito.

A resposta é imediata.

– Por favor, aguarde.

Um bipe agudo se segue antes de eu escutar passos, então o som nítido da voz de Gail surge do outro lado da linha.

– Sydney.

Falo tudo de uma vez.

– Porky's. Ele está escondendo produtos roubados no Porky's.

– Você andou bebendo?

– Sim – respondo, com o espumante ainda correndo pelo corpo. – Essa não é a questão. É um depósito na saída da rodovia interestadual no leste de Boston. O chaveiro deles tem um porquinho. É lá que Johnny está escondendo a parte dele dos produtos roubados. Vasculhei o meu cérebro por dias, imaginando como a família Jones conseguia transferir tantos produtos de alto valor sem um único rastro na dark web, e essa é a questão, Gail: eles provavelmente não conseguiram fazer isso de uma vez só. Devem ter armazenado em algum lugar, descarregado em lotes. E desconfio que também é lá que está escondido o resto do C4. Porque não vão usar tudo numa ponte, né? Se agirmos *esta noite*... e estou falando de *agora mesmo*... podemos ter todas as evidências necessárias até amanhã de manhã. Antes mesmo de o assalto começar. Localizamos a unidade, conseguimos um mandado, entramos com uma força-tarefa.

– Você quer que eu reúna uma força-tarefa na véspera de Natal – diz Gail sem nenhuma emoção.

– É, na véspera de Natal – destaco. – Quem sabe quanto tempo mais o depósito vai continuar em operação. Se quiser pegar os caras antes do próximo assalto, evitar o derramamento de sangue daqueles motoristas do veículo blindado e das pessoas que estiverem no trânsito perto da ponte, nosso tempo está quase acabando.

Segue-se a maior pausa da história da humanidade.

– Você ainda está aí? – pergunto.

– Estou pensando, Sydney.

Ao fundo, ouço teclas de computador. Gail enrola.

– Acreditou no escritório do Frango e Waffles Caseiros?

– Trinta por cento. A maioria das pessoas pegaria a mentira na parte das "soluções galináceas".

– Vamos reformular. A minha assistente é nova. – Uma última digitação. Gail solta um suspiro profundo. – Teoricamente, consigo uma equipe de quatro oficiais federais na região do sul de Boston. E, teoricamente, podemos conseguir um mandado esta noite e mobilizar a equipe nas primeiras horas do dia, colocando uma segunda equipe no seu bairro, pronta pra cair em cima dele quando as evidências forem confiscadas... Mas você vai ter que enrolar até a equipe chegar. Segurar Johnny e a família. Manter a farsa.

Faço que sim com a cabeça no escuro.

– Eu consigo fazer isso.

– Tem certeza absoluta?

Faço que sim com a cabeça mais uma vez.

– Contanto que você resolva tudo antes do casamento.

Verifico o relógio no meu celular e sinto um buraco no estômago.

– Faltam onze horas e o cronômetro está rodando.

Capítulo 19

Tradicionalmente, a véspera de Natal é a minha noite preferida do ano. Mesmo quando criança, eu ficava acordada até depois da meia-noite, com a barriga cheia de queijo e os ouvidos atentos ao telhado, tentando captar o som dos cascos das renas. Agora, estou sentada no escuro no lado onde vão ficar os convidados da noiva e uma das cadeiras desconfortáveis da cerimônia range sob a meu traseiro. O cômodo nem parece ser a minha sala de estar. Na minha frente, o altar esculpido à mão está posicionado entre duas árvores de Natal, como um portal para o inferno.

Tomo um gole da gemada do Papai Noel. Vovó Ruby a colocou no console da lareira, no que parece uma tentativa desesperada de manter um pouco de normalidade. Peguei o copo e um biscoito de gengibre. Muito quebradiço. Estou me desfazendo junto com ele. Já é 1h33 da manhã e não recebi nem uma palavra de Gail. Claro que ela precisa de mais do que duas horas para mobilizar uma força-tarefa do governo na véspera de Natal, mas seria...

Meu celular vibra e eu o pego na cadeira ao meu lado com uma velocidade que daria para quebrar o pulso.

Em vão. A mensagem de texto não é de Gail. É de Nick: **Você não tá andando de um lado para o outro do seu lado da parede, então deve estar dormindo. Espero que não acorde com a mensagem.** Outro texto, logo em seguida, que me derruba: **Se eu puder apoiar você amanhã, seja como for, é só me avisar. Faço o que for.** Imagino Nick na escuridão do quarto, sentado na cama, inclinado sobre o celular, com uma expressão atormentada. O problema – o *enorme* problema – é que essa expressão é por causa de Johnny, não por minha causa.

Sei que perdi a sua confiança, chega a terceira mensagem e, depois, a quarta: **Mas estou disposto a usar o tempo que for pra reconquistá-la. Feliz Natal, Sydney.**

Feliz Natal, Nick. Merda.

Não respondo. Jogo o celular para o lado, solto um grunhido e fecho os olhos. Uma parte não muito insignificante de mim quer se levantar, correr escada acima e continuar essa conversa ao vivo – implorar que ele diga que não é verdade, de novo –, mas não devo. Não acreditaria nele. Não acredito. Mesmo que *ele* implorasse. Mesmo que beijasse o meu pescoço, me olhasse com aqueles cílios ou sussurrasse no meu ouvido que ele me entendia.

Pensar nele é como uma faca no estômago. Toda vez que imagino nós dois juntos, rindo, na cama, as mãos dele no meu corpo, essa faca gira.

– Sydney, meu feijãozinho, ainda está acordada?

A voz de vovó Ruby surge do canto e a luz acende. Ela está parada na porta com seu tradicional pijama de Natal, o que tem passamanaria verde--escura nas mangas. Na mão, uma caneca de alguma coisa com cheiro de uísque.

– Se eu soubesse, teria servido um pra você também.

– Ah, tudo bem – digo, recuperando a minha voz.

E está tudo bem mesmo. Eu não conseguiria acompanhá-la. Vovó Ruby tem a tolerância a álcool de um guarda de prisão siberiano.

Ela se joga ao meu lado com um *ufa* irregular e a cadeira range.

– Sabia que fui a juíza no casamento dos seus pais?

O comentário vem do nada. Pisco, surpresa.

– Não, eu... acho que nunca me contou isso.

– Foi a primeira vez que oficiei um casamento – diz vovó Ruby, com os olhos cheios de orgulho. – Eles eram um belo casal. Simplesmente lindos. E tão apaixonados! – Ela faz uma pausa e fica pensativa. – Às vezes sinto raiva do seu pai por ter ido embora e me pergunto o que foi que deu errado, o que eu deveria ter feito diferente na educação dele...

– Vovó, não – tento interromper para consolá-la, mas ela me corta com uma das mãos.

O cubo de gelo na caneca dela tilinta.

– Por favor, preciso desabafar. O que ele fez foi egoísta, embora uma parte de mim entenda que ele estava sofrendo. Perder a minha nora também me despedaçou. Mas, pra mim, era uma honra, um dever e um privilégio estar aqui pra cuidar de vocês, ser forte por vocês, ainda mais depois que o seu pai foi embora. Tentei fazer com que se sentissem tão duronas que o mundo não pudesse feri-las mesmo que desse um belo soco em vocês. Às vezes me pergunto se ensinei vocês a serem resilientes demais, a deixar a dor simplesmente ir embora e não senti-la de verdade. – Ela me avalia com uma sobrancelha erguida. – Talvez eu devesse ter dito isso anos atrás, mas você não é uma panela de Teflon, minha querida. Alguma coisa tem que grudar.

Com isso, dou uma risada.

– É, eu tô percebendo isso.

– Que bom – diz ela e se inclina para beijar a minha testa. – Então talvez eu tenha feito o meu trabalho direito, no fim das contas. E, falando em... bem, falando nisso... deixei uma coisinha pra você na sua mesa de cabeceira. Meio que um presente de Natal. Me avise se quiser companhia quando for mexer nele ou se é uma coisa que prefere fazer sozinha.

Minha sobrancelha se ergue, mas ela não diz mais nada. Apenas se levanta, me dá um boa-noite e apaga as luzes. Ouço um rangido no andar de cima – talvez Nick andando – e penso comigo mesma: *Pelo menos tenho a minha família. Pelo menos não estou mais sozinha.*

Pela manhã, estou na mesma posição: encolhida como um cachorro nas cadeiras do casamento, as costas duras e o ciático puxando a perna esquerda. A campainha acabou de tocar. *Merda, merda, merda! Como foi que eu dormi?* Talvez seja isso que quase seis noites consecutivas maldormidas provoque. *Que horas são?* Raios de sol entram feito adagas na sala de estar. Pisco freneticamente, passo as mãos nos olhos, digito no celular e – com um susto que parece um soco no maxilar – percebo que a minha irmã vai "se casar" em duas horas.

O pessoal do bufê já chegou.

Talvez estejamos ferrados.

Gail não entrou em contato comigo. Nenhuma ligação por celular. Nenhum toque no telefone fixo. Minha caixa de entrada está escancaradamente vazia. Usando a roupa da noite anterior, abro a porta da frente e vejo salgadinhos de queijo e tâmaras enroladas em bacon. Docinho gruda nas minhas pernas, abanando o rabinho: está mais do que feliz de receber essa entrega.

– Podem… botar tudo na cozinha – digo, apontando, meio zonza. – Nossa cachorra vai mostrar o caminho.

Calço os chinelos, saio para o quintal, arrastando os tornozelos na neve, e digito o número de Gail. É uma manhã gloriosa de Natal. Não poderia ser mais clara, mais feliz, mais digna de um agudo grito existencial.

– Gail?

– Sydney.

– O que aconteceu?

– Estamos esperando – diz Gail com calma.

– Esperando? Esperando o quê?

– Um mandado para entrar no Porky's.

– Quanto tempo falta? – pressiono.

O ar gelado arranha a minha garganta. No quintal do nosso vizinho, uma decoração gigantesca ruge e vira um bicho inflável: é um tiranossauro temático de Natal, que, de repente, parece um agouro.

– O tempo que for necessário pro Departamento de Justiça terminar o café da manhã de Natal, parece. Você só precisa continuar enrolando. Disse que conseguia fazer isso.

– Disse.

– Ontem à noite.

– Certo. Ótimo.

Engulo em seco ao perceber uma coisa.

– Desculpa, tenho que… ir. Me mantenha informada.

Meio correndo, de chinelos, me aproximo do entregador que está descendo de uma van branca. Impressas na lateral – numa fonte muito clara – estão as palavras CUIDADO, ANIMAL VIVO, além de um logo festivo. Ele realmente fez isso. Johnny comprou um cavalo para ela. Dentro do veículo, consigo ver duas narinas peludas, bufando e soprando no ar frio.

– Tenho uma entrega pro Sr. Johnny Jones – diz o homem.

Ele está usando um macacão azul com um broche de árvore de Natal no peito.

Respiro devagar.

– Escuta, é possível adiar essa entrega? Não podemos assumir a propriedade do cavalo no momento.

– Não é um cavalo – diz o homem, contornando a van e abrindo a porta.

A galhada aparece primeiro. O barulho dos cascos chega à rampa e um espécime perfeito de rena trota até aparecer – e *está tudo bem*. Isso não complica as coisas ainda mais. Vou atrasar o casamento da minha irmã com uma *rena* grudada em mim.

O entregador me dá as rédeas e uma prancheta.

– Assine aqui, por favor.

– Me desculpe – digo, do jeito mais educado que consigo –, mas não posso assinar isto. Você é... – Dou uma olhada para a rena. – Você é uma rena muito linda, mas vai ter um casamento aqui e tem muita coisa acontecendo. Quanto custa pra mandá-la de volta?

Irritado – com razão –, o entregador olha pra mim, pega a prancheta, falsifica uma assinatura na minha cara e volta para a van sem dar uma palavra. As rédeas roçam na minha mão quando Rudolph dá um pinote. Deve estar sentindo a tensão que corre em cada veia do meu corpo. Que animal perceptivo.

– Olá – cumprimento-o.

Ele quase acerta o meu olho com o lado esquerdo da galhada.

– Sydney! – chama vovó Ruby.

Ela aparece na entrada de casa ainda de roupão. Os cabelos brancos estão presos com bobes. Ela grita do outro lado do quintal e vence o barulho do tiranossauro inflável.

– Foi você quem pediu isso, minha querida?

– Pode chamar o Nick? – peço.

Desvio de novo dos chifres e consigo levar a rena para o quintal. Em menos de uma hora, os carros vão começar a aparecer. Os convidados vão chegar e confraternizar. Estamos quase sem tempo.

Quando Nick desce a escada, já está de banho tomado. Já está vestido para o dia. Ele para de repente na calçada coberta de neve, usando o mesmo smoking da despedida de solteira. A gravata-borboleta preta reluz sob os raios da manhã. Ele está estúpida e irritantemente lindo. Quase sinto as mãos dele no meu quadril, o beijo delicado no meu pescoço, mas logo vem o soco na boca do estômago. O que Johnny disse. O que perdi e também nunca tive: um homem no qual pudesse confiar. Um homem que vai me olhar nos olhos e me dizer a verdade, seja qual for. Alguém com quem eu possa ir para casa, me sentir segura quando estivermos juntos, me sentir *eu*.

– Isso é... uma rena – diz Nick, sem saber se ri ou se faz careta.

– Lembra que disse que faria qualquer coisa pra me ajudar hoje? – pergunto logo, mantendo a voz monótona.

Nick assente e se aproxima, sério.

– Lembro.

– Bem. – Entrego as rédeas para ele. A única coisa... e realmente quero dizer *única*... que posso confiar a ele é uma rena. – Preciso que segure isto.

No andar de cima, Calla está segurando as pontas quase melhor do que eu.

– Olha só você aí – diz ela, num misto de sussurro e grito quando abro a porta do quarto.

Minha irmã se vira para trás e tenho que me controlar para não resfolegar. Ela está parada ao lado do espelho de corpo inteiro, usando o vestido de noiva da vovó Ruby, só que as mangas bufantes da década de 1960 foram transformadas numa cascata de tecido branco que desce graciosamente pelos braços dela. Minha avó acrescentou tule à parte de baixo da saia, de modo que a metade inferior parece uma nuvem. A palavra "princesa" me vem à cabeça de um jeito natural: minha irmãzinha está estonteante. E também está prestes a me causar um ataque cardíaco.

– Você colocou o vestido? – pergunto. – Pensei que não fosse usar o vestido.

Calla levanta um pouco as laterais, arrasta os pés na minha direção e fala bem baixo:

– Acordei tarde e vovó Ruby perguntou por que eu não estava me vestindo. Não soube o que dizer.

– Você não está reconsiderando, né? Porque, se estiver na dúvida sobre abandonar Johnny...

– Não! Não. Só achei que seria menos suspeito desse jeito. Mas estão fechando o cerco ao redor dele, né? Isso tudo vai acabar em breve?

– Aham – consigo dizer. – Em breve.

O rosto dela desaba.

– Syd.

– Houve um atraso.

– *Syd.*

– É só você ficar aqui em cima – digo. – Tranca a porta. Não abre pra ninguém que não seja eu, tá? Vou dizer pra vovó Ruby que você está se arrumando com as amigas e que ela pode receber os convidados.

– Minhas amigas – diz Calla, e o semblante derrete mais ainda. – Elas já chegaram?

– Vou dar mais uma olhada.

– Espera, Sydney! Você também deveria vestir alguma coisa.

Fico boquiaberta quando dou uma olhada em mim mesma: a calça jeans preta e o suéter de lã com rena de ontem à noite. Talvez tenha sido *esse* o motivo de a rena não gostar de mim! Estou com cheiro de rival.

– É. É, vou fazer isso.

Saio pela porta e a fecho, me esquecendo de respirar.

Não tenho um vestido de madrinha. Não achei que chegaríamos a este ponto. O vestido é literalmente a menor das minhas preocupações, mas Calla está certa: precisamos manter as aparências agora de manhã.

Rapidamente, pego emprestado no armário de vovó Ruby o vestido que menos parece me deixar com cara de que vou fazer um teste para uma refilmagem de *As Supergatas* (um tubinho preto com um broche de abelha) e tento descer, mas a minha avó me pega no corredor.

– Esse vestido parece... familiar – diz ela, inclinando a cabeça.

Ela já vestiu a roupa de juíza de paz: um terninho com babados e acabamento brilhoso.

– Mas não importa! Você ficaria ótima até usando um saco de batatas. Pensei em perguntar se queria que eu penteasse o seu cabelo. – Ela estende a mão com ternura e ajeita um fio solto. – Não faço o seu cabelo desde que você era menininha.

O gesto mexe com o meu coração com tanta força, que deixo que ela – muito rapidamente – enfie um prendedor de strass na lateral da minha cabeça antes de correr para fazer o penteado e a maquiagem de Calla.

Em toda a nossa rua, carros começam a estacionar. Pela janela, vejo minivans e carros de Uber e SUVs pretos suspeitos de convidados de Johnny. Marco, com a tatuagem de escorpião no crânio, passa pela nossa caixa de correio com um presente grande embrulhado em papel prateado e um buquê de rosas do aeroporto, com a filha a reboque, enquanto Diana (do famoso programa *Diana e os ursos*) espera Andre amarrar o cadarço na calçada. Andre também carrega uma pilha de presentes de casamento e Natal. Todos os convidados de Johnny trazem *muitos* presentes. E ah – *misericórdia!* A rena está na sala de estar.

– Sydney, o que tá acontecendo? – pergunta Nick, quase sussurrando.

Ele apareceu perto do meu ombro, segurando as rédeas, e será possível que esse homem não consegue seguir *nenhuma* orientação?

– Parece que você deixou uma rena entrar na minha casa – digo, perplexa, sentindo que este é o momento em que eu *finalmente* acordo.

– Deixei mesmo. A sua avó disse que, se havia uma rena pro casamento, a rena deveria estar *no* casamento.

Além de Rudolph, não tem mais ninguém na sala conosco. Todos que chegaram estão na cozinha, ouvindo as músicas relaxantes de Nat King Cole. Mesmo assim, Nick toma precauções adicionais e se aproxima de mim, quase sussurrando no meu ouvido. O hálito dele é quente no meu rosto e... não posso com isso.

– Você está com aquela expressão de quando as coisas começam a dar errado e sei que *de jeito nenhum* você vai deixar esse casamento acontecer, então acho que podia me contar o que está havendo. Eu posso ajudar.

– Não pode – digo, engolindo fogo.

Nick não conseguiu apenas perder a minha confiança: ele a destruiu. Aparentemente, não posso confiar nele nem pra cuidar de uma rena.

Uma explosão de risadas vem da cozinha e Nick olha por sobre o ombro, avaliando. Mais convidados. Mais música. Assentos vazios começando a ser ocupados. Os filhos do meu primo surgem pelo corredor da cerimônia, com os olhos arregalados diante da rena, e Nick sussurra no meu ouvido:

– Por favor, *por favor*, acredita em mim. Não importa o que vai acontecer, vou fazer a coisa certa.

Não vai, não.

– Eu vou, sim – diz ele, como se tivesse lido a minha mente.

As crianças se reúnem ao nosso redor, Nick as protege da galhada da rena e eu fujo de novo, com o coração na boca, verificando o celular. Nada. *Vamos lá, Gail.*

– Lá-lá-lá! – diz vovó Ruby no corredor.

Ela está aquecendo a voz para o discurso de casamento enquanto segura as anotações de juíza de paz, preparada para fazer as honras, e Johnny está chegando. Johnny está aqui. Os pais dele estão aqui. Andre está aqui. Vinny.

– Sandy! – grita ele para mim, errando o nome.

Alguém me mate!, quero gritar em resposta.

Os dez minutos seguintes passam acelerados. Depois os vinte minutos seguintes e mais vinte. Cinco minutos antes do início da cerimônia, estou tentando avaliar se Calla conseguiria pular pela janela do segundo andar. Juntas, talvez a gente consiga deslizar pela calha e desaparecer nas quadras de tênis. Ela não pode ficar aqui. E se chegarmos até a parte em que vovó Ruby diz "Fale agora ou cale-se para sempre"?

Isso não vai acontecer.

Não vai.

Johnny está pronto, vestido com um terno todo vermelho. Sim. Sim, ele fez isso. Pesou a mão no vermelhão. Pesou a mão na cor de Natal. E estou parada no lado de Calla no altar, trincando tanto os dentes que chego a escutar um estalo no queixo. Os convidados estão se sentando, inclusive um homem alto de bigode que nunca vi em nenhum dos arquivos do caso. Ele entrou às dez horas em ponto e colocou um presentinho com laço branco na árvore de Natal. Vinny está alimentando a rena com vegetais crus. Ao lado do bolo de casamento, Andre pega os seres humanos de cerâmica no vilarejo coberto de neve e – por algum motivo – cheira os bonecos. Faltam dois minutos para Calla descer a escada.

Isto não é só um pesadelo. Isto é *o* pesadelo.

E piora.

Meu celular treme. Do jeito mais sutil que consigo diante de uma multidão de pessoas, verifico a mensagem de Gail. Tem apenas uma palavra lamentável: **vazio**. Ela também mandou uma imagem: um depósito na saída da rodovia interestadual no leste de Boston com nada além de paredes e o concreto do chão. Nenhuma mountain bike. E definitivamente nenhuma pilha de contrabandos. Nenhuma caixa de joias, paletes com dinheiro vivo, nada de C4. Um tijolo atinge o meu estômago e eu... *penso.*

Estou pensando. Algo se move no fundo do meu cérebro. Se o depósito está vazio...

Atrás de Johnny, Nick tenta encontrar o meu olhar. Por fim, permito que nossos olhares se encontrem. Eu cedo. E digo, sem emitir nenhum som:

– *Enrola.*

– O quê? – responde ele, também sem emitir nenhum som.

– *Enrola* – repito.

Se Nick quer entrar nesse jogo idiota de *Sou inocente*, que entre. Que ele tente provar isso. Vou usá-lo como ele me usou. Nick entende o que digo desta vez, bem quando vovó Ruby se posiciona entre nós dois.

As mãos dela se abrem para saudar os convidados, que estão se calando, ansiosos pelo casamento – todos firmes nos respectivos lugares.

– É *tão* maravilhoso ver vocês todos aqui! – exclama ela. – Daqui a um instante, vamos...

– Nick quer fazer um discurso! – interrompo.

Bato palmas, passando o olhar pela sala e chegando até o homem de bigode na terceira fileira. Até o bolo de casamento com três andares e a árvore de Natal no fundo do cômodo. E, através da janela, na entrada da garagem, a van da rena... ainda está lá.

– Ah, é mesmo, querido? – comenta vovó Ruby quando Nick ergue uma sobrancelha. – Ah, que fofo. Venha para o centro, então. Vamos trocar de lugar. Vá em frente, nada de timidez.

Nick não fica rígido. Ele faz o papel direitinho, ajeitando a gravata-borboleta com um sorriso de menino. Dando um passo à frente, ele acena de um jeito exagerado entre as duas árvores de Natal.

– Olá, pessoal. Olá. Eu sou o Nick. Mais ou menos metade de vocês já me conhece. Obrigado por terem vindo, ainda mais tão em cima da hora e, ainda mais, no dia de Natal!

Discretamente, giro a mão perto do meu quadril, estimulando-o a continuar, e começo a andar para trás. Contorno o lado esquerdo das cadeiras e vou para o canto da sala.

Em direção ao presente com laço branco.

Espiando pela janela, percebo que o motorista da van da rena não ficou por ali.

– O amor! – diz Nick, batendo palmas como eu fiz. – Hum, não costumo ser muito de fazer discursos, mas... – Quando Nick pigarreia, o nervosismo ricocheteia pelo meu corpo. – Eu realmente quero dar uma chance a este momento, porque, para ser sincero, adoro casamentos. Adoro as *comidas*, as *emoções*, ver tanta gente reunida por duas pessoas que são tão comprometidas uma com a outra a ponto de planejarem passar o resto da vida compartilhando a mesma pasta de dentes. Mas talvez não a mesma escova de dentes. Isso também já é exagero.

Umas risadinhas leves irrompem com o comentário da escova de dentes. Eu mal escuto.

Estou muito focada, é quase como se mais ninguém estivesse na sala.

— Mas a verdade é que — continua ele — nunca entendi os casais que se casam logo. Como Calla e Johnny.

Neste momento, uma ruga surge na testa de Johnny. Nick ignora.

— Como é que você conhece alguém de verdade em três meses? Quanto é possível conhecer sobre uma pessoa durante *toda a vida*?

Continuo andando de costas e o pânico começa a borbulhar nas minhas entranhas.

Pânico e puro triunfo.

Acho... acho que posso ter descoberto. O que estava deixando escapar. A van. O macacão azul de mecânico que Vinny comprou. O desconhecido na terceira fileira.

— Alguém em quem eu confio — diz Nick — me contou uma história sobre o amor. Sobre um casal idoso num cruzeiro, os dois sentados de frente um pro outro, apenas comendo queijo em silêncio. Ela disse que *isso* é amor. Estar à vontade. Conversar ou não ser obrigado a conversar. Conhecer a outra pessoa de um jeito tão profundo que não é necessário emitir nenhuma palavra.

Nick engole em seco. Eu também.

— Acho que foi nesse momento que mudei de ideia. Quando ela me contou isso. Eu estava errado. É possível conhecer uma pessoa em um mês, em poucas semanas, em alguns dias, se a pessoa permitir. Se você souber que é o certo. E vai ficar fascinado. Apaixonar-se é como ler um livro, e as páginas viram sozinhas.

O nó na minha garganta se aperta enquanto as lágrimas começam a queimar nos cantos dos meus olhos.

— Agora, a verdade é que essa pessoa pode fazer você subir pelas paredes de vez em quando. Ela pode ter um gancho de direita excelente e...

Ele deixa a voz morrer.

O olhar dele está grudado no meu.

Estou de pé no fim das cadeiras enfileiradas, firme, segurando com as duas mãos o presente com laço branco. O embrulho é com papel laminado prateado. É leve. E os meus ouvidos estão zumbindo. Minha respiração sai num fluxo lento e denso. Se eu estiver errada em relação a isso...

Mas, se estiver *certa*...

Johnny vira a cabeça para mim e os olhos dele caem no presente. Em como o seguro. Em como o encaro. E acho que ele sabe que, daqui a um instante terrível, vou fazer algo. Ele levanta a palma da mão para me deter, mas já estou rasgando o canto do presente.

– É manhã de Natal! – digo. Talvez eu tenha falado de um jeito um pouco teatral demais. Todos que estão sentados se viram para trás e me encaram, incluindo o homem alto de bigode. – E é um casamento natalino! Temos que abrir um presente. Agora mesmo.

– Sydney... – alerta Johnny, dando alguns passos cuidadosos à frente.

Mas eu já estou rasgando. Já estou segurando um pedaço de papel e rasgando, rasgando, *rasgando* uma faixa comprida no meio. No silêncio da sala de estar, o som lembra o de uma faca cortando.

Johnny fica pálido quando enfio a mão na caixa.

E tiro um punhado de diamantes.

– Sua *vaca*... – diz Johnny e seu rosto fica sombrio.

O canto da boca estremece, depois fica rígido. Ele está juntando as peças em relação a mim. Que não sou quem eu disse ser. Que seria melhor se ele corresse. E ele corre mesmo: dispara em volta das cadeiras. As solas dos sapatos dele são ainda mais vermelhas do que o terno.

Ah, não, você não...

Meu corpo se move antes mesmo que a mente processe os passos seguintes. Estou partindo pra cima, correndo atrás dele. Nick contorna as cadeiras com muita rapidez, logo atrás de Johnny. Será que ele... está tentando ajudar o chefe a escapar? Protegendo a retaguarda dele? Ou...

Nick agarra a camada superior do bolo de casamento e a arremessa no chão na frente de Johnny, como um disco de praia gigantesco. O bolo cai esmagado, a cobertura deixa o chão escorregadio e Johnny escorrega, desliza. Nick... Nick acabou de...?

É, sim, ele fez isso. E agora está tentando atacar Johnny: ele joga uma das cadeiras vazias, mas erra, acertando o vilarejo coberto de neve e – *não, para com isso* – a rena me intercepta por uns bons três segundos, tempo suficiente para Johnny pegar as chaves da van e sair porta afora. Corro para pegar as minhas chaves, ainda processando o que Nick acabou de fazer. Ainda processando que talvez – *talvez* – eu o conheça, no fim das contas. Esse homem que também disse que eu era conhecível.

As pessoas podem surpreender de todas as maneiras.

E, às vezes, essas surpresas são boas.

Guardo os diamantes no bolso do vestido (um viva para os bolsos!), saio correndo e pego as minhas chaves no caminho para a rua, onde a temperatura está mais amena – agradáveis 21 graus negativos. Cinco metros adiante, Johnny corre, pula no banco da frente da van e dá a partida no motor. Ah, quer dizer que é uma corrida? As chaves ficam desajeitadas nas minhas mãos enquanto destranco a minha porta e ligo o motor. O Prius rosna e ganha vida. Não é o carro que eu teria escolhido para uma perseguição em alta velocidade, mas...

– Também vou – diz Nick e praticamente se joga no banco do carona.

A voz dele está grave e profunda. Tem neve falsa do vilarejo de Natal na lapela do paletó dele e ele exibe um olhar determinado e... tentou *atacar* Johnny. Tentou derrubá-lo com toda a força. O que significa...

Posso passar a vida toda sem confiar em ninguém.

Ou posso abrir a porta para alguém entrar.

Posso deixar *Nick* entrar.

– Belo discurso – digo com a voz rascante, numa oferta de paz, uma oferta sincera, sem tempo para nada além disso.

Só ponho o carro em marcha à ré e saio acelerando da entrada da garagem, evitando as dezenas de carros estacionados na nossa rua, depois mexo no câmbio para seguirmos pra frente. O Prius ronrona, indeciso, como se dissesse: *Eu? Você quer que eu faça isso? Acho que está me confundindo com um Porsche.* Em seguida, sai com um sobressalto, brincando de pique com Johnny, que já vira à esquerda no fim da nossa rua – saindo da nossa visão.

– Você se importa de preencher algumas lacunas? – pergunta Nick, segurando as alças do teto para se estabilizar.

– Aqueles diamantes – digo, trincando os dentes – fazem parte de uma negociação de armas. Pensa comigo. Aquele cara de bigode? Ele é o comprador. Veio trocar os diamantes pelas armas. Era *isso* que a família Jones estava aprontando. Vinny disse que Johnny queria fazer os negócios evoluírem. Pensei que ele estivesse falando dos assaltos, mas os assaltos eram *para isso*. Incluindo o que vai acontecer perto da ponte, se não tiver sido uma pista falsa. Dinheiro. Pura e simplesmente. Dinheiro pra comprar armas de destruição em massa, pra vender pra pessoas nefastas. Aposto quase qualquer coisa com você que a loja de presentes é um dos novos depósitos deles. O casamento sempre foi uma fachada, um lugar pra fazer a primeira troca, bem debaixo do nariz da lei. E aquela *van...* – aponto para a frente, para a van branca da rena, que está em disparada – ... aquela van está repleta de explosivos.

Nick arregala os olhos.

– Você tá brincando comigo? E a gente tá *perseguindo* ela?

– Tenho certeza que está tudo enrolado em plástico-bolha.

– Sydney...

– Você sabe que eles não vão explodir agora. Precisam de uma faísca. Caso contrário, teriam explodido com a rena. – Eu balanço a cabeça e afundo o pé no acelerador. – Vinny comprou um macacão azul pra um dos capangas e fez o cara trazer a van até o casamento. O comprador ia deixar os diamantes e iria embora com a van.

– Pra onde Johnny está indo, então? – pergunta Nick.

Enquanto isso, reviso mentalmente meu treinamento de direção na CIA: como proceder se eu tiver que fazer uma curva rápida em cima de um trecho de gelo. Como fazer um veículo capotar em segurança.

– Quer o meu palpite? Ele pegou as primeiras chaves que pôde e agora está em pânico. Vai tentar esconder a van em algum lugar. Acobertar o máximo de evidências que conseguir e fugir... Por falar em evidências, pega.

Com uma das mãos no volante, passo os diamantes para Nick guardar no porta-luvas. Se isso virar uma perseguição a pé, não quero que eles me atrasem.

Nick obedece, depois pega o celular e toca na tela.

– Ele acabou de virar à direita na Rota 1. Passou direto pela placa de PARE.

Mantenho a respiração firme, seguindo os rastros de Johnny na neve, pegando o ritmo até estarmos *bem* acima do limite de velocidade para uma área residencial. Pelo retrovisor, tenho a impressão de captar o brilho azul do Oldsmobile de vovó Ruby – mas não, não pode ser.

– Como é que você sabe disso? – indago.

Enquanto isso, o Prius vira na Rota 1. Adiante, Johnny está a pelo menos 180 quilômetros por hora. Uma velocidade impressionante para uma van de rena.

Nick se inclina para a frente, semicerrando os olhos para o celular.

– Coloquei um rastreador na sola dos sapatos de festa dele ontem à noite. Normalmente, não brinco com essas coisas, porque a família Jones sempre descobre, mas... Sydney!

– Já vi – resmungo.

Com muita habilidade, desvio de um caminhão de lenha que entra na estrada. O Prius se comporta surpreendentemente bem numa emergência.

– Acho... – começa Nick, ampliando o mapa com os dedos. – É, tem um aeroporto por perto.

Até parece. Está mais para um pequeno campo de neve com uma pista de decolagem e alguns hidroaviões. Serve principalmente para os pescadores de caranguejo relaxarem nos fins de semana. Mas, para Johnny, nesta situação, vai servir. Esse provavelmente era o plano original. Passar o conteúdo da van para um jatinho de carga e voar com ele até o armazém do traficante. Alguma coisa revira no meu estômago.

– Eu falei que não ia ter abraços no aeroporto – digo por entre os dentes.

Piso no acelerador quase até o fim e a velocidade vai aumentando: 160, 165, 166. *Ok, Prius, você consegue ir um pouco além disso!* Lá na frente, Johnny ganha distância, mas...

– Uuuul!

Eu me encolho.

– Uuuul! – diz Nick.

A van deve ter atingido um trecho de gelo, porque ela sacode, andando em zigue-zague em direção ao meio da estrada. Johnny diminui um tiquinho a velocidade. Apenas o suficiente para eu alcançá-lo.

Árvores cobertas de gelo passam aceleradas pela janela. Flocos de neve atingem o para-brisa em rajadas vigorosas e abruptas. Logo na saída da cidade, estamos bem na traseira dele. Se Johnny apertar o freio, estamos ferrados.

– Ele não vai atirar na gente enquanto estiver dirigindo, né? – reflito em voz alta.

– Johnny não é bom em multitarefas – diz Nick de um jeito que está bem longe de me tranquilizar. – É mais provável que atire na gente depois de parar.

– Ah, isso me deixa muito mais tranquila.

Acelero e faço o carro bater na traseira da van.

Ei, essa van é alugada! Quase *sinto* Johnny dizer isso e tenho a sensação de que, quando terminarmos, o meu carro pode ser devolvido ao aeroporto numa condição um pouquinho alterada. A van balança de um lado para o outro, recuperando o equilíbrio, então eu repito: bato na traseira, na tentativa de fazer Johnny ir mais devagar.

De repente, ele vira à direita, quase capotando, e eu o sigo, com as duas mãos agarrando o volante. Agora estamos numa rodovia secundária, enfileirada com chalés e cabanas de verão. Quando chegar o mês de junho, toalhas de praia estarão tremulando nesses varais, mas no momento somos só nós, o vento e um silêncio mortal. Será que devo ficar no rastro de Johnny até o aeroporto, se é que ele vai mesmo para lá? Ou devo interceptá-lo agora mesmo?

– Você já esteve numa colisão? – pergunto a Nick, ofegante.

Nick passa a mão no rosto.

– Quem foi que falou em ficar *tranquila*?

– Deixe o corpo o mais solto possível logo antes do impacto – digo, acompanhando o ritmo da traseira do carro de Johnny, que está fugindo para outra estrada secundária. Buracos. Sacolejos. – Não importa o que faça, não fica tenso. Não vou bater intencionalmente, mas...

Libero o pedal do acelerador apenas o suficiente para não ficarmos muito grudados, depois entro levemente à direita, raspando na lateral do carro de Johnny. Mais um pouco. Mais. Até estarmos emparelhados, acelerando pela estrada comprida e estreita. Viro a cabeça para olhar para Johnny. Ele olha para mim. Estou um pouco mais baixa que ele, então mal conseguimos ver um ao outro e, mesmo assim...

Johnny abre a janela.

– EU DISSE QUE IA DEIXAR VOCÊ NO CHÃO! E EU VOU TE EN-
TERRAR NA *TERRA*!

– Enterrar na terra– repete Nick, com os punhos tensos apesar do que
mandei fazer. – Original.

– Segura firme – aviso e me preparo.

Giro o volante 90 graus e volto, batendo na lateral do veículo de Johnny.
O cinto de segurança aperta com força o meu peito, travando enquanto o
solavanco reverbera no carro todo.

– QUE MERDA É ESSA? – grita Johnny. – QUE *MERDA* É ESSA?

Percebo que – para todos os objetivos e propósitos –, se alguém estiver
nos vendo agora, pareço a madrinha que viu a irmã ser abandonada no
altar no dia de Natal e não gostou nada disso. E que leva mais a sério do
que a maioria.

– ESTÁ ESTRAGANDO A PINTURA! – grita ele de novo.

Logo depois, risco mais um conjunto de linhas pretas no exterior, com o
Prius ricocheteando na van. Escuto o metal sendo triturado e guinchando e
penso que, se eu conseguir o ângulo e a força *exatos* na colisão, ele vai cair na
vala. Imobilizado por ora. Só o suficiente para que o resto da equipe apareça.

Infelizmente, Johnny é mais esperto.

Ele aperta o freio de um jeito drástico enquanto passamos acelerados
por ele.

– *Droga!* – rosna Nick.

Ele inclina o pescoço e observa Johnny cruzar o quintal do que claramente não é uma casa de veraneio. Há pisca-piscas pendurados entre duas
árvores e ele se joga nelas, com as decorações se emaranhando e chicotean-
do a lateral do carro. Engulo em seco e luto contra a ansiedade que começa
a arranhar a minha garganta – *Ele não pode escapar, a gente chegou longe
demais para deixar o cara escapar.* Então faço o retorno mais ilegal e radical
possível fora da estrada, ao redor de uma estufa de inverno.

O buraco no meu estômago aumenta. Eu me lembrei de uma coisa.

– Ele tá indo direto pra cidade. *Merda!* Que horas são?

Olho para o relógio do painel assim que Nick diz:

– Onze e dois.

– Não, não, não... O *desfile*.

Afundo o pé no acelerador de novo e a neve sai voando sob os pneus.

Estamos completamente fora da estrada agora, numa perseguição a Johnny, e as árvores surgem do nada.

– Tem um desfile de Natal importante que sempre começa às onze e, *sim*, talvez esta cidade leve o Natal um pouco a sério demais. Parece que a gente tem uns duzentos eventos diferentes, mas...

A floresta nos expulsa perto do centro da cidade. Perto da rua principal. Uma das bengalas doces iluminadas de vovó Ruby atinge o meu para-choque. As vitrines das lojas brilham na luz do auge do inverno. Atrás delas, carros alegóricos e multidões – e um bloqueio amarelo gigantesco. Johnny pisa fundo no freio, em vez de se jogar na barreira de cimento. Ele... ele está sem saída! Prédios nos dois lados. Nós atrás dele. Talvez esse desfile seja uma bênção. A menos que ele decida correr.

Ah, que ótimo, ele decidiu correr.

Depois de tudo, ele teve que escolher entre a mercadoria e salvar a própria pele. Johnny escolheu a si mesmo. A porta do motorista se abre com força e ele dispara na direção da multidão festiva, com os cotovelos em movimento. Ele desaparece no meio da banda marcial do meu ensino médio. Da *minha* antiga banda marcial. Estão tocando uma versão pesada para tuba de "The Little Drummer Boy".

Paro o Prius a um centímetro do carro de Johnny e salto, enquanto Nick grita:

– Vai pelo lado norte da rua! Eu vou pelo sul! E, Sydney... toma cuidado.

Ele me lança um olhar que diz mais do que as palavras e eu acelero no meu vestido de madrinha, recebendo alguns olhares das participantes mais idosas do Clube de Tricô de Cape Hathaway, que estão num conversível vermelho-natalino, amontoadas ao redor de uma imensa bola de lã.

Johnny vai em disparada pelo caos, fazendo o trajeto pelo meio do desfile. Por um segundo, ele fica preso na seção de trompetes e digo a mim mesma: *Não importa o que você faça, não perca o cabelo dele de vista!* Neste momento, os cachos louros estão captando a luz do sol e ele é apenas uma cabeça flutuante gritando freneticamente ao celular enquanto corre. Ele conseguiu discar enquanto corria – impressionante para alguém que "não é muito bom em multitarefas" –, mas não consigo entender nenhuma palavra. Deve querer se encontrar com alguém do outro lado do desfile. Vinny? André? Quem vier resgatá-lo. Salvá-lo. Ajudá-lo a escapar.

Não no meu turno.

– Senhora! – grita alguém atrás de mim. – Senhorita! É proibido correr no meio do desfile!

Mal escuto. Na calçada, crianças pequenas aplaudem os balões em formato de vaso sanitário no carro alegórico do Encanador Al, que ultrapasso correndo. Johnny está uns quinze passos na minha frente e diminuindo o ritmo. Não parece ter muita resistência, apesar de ter muitos músculos. Nick e eu nos aproximamos como uma equipe, contornando com habilidade as pessoas – mas o desfile está acabando. Nós quase chegamos à linha de frente, onde a multidão diminui, onde surge uma linha reta até o estacionamento do mercado. Aposto que alguém vai encontrar Johnny lá.

Mais rápido, mais rápido...

Acelero – *isto é pela Calla* –, balançando os braços, as botas batendo com força no asfalto, mas não é o suficiente. Um dos carros alegóricos vira para o lado e bate no meu quadril quando eu passo correndo. A dor dispara dentro do meu osso e, sim, isso dói pra caramba e...

É o fim.

Johnny chegou ao fim, onde o desfile se dispersa e as barreiras acabam. Ele entra no estacionamento e gira. Um SUV preto com janelas fumês espera por ele a poucos metros de distância, mas Johnny tem várias palavras para nos dizer ainda.

– Não... – sussurra ele – se mexa.

O revólver que acabou de tirar da cintura reforça as palavras. Isso deveria dizer tudo que é preciso saber sobre Johnny Jones. Em vez de uma flor na lapela, o cara levou uma arma para o próprio casamento.

Uma pontada no meu coração dói ainda mais do que o quadril.

Nick para de repente, estendendo o braço para me deter também. A palma dele pousa no meu abdome e a pulsação lateja na minha pele.

Atrás de nós, algumas pessoas começam a gritar. Viram Johnny sacar o revólver. Meu estômago se contrai até ficar do tamanho de um punho. Se não tivéssemos evidências contra ele antes, teríamos agora, caramba.

– Você teria sido um *péssimo* marido – digo a ele cuspindo as palavras, mais uma vez com a certeza de que eu poderia ter encontrado um insulto mais incisivo.

Mesmo assim, vai fazê-lo perder tempo. Isso dá margem para a força-tarefa do FBI aparecer. *Se é que eles vão aparecer.*

Johnny inclina a cabeça, vira o revólver e aponta o cano na minha direção. Nunca estive numa situação assim. Nota zero de dez, não recomendo. Mas eles ensinam no treinamento: nunca implore. Implorar não faz o tempo parar. Implorar só dá mais poder ao agressor, faz com que ele aperte o gatilho mais rápido.

Nick faz uma declaração muito adequada.

– Vai embora, Johnny.

A voz dele é firme e preparada, a mão ainda está no meu abdome para me proteger e ele se movimenta devagar para ficar na minha frente. Sinto uma onda de amor por ele, do fundo da minha alma.

– Entra no carro e...

– Ninguém sai ferido? – pergunta Johnny, com uma risada presa na garganta. – Acho que já passamos desse ponto, né, parceiro?

– Ainda não – murmuro.

A multidão está se dispersando rapidamente atrás de mim.

– Estou falando de emoções! – grita Johnny em resposta, depois de ler os meus lábios. – *Emoções!* Você não podia cuidar da própria vida e *você...* – Nesta hora, ele aponta o revólver para Nick, com o maxilar tenso, e algo irrompe no meu peito. – Você vai me perseguir agora? É nisso que deu a minha lealdade? Depois de tudo, de tantos anos? Você era da minha família.

– A sua ideia de família é *seriamente* deturpada – retruca Nick, e ele está certo.

Claro que está. Mas, agora que ele está na linha de fogo, queria que ficasse de boca fechada. Por instinto, tento ir para a frente *dele* e isso o leva a tentar ficar na *minha* frente e...

– Tá bom! – diz Johnny. – Vou atirar nos dois.

Não há tempo para um último olhar. Um último olhar entre mim e Nick. Uma última vez para eu dizer: *Adoro o seu suéter natalino. Adoro o fato de você querer tocar guitarra havaiana e querer treinar cachorros. Adoro ter conhecido você numa situação imperfeita e, mesmo assim, você acabar sendo...*

Um som alto segue as palavras de Johnny.

Um som muito, muito alto.

Não é o tiro de um revólver. Meu estômago não tem nem um segundo para se contrair antes do barulho que vem pelo ar, pois o Oldsmobile azul-elétrico de vovó Ruby acerta o SUV na lateral. Ele atinge direto o banco traseiro, o metal emite um som agudo e se encolhe ao redor do capô, um ruído de esmagamento ensurdecedor, depois o som explosivo dos airbags. *Vovó? Vovó, não!* Um grito se forma na minha garganta e saio cambaleando e... Tem outra pessoa aqui. Assim que a batida aconteceu, assim que Johnny se virou, Calla surgiu do beco ao lado do restaurante de comida chinesa. *Como?* Como pode estar aqui? Ela deve ter... deve ter vindo com a vovó. Deve ter saltado para continuar a pé.

Ela está com o vestido de noiva, a manga esquerda pendurada no ombro, e carrega uma das gigantescas bengalas doces de cerâmica de vovó Ruby. Parece que as minhas pupilas aumentam até se tornarem do tamanho de uma moeda. Com um movimento de propulsão, minha irmãzinha – a pessoa mais gentil e delicada que já conheci – golpeia Johnny em cheio nas costas.

As mulheres da minha família? Elas podem não ter o treinamento adequado, podem não fazer as coisas de maneira tão elegante quanto os agentes federais, mas, *caramba,* elas comparecem!

O revólver de Johnny cai no chão e sai deslizando, e eu me jogo para pegá-lo enquanto Nick se lança para a frente e ataca Johnny pela lateral, desta vez com sucesso – derrubando-o com violência no asfalto muito, muito frio. Minha avó sai cambaleando do Oldsmobile, confusa, e ela... ela simplesmente *fez aquilo.* Ela simplesmente bateu o carro para evitar que Johnny fugisse.

E ele não foge.

O céu já está repleto de sirenes.

Luzes azuis, luzes vermelhas.

Luzes de Natal.

Minha cabeça gira enquanto o FBI chega em peso, carros pretos correndo até a cena, e de repente tem uma nuvem de agentes federais, muitos gritos. E Calla? *Calla?* Tiro a munição do revólver, passo por entre os agentes sem perder a minha irmã de vista e pego a mão dela. Calla a aperta com força e, no meio do caos, corremos na direção de vovó Ruby – que, para ser sincera, parece um pouco abalada. Os cabelos brancos viraram uma bola de algodão, espetados em ângulos esquisitos, e tem um arranhão fino na bochecha dela.

– Ah, não se preocupem – diz ela, soltando um muxoxo para nós, com a voz mais alta do que os gemidos de Johnny. Ele ainda resmunga embaixo de Nick, ao fundo. – Esse carro é robusto, e eu também.

– A senhora... – quase gaguejo.

Enquanto isso, Calla diz, sem fôlego:

– *Vovó*, a senhora está bem? Isso não estava no plano!

Eu pisco, assombrada com as duas, enquanto agentes federais se acotovelam às nossas costas. O Oldsmobile está soltando vapor, quase provocando um ardor nos meus olhos. Ou talvez eu esteja chorando. Eu poderia estar.

– Calla me contou tudo, minha querida – esclarece vovó Ruby, pousando uma das mãos no meu ombro e a outra no da minha irmã. Ela nos junta, como ímãs. – No caminho até aqui. Contou sobre você, sobre a CIA... e sobre Johnny. – Ela diz o nome dele como se tivesse um gosto horrível. – Eu tinha as minhas suspeitas em relação àquele rapaz. Ele me disse que eu não deveria tricotar um suéter natalino pra minha cachorra. E eu tricoto o que eu quiser pra quem eu quiser, ora bolas.

É, agora estou chorando de verdade.

E Calla está chorando, e nós três estamos nos abraçando, e vovó Ruby nos diz:

– A vida vai tentar dar rasteiras em vocês, garotas. Às vezes ela vai lançar granadas de mão. Mas vocês têm uma à outra; *sempre* terão uma à outra. E vocês são dignas de amor. De um amor verdadeiro e fiel. Estão me ouvindo? Vocês são *dignas*.

Sinto Calla assentir no meu ombro, apoiada nele de verdade, e espero que ela *escute* isso. Espero que sinta. Espero que fique bem.

– Sydney!

A voz de Nick é mais alta do que os barulhos ao redor e eu me viro na direção dele, ainda abraçando a minha família. Ele está perto do veículo mais distante, descabelado, apontando para o banco traseiro do carro. Johnny está lá dentro – e eu entendo que Nick quer levá-lo pessoalmente. Ótimo. Nick merece, depois de tudo que Johnny o fez passar.

Lanço um sorriso triste, mas triunfante, para ele.

– Talvez não seja da minha alçada – intervém vovó Ruby, olhando de mim para Nick –, mas, se for escolher alguém, um homem que está disposto a levar um tiro por você não seria uma *péssima* opção.

Capítulo 20

No fim, há os procedimentos. Relatórios para escrever, formulários para preencher, toda a burocracia e a encheção de saco. Calla leva vovó Ruby para ser examinada no hospital local (ela torceu o pulso e teve umas escoriações nas costelas, mas, graças a Deus, nada sério), enquanto eu fico trabalhando com os oficiais do FBI, entregando os diamantes e dando um depoimento excessivamente longo. Johnny logo abre o bico no interrogatório, detalhando o envolvimento dos pais e dos capangas dele nos crimes. Do casamento, eles foram levados em custódia – e vão ficar presos. Nick me manda uma mensagem de texto dizendo que vai demorar um pouco; o chefe dele chegou do escritório regional de Toronto e o CSIS e o FBI estão disputando para ver quem leva o crédito pela vitória. Não importa quem vai levar o crédito. Não para mim.

O que importa é que recuperei a minha família.

Em casa, bem depois da meia-noite, depois de eu colocar todos os pingos nos is e os traços nos tês, encontro vovó Ruby e Calla aninhadas no sofá. Alguém do FBI deve ter ajudado a tirar as cadeiras do casamento – e o altar –, porque a nossa sala está do jeito que me lembro. Aconchegante, alegre e sem nenhuma rena. Sofá macio e poltronas estofadas. Tem um pacote de queijo de cabra aberto na mesa de centro, vovó caiu no sono com uma colher na mão e Calla ronca de boca aberta no ombro dela. Mesmo depois deste dia catastrófico, elas parecem... tranquilas. Tranquilas vestindo pijamas natalinos e meias de boneco de neve.

– Amo vocês – sussurro, com o coração na boca.

Ponho uma coberta em cima das duas para aquecê-las. Ao lado da árvore de Natal, Docinho lambe os dedos do meu pé antes de eu ir para o andar de cima, sem fazer barulho, tomando cuidado para não acordá-las. Nick ainda não voltou, e a casa está muito silenciosa, só com o zumbido delicado do aquecedor e o vento carregado de neve batendo nas janelas. No meu antigo quarto com lençóis rosa-chiclete, me jogo no colchão dando o maior suspiro do mundo.

Minha visão vai até uma caixa de sapato.

Uma caixa de sapato no canto da minha mesa de cabeceira.

Foram 24 horas tão tumultuadas, que quase me esqueci do que a minha avó disse ontem à noite. Sobre um presente de Natal à minha espera no quarto. Por algum motivo, minha pulsação acelera – e eu pego a caixa de papelão. Quando levanto a tampa, tem um monte de... cartões de Natal? Cartões de Natal surrados com uma carta novinha em cima.

Engulo em seco e leio primeiro a carta.

Sydney, meu feijãozinho, começa, na caligrafia da vovó Ruby.

Não sei se estou fazendo o certo, e eu discuti a questão comigo mesma por anos, mas talvez você e Calla devam ficar com isto. São do seu pai. Todo ano ele manda um cartão de Natal para a nossa casa. Às vezes eles chegam depois das festas, às vezes perto do dia de Ação de Graças e nunca dizem muita coisa. Meu pensamento era que você e Calla iam ficar magoadas se os vissem, se soubessem que ele entrava em contato de vez em quando, mas não voltava para casa – não cumpria os deveres dele de pai. Achava que seria melhor não lembrar a vocês duas desse sofrimento, só levar a nossa vida juntas e unidas. Mas acho que eu estava errada. Acho que vocês precisam ver que uma parte dele, não importa se é pequena ou despedaçada, sempre se manteve com vocês.

Me perdoem,
Vovó Ruby

Termino a carta com um nó na garganta, mas é... é do tipo que se dissolve. Perdoá-la? Perdoá-la pelo quê? Ela nos deu tudo.

Pego o primeiro cartão, inspirando fundo pelo nariz. A purpurina que ainda resta ali cobre a minha mão como lama e eu o abro. O nome do meu pai está na parte inferior, na caligrafia dele, que eu me lembro de ter visto nas listas de compras. Em pequenos post-its nas ferramentas na garagem.

O cartão seguinte tem um celeiro coberto de neve na frente – singular, elegante, com *Feliz Natal* escrito na parte de dentro. Folheio imagens de renas e vilarejos, de sinos prateados e perus assados, e a vovó Ruby está certa: não tem muita coisa ali. Quase nada escrito. E talvez, sim, isso tivesse me deixado triste quando era criança. Onde estão as notícias? Onde *ele* estava?

Mas ali, num cartão quase no fundo da pilha, tem um recadinho. Diz apenas: *Por favor, mandem um oi.*

Dou uma fungada, com os olhos marejando de novo, e olho para o cartão.

– Oi, pai – digo depois de um longo instante, no silêncio do meu quarto.

Porque como é que posso me perdoar por ir embora se não conseguir perdoá-lo pelo menos um pouquinho?

Coloco o cartão de volta na caixa com cuidado, fecho a tampa e guardo tudo embaixo da cama. Vou mostrar a Calla quando ela estiver pronta. Não agora. Não hoje. Esta noite vai ser para descansar, dormir e...

Nick.

Todas as luzes estão apagadas quando ele bate de leve à porta do meu quarto. Ainda estou acordada, então abro a porta.

– Como foi lá? – pergunto baixinho, mas de modo acolhedor.

– Do melhor jeito possível – responde Nick, obviamente exausto.

Ele tirou os sapatos, está só de meias, com camisa branca e a calça do smoking dessa manhã.

– Posso...?

– Claro – sussurro, lendo a mente dele e abrindo espaço para ele entrar.

O colchão de solteiro não tem *muito* espaço, ainda mais para o tamanho dele, mas ele se deita na cama comigo sem dar mais uma palavra, me abraçando por trás, formando uma conchinha. Grudando em mim da cabeça aos pés. O braço dele se apoia no meu quadril, e a respiração é suave no meu pescoço.

– É estranho eu ter sentido saudade de você? – sussurra Nick com uma risadinha que parece mais um tremor.

O que ele não diz é: *Vamos ter que nos acostumar a isso.* O voo dele é amanhã. O meu voo é amanhã. Claro que podemos ligar um para o outro. Podemos mandar mensagens de texto. Mas uma parte de mim está apavorada por talvez tudo isso ser apenas uma magia natalina estranha e o feitiço se quebrar assim que sairmos desta casa.

– Só se for estranho eu também ter sentido saudade de você – digo com sinceridade, baixinho.

Ele me dá um beijo atrás da orelha, se aninha ainda mais em mim e, devagar, eu me viro para olhá-lo, com o nariz quase encostado no dele. Gosto de estarmos perto assim. Quando ele levanta a mão, o polegar traça um caminho reconfortante no meu rosto.

– Você foi ótima hoje – diz ele. – Perfeita.

– Me faz um favor? – sussurro em resposta, jogando a perna por cima dele. – Nunca mais tenta morrer por mim.

Ele dá uma risada áspera, como se soubesse que não deve argumentar, e se aproxima ainda mais. Neste momento, nosso contato visual pode ser descrito como extremo. O olhar dele gruda no meu e eu não quero nada – *nada* – além dele. Acho que Nick sente o mesmo. A respiração dele começa a ficar irregular, o peito subindo e descendo encostado no meu. E, de repente, ele está em cima de mim, meu coração acelera e o quadril se ergue para encontrá-lo.

– Você é muito boa nisso – diz ele, gemendo.

– No quê? Isso? – provoco.

Enquanto falo, eu me encosto nele de novo e o sinto endurecer. Eu o atiço por cima da calça antes de levar os dedos ao zíper e – chega de conversa. Acabou a conversa. Somos apenas dentes e pele e gemidos. Quando Nick passa a língua na minha nuca, solto um ruído quase inaudível, mas os dedos dele deslizam até os meus lábios, lembrando que temos que ficar bem caladinhos. O que, sinceramente, é *muito* difícil. Ainda mais quando ele leva a mesma mão pra dentro da calça do meu pijama, circulando um dedo no ponto certinho, e eu gosto... só de olhar enquanto ele se mexe. De observar o rosto dele enquanto nos despimos, observar o jeito de me olhar, como se eu fosse um presente que ele acabou de desembrulhar na manhã de Natal.

O joelho dele afasta as minhas pernas e eu vejo os músculos bem definidos, antes de Nick se abaixar e fazer um rastro com a língua pela minha coxa. E é quase demais. Quase provocante demais.

Tem uma camisinha na minha mesa de cabeceira, da época de faculdade, e milagrosamente ainda está na validade. Eu o ajudo a colocá-la, pensando se vai caber, pensando se...

– Isso brilha no escuro? – pergunta Nick e cai na gargalhada.

– Ai, merda. Ai, meu Deus. – Cubro os olhos com as mãos, envergonhada. – Era novidade. Isso foi... Eu peguei de brincadeira, muito tempo atrás. Mas ela fica... – Espio por entre os dedos. – Até que não fica ruim?

– Estou verde-néon, Sydney – diz Nick, ainda sussurrando e rindo.

– Tá, mas de um jeito sensual?

– *Sydney*! – exclama ele, dando uma risadinha.

Se nós nunca mais nos virmos, tenho certeza de que é assim que eu quero me lembrar dele. Prestes a ter uma crise de riso. Olhando radiante para mim com aquelas covinhas e aqueles cílios.

– Vou tentar me recuperar desse contratempo.

– Tá bom – assinto.

– Acho que dá pra recuperar.

– Ah, com certeza – instigo, acreditando apenas pela metade.

Mas Nick está certo. Em poucos minutos, ele está me levando ao êxtase, dando beijos suaves no meu pescoço, e me ocorre, num ímpeto agridoce: *Não seria maravilhoso se tivéssemos mais noites juntos, exatamente como esta?*

Capítulo 21

RÉVEILLON

Quando chego ao banco de frente pro rio, no lado leste do parque, Gail já está lá usando um blusão preto com capuz de borda de pele e o cabelo curto se move ao vento ao redor das orelhas dela. Gail poderia estar de sobretudo e lendo um jornal que não pareceria mais espiã do que agora. Nunca me encontrei com ninguém num parque. Quase parece que estamos num filme, interpretando os nossos papéis. Devagar, me sento na outra ponta do banco, estendo as pernas e me recosto. Como se fôssemos desconhecidas. Como se fosse um encontro ao acaso.

– Que engraçado ver você aqui – diz Gail, com um toque de alegria na voz. – Que coincidência.

– Obrigada por me pedir pra vir – falo, engolindo em seco.

Ela ergue o queixo.

– Sabia que é aqui que todos os figurões se encontraram? Neste parque. Alimentaram os patos ali. Não trouxe pão, mas dizem que os patos não conseguem digerir pão. No mínimo, a gente deveria jogar algas pra eles. Ou pedaços de peixe. Mas isso parece muito complicado, né?

Solto uma risada. Ela é meio engraçada, mesmo quando não tenta ser. É estranho que esta seja apenas a terceira vez que nos encontramos. Ela rapidamente se tornou uma das pessoas mais presentes na minha vida.

– Você está certa. Eu não quero carregar pedaços de peixe no meu bolso no metrô.

– Ai, não, meu Deus. Não mesmo. Ainda mais num dia quente. Acho que isso poderia provocar uma expulsão da cidade. Eu te expulsaria pessoalmente.

Gail se ajeita no banco do parque, empina os ombros.

– Você parece bem.

– Você também – comento com sinceridade.

– São as festas de fim de ano. Eu tiro uma hora de descanso do trabalho à noite. Muito revigorante... Tá, vamos lá. Agora que já trocamos amenidades, você deve estar se perguntando por que te trouxe aqui.

Eu me ajeito no banco enquanto a brisa bate na água.

– Vovó Ruby vai se casar com um criminoso?

Uma risada real e adequada escapa de Gail. Nunca a vi rir – só ouvi do outro lado de uma porta de hotel –, mas ela joga a cabeça para trás, com o queixo apontando para o céu.

– Você é engraçada, Sydney. Um pouco teimosa às vezes, mas engraçada.

Ela morde a parte interna da bochecha, com os olhos perspicazes encarando o rio.

– Duvidei uma ou duas vezes de você desde que nos encontramos pela primeira vez. Mas não peço desculpa por isso. É muito piegas. Não gosto de pedidos de desculpa. Mas, se um dia eu pedisse, talvez fosse pra uma agente recrutadora que demonstrou ter muita determinação numa situação quase impossível dentro da família.

Ergo o canto da minha boca.

– É?

– É. Também posso acrescentar que, dadas as circunstâncias, e agora que Johnny Jones vai ser levado a juízo, a estratégia de mostrar o distintivo pode ter sido um pouco hostil. Sem contar que era um distintivo metafórico, já que você nunca trabalhou pra nós. Sempre achei isso meio confuso, e você?

Dou uma risada.

– Nunca estive mais confusa do que nas últimas semanas. Me fez repensar tudo.

Gail assente.

– Ouvi dizer que não trabalha mais pra CIA. Foi decisão sua?

– Foi. – Só de falar isso agora, já sinto um grande alívio. – Eu me candidatei a alguns cargos em laboratórios de ideias. Coisas de diplomacia internacional e resolução de conflitos. A verdade é que já vinha pensando em sair da CIA há muito tempo, só não sabia que era possível, e eu... *realmente* não quero mais guardar segredos. Sobre mim, sobre outras pessoas. Não é saudável. Acho que só entrei pra CIA porque queria me esconder.

– É, bem escondida mesmo – diz Gail. – Muito discreta aquela batida de carro e correr no meio de um desfile, com duzentas pessoas observando e aquelas luzes natalinas, mas, sim, eu entendo o que quer dizer. Esse trabalho tende a devorar a pessoa, querendo ou não. Como foi que eles receberam a notícia?

– A CIA? Ah, muito mal.

– Hum – diz Gail. – Parabéns. Como está a sua irmã?

– Se curando – respondo de um jeito sério.

Vai levar muito tempo para ela se recuperar de tudo que aconteceu, para aprender a confiar de novo. Mas nós vamos lidar com tudo juntas. Do mesmo jeito que ligamos juntas para o meu pai, alguns dias depois do Natal. Conversamos por mais de uma hora e foi... difícil. Difícil, mas bom. Nós três ainda não nos vimos, e as coisas nunca mais serão iguais, mas *pode ser* que exista um relacionamento possível. Por ora, isso me basta.

– Calla é uma guerreira – digo a Gail. – É mais forte do que você pensa.

– As professoras costumam ser mesmo. Ela também é sua irmã, então a força pode ser de nascença. Assim como a da sua avó. Fiquei feliz de saber que ela está se recuperando bem. – Gail me olha com as sobrancelhas unidas. – Isso é o que se chama de "afinidade"? Nós duas estamos tendo uma afinidade?

Olho para ela, com as sobrancelhas unidas como as dela.

– Acho que sim, Gail. Acho que pode ser.

Ela pigarreia.

– Bom, então é isso. Só tenho mais uma informação antes de ir embora.

Com isso, meu estômago dá uma cambalhota, mas Gail fala rápido, não fica enrolando.

– Minhas fontes disseram que seu amiguinho, Nick Fraser, pode ou não ter pousado em Washington no voo 2169 da American saindo de Boston e que ele pode ter retirado a bagagem na esteira 2 e, possivelmente, pegado a linha amarela do metrô saindo do aeroporto Ronald Reagan.

Por um breve instante, eu realmente não sei o que ela está me dizendo, embora tenha explicado tudo em detalhes. Nick. Nick Fraser. Ele veio para a capital no réveillon. Por minha causa?

– Acredito, Sydney, que isso seja conhecido como um "grande gesto". Imagino que haverá flores envolvidas. Mas achei que você já havia tido surpresas suficientes pra um final de ano, mesmo que a surpresa final fosse positiva.

Gail se vira para mim com uma sobrancelha erguida.

– Também achei que você iria querer encontrá-lo assim que ele saísse do trem.

Estou com os sapatos errados para correr. Minhas botas de salto alto batem com força na calçada coberta de sal grosso enquanto acelero, verificando o relógio. Gail disse que Nick saiu das esteiras de bagagem há 42 minutos, o que significa que... É, tenho que correr. Desço a escada rolante numa marcha acelerada.

– Com licença, desculpa, com licença – digo às pessoas, driblando-as.

O chão do metrô ainda está coberto de restos de árvores de Natal. Tem uma guirlanda meio abandonada pendurada na cabine de informações; apenas uma leve cor de purpurina natalina se reflete no corrimão. As festas estão acabando. Folhetos colados nas paredes anunciam as festividades da noite. Fogos de artifício no Lincoln Memorial. A queda da bola. É quase outro ano. Hora de recomeçar. De sermos pessoas diferentes.

Mas finalmente sinto que me tornei a pessoa que eu *era*.

Mais aberta. Mais confiante. Neste Natal, tudo mudou.

Encosto meu cartão de passagem na entrada, corro pelo portão aberto e desço a escada até a plataforma B. Um mar de casacos de inverno e sacolas de compras. Pastas executivas, viagens de última hora. Crianças em carrinhos e pais de mãos dadas. Meu peito começa a doer. *Cadê o Nick?* A princípio, acho que o perdi. Que vim pro trem errado, pra plataforma errada. Talvez ele não vá ao meu apartamento primeiro. Talvez planeje ficar num hotel ou comer alguma coisa, ou – meu Deus – não me procurar. Ele pode estar em Washington a trabalho! Para uma coisa totalmente diferente! E aqui estou eu, feito uma bobona, inclinando o pescoço para os vagões, esperando por...

Ele.

Nick surge na plataforma com a mala de rodinhas. Veio usando um casaco comprido bege e um gorro preto e está com uma expressão de determinação total. Ainda não me viu. Está concentrado demais em passar no meio da multidão, não está olhando na minha direção, e meu coração martela no peito. Continua martelando enquanto desvio dos passageiros, diminuindo a distância entre nós, até que, de repente, estamos cara a cara. Nunca vi os pelos faciais dele tão compridos. Quase uma barba.

Ele se assusta, os olhos escuros se arregalam ao me ver.

– Você...

– Surpresa – digo, tímida de repente.

Não nos vemos desde a manhã depois do Natal, quando acordamos juntos, entrelaçados na cama. Mas nos comunicamos por mensagens de texto. Hoje de manhã, mandei para ele uma foto minha enrolada no SUÉTER NATALINO dele. Esse foi o meu presente. Ele deixou na minha cômoda, amarrado com uma fita prateada, e está se tornando rapidamente a minha peça preferida de vestuário.

Nick dá uma risadinha.

– Pensei que *eu* fosse surpreender você desta vez.

– Nesse caso, deveria ter se escondido no meu chuveiro.

– Hummm – diz Nick, levantando a mão para ajeitar uma mecha atrás da minha orelha. – Eu valorizo demais a vida pra isso... Como é que soube que eu estava vindo?

– Recebi uma dica quente.

– Está feliz por eu estar aqui? – pergunta Nick, investigando, com os lábios a centímetros dos meus.

– Muito – respondo, com viajantes apressados ao nosso redor. – Porque a verdade é que... *acho* que posso querer você em todos os feriados. Réveillon. Natal. Quero você no Dia da Árvore. Dia da Marmota, estou dentro. E mesmo nos feriados que não são festivos. Dia internacional de falar como um pirata. Vamos comprar cervejas e falar como o Long John Silver. Dia do sanduíche quente de pastrami...

Com uma risada que vem do fundo da garganta, Nick se inclina para a frente e me beija, com os lábios capturando os meus. E eu o desejo como se esta fosse a primeira vez que descubro o que é desejo – o verdadeiro significado, aquele tipo que arranha a alma, revira as entranhas e deixa o rosto dormente. Meus dedos se enroscam nos cabelos dele, alisam a pele do pescoço, e ele se aproxima mais, até os nossos corpos estarem grudados. Até nos tornarmos uma única pessoa feliz nessa plataforma aleatória do metrô. Os polegares dele traçam a linha do meu maxilar com um toque leve, como flocos de neve.

– Acho que a gente deveria... – digo depois de um longo instante, sem fôlego, inclinando um pouco a cabeça na direção da escada rolante.

– Certo – concorda Nick, igualmente sem fôlego. Ele sorri. – Nós éramos espiões. Deveríamos ser melhores nessa coisa de "sermos discretos nas nossas ações".

– Éramos? – pergunto, piscando.

Nick apoia o braço nos meus ombros enquanto andamos juntos em meio à multidão de pessoas que já estão testando uns lançadores de confete. Pedaços de papel colorido e purpurina salpicam o meu casaco.

– Acabou que – diz Nick, parando para sussurrar no meu ouvido – você me inspirou.

Mas tem algo mais. Percebo que tem mais alguma coisa no rosto dele, algum elemento dessa visita que não estou captando. Na escada rolante, eu o analiso, noto as pupilas levemente dilatadas, a pulsação quase imperceptivelmente martelando no pescoço. Ele morde o lábio inferior enquanto me olha.

– O que foi? – pergunto, com um sorriso no canto da boca.

– Nada – responde Nick, sem me convencer, balançando a cabeça.

– Ah, por favor. – Cutuco a covinha dele do mesmo jeito que ele cutucou a minha uma vez. – Você tem seus sinais reveladores.

Quando a escada rolante nos cospe na rua principal, o inverno nos fustiga. O clima resolveu ficar congelante e flocos de neve começam a cair. Salpicam o gorro de Nick e, por algum motivo, talvez por nervosismo, ele o tira. O cabelo escuro escapa, bagunçado, como se ele tivesse acabado de acordar de um cochilo demorado – e eu acho que posso adorá-lo mais desse jeito do que de qualquer outro.

– Tem neve nos seus cílios – quase sussurra, e o mundo se desvanece ao nosso redor.

– Você está enrolando – sussurro em resposta, porque ele precisa falar agora mesmo o que veio me dizer.

Nick ri. Ele ri daquele jeito reservado e inteligente, como se pudesse ser apenas uma piada particular.

– Quer saber a verdade? – pergunta ele, parando na calçada.

Ele estende uma das mãos para pegar o meu rosto e parece incrivelmente sincero, respirando para se acalmar.

– A verdade é que, quando fui embora naquela manhã, quando achei que nós dois nunca mais iríamos nos ver, que eu poderia voltar pra um lugar onde não havia uma Sydney, isso me atingiu como...

– Como um Oldsmobile? – completo, de repente me sentindo meio tonta.

Ele assente e tira um floco de neve do meu rosto.

– Isso. *Exatamente* assim. E percebi que só nos conhecemos há um feriado... e nós podemos fazer isso no ritmo que você quiser, mas eu quero estar aqui. Quero estar com você. E só preciso que saiba que... que eu...

Ele me lança o olhar mais esperançoso do mundo – e eu sei. Eu sei do mesmo jeito que sei que Docinho é a melhor cachorra do mundo, que as árvores de Natal são verdes, que esse homem é o melhor que já conheci.

As palavras saem correndo de dentro de mim, arranhando.

– Eu também te amo.

– É? – sussurra ele, com o rosto parecendo o verão.

Logo em seguida, estamos nos beijando, e ele está repetindo isso várias vezes: na calçada, na minha casa, mais tarde na mesma semana, mais tarde no mesmo mês. *Eu te amo, Sydney. Eu te amo muito e de verdade.* E eu confio nele. Eu vou conhecer cada centímetro dele.

E ele também vai me conhecer.

Agradecimentos

A ideia para *Operação Paixão* veio pouco antes das festas de fim de ano, enquanto eu dirigia. Chegou tudo de uma vez: Sydney, Calla, Johnny, Nick, reunidos à mesa de jantar com segredos compartilhados. Eu me lembro de ter rido alto. Eu nunca tinha tido uma ideia assim – uma ideia que se apresentasse quase com perfeição, como um jantar de Natal.

Sendo assim, vou agradecer primeiro aos meus pais, por incutirem em mim um amor ardente pelas festas de fim de ano. Meu espírito é o espírito de vocês. Vocês fizeram com que os nossos Natais no Maine (e depois) fossem muito especiais, mesmo quando escolhíamos a pior árvore de todos os tempos. Amo todas as nossas tradições e amo vocês.

Este livro é dedicado à melhor dupla de agentes que uma autora pode ter: Claire Wilson e Pete Knapp. Claire, obrigada por estar lá desde o início e por lutar ao meu lado a cada passo do caminho. Suas observações – e as de Pete – transformaram totalmente esta história. Pete, tenho muita sorte por ter se juntado a nós. Falo sério quando digo que este livro não existiria sem vocês dois. Mais um agradecimento enorme a Safae El-Ouahabi, Stuti Telidevara e todo mundo da RCW e da Park & Fine que fez este sonho se tornar realidade – incluindo a equipe de direitos autorais da RCW, que vendeu meu livro para o exterior de maneira tão brilhante. A todos os editores que viram algo nesta história, sou incrivelmente grata.

Por falar em grandes editores: Kerry Donovan, da Berkley, e Sanah Ahmed, da Orion, fiquei encantada pela paixão e pelos insights de vocês na história da Sydney. Eu não poderia desejar uma equipe mais forte e mais gentil, e estou muito, muito feliz pelo privilégio de trabalhar com vocês.

Ao meu marido, Jago: eu não queria ter visto todos aqueles filmes de espionagem, mas até que fico feliz por termos visto. Nossas caminhadas noturnas foram essenciais para esta narrativa. Obrigada pelas suas "péssimas ideias", que sempre me ajudam a ter boas ideias. E ao meu cachorro, Dany, por ficar deitado aos meus pés enquanto eu escrevia este livro – e por exigir as caminhadas noturnas que acabei de mencionar.

A capa de Lia Liao para a Berkley e a capa de Carla Orozco para a Orion me deixaram estupefata; agradeço muito por vocês terem aceitado este projeto.

Michelle Kroes, da CAA: ainda me belisco sempre que nos falamos; agradeço muito a você, a Eric Fineman e a Speck e Gordon por defenderem este projeto em Hollywood.

Erin Cotter e Kayla Olson: não sei onde este livro teria parado sem o apoio de vocês duas. Vocês são excelentes contadoras de histórias e me sinto honrada de conhecê-las. Agradeço a Kayla por fazer uma publicidade tão fantástica – assim como às maravilhosamente talentosas Colleen Oakley e Lizzy Dent.

Aos suspeitos de sempre, Srta. Kim, Ellen Locke, vovó Pat e Sandy Johnson: vocês fazem parte da minha equipe essencial e nunca vou me esquecer de como me apoiaram. A Tom Bonnick, que não foi meu editor desta vez, mas que me ensinou muito sobre contação de histórias ao longo dos anos. Muito amor para a minha bisavó Ruby, por muito mais do que o nome: você realmente era o máximo.

Um agradecimento especial aos professores da Universidade da Carolina do Norte em Chapel Hill que sugeriram que eu seria uma professora de inglês mais calma do que uma espiã. Peço desculpa por aquele artigo "floreado" sobre os balões de reconhecimento da Guerra Civil. Vocês estavam certos: Chaucer era mais a minha praia.

Este livro também é dedicado a todas as mulheres fortes que estão por aí. Dani Speegle, Annie Thorisdottir, Tia-Clair Toomey e outras – vocês são inspirações. Um aplauso para as mulheres da CrossFit 11:24. É um privilégio malhar ao lado de vocês todos os dias.

E, por fim, a Sandra Bullock.

Para saber mais sobre os títulos e autores da Editora Arqueiro,
visite o nosso site e siga as nossas redes sociais.
Além de informações sobre os próximos lançamentos,
você terá acesso a conteúdos exclusivos
e poderá participar de promoções e sorteios.

editoraarqueiro.com.br